Über die Autorin:
Kimberly McCreight hat an der University of Pennsylvania Jura studiert. Sie hat viele Jahre in einer der größten Kanzleien New Yorks als Anwältin gearbeitet, bevor sie sich ganz ihrer Leidenschaft, dem Schreiben, widmete. Ihre Romane erscheinen regelmäßig auf der »New York Times«-Bestsellerliste. Mit »Eine perfekte Ehe« hat sie eine große Leserschaft in Deutschland begeistert. Kimberly McCreight lebt mit ihrem Ehemann und ihren zwei Kindern in Brooklyn, New York. Mehr Informationen unter: www.kimberlymccreight.com

KIMBERLY McCREIGHT

FREUNDE. FÜR IMMER.

THRILLER

Aus dem amerikanischen Englisch
von Kristina Lake-Zapp

Die amerikanische Originalausgabe erschien 2021 unter dem Titel
»Friends Like These« bei HarperCollins, New York.

Besuchen Sie uns im Internet:
www.droemer.de

Aus Verantwortung für die Umwelt hat sich die Verlagsgruppe
Droemer Knaur zu einer nachhaltigen Buchproduktion verpflichtet. Der
bewusste Umgang mit unseren Ressourcen, der Schutz unseres Klimas
und der Natur gehören zu unseren obersten Unternehmenszielen.
Gemeinsam mit unseren Partnern und Lieferanten setzen wir
uns für eine klimaneutrale Buchproduktion ein, die den Erwerb von
Klimazertifikaten zur Kompensation des CO_2-Ausstoßes einschließt.
Weitere Informationen finden Sie unter: www.klimaneutralerverlag.de

Eigenlizenz Februar 2024
Deutsche Erstausgabe Mai 2022
© 2021 by Kimberly McCreight. All rights reserved.
© 2022 der deutschsprachigen Ausgabe Droemer Verlag
Ein Imprint der Verlagsgruppe
Droemer Knaur GmbH & Co. KG, München
Alle Rechte vorbehalten. Das Werk darf – auch teilweise – nur
mit Genehmigung des Verlags wiedergegeben werden.
Die Nutzung unserer Werke für Text- und Data-Mining
im Sinne von § 44b UrhG behalten wir uns explizit vor.
Redaktion: Gisela Klemt
Covergestaltung: SO YEAH DESIGN, Gabi Braun
Coverabbildung: © Jean Marmeisse / plainpicture
Satz: Adobe InDesign im Verlag
Druck und Bindung: CPI books GmbH, Leck
ISBN 978-3-426-30864-6

2 4 5 3 1

*Für die Freunde, die mich vor
langer Zeit gerettet haben.
Für die, die das immer noch tun.*

Keine Freundschaft ist Zufall.

O. Henry, *Heart of the West*

PROLOG

Du hast damit angefangen. Also bist du auf gewisse Weise auch dafür verantwortlich, wie es geendet hat. »Das ist doch lächerlich«, würdest du sagen. Und vielleicht ist es unfair, dir unter den gegebenen Umständen die Schuld zuzuschieben. Doch an dieser Stelle kann ich nichts weiter tun, als die Wahrheit zu erzählen. Wie dem auch sei – niemand hätte exakt vorhersagen können, wie sich die Dinge entwickeln. Und ganz gewiss nicht ich. All der Kummer, all die Existenzen, all das Potenzial – aus und vorbei, mit einem einzigen Wimpernschlag.

Zu viel Loyalität – das ist das eigentliche Problem. Beste Freunde sollten einem zur Seite stehen, ganz gleich, was passiert. Sie sehen über deine gelegentlich unangenehme Art und deine unschönen Verschrobenheiten hinweg und nehmen dich so, wie du bist. Das ist das Schöne an echter Freundschaft. Aber enge Freunde lassen dir womöglich zu viel durchgehen. Und was sich anfühlt wie absolute Akzeptanz, was sich als bedingungslose Liebe tarnt, kann toxisch werden. Vor allem dann, wenn sich dein Freund in Wirklichkeit einen Komplizen wünscht, jemanden, der sein eigenes Fehlverhalten entschuldigt. Das Schlechteste aus dir herauszukitzeln, nur damit ihr gemeinsam schlecht sein könnt, ist gleichzusetzen mit Grausamkeit und hat nichts zu tun mit Wohlgesinntheit. Und mit Liebe hat es erst recht nichts zu tun.

Nicht dass ich dich jemals für grausam gehalten hätte. Ich dachte, du wärst lustig und clever und absolut umwerfend. Gott, wie sehr ich dich geliebt habe! Nicht auf eine sexuelle Art und Weise – dafür habe ich dich viel zu sehr angebetet. Aber machen wir uns nichts vor, du hast meine Liebe nie in dieser Form erwidert. Vielleicht habe ich beschlossen, dass ich das nicht akzeptieren kann. Vielleicht ist mir klar geworden, dass es nicht wirklich Liebe war, die du mir entgegengebracht hast, ganz gleich, wie oft du deine Gefühle für mich so bezeichnetest. Mitleid, vielleicht, aber nicht Liebe. Und deshalb habe ich das *Ich* über das *Wir* gestellt. Auch wenn sich das Wir für den Moment gut anfühlte, wusste ich doch, dass es mich irgendwann zerstört.

Aber ich spreche nur für mich. Und ich werde nicht die Schuld auf mich nehmen für alles, was passiert ist. Wenn du einen Freundeskreis hast wie diesen – schön und dynamisch und smart und eigensinnig –, kann alles ausgesprochen kompliziert werden. Vor allem bei den zahllosen verworrenen Beziehungen und der langen Vorgeschichte ist es wahrscheinlich, dass die Begierde irgendwann wegbricht.

Es ist, als säße man auf einem Pulverfass, das einem früher oder später um die Ohren fliegt.

ALICE

Es war das Mädchen aus dem Kunstgeschichte-Kurs, das mir die Nachricht überbrachte. Das Mädchen mit den strähnigen braunen Haaren und dem ironischen Prinzessinnen-T-Shirt, das sehr nett ist. Und gleichzeitig sehr nervend. Arielle. Oder Erin. Oder so ähnlich. Sie sprach mich an, als wir den Seminarraum verließen. Das macht sie oft. Sucht immer nach einer Möglichkeit, in meine Clique zu kommen. Das sind wir eben am Vassar College: heiß begehrt. Selbstverständlich sehen die Leute nur unsere makellose Fassade – unsere schönen Gesichter und die angesagten Klamotten, die Art und Weise, wie wir einen Raum vereinnahmen gleich einer Flutwelle, die jeden Zentimeter für sich beansprucht.

Hast du das gehört? *Ihr Atem an meinem Ohr war heiß und feucht und roch nach Minzkaugummi und Zwiebeln.* Man hat einen Toten gefunden. *Sie klang erschrocken, aber auch ein wenig aufgeregt. Ihre Mundwinkel zuckten.*

Wovon redest du?, *fragte ich.* Wo?

Gleich vor dem Hauptgebäude.

Weiß man, wer er ist?

Ihr Gesicht hellte sich auf. Es gefiel ihr, diejenige zu sein, die etwas wusste. Die Insiderin. Wahrscheinlich dachte sie, sie könne auf diese Weise bei den coolen Kids einen Fuß in die Tür bekommen.

Er war nicht an unserem College. Wahrscheinlich wurde er ermordet. *Eine Sekunde später gab sie zu, dass sie sich Letzteres nur ausgedacht hatte.* Man geht davon aus, dass er vom Dach des Hauptgebäudes gestürzt ist. Vermutlich ein Einbrecher.

Tot. Tot. Tot. Natürlich war er tot, als sie ihn gefunden ha-

ben. Ich versuchte, tief durchzuatmen, aber es half nichts. Das hier war etwas, was wir niemals rückgängig machen konnten. Etwas, was sich nicht wieder hinbiegen ließ. Jemand war tot, und es war einzig und allein unsere Schuld.

Schon jetzt war mir klar: Es würde uns auf ewig verfolgen.

ZEHN JAHRE SPÄTER

DETECTIVE JULIA SCUTT

Sonntag, 4.27 Uhr

Ich halte hinter dem zweiten Streifenwagen an, der am Ende der langen, kurvenreichen Zufahrt parkt. Die Blinklichter tauchen die umstehenden Bäume in ein zuckendes Licht. An der Unfallstelle mehrere Meilen entfernt sind weitere Fahrzeuge im Einsatz. Sämtliche Wagen, die wir haben, sind ausgerückt, auch wenn das nicht viele sind in Kaaterskill, einer kleinen Stadt in den Catskills, etwa dreißig Fahrminuten entfernt von dem Wasserfall, dem sie ihren Namen zu verdanken hat.

Die Unfalldetails – wenn man denn von einem Unfall ausgeht –, die wir bislang kennen, sind schrecklich. Ein Beifahrer ist tot, der Fahrer wird vermisst und ist vermutlich verletzt, worauf das Blut an der offenen Fahrertür schließen lässt. Aber der Wagen steht sehr tief im Wald, weit entfernt von der Stelle, an der er augenscheinlich von der Straße abgekommen ist. Könnte darauf hinweisen, dass es sich möglicherweise doch nicht um einen Unfall handelt.

Während die Streifenpolizisten und die Suchtrupps den Wald durchkämmen und nach dem verschwundenen Fahrer Ausschau halten, habe ich mich in den frühen Stunden des Sonntagmorgens auf den Weg hierher gemacht. Zu dem Haus, in dem sich der Rest der Clique befindet. Alte College-Freunde, hat man mir mitgeteilt. Wochenendhausbesitzer. Dass es sich um Wochenendhausbesitzer handelt, lässt schon das Haus erkennen: modernisierter Luxus mit Türmchen und Rondellen und einer blitzsauberen Rundum-Veranda. Sogar die Zufahrt ist blitzsauber und mit glatten, runden Kieseln bedeckt.

Sie kommen aus der Stadt – Brooklyn, Manhattan, egal. Die Wochenend-Hipster sind alle gleich, Millennials mit massenhaft Geld, einer liberalen politischen Haltung und überkandideltem Geschmack. Die Einheimischen hassen sie, aber sie lieben das Geld, das diese Leute ausgeben.

Dass Wochenendgäste involviert sind, verkompliziert die Ermittlungen, vor allem, falls sich herausstellen sollte, dass es sich nicht nur um einen gewöhnlichen Autounfall handelt. Auch vor Kaaterskill macht das Verbrechen heutzutage nicht halt. Die meisten Straftaten haben etwas mit der Opioidschwemme zu tun, die überall in den Catskills zum Problem geworden ist. Und wenn ein Wochenendausflügler aus Manhattan hier zu Tode gekommen ist, kann man sicher sein, dass die *New York Times* lang und breit darüber berichten wird. Was dem Boss nicht sonderlich gefallen dürfte.

Als ich die Tür meines Streifenwagens öffne, fängt es an zu regnen. Tropfen, schwer und groß wie Murmeln, prasseln auf die Windschutzscheibe. *Mist.* Regen ist gar nicht gut, wenn wir Hunde einsetzen müssen.

Ich straffe die Schultern und gehe die Zufahrt entlang zum Haus. Als Frau hat man es schwer, sich bei polizeilichen Ermittlungen Autorität zu verschaffen, noch dazu, wenn man aussieht »wie eine Cheerleaderin mit Knarre«, wie mich ein unter Drogen stehender Autofahrer tatsächlich einmal bezeichnet hat. Allerdings habe ich hervorragende Instinkte und schrecke nicht davor zurück, mich so tief zu verbeißen, dass ich auf Knochen treffe. Zumindest behauptete das der Lieutenant. Bevor er sich in seiner Einfahrt den Kopf wegballerte, während im Haus seine Frau schlief – Opioide kennen keine sozialen Unterschiede.

Nächsten Monat will Chief Seldon entscheiden, wer seine Nachfolge antritt. Meiner Meinung nach sollte ich das sein.

Ich kann die höchste Aufklärungsrate vorweisen. Aber Seldon hat seine Zweifel. Wenn du eine Frau bist, wird alles in deiner Vergangenheit hinterfragt, selbst Dinge, für die du keinerlei Verantwortung trägst, und dann wird dir der Stempel *labil* aufgedrückt, unauslöschbar, wie ein Tattoo.

Ich hole ein letztes Mal Luft, dann öffne ich die Haustür. Ich habe es im Griff, worum auch immer es gehen mag. Das weiß ich. Zumindest solange ich mir nicht selbst den Boden unter den Füßen wegreiße.

MAEVE

Freitag, 19.05 Uhr

Endlich kamen die Bäume in Sicht, erst das Astwerk und dann die verschiedenen Blätter, die sich an den Rändern bereits orange verfärbten. Fast zwei Stunden lang waren die Wälder wie brau-grüne Streifen an unserem Autofenster vorbeigezogen, während wir drei über den kurvenreichen Taconic State Parkway Richtung Norden fuhren.

Ich dachte daran, wie ich über ebendiese Straße das erste Mal zum Vassar College gefahren war. Wie nervös ich mich damals gefühlt hatte – nervös und lebendig. Das College hatte für mich einen Neuanfang bedeutet, eine Chance, endlich der Mensch zu sein, der ich sein wollte. Und ich hatte meine Chance genutzt. Ich hatte sehr viel über mich selbst herausgefunden, von der erstklassigen Ausbildung mal ganz abgesehen. Das Wichtigste aber war, dass ich diesen unglaublichen Freundeskreis gefunden hatte. Wo wäre jeder Einzelne von uns jetzt ohne die anderen? Eine komplizierte Frage im Rückblick auf unsere Geschichte. Aber kompliziert war es bei uns immer. Was nie kompliziert war, war die tiefe Zuneigung, ja Liebe, die wir füreinander empfanden. Wir waren einander von Anfang an aufs Innigste verbunden gewesen, und wir waren es bis heute.

Keiner von uns hatte eine großartige Beziehung zu seiner richtigen Familie, aber ich war die einzige Waise, wenn auch aus freien Stücken – da bin ich ganz ehrlich. Ich hatte meine Eltern aus meinem Leben verbannt, weil sie mir gegenüber ein emotionales und körperliches Missbrauchsverhalten an den Tag gelegt hatten. Meine neuen Freunde kannten einige der schockierenderen Details, aber sie verurteilten mich nie.

Sie akzeptierten mich voll und ganz, obwohl ich nach dem Bruch mit meinen Eltern verzweifelt finanzieller Unterstützung bedurfte und permanent knapp bei Kasse war.

Doch in diesem Augenblick kehrten wir nicht nach Vassar an den Campus zurück, trotz der vertrauten Kurven des Taconic State Parkways. Heute fuhren wir unselige zusätzliche fünfzig Meilen weiter nach Nordwesten, tief hinein in die Catskill Mountains. Jonathan hatte sich dort ein Wochenendhaus gekauft, ausgerechnet in Kaaterskill. Nicht gerade ein Ort, den ich mir ausgesucht hätte, aber es gab absolut keine Möglichkeit, sich vor diesem Wochenende zu drücken. Es hieß vielmehr: Alle Mann an Deck für Keith.

Und deshalb war ich hier, bereit, das zu tun, was ich am besten konnte: das Positive sehen. Das Positive an diesem Wochenende war, dass wir Keith helfen würden. Dass ich außerdem die Chance bekäme, Jonathan über Bates auszuhorchen, wäre ein weiterer Vorteil.

Jonathan hatte uns einander vorgestellt. Bates und er hatten sich an der Horace Mann School kennengelernt, und nun musste ich Jonathan doppelt dankbar sein – für meinen Freund und dafür, dass er mir einen sehr, sehr guten Job in der PR-Abteilung der Cheung Charitable Foundation verschafft hatte. Die Stiftung war ein Ableger des Hegdefonds seines Vaters.

Ich denke, meine Freunde waren überzeugt, dass ich wegen des Geldes mit Bates zusammen war. Dass ich versuchte, wieder das Luxusleben zu führen, das ich verloren hatte, als ich die Brücken zu meinen Eltern abbrach. Aber Bates hatte Goldman Sachs aufgegeben, um bei der Robin Hood Foundation zu arbeiten – es war ihm sehr wichtig, die Welt zum Guten zu verändern. Er war sogar ehrenamtlich für den Boys & Girls Club tätig – eine Non-Profit-Organisation, die außerschulische Programme für junge Menschen anbietet. Auch ich meldete mich freiwillig, dank ihm. Mit Bates zusammen zu sein, hatte mich zu einem besseren Menschen gemacht. Bates hatte mich nicht verurteilt für die Geschichten, die ich ihm über meine brutale Kindheit erzählte, denn er war ein warmherziger, unvoreingenommener Mann. Zum ersten Mal in meinem Leben hatte ich den Eindruck, ich könnte in Gegenwart eines anderen Menschen wirklich ich selbst sein. Ganz so weit war ich zwar noch nicht, aber ich arbeitete daran.

Ich drückte den Knopf an der Mittelkonsole, ließ das Beifahrerfenster herunter und atmete die Luft des Hudson Valley ein, die nach Kamin und trockenen Blättern roch.

»Ich kann nicht glauben, dass du heiratest«, sagte ich und schaute zu Jonathan hinüber. Seine tiefbraunen Augen waren auf die Straße gerichtet, seine Lippen zusammengepresst. Oh, das war falsch rübergekommen. Beinahe negativ. Ich streckte den Arm aus und legte meine Hand auf seine. »Ich meine, ich freue mich für dich.«

Das entsprach der Wahrheit – ich freute mich tatsächlich für Jonathan. Er verdiente es, endlich mit jemandem zusammen zu sein, der seine Großzügigkeit verdient hatte. Denn Jonathan war mitunter *zu* großzügig, sogar mit uns. Ich hatte ihn unzählige Male gewarnt: Den Menschen allzu schnell das zu geben, was sie wollten, war keine Garantie dafür, dass sie einen auch liebten.

Jonathan lächelte, aber sein Lächeln wirkte ein wenig gezwungen. »Ich freue mich auch für mich.«

»Wann genau findet die Hochzeit eigentlich statt und wo?«, fragte ich und durchwühlte auf der Suche nach meinem Handy meine übergroße Hammitt-Tasche – schick, aber nicht zu protzig. Protzig war taktlos, wenn man für eine Stiftung arbeitete. Diesbezüglich hatte Bates recht.

Vermisse dich jetzt schon, tippte ich eilig, als ich das Smartphone gefunden hatte, und drückte auf Senden. Bates hatte in der vergangenen Woche sehr hart gearbeitet. Es war deshalb verständlich, dass er mich gestern Abend nach dem Essen nicht zu sich nach Hause eingeladen hatte. Trotzdem fiel es mir schwer, das unbehagliche Gefühl abzuschütteln, mit dem ich aufgewacht war. Vor allem jetzt, da ich den ganzen Tag über nichts von ihm gehört hatte. Dass ich bereits nervös war, machte es nicht besser. Ich musste unbedingt aufhören, permanent an diese anonyme E-Mail zu denken.

»Wir haben das Datum noch nicht festgelegt. Irgendwann im Mai oder Juni, denke ich.« Jonathan wedelte unbestimmt mit der Hand. »Wahrscheinlich heiraten wir in der Stadt. Du kennst meine Eltern: Gott bewahre, dass sie Manhattan verlassen müssen.«

»Ihr habt den Mai oder Juni ins Auge gefasst?«, fragte Stephanie vom Rücksitz aus. Sie hatte endlich die Telefonkonferenz beendet, die uns seit fast einer Stunde zum Schweigen verdonnert hatte. »Du solltest die Details so schnell wie möglich festzurren, Jonathan Cheung, wenn du nicht willst, dass dich die New Yorker Hochzeitsmaschinerie bei lebendigem Leibe verschlingt.«

Ich war ein kleines bisschen neidisch, weil Jonathan eine Hochzeit plante. Bates und ich waren zwar erst seit vier Monaten zusammen, es war also noch viel zu früh, um an einen Antrag zu denken, doch in Wahrheit hoffte ich tatsächlich auf etwas mehr Tempo. Das war das Problem, wenn man so viel von dem bekam, was man sich wünschte – am Ende wollte man immer noch mehr.

»Peter und ich sind eben gern spontan«, hielt Jonathan dagegen.

»Das ergibt Sinn«, sagte ich, obwohl ich mir da nicht so sicher war.

»Wie weit ist es denn noch bis zu deinem Haus?«, wollte Stephanie wissen. »Nichts für ungut, aber hier hinten fühlt man sich wie in einem U-Boot. Musstest du einen Aufpreis bezahlen, damit deinen Mitfahrern auf alle Fälle übel wird?«

Stephanie hatte Jonathan aufgezogen, seit er mit seinem brandneuen Tesla vor uns angehalten hatte. Der teure Wagen war untypisch für ihn. Für gewöhnlich stellte er seinen Reichtum, der selbst für privilegierte Vassar-Standards augenfällig war, nicht zur Schau. Jonathans Vater lebte nach der Devise, dass es wichtiger war, Geld zu verdienen, als die Leute wissen zu lassen, dass man welches hatte. Ich denke, das war sein wahres Problem mit Jonathan: Er war ihm nicht ehrgeizig genug, schon gar nicht im Vergleich mit seinen absolut liebenswerten, ungleich tatkräftigeren älteren Schwestern.

»Nur noch ungefähr fünfzehn Minuten.« Jonathan schloss die Hände fester ums Lenkrad. Er machte sich definitiv Sorgen – wegen des Wochenendes, wegen Keith. Wir alle machten uns Sorgen.

»Okay, aber ich warne dich, ich habe den ganzen Tag über noch nichts gegessen.« Stephanies niedriger Blutzuckerspiegel verwandelte ihre spitzen, doch stets lustigen Bemerkungen in Stacheln, die blutige Spuren hinterließen.

Ich blickte auf meine Hundert-Dollar-Acrylnägel, die auf meiner perfekten Wochenendhose von Theory lagen – ergattert im Schlussverkauf bei Saks. Auf dem College hatte mir Stephanie manchmal vorgehalten, dass ich mich zu sehr auf Äußerlichkeiten fokussieren würde – teure Besitztümer, schöne Menschen –, und vielleicht war ich tatsächlich ein wenig oberflächlich gewesen. Doch damals hatte ich nicht einmal ansatzweise so ausgesehen wie jetzt und hatte immer gedacht, was für ein Privileg es doch war, über solchen Dingen zu stehen. Mitunter dachte ich immer noch so. Man musste sich doch nur mal Jonathan anschauen – er machte sich nichts daraus, Geld zu verdienen, weil er es nicht nötig hatte.

Ich konzentrierte mich wieder auf den Blick aus dem Fenster. Um uns herum gab es nichts als Bäume, Bäume und noch mehr Bäume. Ihre knorrigen Äste und Zweige waren voller spektakulär gefärbter Blätter, die uns vor der Sonne abschirmten. Schön, aber ein wenig ominös. Ich ließ mein Handy zurück in die Handtasche gleiten.

»Wir sollten die restliche Zeit nutzen, um uns eine Strategie zurechtzulegen«, schlug Jonathan vor. »Derrick und Keith dürften nicht weit hinter uns sein.«

»Eine Strategie?«, spottete Stephanie.

Als ich einen Blick nach hinten warf, sah ich, dass sie tief in den Rücksitz gerutscht war, die Ärmel ihrer modischen Anzugjacke hochgeschoben und die High Heels abgestreift hatte. Ihre Arme waren fest vor der Brust verschränkt, was sie aussehen ließ wie ein mürrisches Kind. Stephanie war schon immer groß gewesen und apart wie ein Supermodel, und der momentan angesagte natürliche Look unterstrich ihre großen, bernsteinfarbenen Augen, die hohen Wangenknochen und die hellbraune Haut nur noch mehr. Doch Stephanies Schönheit war seit jeher unerreichbar – sinnlos, sie zu begehren. Obwohl ich genau das mitunter immer noch tat.

Jonathan beäugte Stephanie im Rückspiegel. »Wenn es funktionieren soll, müssen wir eine einheitliche Front bilden.«

»Wir sind uns doch einig«, warf sie ein. »Keith muss einen Entzug machen, daran besteht kein Zweifel.«

»Und wir werden ihn dazu bringen«, sagte ich mit weit mehr Überzeugung, als ich tatsächlich empfand. Schließlich war ich diejenige, die Keith beim letzten Mal dazu gedrängt hatte. Ich hatte den Ausdruck in seinen Augen gesehen, und ich wusste, dass er verzweifelt von dem Zeug loskommen wollte.

»Warte, was zum Teufel ist das?« Stephanie deutete mit ihrem langen Zeigefinger nach links.

Oben auf einem Hügel, ein kleines Stück zurückversetzt von der Straße, stand ein uraltes Bauernhaus, das komplett in sich zusammengefallen war. Übrig geblieben war nur eine

Hülle aus zersplitterten Brettern, zerbrochenen Fenstern und einem abblätternden Lattenzaun. Ringsherum befanden sich mehrere Nebengebäude, die nicht viel vertrauenerweckender wirkten. Wirklich bedrohlich aber sah die Baracke davor, am Fuß des Hügels, aus: ein niedriger, rechteckiger Kasten, vermutlich eine ehemalige Scheune, der sich nach links neigte und mit seinen Sperrholzverschlägen an ein provisorisches Motel erinnerte. Dem Anschein nach lebten dort Menschen: Drinnen brannte Licht, eine der Türen war ein kleines Stück geöffnet. Draußen lagen überall Kleidungsstücke, an einem Ende des Kastens türmte sich ein großer Müllberg – Flaschen, Dosen, Essensbehälter.

Als wir daran vorbeifuhren, erblickte ich hinter der Scheune ein großes Lagerfeuer, in dessen Schein zwei dürre Gestalten hockten.

»Ich kann nicht glauben, dass dort jemand wohnt«, sagte ich. »Ich meine – das ist so traurig …«

Jonathan zuckte die Achseln. »Es gibt hier draußen jede Menge Opioid-Abhängige, und nicht jeder hat Freunde wie uns, die für sie da sind. Oder die Kosten für den Entzug übernehmen. Keith muss die Mittel dafür nicht selbst auftreiben.«

»Ich möchte ehrlich sein, Jonathan, die Umgebung ist weniger charmant, als ich sie mir vorgestellt habe«, ließ sich Stephanie vernehmen. »Wie in einem Horrorfilm, bei dem man von vornherein weiß, dass die schwarzhäutige Freundin als Erste stirbt.«

»Hier stirbt niemand«, sagte ich. »Darüber macht man keine Witze.«

»Ähm, ich mache keine Witze«, stellte sie klar. »Hilf mir doch noch mal auf die Sprünge, Jonathan: Warum hast du diesen Ort hier gewählt, wenn du mit deinen schier unerschöpflichen finanziellen Ressourcen praktisch an jedem anderen Platz der Welt ein Haus hättest kaufen können?«

»Seltsam, Maeve hat mich dasselbe gefragt – mehr als einmal.« Er warf einen Blick in meine Richtung.

»He, ich habe es nur nett gemeint«, sagte ich und hob abwehrend die Hände. »Ich wollte sichergehen, dass du es dir genau überlegt hast, das ist alles. Die Gegend hier ist schon ein wenig … abgeschieden.« Was absolut stimmte.

»Peter und ich hatten Montauk in Erwägung gezogen, aber Montauk ist so furchtbar angesagt.«

»Und da hast du dich stattdessen für Methadon Valley entschieden?«, nörgelte Stephanie.

»Auch unsere Freunde Justin und Bill haben ein paar Orte weiter gerade ein Haus gekauft. Ihr wisst doch, die mit dem Restaurant in der Perry Street.« Ich nickte, als er mir einen Seitenblick zuwarf, aber ich konnte mich nicht daran erinnern, dass er je einen Justin oder einen Bill erwähnt hatte. »Die beiden sind schon seit Ewigkeiten verheiratet.«

Vermutlich waren sie mehr Peters Freunde als Jonathans. Man konnte Jonathan zwar nicht gerade als ungesellig bezeichnen, aber neben der Stimmungskanone Peter mit seinem Waschbrettbauch und dem unwiderstehlichen Surfer-Charme wirkte *jeder* introvertiert.

Als wir uns der kleinen Stadt näherten, wichen die Bäume Häusern, die dicht zusammenstanden und eher klein waren, doch wenigstens nicht verfallen. Auf der rechten Seite befand sich eine Cumberland-Farms-Tankstelle mit einem kleinen Supermarkt, einer Pizzeria und diversen Markt- und Fast-Food-Ständen. Als wir vor einer roten Ampel anhielten, sahen wir einen drahtigen, alten Weißen mit Baseballkappe und einem langärmeligen Gatorade-T-Shirt an einer der Zapfsäulen stehen. Er musterte argwöhnisch unseren Wagen. Ich wandte mich ab, als sich unsere Blicke trafen.

»Der Kaffee ist gar nicht so schlecht bei denen«, verkündete Jonathan munter. »Als Peter mir das erzählte, habe ich gelacht. Und dann haben wir uns gestritten, weil ich angeblich so ein Snob bin. Keine Ahnung, vielleicht bin ich das tatsächlich. Wie dem auch sei, Peter hatte recht mit dem Kaffee. Die Leute, die dort arbeiten, sind ebenfalls nett. Leider sind nicht alle in Kaaterskill so freundlich zu den Wochenendhausbesitzern.«

»Was soll das heißen?«, fragte ich, unfähig, dem Drang zu widerstehen, mein Handy erneut aus der Tasche zu ziehen und nachzusehen, ob mittlerweile eine Nachricht von Bates eingegangen war. Noch immer nichts.

»Die Einheimischen sind nicht von der fortschrittlichsten Truppe, und die Wochenendgäste, mich inbegriffen, können anspruchsvoll und unsensibel sein. Nehmt zum Beispiel dieses Auto.« Er schüttelte den Kopf. »Damit hierherzufahren ist im Grunde so, als würde man mit einer Arschloch-Fahne wedeln.«

»Immerhin gibst du hier Geld aus«, stellte Stephanie diplomatisch fest. »Das müsste doch in ihrem Sinne sein.«

»Sie interessieren sich nur für die Vorteile, ohne die Nachteile in Kauf nehmen zu wollen. Genau wie alle anderen«, erwiderte Jonathan. »Wir sind übrigens gleich da, und das Haus *ist* bezaubernd, Stephanie. Warte, bis du die Kamine siehst.«

»Ich hoffe, du hast etwas zu essen da«, sagte sie. »Und sollte ich irgendwo eine MAKE-AMERICA-GREAT-AGAIN-Kappe entdecken, mache ich umgehend die Fliege.«

Wir bogen links in die Main Street ein, die von entzückenden Geschäften gesäumt war: Pilates Perch, Patisserie Lenox, De-Marchin-Antiquitäten; außerdem entdeckte ich eine hübsche Teestube. Die holzverkleideten Ladenfronten waren in leuchtenden Farben gestrichen und mit originellen, ansprechenden Schildern versehen. Dazwischen gab es allerdings immer wieder dunkle Eingänge und mit Brettern zugenagelte Schaufenster. Je weiter wir fuhren, desto häufiger tauchten sie auf, wie die Symptome einer sich schnell ausbreitenden Infektion.

»Die Innenstadt ist wirklich allerliebst, Jonathan«, sagte ich. »Wir sollten später noch einmal herfahren und einen Spaziergang machen.«

»Wird die malerische Tour stattfinden, bevor oder nachdem wir Keith in den Kofferraum gestopft und ins Bright Horizons gebracht haben?«, fragte Stephanie, deren Ton jetzt eher traurig als sarkastisch klang.

»Nun mach mal halblang«, beschwichtigte ich sie. »Wir haben es doch schon einmal geschafft, ihn ohne jede Gewaltanwendung zu einem Entzug zu bewegen. Und wenn wir Keith diesmal nicht überzeugen, gibt es immer noch ein nächstes Wochenende, richtig? Zumindest haben wir dann den Dialog eröffnet.«

»O nein. Keith muss in die Klinik, und zwar *an diesem Wochenende*«, widersprach Jonathan nervös. »Bis Montag. Wenn nicht, zieht mein Vater den Kredit zurück, und dann verliert Keith die Galerie – das ist euch klar, oder? Dad hielt den Kredit schon für ›kriminell großzügig‹, *bevor* er herausfand, dass Keith süchtig ist. Jetzt schäumt er, denn seiner Ansicht nach ist es eine Schande, dass ich überhaupt einen Freund wie Keith habe. Weitaus beschämender ist allerdings, dass ich zugelassen habe, dass er meinen alten Herrn derart ausnutzt. Die einzige Möglichkeit, ihn zu beschwichtigen, besteht darin, Keith in die Entzugsklinik zu verfrachten.«

Es erstaunte mich nicht, dass Jonathans Vater sauer war. An seiner Stelle wäre ich ebenfalls außer mir gewesen. Keith verwendete einen Teil des geliehenen Geldes definitiv dafür, seinen Drogenkonsum zu finanzieren, und zwar ziemlich unverhohlen.

»Vielleicht hat dein Dad recht«, gab Stephanie zu bedenken. »Keith steckt mittlerweile tiefer in der Patsche als je zuvor. Manchmal habe ich den Eindruck, er versucht, sich umzubringen.«

»Überrascht dich das?«, fragte Jonathan.

»Es ist jetzt zehn Jahre her – wie lange soll Alice Keith denn noch als Vorwand dienen?«, entgegnete Stephanie.

»Keine Ahnung«, erwiderte Jonathan. »Für immer?«

»Wir haben sie alle sehr gemocht«, fuhr Stephanie fort. »Es geht jedem von uns schlecht bei der Vorstellung, was mit ihr passiert ist, aber irgendwann muss mal Schluss sein.«

»Das ist richtig«, pflichtete ich ihr bei. »Allerdings hat Keith sie *geliebt,* weshalb ihm das Ganze am meisten zugesetzt hat.«

»Dann ist Alice also unsere Ausrede dafür, ihm immer wieder einen Freifahrtschein zu geben?«, wollte Stephanie wissen. »Fühlen wir uns so schuldig, dass wir es zu gut mit ihm meinen?«

Wir schwiegen für eine Weile.

»Entzug«, sagte ich schließlich bestimmt. »Wir müssen ihn nur dazu bringen, sich einweisen zu lassen, dann lassen wir die Profis übernehmen. Diesmal wird es funktionieren.«

Ich glaubte tatsächlich daran. Das letzte Mal, als wir Keith dazu überredet hatten – als *ich* Keith dazu überredet hatte –, war es offensichtlich zu früh gewesen. Seit unserem Abschluss war gerade mal ein Jahr vergangen. Achtzehn Monate zuvor war der Wagen, den Alice gefahren hatte, leer in der Nähe der Kingston-Rhinecliff Bridge entdeckt worden. Sechzehn Monate danach stufte man ihren Tod offiziell als Selbstmord ein, obwohl ihr Leichnam nie gefunden wurde. Ich stellte mir vor, wie ihr Skelett – vom Wasser gebleichte, glatt geschliffene Knochen – auf dem Grund des Hudson River zwischen Felsbrocken klemmte, und schauderte.

»Maeve hat recht«, sagte Jonathan. »Wir müssen Keith ins Bright Horizons schaffen, das ist alles. Wir schaffen das. Ich weiß, dass wir das schaffen.«

Der Sonnenuntergang überzog den Himmel bereits mit orangefarbenen Streifen, als Jonathan endlich vor einer hohen, perfekt getrimmten Hecke abbremste. Dahinter waren die Kronen Dutzender hoher Bäume zu sehen. Erst als wir auf die gekieste Zufahrt einbogen, kam das Haus selbst in Sicht: ein atemberaubendes Gebäude im Queen-Anne-Stil mit Ecktürmchen, Vordächern, Balkonen und einer breiten, rundum verlaufenden Veranda. Vier Schaukelstühle aus Holz neben der jagdgrün gestrichenen Haustür vervollständigten das Bild. Mir blieb die Luft weg.

Wir fuhren näher heran, und ich konnte sehen, dass die Fenster für ein älteres Haus wie dieses außergewöhnlich groß waren, als hätte man sie nachträglich eingebaut. Die scharfen, präzisen Kanten, das quadratische Dach, die perfekt rechteckigen Eingangsstufen verliehen ihm ein unerwartet modernes Aussehen. Drinnen brannten bereits mehrere Lampen, was bei dem schnell schwindenden Tageslicht warm und einladend wirkte. Laut Jonathan hatte Peter bereits alles für unsere Ankunft vorbereitet. Peter mochte vielleicht nicht perfekt sein, aber er kümmerte sich gut um Jonathan.

»Ich freue mich so, dass du und Peter einander gefunden habt«, sagte ich. »Eure Beziehung ist …«

Beneidenswert. Aber das sprach ich nicht aus. Jonathan war mein Freund. Ich *freute* mich für ihn.

»Er kann froh sein, dass er dich hat, Jonathan. Genau wie wir alle.« Stephanie schlang ihre Arme von hinten um Jonathan. So lockte sie einen jedes Mal aus der Deckung – ohne Vorwarnung legte sie ihre Rüstung ab, und dann war man ihr ausgeliefert. »Wahre Liebe – wenigstens einer von uns hat sie gefunden.«

»Komm schon, Derrick hat Beth«, sagte Jonathan todernst.

Und zum ersten Mal, seit wir New York verlassen hatten, fingen wir alle an zu lachen.

DETECTIVE JULIA SCUTT

Sonntag, 4.32 Uhr

Officer Nick Fields steht am Eingang, die Hand auf der Waffe, als ich das Haus betrete. Himmelherrgott. Fields sollte niemals eine Tür sichern. Er ist alt für einen Streifenpolizisten, hat einen grau melierten Schnäuzer und einen dicken Bauch, und er ist viel zu nervös für Außeneinsätze.

Ich begegne seinem Blick. »Wo sind sie?«

»Da entlang.« Er deutet mit seinem fetten Daumen über die Schulter auf eine offene Tür. »Wirken ziemlich erschüttert.«

»Verständlich.« Einer ihrer Freunde ist tot, ein weiterer wird vermisst, und wir wissen noch nicht einmal, wer wer ist. Ich nicke Fields zu und gehe an ihm vorbei. »Pass auf, dass du niemanden erschießt.«

Als ich das Wohnzimmer durchquere, fallen mir die teuren Teppiche, die exquisiten Möbel und die angesagten Bildbände ins Auge. Eine Wand ist mit einer breit gestreiften, blauen Tapete bedeckt; neben einem schmalen Beistelltisch steht ein frisch aufgepolsterter, antiker Sessel. Alles ist auf diese perfekte Art zusammengewürfelt, die reiche Leute zu lieben scheinen – elegant, aber gemütlich. Und höllisch teuer.

Die meisten Einheimischen würden diesen Wochenendhausbesitzern jeden einzelnen Quadratzentimeter missgönnen. Ich verstehe das. Ich weiß aber auch, dass Geld die Menschen nicht zwingend zu Monstern macht. Deshalb habe ich Hudson verlassen, wo ich aufgewachsen bin – auf der anderen Seite des Flusses gelegen und ein bisschen größer als Kaaterskill –, und bin an die University of California gegangen; anschließend war ich ein Jahr lang bei einem Hightech-Start-up in San Francisco tätig.

Das alles habe ich für meine Mom getan. Ich habe immer gewusst, dass ich einmal zur Polizei gehen würde – hier, in Kaaterskill. Als ich nach Hause zurückkehrte, um mich bei der Polizeiakademie einzuschreiben, wollte meine Mom wissen, warum ich mich für einen so gefährlichen, schlecht bezahlten Job entschied, wo mir doch sämtliche Möglichkeiten offenstanden. Natürlich kannten wir beide die Antwort auf diese Frage. Wir waren bloß ziemlich überzeugend, wenn wir so taten, als wäre dem nicht so.

Meine Gedanken schweifen unvermittelt dorthin. Zu der ganzen Sache. *Verdammt.* In letzter Zeit braucht mein Gehirn nur den kleinsten Impuls. Das liegt an diesem dämlichen Podcast. Die letzte Folge wurde vor ein paar Wochen ausgestrahlt, und seitdem spricht die gesamte Stadt darüber. Es ist schwer, das auszublenden. Aber ich werde verflucht noch mal nicht zulassen, dass mich irgendwer mit seiner perversen Vorstellung von Unterhaltung aus der Bahn wirft, nicht nach so langer Zeit. Es ging mir gut. Es geht mir gut. Und das soll auch so bleiben.

Ich betrete ein großes Wohnzimmer. Zwei rote Ledersofas stehen einander gegenüber, zwei Frauen – eine weiß, die andere schwarz – und ein ostasiatischer Mann, alle Ende zwanzig, Anfang dreißig, sitzen dicht beisammen. Sie sind attraktiv und strahlen Wohlstand aus – Glamour, um genau zu sein –, mit ihrer Kleidung und ihrer Attitüde. Allerdings wirken sie sichtlich aufgewühlt, ihre Augen sind glasig und rot gerändert. Ich hebe den Blick, sehe mich um und entdecke am gegenüberliegenden Ende des Raumes die beiden Officer Tarzian und Cartright, die in Richtung der Sofas nicken.

Ich wende mich wieder den drei Wochenendgästen zu. »Detective Julia Scutt.«

Sie stellen sich vor – Stephanie Allen, Jonathan Cheung, Maeve Travis – und bieten mir an, sie beim Vornamen zu nennen.

»Wissen Sie schon, wen Sie gefunden haben?«, erkundigt sich Stephanie und zieht die goldgefleckten Augen schmal. Ihre Frage klingt leicht vorwurfsvoll. Alles, was wir im Augenblick wissen, ist, dass Derrick Chism und Keith Lazard – beide weiß, beide dreißig Jahre alt, beide ungefähr eins achtzig groß – vermisst werden. Vermutlich handelt es sich bei unserem Toten um einen der zwei Männer.

»Der Wagen gehört Derrick, dann wird er wohl auch gefahren sein«, sagt Jonathan, den Blick auf seine Freundinnen geheftet. Er trägt eine von diesen Strickbeanies, die die Hipster so lieben. Die Mütze bringt seine eleganten Wangenknochen und den vollen Mund zur Geltung, trotzdem wirkt sie ein bisschen albern.

»Es sei denn, Derrick hat Keith gebeten, dorthin zu fahren«, wirft Stephanie ein.

»Wenn Sie uns hinbringen, könnten wir Sie bei der Identifizierung unterstützen«, bietet Jonathan an.

»Das ist leider nicht möglich. Die Gegend ist nicht sicher. Wir wissen nicht, ob es sich tatsächlich um einen Unfall handelt oder ob wir es mit einem bewusst herbeigeführten Vorfall zu tun haben. In diesem Fall befände sich ein potenziell gefährlicher Tatverdächtiger auf freiem Fuß.« Das ist reine Spekulation, aber ich werde die drei auf keinen Fall zur Unfallstelle führen. Ihre bloße Anwesenheit könnte die Ermittlungen beeinträchtigen und sie als Zeugen unbrauchbar machen, vorausgesetzt, ich halte sie nicht per se für verdächtig, was ich im Augenblick noch nicht weiß.

»Dann sind Sie also nicht der Ansicht, dass es ein Unfall war?«, fragt Stephanie.

»Die Position des Fahrzeugs spricht dagegen«, sage ich.

»Was bedeutet das genau?«, will Jonathan wissen.

»Es bedeutet, dass es sich womöglich nicht um einen Unfall handelt«, antworte ich. »Ich werde veranlassen, dass Sie die Fotos der Spurensicherung sichten können. Vielleicht können Sie Ihren Freund auf diese Weise identifizieren. Sie sollten allerdings wissen, dass er schwere Gesichtsverletzungen davongetragen hat, die eine Identifizierung eventuell unmöglich machen.«

Ich möchte sie nicht noch mehr aufregen, aber ich will ihren Fokus von der Identifizierung abziehen. Natürlich ist das wichtig, aber im Moment ist es viel wichtiger, dass ich einen Eindruck bekomme, was zum Teufel hier passiert sein könnte.

»Das ist furchtbar«, sagt Maeve. Sie sieht aus, als wäre ihr übel. Benommen starrt sie auf ihre zarten, manikürten Hände und dreht die Ringe an ihren Fingern. Sie wirkt noch zurechtgemachter als die beiden anderen, mit ihrem maßgeschneiderten Outfit und den perfekten Fingernägeln. Als würde sie sich ein klein wenig mehr Mühe geben, weil sie nicht ganz so attraktiv ist. Sie zählt zu den Frauen, die man schon einmal gesehen zu haben glaubt, doch man weiß nicht mehr, wo. »Ich denke nicht, dass ich die Fotos sehen möchte.«

Alle drei machen gequälte Gesichter und schweigen für einen Moment. Ich kann mir vorstellen, wie sie sich fühlen, und es tut mir leid. Offenbar sind sie zutiefst aufgewühlt.

»Ich schlage vor, wir lassen erst einmal einen Fingerabdruckabgleich vornehmen und sehen dann weiter. Vielleicht brauchen wir Sie gar nicht für die Identifikation. Die beiden müssen ja nicht zwingend ein Vorstrafenregister haben, um in der Datenbank gespeichert zu sein, oftmals genügen schon bestimmte Dokumente oder Arbeitgeber, die einen Hintergrundcheck verlangen …«

Ich lasse meine Worte verklingen und warte ab, ob jemand aufspringt und mit irgendwelchen Vorstrafen aufwartet.

»Sie könnten doch einfach die Fingerabdrücke mit denen

vergleichen, die Sie auf Keith' und Derricks Sachen finden«, schlägt Jonathan vor.

»Das ist schwieriger, als man annimmt. Wir brauchen auch noch einen DNA-Test, doch laut der Officer« – ich nicke in Cartrights und Tarzians Richtung – »befinden sich Ihre Zahnbürsten und Waschutensilien alle zusammen in einem Badezimmer, sodass wir nicht wissen, was wem gehört. Können Sie die Sachen unterscheiden?«

Sie schütteln alle drei den Kopf.

»Wenn alles andere nicht greift, können wir immer noch zu den beiden nach Hause fahren, um DNA für den Abgleich sicherzustellen. Aber eins nach dem anderen. Es ist durchaus möglich, dass Ihr vermisster Freund jeden Moment auftaucht. Mir ist bewusst, wie schwierig die Situation für Sie ist, dennoch bitte ich Sie um Geduld. Wäre es möglich, dass Sie diesem Officer«, ich deute auf Cartright, »Ihre vollen Namen, Adressen und Geburtsdaten nennen? Und bitte teilen Sie uns alles mit, was Sie über Ihre zwei Freunde wissen. Jedes noch so unbedeutend erscheinende Detail könnte hilfreich sein.«

Cartright zögert – als wäre eine solch niedere Aufgabe unter seiner Würde. Cartright ist ein Arschkriecher und überzeugter Seldon-Anhänger. Als ich ihn anfunkele, tritt er endlich vor, Notizblock und Kugelschreiber in der Hand.

»Das ganze Programm«, sage ich zu ihm, womit ich meine, dass er sie *alle* überprüfen soll, nicht nur die beiden vermissten Männer. Ich hoffe, Cartright begreift, was ich von ihm will.

»Dann gehen Sie also davon aus, dass derjenige …« Jonathan versagt die Stimme. Er räuspert sich. »… dass derjenige, der nicht tot ist, irgendwo da draußen herumirrt? Aber wo sollte er sein?«

»Suchtrupps durchkämmen die Wälder«, versichere ich ihm. »Wir werden ihn finden.«

»Wie viele Polizisten können Sie in dieser Gegend für die Suche abstellen?« Stephanie steht auf und fängt an, im Zimmer auf und ab zu tigern. »Sämtliche verfügbaren Kräfte müssen raus. Sie müssen den Überlebenden finden, bevor es zu spät ist.« Sie bleibt stehen, verschränkt die Arme vor der Brust und sieht mich mit gerunzelter Stirn an. »Wenn Keith oder Derrick etwas zustößt, weil Sie nicht schnell genug waren, sind Sie dafür verantwortlich.«

Ich lasse mir nicht anmerken, wie verärgert ich bin. »Keine Sorge, wir haben genügend Leute. Ein spezieller Suchtrupp der State Police ist im Einsatz ...«

»Es war meine Idee«, fällt Jonathan mir ins Wort. Er scheint plötzlich zu schrumpfen, als wollte er in der Couch verschwinden. »Dass er hergekommen ist, meine ich. Das ist mein Haus. Wir sind hier, um meinen Junggesellenabschied zu feiern.«

Ein Junggesellenabschied? Nun, das wirft ein anderes Licht auf die Sache.

»Was passiert ist, hat nichts mit deinem Junggesellenabschied zu tun«, stellt Stephanie klar. Ihr Ton ist scharf. Sie reckt das Kinn vor. »Das ist völlig irrelevant.«

»Ich möchte nur sichergehen, dass sie die Fakten kennt.« Er weicht Stephanies Blick nicht aus. Vielleicht ist er doch nicht so ein Schwächling, wie es auf den ersten Blick scheint.

»O Gott!«, stößt Maeve hervor und wird blass. »Ich kapier's einfach nicht. Das ist so ... Die beiden waren doch *gerade noch* hier.«

»Genau deshalb benötigen wir Ihre Hilfe«, sage ich.

»Die zwei sind unsere besten Freunde.« Stephanie sieht die anderen an, dann wieder mich. »Wir sagen Ihnen alles, was Sie wissen möchten, Detective.«

STEPHANIE

Freitag, 19.22 Uhr

Ich sah Jonathan die Vordertreppe hinaufsteigen, in seiner hautengen Jeans und einem leuchtend orangefarbenen Kaschmirpulli – Peters Einfluss. Wäre es nach ihm gegangen, hätte Jonathan sich gekleidet, als wäre er einem Brooks-Brothers-Katalog entsprungen – überdimensionierter Preis, unterdimensionierter Sinn für Mode. Ich verspürte einen absurden Anflug von Neid. Wünschte ich mir etwa auch einen Freund, der meine Kleidung aussuchte?

»Wissen wir, wann Keith und Derrick eintreffen?«, fragte Maeve.

Ich schaute die kurvenreiche Zufahrt hinunter, die totenstill in der Dunkelheit lag. Wegen der Bäume war es schlagartig dunkel geworden. »Wir wissen ja noch nicht einmal mit Sicherheit, ob sie die Stadt verlassen haben«, erwiderte ich. Keith tauchte häufig mal ab, scheinbar willkürlich, erwiderte unsere Anrufe nicht, tat so, als gäbe es uns nicht mehr. Typischer Süchtigen-Nonsens. Wir sollten lieber darauf gefasst sein.

»Keith hat mir heute Morgen eine Textnachricht wegen des Junggesellenabschieds geschickt«, sagte Jonathan mit einem Blick über die Schulter und suchte dann im Licht der Außenlampe nach dem richtigen Schlüssel. »Er hat behauptet, er freue sich darauf, was durchaus ermutigend ist.«

»Wo du das Thema gerade anschneidest: Wie lange willst du diese Junggesellenabschied-Scharade eigentlich noch durchziehen?«, wollte ich wissen. »Ist das nicht lediglich ein Aufschub des Unausweichlichen?«

»Wir hätten im Wagen darüber reden können, wärst du

nicht die ganze Fahrt über am Telefon gewesen«, frotzelte Maeve und riss erschrocken die Augen auf, als ich ihr einen finsteren Blick zuwarf. Sofort ruderte sie zurück. »Komm schon, Steph, ich mache doch nur Spaß.«

Maeve konnte die Vorstellung, dass irgendwer sauer auf sie war, nicht ertragen. Sie würde sich ein dickeres Fell zulegen müssen, wenn sie als Upper-East-Side-Trophäenfrau überleben wollte. Solche Frauen konnten gnadenlos sein. Allerdings waren ihre Erstsemesterkommilitonen aus Charleston vermutlich auch nicht besonders kuschelig gewesen.

Und Maeve hatte recht, was das Telefonat betraf: Ich hätte es verschieben sollen. Ich vergrub mich in Arbeit, wenn mir nicht nach Gesellschaft zumute war – ein Trick, den ich von meinen arbeitsbesessenen Professoreneltern gelernt hatte. Und während der vergangenen Wochen war ich definitiv allem und jedem aus dem Weg gegangen.

»Tut mir leid wegen der Telefonkonferenz«, sagte ich. »Das war blöd von mir.«

»Ich schicke Keith eine Textnachricht und frage, wo sie sind«, bot Maeve an. Sie blickte aufs Handy, und für eine Sekunde verdüsterte sich ihr Gesicht – vermutlich ging es um Bates –, doch es gelang ihr, ein Lächeln aufzusetzen, als sie eine kurze Nachricht eintippte.

Jonathan öffnete die Haustür. »Willkommen in Locust Grove!«, rief er mit einer Verbeugung und winkte uns hinein.

Das Haus duftete nach Geißblatt mit einem Hauch Zitrone – vielleicht war das auch nur den umweltfreundlichen Putzmitteln geschuldet. Mobiliar und Einbauten hielten eine Balance aus modernem Flair und rustikalem Bauernhaus, wie der abstrakt gemusterte Teppich im Eingangsbereich mit dem antik aussehenden Tisch, der wiederum vollgepackt war mit einer eklektischen Sammlung an Kunstbüchern und einer Steinurne voller frischer Äpfel. Natürlich war es wunderschön, wie jedes Haus, in dem Jonathan je gewohnt hatte. Hier allerdings wirkte der Dekor persönlicher, als wäre jedes einzelne Stück liebevoll ausgewählt worden.

»Es ist großartig, Jonathan«, sagte ich, und das war es.

Doch als ich mich weiter im Locust Grove umsah, fühlte ich mich leer. Ich kam nicht umhin, das Haus mit meinem stylishen Apartment in Midtown Manhattan zu vergleichen, das ich in erster Linie deshalb gemietet hatte, weil es in der Nähe von meinem Büro lag. Meine Einrichtung stammte aus einem der lässig eleganten Möbel-Outlets, die man in jeder Vorstadt-Mall findet, manches hatte ich praktischerweise online bestellt. Es war ein nettes Apartmenthaus mit einem netten Gym, das ich nie benutzte, netten Portiers, deren Namen ich nicht kannte, und voller Dinge, die so nett waren, dass ich, ohne in Verlegenheit zu geraten, Gäste zu mir einladen konnte – was ich ohnehin nie tat.

Jonathan ließ lächelnd den Blick schweifen. »Peter hat alles selbst hergerichtet. Ihr hättet das Haus sehen müssen, als wir es gekauft haben. Ein reines Desaster!«

Aus dem Wohnzimmer drang ein seltsames Rascheln. Eine Maus? Wir spähten angespannt in die entsprechende Richtung.

»Buh!«

Ich zuckte zurück und stieß mir den Kopf an der Wand hinter mir. Ein Mann tauchte auf der Türschwelle auf und lachte. Für einen Moment weigerte sich mein Gehirn, sein Gesicht zuzuordnen.

Dann erkannte ich ihn. Finch. Ja, er war es, definitiv. Der Star unter Keith' Künstlern. Direkt vor uns, in Fleisch und Blut. Grauenhaft.

»Entschuldigung, Entschuldigung!« Keith tauchte neben Finch auf, die Augen weit aufgerissen, das braune Haar verwegen zerzaust, in Anzugjacke, Jeans und einem grün karierten Button-down-Hemd. Seine Galerie-Kluft. »Das war eine schlechte Idee von Finch.«

»Keith, was zum Teufel …?«, rief Maeve mit bewundernswert fester Stimme.

»Kommt schon, es war doch lustig«, hielt Finch mit einem verschlagenen Grinsen dagegen, bei dem seine perfekten Zähne aufblitzten – zum Glück nicht in meine Richtung.

Das Licht aus dem Wohnzimmer erleuchtete seinen Rücken und überzog sein volles, schulterlanges Haar mit einem goldenen Schimmer, der an einen Heiligenschein erinnerte. Seine grünen Augen funkelten – ein eindrucksvoller Mann, daran gab es nichts zu rütteln. Allerdings war er für meinen Geschmack zu geschniegelt, mit seinen weißen Dreihundert-Dollar-T-Shirts, dem leichten Bartschatten und der stets gebräunten Haut. Außerdem war er abscheulich arrogant.

Das letzte Mal war ich Finch vor einem Monat begegnet, bei einem Empfang ihm zu Ehren im Cipriani. Ich war nur hingegangen, weil Keith behauptet hatte, sie brauchten Gäste. Natürlich waren bereits Hunderte von Leuten da, als ich nach einem brutal anstrengenden Arbeitstag endlich eintraf. Typisch Keith – erst bat er einen verzweifelt um einen Gefallen, dann vergaß er, dass man überhaupt existierte. Finch hatte mich mit einer zu engen Umarmung begrüßt und anschließend mein Kleid als »abenteuerlich« bezeichnet, in einem Ton, bei dem ich am liebsten nachgefragt hätte, was er damit meine, um ihn anschließend zusammenzustauchen. Jetzt wollte mir partout nicht einfallen, ob ich überhaupt etwas erwidert hatte. Ich konnte mich ohnehin nicht besonders deutlich an jenen Abend erinnern – nur wie er geendet hatte, war mir im Gedächtnis geblieben.

Ich blinzelte Finch an, als könnte ich ihn dadurch dazu

bringen, sich in Luft aufzulösen. Keith hatte vermutlich gespürt, dass wir etwas planten, und Finch als menschlichen Schutzschild mitgebracht. Was für ein Desaster.

Derrick erschien auf der Bildfläche. Er drückte sich verlegen an der Rückseite des Wohnzimmers herum, wo er sich offensichtlich die ganze Zeit über versteckt hatte. Entnervt strich er mit der Hand seine braunen Haare zurück, die jetzt länger waren, zotteliger, wenngleich auf eine attraktive Art und Weise. Jedes Mal, wenn ich ihn sah, stellte ich überrascht fest, wie gut er heutzutage aussah, so viel besser als während unserer College-Zeit. Er hatte sich im Laufe der Jahre weiterentwickelt.

»Ich hab euch doch gesagt, ihr sollt das lassen«, tadelte er Finch und Keith, ganz der missbilligende Literaturprofessor, der er war, und schob seine Schildpattbrille auf den Nasenrücken. »Aber natürlich hört ja niemand auf mich.«

Auf Derrick hörte nie jemand.

»Wo ist dein Auto, Derrick?«, fragte Jonathan und blickte mit zusammengezogenen Brauen aus dem Fenster über die Zufahrt. Er klang verärgert. »Und wie seid ihr hier reingekommen? Ihr habt doch nicht etwa ein Fenster aufgebrochen?«

»Wir haben an der Straße geparkt und sind zu Fuß zum Haus gegangen. Außerdem – was denkst du? Als würden wir ein Fenster aufbrechen!« Keith wirkte verletzt.

»Wieso sollten wir einbrechen, wenn wir doch die hier haben?« Finch hielt einen Schlüssel hoch. Mit der anderen Hand stützte er sich an der Türzarge ab und dehnte sich. Sein tätowierter Bizeps spannte sich an. »Du solltest sie nicht unter der Fußmatte verstecken.« Wie immer sprach er mit seinem breiten Südstaatler-Akzent. »In Arkansas gilt so etwas als Einladung, das Haus zu betreten. Richtig, Derrick?«

»Ehrlich gesagt, habe ich keine Ahnung, wovon du redest,

Finch«, entgegnete Derrick. »Es war deine törichte Idee, einfach hineinzuspazieren, und Keith war so idiotisch, dir beizupflichten.«

»Ach, Keith tut sowieso, was ich sage. Das weißt du doch, Derrick. Ohne mich würde es ihn nämlich gar nicht geben. Richtig, Keith?«

»Absolut«, pflichtete Keith ihm bei, als interessierte es ihn nicht im Mindesten, wie sehr Finch ihn erniedrigte. Vermutlich hörte er nicht einmal zu. Soweit ich es beurteilen konnte, war er total high. Definitiv. »Komm schon, Steph.« Keith trat näher. »Auch du fandest es witzig, zumindest ein bisschen. Innerlich musst du doch schmunzeln.«

»Muss ich nicht«, widersprach ich und entspannte mich ein wenig, als Keith einen Arm um meine Taille schlang und mich auf die Wange küsste.

Er hatte diese Wirkung auf andere – auf alle anderen. Männer, Frauen, schwul, hetero und sonst was. Selbst ein kurzer Augenblick im Zentrum seiner Aufmerksamkeit war so, als würde man in den Sonnenuntergang blicken. Man konnte die Augen nicht abwenden, auch wenn sie anfingen zu brennen.

Ich erinnerte mich immer noch an den Abend, als Erstsemesterstudent Keith zu mir in die Bibliothek gekommen war und mich in sein Atelier geschleift hatte, damit ich mir ein Gemälde ansah.

»Bitte«, hatte er gebettelt. »Ich habe gerade das erste einer ganzen Reihe fertiggestellt. Es ist der Wahnsinn!« Er war vor meinem mit Bücherstapeln überladenen Schreibtisch auf die mit Farbe bekleckerten Knie gegangen. Ich saß Abend für Abend an diesem Schreibtisch, deshalb wusste jeder genau, wo er mich finden konnte. Und es fanden mich viele – etwas, was ich insgeheim genossen haben musste, denn ich hätte mir mühelos einen anderen Platz suchen können. »Du *musst* es dir ansehen.«

»*Ich* oder irgendwer? Falls du nur jemanden suchst, der dir versichert, wie großartig es ist, können wir das gleich an Ort und Stelle erledigen. Es ist großartig, Keith. Ich bin mir sicher, es ist einfach fantastisch!«

»Nein, nicht irgendwer. *Du.* Du im Besonderen musst es dir ansehen«, beharrte er mit leuchtenden Augen. »Es wird sich lohnen, das verspreche ich dir.«

Widerwillig war ich mit ihm gegangen, hatte den dunklen Campus überquert und sein Atelier betreten. Es war schon beinahe Mitternacht gewesen. Und dort, unter einem Strahler, stand eine riesige Leinwand, ein Gemälde von mir als kleines Mädchen, wie ich auf das unermesslich große, aufgewühlte Meer blickte. Ich hatte meinen Freunden die Geschichte erzählt, dass ich als Dreijährige einen Moment abgepasst hatte, in dem meine Eltern nicht aufpassten – sie waren beide am Strand in die Benotung der Semesterarbeiten vertieft gewesen –, und in die Wellen gestürmt war. Ich wäre beinahe ertrunken. In meinen Augen sagte diese Geschichte alles, was man über meine Familie wissen musste – und zeigte den subtilen Herzschmerz über die wohlwollende Gleichgültigkeit, die man mir entgegenbrachte. Die meisten Leute kapierten es nicht. Doch Keith hatte es verstanden – das bewies er mit diesem Gemälde.

»Es ist wunderschön«, sagte ich mit zusammengeschnürter Kehle. Und das war es, das leuchtende Blau-Weiß rund um die zarte Gestalt. Mein junges Ich.

Keith betrachtete das Gemälde lächelnd. »So eins fertige ich für alle an. Eine Reihe über die Familien, aus denen sie stammen. *Herkunftsfamilien.* Hoffentlich können die anderen mithalten.« Er schlang einen Arm um mich. Zusammen starrten wir auf das Bild, meine Füße fühlten sich seltsam haltlos auf dem Fußboden an, schwankend. »Weißt du, nur weil deine Eltern keine Gefühle haben, heißt das nicht, dass das auch für dich gilt.«

»Ich fühle Dinge«, sagte ich ruhig, ohne die Augen von dem Gemälde zu wenden.

»Ich meinte Gefühle für jemand anderen, ein atmendes Wesen«, stellte er klar. »Du kannst das zulassen, kannst immer noch die sein, die du sein willst.«

Meine Kehle war zu eng, als dass ich zu protestieren vermochte. Keith war der einzige Mensch, der meine Perfektion als das durchschaut hatte, was sie war: ein fest verschlossenes Behältnis voller Einsamkeit. Er war der Einzige, der mich darauf ansprach.

Es war gefährlich leicht, sich in Keith' riesiges, wildes Herz schließen zu lassen, selbst wenn man nur mit ihm befreundet war. Die arme Alice hatte keine Chance gehabt. Doch das hatte mich nicht davon abgehalten, sie zu verurteilen, richtig? Ausgerechnet Liebe, hatte ich gedacht. Konnte es etwas Trivialeres geben? Wie oft hatte ich Alice geraten, endlich erwachsen zu werden und über Keith hinwegzukommen, aufzuhören, eine solche Drama-Queen zu sein. Ja, ich hatte versucht zu helfen, doch im Rückblick kam ich mir sehr kaltherzig vor. Was hatte ich damals über die ganze Sache gewusst? Was wusste ich heute?

»Du schuftest dich für den Kerl immer noch zu Tode, stimmt's?« Als ich mich umdrehte, stand Finch neben mir und musterte mich ostentativ. »Weil du so *furchtbar* beschäftigt gewirkt hast.«

Er war in gewisser Weise darauf programmiert, so etwas zu sagen. Finchs gesamte künstlerische Karriere baute auf Provokation auf. Der entscheidende Punkt war, ihn zu ignorieren. Narzissten wurden einer Sache schnell überdrüssig.

»Stephanie, kannst du bitte kurz kommen?«, rief Jonathan in dem vergeblichen Bemühen, ungezwungen zu klingen.

»Entschuldige, Jonathan braucht mich«, sagte ich zu Finch und drängte mich an ihm vorbei ins Wohnzimmer.

»Das ist reine Verschwendung!«, rief Finch mir nach. »Du weißt gar nicht, was dir entgeht.«

Ich drehte mich nicht um.

»Hallo, Stephanie? Komm mal zu mir, bitte. *Sofort.*« Jonathan winkte mich zu sich.

»Du wolltest mir den Kamin zeigen, richtig?«, fragte ich laut, in der Hoffnung, es würde ihn daran erinnern, dass er die Ruhe bewahren musste. Auszuflippen, weil Finch hier war, würde die Lage bestimmt nicht verbessern. »Ich werde für den Rest des Wochenendes auf jegliche Beschwerden verzichten, wenn du mich vor ein Kaminfeuer setzt.«

»Ja, natürlich.« Jonathan legte eine Hand auf meinen Arm. »Es ist unglaublich, aber hier gibt es tatsächlich *vier* Kamine. Einer ist in dem Zimmer, das du dir mit Maeve teilst. Wie du morgen sehen wirst, bietet es einen wunderbaren Ausblick auf den Hudson und spektakuläre Sonnenuntergänge. Es ist übrigens das schönste Zimmer im ganzen Haus, deshalb habe ich es euch gegeben.«

»Habe ich das Wort ›Kamin‹ gehört?«, fragte Maeve, die sich zu uns gesellte.

»Was nun?«, schaltete sich Finch ein, der sich uns mit alarmierender Geschwindigkeit näherte. »Sollen wir Strohhalme ziehen, wer dieses beste Zimmer bekommt? Es sei denn, die Damen *möchten* ihr Zimmer teilen …«

»Alles in Ordnung, danke«, lehnte Maeve mit ahnungsloser Fröhlichkeit ab.

Irgendwie gab Maeve jedem einen Vertrauensbonus, trotz allem, was sie durchgemacht hatte. Es war einer der vielen Gründe, weshalb ich mir wegen Bates Sorgen machte. Jonathan hatte ihn als »verlässlichen Kerl« bezeichnet, allerdings war sein Männergeschmack nicht immer der beste. Ausgerechnet *Bates?* Aber Maeve war anscheinend bis über beide Ohren verknallt. Angeblich, weil Bates liebenswürdig und lustig war, und er war tatsächlich freundlich gewesen, als ich ihn kennengelernt hatte. Doch er sah auch *sehr* gut aus und war *sehr* vermögend, und Maeve ließ sich *sehr* leicht von glitzernden Oberflächen in den Bann ziehen. Dafür machte ich ihre grauenhafte Familie verantwortlich. Maeve hatte sie komplett aus ihrem Leben verbannt, aber sie hatte natürlich Spuren hinterlassen.

»Finch will euch doch nur foppen. Es ist uns gleich, welches Zimmer du für uns vorgesehen hast«, sagte Keith und klopfte Jonathan auf den Rücken, bevor er den Raum durchquerte und anfing, die Schränke an der gegenüberliegenden Wand zu öffnen. Endlich hatte er die Bar entdeckt. »Ah, da ist sie ja. Gut getarnt, Jonathan.«

»Klasse Idee, Keith.« Finch ließ sich auf eines der roten Ledersofas fallen. »Nach der Fahrt kann ich einen Cocktail gebrauchen.«

Drinks. Genau der richtige Anstoß, um einzugreifen. Maeve und ich tauschten einen Blick aus, dann strebte sie pflichtbewusst auf Keith zu. Ich beobachtete, wie sie versuchte, ihn vom Alkohol abzulenken, indem sie den Kopf schief legte und süß lächelte. Doch Keith war total fixiert auf seinen Drink. Von Weitem sah er absolut schrecklich aus. Keiner von uns wusste genau, was er nahm. Es hatte mit Marihuana angefangen, anschließend war er zu den Psychopharmaka Xanax und Ativan übergegangen – heftige Medikamente gegen Angststörungen und Panikattacken. Irgendwann hatte er zu Oxycodon und anderen Opioiden gewechselt, die bei starken Schmerzen verschrieben wurden. Gott allein wusste, welche Ausmaße das Ganze angenommen hatte. Unabhängig von Jonathans Dad, dem Kredit und der Galerie – es war gut möglich, dass Keith nicht mehr lange lebte, wenn wir ihn nicht in eine Entzugsklinik schafften.

Manchmal fragte ich mich, was wohl aus uns geworden wäre, hätten wir in jener Nacht auf dem Dach einfach die

Polizei gerufen. Ich hatte das tun wollen, zumindest am Anfang. Bis man mich daran erinnert hatte, was das für unsere Zukunft bedeutet hätte – vor allem für meine. Doch hätten wir jemanden angerufen, wäre Alice vielleicht noch am Leben und sie und Keith immer noch zusammen. Stattdessen hallte jene Nacht bis heute in jedem Einzelnen von uns nach, äußerte sich in Jonathans krankhafter Generosität, Derricks unglücklicher Ehe mit Beth und meiner Arbeitswut. Was Maeve anging – sie hatte es verdient, endlich glücklich zu sein. Sie hatte schon genug durchgemacht.

Ich fragte mich, ob Maeve die jüngste E-Mail von Alice' Mom bekommen hatte. Es war nicht die erste dieser Art, für gewöhnlich schrieb sie uns ein, zwei Mal im Jahr, um uns für das verantwortlich zu machen, was Alice zugestoßen war. Die letzte Nachricht hatte allerdings einen neuen, drohenden Ton angenommen: *Ich weiß, was du getan hast.* Trotzdem blieb uns nichts anderes übrig, als darauf zu warten, dass sich Alice' Mutter wieder in ihre Trauer zurückzog. Bislang hatte sie das jedes Mal getan. Normalerweise sprachen wir über die Nachrichten, zumindest Maeve und ich, doch diesmal hatte keine von uns ein Wort darüber verloren. Ich denke, wir stimmten stillschweigend überein, dass es einfach zu viel war, uns zusätzlich zu unserer Rettungsmaßnahme für Keith auch noch damit auseinanderzusetzen.

»Hast du ein Problem mit Leuten, die freitagabends um neunzehn Uhr einen Drink zu sich nehmen?« Finch grinste schief, als ich ihn ansah. Offenbar hatte er bemerkt, dass ich Keith beobachtete. »Du kennst anscheinend nur eine Art von Vergnügen …«

»Du kannst mich mal, Finch«, sagte ich und durchquerte das Zimmer erneut. So viel zum Thema, nicht auf den Köder anzubeißen.

»Was zum Teufel macht er hier?«, flüsterte ich Derrick zu, der vor einem der Fenster stand und hinausschaute.

Er zuckte die Achseln. »Das Arschloch geben? Macht Finch das nicht immer?«

»Wusstest du, dass er mitkommt?« Es klang wie ein Vorwurf. Vielleicht war es das sogar, auf gewisse Weise.

Derrick und Finch kannten einander seit ihrer Kindheit in Arkansas, auch wenn ihr soziales Umfeld grundverschieden war. Derricks Familie war für dortige Maßstäbe wohlhabend, Finch das Produkt bitterer Armut. Ein gefundenes Fressen für die Kunstwelt. Es war Derrick, der Keith und Finch einander vorstellte, damals, als Finch noch nicht einen müden Dollar mit seiner Kunst verdient hatte und Keith mit seiner Galerie ganz am Anfang stand. Ich habe nie herausgefunden, warum Derrick Finch überhaupt den Gefallen tat, aber so war er eben: hilfsbereiter und freundlicher, als ihm guttat.

»Selbstverständlich *wusste* ich nicht, dass Finch mitkommen würde. Glaubst du nicht, ich hätte euch gewarnt?«, fragte er entrüstet. »Ich war bereits in der Galerie, um Keith abzuholen, als Finch aufkreuzte. Er sah Keith' Reisetasche und wollte wissen, was wir vorhatten, und dann fragte er, ob er mitfahren könne, so, wie er es immer tut. Dir ist doch klar, dass er nur mit uns abhängen will, weil wir ihn nicht dabeihaben wollen. Wenn wir ab und an mal Ja sagen, verliert er vielleicht das Interesse.«

»Wusste Finch, dass wir *alle* hier sein würden?«, konnte ich mir nicht verkneifen zu fragen. »Oder dachte er, ihr wäret nur zu dritt?«

»Keine Ahnung. Ich habe explizit erklärt, dass wir zu Jonathans Junggesellenabschied fahren und dass Finch nicht eingeladen ist. Aber du kennst Keith, und Finch bekommt immer, was Finch will.« Derrick schüttelte verärgert den Kopf. »Ich hätte resoluter sein sollen, aber ich hatte Sorge, dass Keith Verdacht schöpft. Wenn Finch die Sache mit den Drogen herausfindet, wird er Keith mit Sicherheit den Vertrag kündigen. Finchs Dad war auf Meth. Wir können nichts unternehmen, solange er hier ist. Das muss warten.«

Nicht dass es wichtig wäre, was Finch herausfand, denn er *hatte* den Vertrag mit Keith längst gekündigt. Allerdings war ich die Einzige, die das wusste. Aber weil ich nicht wollte, dass die anderen erfuhren, wie ich an diese Information gelangt war, konnte ich niemandem davon erzählen.

»Da gibt es einen Haken«, wandte ich ein, »wir können nicht warten. Keith muss bis Montag ins Bright Horizons einchecken, sonst streicht ihm Jonathans Dad den Kredit.«

Derrick schloss die Augen. »Großartig.«

Ich sah aus dem Fenster. Im Garten an der Seite des Hauses war ein Stapel Bretter zu einem hohen Dreieck aufgeschichtet, als hätte jemand Vorbereitungen für ein Feuer getroffen.

»Was ist das?«, fragte ich und tippte mit dem Finger gegen die Scheibe.

Derrick richtete den Blick auf die Bretter. »Darüber habe ich mir auch schon den Kopf zerbrochen.«

»Was hat dieser Scheiterhaufen zu bedeuten?«, rief ich Jonathan quer durchs Zimmer zu.

Jonathan kam zu uns, um ebenfalls aus dem Fenster zu sehen. »Das ist …« Er zuckte zurück, wenngleich nur für den Bruchteil einer Sekunde, doch unübersehbar. »Das ist … Ich habe absolut keine Ahnung. Es wird eine Veranda ans große Schlafzimmer auf der Rückseite des Hauses angebaut, wahrscheinlich hängt das damit zusammen.«

»Aber warum ist das Holz so aufgeschichtet?«, fragte Derrick. »Das ist irgendwie merkwürdig, findest du nicht?«

»Ach was.« Jonathan lachte verlegen. »Ich bin mir sicher, Peter hat einfach vergessen, mir davon zu erzählen. Er hat so viel an diesem Haus und an seinem Buch gearbeitet. Du weißt, wie das ist, Derrick. Er lässt sich förmlich davon verzehren – auf eine gute Weise, wie ich finde. Auf eine wundervolle Weise.«

»Ich dachte, Peter ist Webdesigner«, warf ich ein. Ich hätte schwören können, dass es auch mal geheißen hatte, er sei Schauspieler.

Was mich betraf, so dachte ich im Stillen das Gleiche wie die anderen: Peter war nur auf Jonathans Geld aus. Ich behielt meine Meinung jedoch für mich, denn Jonathan wirkte aufrichtig glücklich, und Peter schien ihm aufrichtig ergeben zu sein. Möglicherweise war ich übervorsichtig.

»Als Webdesigner hat er nur gearbeitet, um seinen Lebensunterhalt zu bestreiten. Peter war immer schon ein Schriftsteller. Er ist so talentiert«, schwärmte Jonathan, die Augen noch immer auf den Scheiterhaufen gerichtet. Schließlich riss er sich davon los und wandte sich an Derrick. »Eine große Literaturagentin hat ihn mit David Foster Wallace verglichen, dabei ist er noch nicht einmal fertig mit dem ersten Entwurf. Derrick, du musst ihn lesen – du wirst begeistert sein!«

»Klingt interessant«, sagte Derrick zugeknöpft.

Er würde Peters Entwurf ganz bestimmt nicht lesen, aber Derrick würde niemals direkt Nein sagen. Er hatte mir gegenüber einmal zugegeben, dass es daran lag, dass seine Eltern beide Alkoholiker gewesen waren. Er hatte schon immer opportunistisch sein müssen, um sein Überleben zu sichern.

»Oh, toll! Ich wusste, dass du bereit bist, ihn zu unterstützen, Derrick. Vielleicht wirfst du einen Blick ins Manuskript und gibst es deinem Agenten?« Jonathan war genauso großzügig mit seinen Connections wie mit seinem Geld, auch wenn wir diese Connections waren. »Peter hatte solche Sorge, dass du ablehnen würdest. Danke, dass du ihm hilfst. Du weißt, wie schwer es ist, in der Verlagslandschaft Fuß zu fassen.«

»Ja, klar. Definitiv«, presste Derrick mit gezwungener Höflichkeit hervor. »Ich freue mich schon aufs Lesen.«

»Ich schicke Peter eine Nachricht wegen dieser Bretter – auch wenn ich überzeugt bin, dass sie nichts weiter bedeuten. Er begleitet die gesamten Renovierungsarbeiten, er hat die Sache echt gut im Griff.« Jonathan tippte etwas ins Handy und steckte es anschließend zurück in seine Tasche. Danach beugte er sich zu uns und flüsterte: »Los jetzt. Helft mir, Keith nach oben zu lotsen, damit wir uns einen Plan B überlegen können. Die Uhr tickt.«

ZWEI WOCHEN ZUVOR

Es ist seltsam, nach all den Jahren wieder auf dem Campus zu sein. Er sieht viel kleiner aus, als ich ihn in Erinnerung habe, aber das ist vermutlich der Lauf der Dinge – in der Erinnerung schwillt alles zu übergroßer Bedeutung an. Der Campus kommt mir auch schöner vor, mit seinem üppigen Grün und den Blumenbeeten mit den überbordenden roten und rosa Blüten.

Ich sitze auf einer Bank und beobachte die Studenten, die hierhin und dorthin eilen, putzmunter und mit frischen, unverbrauchten Gesichtern. Voller Hoffnung. Es ist kurz nach dem Labor Day, am Anfang eines neuen Semesters. Sie sind alle noch so naiv und offen, stürmen mit dem grenzenlosen Selbstvertrauen der Jugend voran. Sie wissen noch nicht, dass die Gefahr an ganz gewöhnlichen Orten lauert, tief verborgen in den kostbarsten Dingen wie Liebe, Loyalität und Freundschaft. Alle denken, die Liebe würde sie retten, dabei bringt sie so viel Zerstörung mit sich.

Doch im selben Maße, wie ich mich um all die jungen, eifrigen, naiven Gesichter sorge, bedaure ich auch mich selbst. Wegen dem, was bereits verloren ist. Was ich noch verlieren könnte. Ich habe um nichts von dem Ganzen gebeten, und erst recht nicht um diese plötzliche Weggabelung. Ich weiß, dass ich sie nicht ignorieren kann, doch ich bin mir nicht ganz sicher, was ich tun soll. Also tue ich das: beobachten und auf eine Antwort hoffen.

Nach einer Weile stemme ich mich von der Bank in der Mitte des Hofs hoch und folge dem Gehweg, der an der Bibliothek und der Kapelle vorbeiführt, dann bleibe ich vor einer Bank gegenüber dem Gebäude für Anglistik stehen. Sanders Classroom. Ich setze mich erneut und behalte die Tür im Auge. Ich bin früher dran als geplant. Derricks Seminar endet nicht vor siebzehn Uhr, aber er wird kurz danach rauskommen. Er ist ein pünktlicher, verantwortungsbewusster Kerl, immer schon gewesen. Heute wohnt er zusammen mit seiner Frau eine Stunde mit der Bahn entfernt. Er hat früh geheiratet, was keine Überraschung ist. Derrick war früh erwachsen. Die Tatsache, dass er mittlerweile alt genug ist, um selbst ein vollwertiger Professor am Vassar College zu sein, ist für mich immer noch schwer zu begreifen. So viele Jahre sind vergangen, und doch ist die Zeit in gewisser Hinsicht stehen geblieben.

Endlich öffnet sich die Tür des Anglistikgebäudes, und lachende Studenten strömen in Zweier- und Dreiergruppen heraus. Endlich wird der stete Strom dünner, und kurz darauf taucht Derrick auf. Er geht schnell und trägt eine Tasche in der Hand. Er sieht gut aus. Älter natürlich, aber er ist nicht mehr der nerdige, gespenstisch blasse Schriftsteller von damals – er ist ein beinahe attraktiver Literaturprofessor, die helle Haut gebräunt, der Gang um einiges selbstsicherer. Ich bin erleichtert, ihn zu sehen. Derrick ist ein lieber Mensch, immer schon gewesen – auch wenn man in gewisser Hinsicht sagen kann, dass am Ende seine unglückselige Entscheidung der Schlüssel zu allem war. Im wörtlichen wie im übertragenen Sinn. Als würde man jemandem, der mit Benzin getränkt ist, ein Streichholz reichen. Wäre er nicht so großzügig mit seinem Wagen gewesen, wäre es sicher anders gelaufen. Das denken alle, selbst wenn sie es ihm niemals ins Gesicht sagen würden. Ich bin der einzige Mensch auf der Welt, der weiß, dass das nicht stimmt.

Außerdem ist eine Situation wie diese zu kompliziert, als dass man mit dem Finger in eine Richtung deuten könnte. Ganz gleich, wie viel besser sich das anfühlen würde.

Derrick ist erst ein kleines Stück von der Tür entfernt, als eine junge blonde Frau hinter ihm auftaucht. Sie trägt eine Jeans und ein sehr enges, bauchfreies Oberteil, das kaum ihre Brüste bedeckt. Sie ist schön und strahlend, sie leuchtet förmlich.

»Derrick!«, ruft sie, während sie ihm nacheilt.

Er bleibt stehen, pflichtbewusst, doch vielleicht ein bisschen genervt. Ein Professor, der sich Mühe gibt, bei einer übereifrigen Studentin geduldig zu bleiben. Derrick muss beliebt sein auf dem Campus – jung, begabt, freundlich. Gut aussehend. Außerdem ist er ein aktuell gefeierter Romanautor. Es ist keine Überraschung, dass die Studierenden, vor allem die Mädchen, ihm nachrennen.

Derrick und die junge Frau gehen nebeneinanderher und diskutieren mit ernsten Gesichtern. Für einen Moment fühle ich mich schuldig, weil ich sie wegen ihrer langen Beine und der großen Brüste in eine Schublade gesteckt habe. Offenbar ist sie eine talentierte, engagierte Studentin. Ich bin wirklich alt geworden.

Doch dann sehe ich es – sie streckt die Hand aus und streicht mit einem Finger über Derricks Hüfte. Eine flüchtige Geste, eine Geste, der ich wahrscheinlich keine Bedeutung zugemessen hätte, wenn Derrick nicht mit einem Lächeln darauf reagiert hätte. Von nun an sehe ich nichts anderes mehr als die sexuelle Chemie zwischen ihnen, die nahezu greifbar ist.

Oh, Derrick, geht's noch?

Ich bleibe sitzen und beobachte die zwei aus der Ferne. Als Derrick und die Studentin aus meinem Blickfeld verschwinden, macht meine Enttäuschung etwas anderem Platz – Erleichterung. Das ist der Beweis: Niemand ist wahrhaft unschuldig. Und deshalb ist es nur fair, dass niemand wahrhaft frei ist.

KEITH

Freitag, 19.39 Uhr

Ich reichte Finch seinen Drink und setzte mich neben ihn auf die grellrote Couch. Wer zum Teufel kaufte ein Sofa in einer derart schreienden Farbe? Das Rot bohrte sich wie ein Nagel in meine Schläfe. Vielleicht lag es aber auch gar nicht an der Couch. Mein Kopf hämmerte, seit ich mich in Derricks Wagen gesetzt hatte. Auf den *Fahrersitz*. Gott weiß, warum ich ihn darum gebeten hatte, fahren zu können, aber genau das hatte ich getan. Und natürlich war Derrick einverstanden gewesen. Er ist mein Jasager, so wie ich der Jasager von Finch bin.

Es fing immer zuerst mit Kopfschmerzen an, noch bevor ich komplett abdrehte. Kurz darauf fühlte es sich an, als steckte mein Schädel in einer Schraubzwinge, die enger und enger wurde, bis ich kaum noch klar denken konnte. Und dann drehte sich alles. Und drehte sich. Auch jetzt fing der Raum schon an zu kreisen.

Verdammter Jace. Hätte er mich bloß zurückgerufen, bevor wir losfuhren, dann hätte ich mich jetzt nicht ganz so scheiße gefühlt. Denn das war mittlerweile der Grund, warum ich mich zudröhnte: damit ich mich nicht scheiße fühlte. High wurde ich schon lange nicht mehr, nicht wirklich. Oxy greift deine Knochen an und frisst das Mark. Der Künstler, mit dem ich das erste Mal Oxycodon nahm, hatte mich gewarnt, ich würde das Gefühl der Leere für immer damit füllen wollen. Natürlich hielt mich das nicht davon ab, es auszuprobieren. Mir war nicht klar gewesen, wie ätzend es sein würde, so zu leben, von den Wahnsinnskosten ganz zu schweigen. Inzwischen hielt ich es nur ein paar Stunden bis zur nächsten Dosis aus, wofür ich fast viertausend Dollar pro Woche lockermachen musste. Deshalb stiegen die Leute auf Heroin um. Ich nicht, noch nicht. Aber es stellte durchaus eine Möglichkeit dar.

Vier Stunden waren vergangen. Nach sechs bis acht Stunden ging es bergab, und zwar rapide.

Ich griff nach dem Glas Macallan Single Malt, das vor mir auf dem Couchtisch stand. Gläser mit Monogramm. Haus mit Namen. *Locust Grove*. Typisch Jonathan. Als ich eine Sekunde später auf meine Hand blickte, war das Glas leer. Ich erinnerte mich nicht daran, auch nur einen einzigen Schluck getrunken zu haben. Konnte den Whisky nicht mal auf den Lippen schmecken. Meine Geschmacksnerven hatten sich wie alles andere in den Kaninchenbau zurückgezogen – von Hochgefühl keine Spur.

»Keith, Kumpel, hörst du überhaupt zu?«, fragte Finch.

Er hatte geredet – Finch redete immer, und ich sollte ihm ständig zuhören. Im Grunde erwartete er von mir, dass ich mich prächtig unterhalten fühlte. Zum Glück war ich ein guter Heuchler. Das war mein Job. Und unter den gegebenen Umständen musste ich besonders nett zu Finch sein. Aber das war leichter gesagt als getan, wenn sich meine Gliedmaßen anfühlten, als würden sie mit einem Schraubenzieher auseinandergenommen.

Ich schaute zu der bedauernswerten, liebenswürdigen Maeve hinüber, die irgendwie in unser Gespräch hineingeraten war. Maeve war ein durch und durch guter Mensch, trotz ihrer beschissenen Kindheit. Ich war mir ziemlich sicher, dass man sie körperlich misshandelt hatte, vielleicht sogar missbraucht, obwohl sie mir gegenüber nie ins Detail gegangen war. Es war mir daher fast unmöglich gewesen, sie auf Leinwand zu bannen. Am Ende hatte ich Maeve mit uns zusammen gemalt, genauer gesagt: Ich hatte angedeutet, dass sie mit uns zusammen war – Hände, Füße, ein Arm.

Nicht allein. Aber auch nicht mit ihnen. Auf keinen Fall mit ihnen.

Maeve war nicht nur gut, sondern auch tapfer. Sie war mir hinterhergelaufen, als ich bei Alice' Beerdigung zornentbrannt davongestürmt war. Alice' durchgeknallte Mom hatte am Grab gestanden und irgendein bösartiges Zeug von sich gegeben, im Sinne von, dass Alice' Tod meine Schuld sei – was nur halb der Wahrheit entsprach. Und das bei der Beerdigung ihrer eigenen Tochter.

»Heute ist der schlimmste Tag«, hatte Maeve gesagt, als sie mich endlich einholte. »Morgen wird es schon besser.«

Maeve hatte sich getäuscht. Es wurde nicht besser. Ich hatte es damals gewusst. Ich wusste es heute. Doch ich hatte sie dafür geliebt, dass sie an eine Zukunft glaubte, in der ich unbeschadet durchs Leben ging – eine Zukunft, in der ich es *überhaupt* schaffte. In Wahrheit war ich immer schon irrational, impulsiv und selbstsüchtig gewesen – auch bevor Alice das zustieß. Und ja, meine Eltern hatten sich während meiner gesamten Kindheit darauf konzentriert, sich gegenseitig zu hassen, aber sie hatten meiner Schwester oder mir nie ein Haar gekrümmt. Meine Schwester Samantha war fröhlich, ausgeglichen. Normal. Sie war Ärztin geworden und mittlerweile seit vier Jahren glücklich mit Christina verheiratet; die zwei erwarteten ein Baby. Was also war meine Ausrede dafür, derart verkorkst zu sein?

»Hallo! Keith!« Finch schnippte vor meinem Gesicht mit den Fingern.

»Ja, ich höre dir zu, Finch«, log ich. »Ich höre dir immer zu.«

»Im Ernst, Maeve, du hättest da sein sollen«, fuhr Finch mit seinem kehligen Arschloch-Lachen fort, jetzt, da er meine volle Aufmerksamkeit hatte. »Sie war das heißeste Mädchen im Club, und sie stand *total* auf Keith. Am liebsten wäre sie an Ort und Stelle über ihn hergefallen. Und der

Schwachkopf *pennt ein!* Tritt einfach so weg. Bumm, Kopf auf die Tischplatte.«

Maeves Augen weiteten sich. Sie wollte das nicht hören. Sie wollte nicht, dass ich so war, und ich wollte es auch nicht. Wer zum Teufel wollte schon so sein?

»Ja, aber sie hat sich gerächt«, gelang es mir hinzuzufügen. »Bevor sie gegangen ist, hat sie Flaschen im Wert von sechshundert Dollar auf meine Kreditkartenrechnung setzen und an andere Tische schicken lassen.«

Maeve sah mich an. »Mein Gott, Keith, das ist schrecklich viel Geld.«

Sie hatte recht. Schrecklich viel Geld, das ich nicht hatte. Schrecklich viel Geld, das ich den falschen Leuten schuldete – zum Beispiel der hochgeschätzten Serpentine Gallery in London oder meinen humorlosen Freunden aus Staten Island.

»Da ist es doch toll, dass ich dich stinkreich mache, oder?« Finch legte eine Hand in meinen Nacken. Er liebte es, in scherzhaftem Ton darüber zu schwadronieren, wie viel Geld ich mit seiner Kunst verdient hatte. Und genauso viel Spaß bereitete es ihm, bösartigen Scheiß zu verbreiten, an den er definitiv glaubte. Ja, er hatte mir eine Menge Geld beschert – aber diese Zeiten waren längst vorbei.

In dem Augenblick klingelte mein Handy superlaut in der Jackentasche. Jace – das musste er sein. Vielleicht würde er mich hier beliefern, wenn ich ihn entsprechend bezahlte. Natürlich cash, doch das war ein Problem, das sich lösen ließe.

»Wahrscheinlich London wegen deiner verdammten Vertragsdetails«, sagte ich, als ich aufstand. »Ich bin gleich wieder da.«

»London?«, schrie Finch mir nach, als ich das Zimmer durchquerte. »Da ist es nach Mitternacht, du Penner!«

Der Anruf kam definitiv nicht aus London. Vor sechs Wochen hatte die Serpentine Gallery Finchs Ausstellung abgesagt. Abgesagt, weil ich der Galerie Geld für die Ausrichtung der letzten Ausstellung schuldete. Für meinen verfluchten Künstler, der für seine Installation eine komplette zweite Ebene einziehen lassen musste – mit Aufzug. Ich hatte mich einverstanden erklärt, siebzig Prozent der Kosten zu übernehmen. Die Ausstellung hatte sich als Riesenerfolg entpuppt – begeisterte Mundpropaganda und Kritiken, aber keiner hatte auch nur ein einziges Werk gekauft. Und so war es zu meinem gegenwärtigen Dilemma gekommen.

Draußen auf der Veranda war es verflucht kalt und stockdunkel; das einzige Licht stammte von einer schwachen Lampe über meinem Kopf, dahinter türmte sich eine undurchdringliche Wand aus Dunkelheit auf. Ich fror in meinem kurzärmeligen Shirt. Meine Nase fing an zu laufen, und ich wischte mir mit dem Handrücken übers Gesicht. Wenn man runterkommt, scheint sich das Innenleben zu verflüssigen.

»He, was gibt's, Mann?«, meldete ich mich. Jace und ich waren enge Kumpel. Oder nicht? Vielleicht würde er mir das Geld sogar vorschießen. »Jace, wo steckst du?«

»Wir sehen dich. Du stehst auf der Veranda eines weißen Hauses in Kaaterskill.« Eine Männerstimme – langsam, gedehnt und verflucht ruhig. »Du hast eine Hand auf den Hinterkopf gelegt.«

Mein Herz hämmerte gegen meinen Brustkorb. Meine Hand lag tatsächlich auf dem Hinterkopf, und ich stand im Lichtkegel der Verandalampe. Ich wusste natürlich, wer hinter dem Anruf steckte. Es war nicht das erste Mal, dass sie anriefen. Sie waren auch schon in der Galerie gewesen.

»Ich werde euch bezahlen«, sagte ich.

»Ja, sicher. Morgen bei Geschäftsschluss. Sonst schnappen wir uns deine Freunde.« Es knackte. Die Leitung war tot.

Klopf, klopf, klopf, machte der Presslufthammer in meiner Brust. Ich stützte mich mit einer Hand an der Hauswand ab. *Heilige Scheiße.* Meine Freunde? Aufgelöst warf ich einen Blick über die Schulter und spähte durch die Fenster, um festzustellen, ob drinnen jemand etwas mitbekommen hatte. Die Welt um mich herum schien sich zu dehnen und unendlich weit weg zu sein, als würde ich durch eine Röhre blicken. Ich konnte gerade noch Finch erkennen, der jetzt auf Maeve einredete. Sie hatte die Arme schützend um ihren Körper geschlungen.

Ich versuchte zu atmen. Ich hatte achtzigtausend Dollar Schulden, plus Zinsen, und ich war drei Monate mit den Zahlungen im Rückstand. Was glaubte ich denn, wie viel Zeit man mir noch geben würde? Die Mafia war schnell, wenn es um Rache ging.

Lange starrte ich auf meine Füße, bevor ich endlich die Schachtel Marlboro aus der Tasche zog. Ich klopfte eine Zigarette heraus und steckte sie zwischen die Lippen, dann zündete ich sie an und inhalierte. Der Rauch bildete eine übergroße Wolke, als ich ihn ausblies. Okay. Besser. Ich fühlte mich ein bisschen klarer. Erstaunlich, wie schnell eine kleine Todesdrohung den Nebel vertreiben konnte, selbst wenn sie sich nicht gegen mich persönlich, sondern gegen meine Freunde richtete. Ich würde mir etwas überlegen. So wie ich es immer tat.

Wenn ich Finch einfach die Wahrheit wegen der Serpentine Gallery sagte, würde er womöglich die komische Komponente der Situation erkennen. Vielleicht würde er mir sogar die achtzig Riesen leihen. Finch hatte durchaus Sinn für Ironie. Er hatte seine ganze Karriere darauf aufgebaut, die Leute zu verarschen – der Generation-Y-Banksy aus Brooklyn war bekannt für seine hochkarätige, satirische Konzeptkunst. Neuerdings kombinierte er Videos mit riesigen skulpturalen Elementen und Gemälden, lange nicht so provokant wie früher, jetzt, da er von großzügigen Unternehmen gesponsert wurde. Aber Finch war wegen der Aktionen berühmt geworden, die er unerlaubt getan hatte. So hatte er zum Beispiel über Nacht eine Reihe riesiger Nike-Werbetafeln am West Broadway in SoHo neu gestaltet und das schlagkräftige JUST DO IT durch FÜHL DICH FETT UND FAUL und andere Direktiven ersetzt: LASS ES EINFACH. DU WIRST NIE DEN ANSPRÜCHEN GENÜGEN. Die schwarz-weißen Werbetafeln waren für mindestens eine Woche Stadtgespräch gewesen. Während dieser Zeit hatte Finch mit einer Komödie der Irrungen nach der anderen dafür gesorgt, dass sie nicht übermalt wurden. Teuflisch clever. Das musste man Finch lassen: Clever war er immer. Vielleicht wüsste er es zu schätzen, wenn ich mich ebenfalls als clever erwies.

Was aber war clever daran, seinen wichtigsten Künstler zu täuschen? Finch würde an die Decke gehen, wenn er die Sache mit der Serpentine herausbekam. Er war höllisch aufgeregt gewesen – die Serpentine war ein echtes Prestige-Ding. Ich konnte es ihm nicht sagen. Und ich konnte Jonathan nicht um noch mehr Geld bitten. Er hatte schon so viel für mich getan.

Als ich diesmal durchs Fenster hineinsah, starrte Finch mich direkt an. Er hatte das Telefon in der Hand, als würde er selbst auf einen Anruf warten. Ich hielt meine Zigarette in die Höhe und lächelte. *Ich bin nur hier draußen, um eine zu rauchen. Komme gleich wieder rein.* Ich musste mich zusammenreißen.

Während ich einen letzten, langen Zug nahm, hörte ich hinter dem Haus ein Plätschern. Ich drehte den Kopf in die entsprechende Richtung und schloss die Augen. Vermutlich ein Bach, vielleicht einer, der in den Fluss mündete – den Hudson River. *Alice.* Sie war immer da. Bei jeder einzelnen verfluchten Entscheidung, die ich traf.

Man musste nur an die Nacht auf dem Dach zurückdenken. In der einen Sekunde saß der Kerl noch auf der Kante, in der nächsten war er … weg. Zumindest war mir das so vorgekommen. Ich hatte nicht genau hingesehen, war zu beschäftigt mit Alice gewesen. Sie hatte mich angeschrien, weil ich mit einem Mädchen auf der Party rumgemacht hatte. Das Mädchen, dessen Namen ich nicht einmal kannte und das nur ein weiteres Beispiel für all die Dinge war, die ich tat, damit Alice mit mir Schluss machte. Nicht bewusst. Doch in jener Nacht auf dem Dach dämmerte mir endlich, dass es vielleicht das war, was ich wirklich wollte. Ich liebte Alice. War verrückt nach ihr. Aber es war zu viel. Sie war zu viel; wir waren zu viel zusammen.

Also hockten wir gegen zwei Uhr nachts auf dem Dach des Hauptgebäudes vom Vassar und ließen eine Flasche billigen Wodka kreisen. Alice hatte einen Typen mitgebracht, den ich nicht kannte, vermutlich nur, um mich zu ärgern. Doch dann hatte er Maeve ins Visier genommen, und Alice war wieder eingefallen, wie wütend sie auf mich war, weshalb sie ihn nicht weiter beachtete.

»Er … ist runtergefallen. Er ist runtergefallen«, stammelte Derrick danach immer wieder. »Er war betrunken, und er ist runtergefallen. Niemand ist schuld. Es war ein Unfall.«

Stephanie hatte natürlich die Polizei rufen wollen, sie war schon immer die Vernünftigste von uns gewesen.

»Aber wir sind illegal hier oben«, wandte Jonathan ein, als wir über die Dachkante blickten. »Keith ist high. *Ich* bin high. Man wird uns alle festnehmen.«

»Was, wenn er noch lebt?«, schrie Stephanie.

Jonathan beschwichtigte sie. »Und was, wenn Vassar uns rausschmeißt? Dann sind wir alle am Arsch, und du kannst die juristische Fakultät vergessen.«

Unterdessen hatte sich Alice am Boden zusammengekauert. »O mein Gott! Das ist alles meine Schuld! O mein

Gott ...«, sagte sie wieder und wieder, umfasste ihre Knie und schaukelte vor und zurück.

Maeve spähte noch immer über die Kante. »Es ... es sieht nicht so aus, als würde er sich bewegen. Und sein Hals ... Ich kann mir nicht vorstellen, dass er noch am Leben ist.«

»O mein Gott. Das ist alles meine Schuld«, flüsterte Alice wieder. »Er wäre gar nicht hier gewesen, hätte ich ihn nicht ...«

Jonathan warf einen weiteren Blick in die Tiefe. »Er ist definitiv ... Er ist tot.«

»Das wissen wir nicht mit Bestimmtheit«, hielt Stephanie dagegen, aber sie klang, als hätte sie sich bereits geschlagen gegeben.

»Der Sicherheitsdienst wird ihn eh bald finden«, fügte Derrick hinzu. »Er liegt direkt vor dem Eingang. Die haben ihr Büro ganz in der Nähe. Ich denke, Jonathan hat recht: Wir sollten abhauen. Es ändert nichts, wenn man uns verhaftet.«

Zurück im Haus, ging ich Finch aus dem Weg und gesellte mich zu Derrick ans Fenster. Für eine Weile standen wir schweigend da.

»Es ist nicht richtig, dass Finch mitgekommen ist, Keith«, sagte Derrick schließlich.

Ich lachte. Es erschien mir komisch, dass mir Derrick ausgerechnet das zum Vorwurf machte.

»Ich meine es ernst.« Derrick drehte sich um und sah mich an, die Augen verengt, wie immer, wenn er ernsthaft sauer war. »Das ist ganz großer Mist.«

»Ganz großer Mist?« Ich lachte erneut.

Trotzdem war es etwas verwirrend. Derrick gehörte zu der Sorte Mensch, die einem für gewöhnlich half, die Scheiße, die man gebaut hatte, zu vergessen, anstatt einen dafür zurechtzuweisen.

»Ich meine es ernst«, sagte er, und so klang es auch. »Das sollte Jonathans Wochenende werden. Was, wenn ich Beth mitgebracht hätte?«

»Beth?« Ich tat so, als würde ich schaudern, und schaute zu Finch hinüber, der jetzt mit Maeve und Jonathan plauderte. Sie lächelten beide. Wenn er wollte, konnte Finch ausgesprochen charmant sein. »Ich finde, Jonathan nimmt das ganz gut auf.«

»Es ist ein Problem, Keith. Die ganze Situation. Du bist viel zu abhängig von Finch, und er ist …« Er warf einen bösen Blick in Finchs Richtung. »Er denkt nur an sich selbst. Vielleicht tritt sich diese Sache zwischen euch beiden ja irgendwann tot, und was dann? Er ist es nicht wert, dass …«

»… ich mich für ihn umbringe?«

Derrick presste die Lippen zusammen. »Finch ist es *definitiv* nicht wert, dass du dich für ihn umbringst.«

»Mach dir keine Sorgen um mich, Mann.« Ich klopfte Derrick auf den Rücken. »Ich habe einen Plan, wie ich das Machtgleichgewicht zwischen Finch und mir wiederherstellen kann.«

Derrick. *Er* war der Plan. Das wurde mir im selben Moment bewusst. Derrick würde Finch die Situation mit London erklären und ihm die Neuigkeit so überbringen können, dass er den Schlag abmilderte. Finch hörte auf Derrick, was verdammt komisch war, denn sonst hörte niemand auf ihn – nicht einmal Derricks eigene Frau. Vielleicht lag es daran, dass Finch als Kind ein Loser und Derrick ein Überflieger gewesen war.

»Was macht ihr denn für lange Gesichter?«, dröhnte Finch, der hinter uns aufgetaucht war. »Macht euch mal locker, Jungs. Wir wollen doch Spaß haben, wir feiern schließlich einen Junggesellenabschied! Wir sollten uns die Kante geben und jemanden aufreißen …«

»So eine Art Junggesellabschied ist das nicht«, unterbrach ihn Derrick. »Wir haben eher an einen … ach, keine Ahnung … an einen Brunch gedacht.«

Finch lachte. »Mann, wovon zur Hölle redest du?«

»Niemand wird irgendwen aufreißen, das meine ich«, sagte Derrick. »Und niemand wird sich die Kante geben.«

»Hat deine Frau dir am Ende etwa den Schwanz abgeschnitten, Derrick?«, fragte Finch.

Ich lachte. Ich konnte nicht anders. Finch war ein Scheißkerl, aber er hatte nicht ganz unrecht: Beth war höllisch eifersüchtig.

»Halt die Klappe, Finch.« Derrick warf ihm einen strengen Blick zu.

»Lass Maeve in Ruhe«, sagte ich. Den Schmutz anderer Leute aufzuwühlen war besser, als vor meiner eigenen Haustür zu kehren. »Sie und Derrick haben was miteinander.«

»Wovon redest du?«, empörte sich Derrick. »Wir haben gar nichts miteinander!«

»Komm schon, du und Maeve habt was am Laufen, Derrick«, sagte ich, ernster diesmal. Das hatten sie tatsächlich, und Beth machte Derrick das Leben schwer. »Ich sag ja bloß: Das Leben ist kurz!«

Das wusste ich aus erster Hand. Auch ich hatte den Fehler gemacht zu glauben, ich hätte alle Zeit der Welt.

»Jetzt reicht's aber, Keith.« Derricks Blick schoss zu Maeve auf der gegenüberliegenden Seite des Wohnzimmers. »Noch einmal: Wir haben nichts …«

Es klingelte. Das Geräusch traf mich wie ein Schlag in die Magengrube.

»Wer kann das sein?«, fragte Maeve Jonathan unbekümmert.

Meine Handflächen wurden feucht, alles, was ich hörte, war mein eigenes Atmen.

»Ich habe keine Ahnung.« Jonathan zuckte gleichgültig die Achseln.

Doch mir entging nicht sein Gesichtsausdruck, die Furcht in seinen Augen. Es war dasselbe Gefühl, das mir die Kehle zuschnürte – die unangenehme Erkenntnis, dass etwas, vor dem man davonlaufen wollte, einen schlussendlich eingeholt hatte.

ALICE

Alle führen sich auf, als könnten wir nichts anderes tun, als vorzugeben, es wäre nichts passiert. Doch es ist passiert. Das wissen wir alle. Und wir können immer noch etwas sagen. Es ist immer noch Zeit für die Wahrheit.

Mir ist bewusst, dass es mir vermutlich nur deshalb so sehr unter die Haut geht, weil man mich am meisten dafür verantwortlich machen kann. Ich war wütend auf Keith, als wir ins Dutch Cabin, eine unserer Lieblingskneipen, gegangen sind. Nicht nur, weil er auf der Party ein anderes Mädchen begrapscht hat. In letzter Zeit frage ich mich, ob er das vielleicht mit Absicht macht. Ob er will, dass ich mit ihm Schluss mache.

Also habe ich beschlossen, es Keith heimzuzahlen und einen Typen aufzugabeln. Und wenn es einen Jungen gab, der Keith auf die Palme bringen konnte, dann der Kerl mit der Arbeitsjacke und den schweren Stiefeln, den ich am anderen Ende des Dutch Cabin entdeckte. Ein richtiger Mann, der mit den Händen arbeitete.

Nicht wie Keith, der Künstler. Keith, das Arschloch. Denn Keith ist ein Arschloch. Das weiß ich mittlerweile. Und so wie sie sich jetzt aufführen, denke ich langsam, dass auch meine anderen Freunde Arschlöcher sind.

Habe ich denn bekommen, was ich wollte? Habe ich Keith vielleicht so sauer gemacht, dass er ihn vom Dach gestoßen hat? Nein, das kann ich mir nicht vorstellen. Außerdem haben noch andere gesehen, wie er abgerutscht ist – Derrick, Maeve. Der Kerl hat Maeve die ganze Nacht lang angebaggert, konnte den Blick nicht von ihr abwenden, was etwas nervend war, aber schön für Maeve. Ihr ist immer noch nicht klar, wie umwerfend sie mittlerweile aussieht.

Das Üble ist, dass ein winziger Teil von mir für eine Sekunde gehofft hat, es wäre so gewesen. Keith wäre so eifersüchtig geworden, dass er ihn vom Dach gestoßen hätte. Aber nein, der Kerl war bloß betrunken und ist in die Tiefe gestürzt.

Unfälle kommen vor. Was für gewöhnlich nicht vorkommt, ist, dass die Zeugen beschließen, keinen Rettungswagen zu rufen, und sich stattdessen wie Ratten in die Dunkelheit flüchten.

Tage später habe ich den Eindruck, dass das Leben für meine Freunde einfach so weitergeht. Und ich? Bin ich eine Heilige? Nein, nicht einmal ansatzweise. Denn ich habe mich schon mehrfach gefragt, ob Keith es sich jetzt vielleicht zweimal überlegt, bevor er mit einem anderen Mädchen rummacht.

DETECTIVE JULIA SCUTT

Sonntag, 4.43 Uhr

»In Anbetracht dessen, dass das Ihr Haus ist, sollten wir uns vielleicht zuerst unterhalten, Mr Cheung«, schlage ich vor. »Am besten im Nebenzimmer.«

»Sie möchten uns einzeln befragen?« Stephanie sieht mich mit gerunzelter Stirn an.

»Reine Routine«, erwidere ich. »Ist das ein Problem?«

»Absolut nicht«, antwortet Maeve mit sehr viel sanfterer Stimme. »Wir sind bloß aufgeregt. Außerdem ist Stephanie Rechtsanwältin. Sie muss immer alles hinterfragen.« Eine Anwältin. Natürlich.

»Verstehe.« Ich schaue zu Jonathan hinüber und deute in Richtung Esszimmer. »Dort vielleicht?«

»Ähm, ja, sicher.« Er reibt die Handflächen an den Hosenbeinen ab. Er ist nervös. Möglicherweise hat das nichts zu bedeuten. Möglicherweise aber auch sehr viel.

Ich folge Jonathan ins Esszimmer, in dem einer dieser unglaublich langen Tische mit Plankenbänken steht – die Art Möbel, für die die Leute einen Aufpreis bezahlen, wenn sie möglichst abgenutzt aussehen. Jonathan setzt sich auf eine der langen Bänke, und ich gehe um den Tisch herum und nehme auf der gegenüberliegenden Seite Platz. Seine Schultern hängen herab, sein Kopf ist nach vorn gebeugt.

»Also, wann findet die Hochzeit statt?«, fange ich an.

Jonathan hebt den Kopf und starrt mich an, als hätte er keine Ahnung, wovon ich rede.

»Entschuldigung, aber sagten Sie nicht gerade, dies sei Ihr Junggesellenabschied? Das lässt für gewöhnlich auf eine Hochzeit schließen.«

Jonathan senkt den Blick. »Ja, natürlich, richtig. Das alles ist mir im Augenblick einfach …« Er presst die Lippen zusammen. »Im Mai oder Juni. Das genaue Datum steht noch nicht fest.«

»Ihr Haus ist übrigens wunderschön.« Ich deute auf den riesigen Kronleuchter, eine aufwendige architektonische Anordnung von Kristallen, die irgendwie hip wirkt, nicht überladen. »Scheint viel Liebe drinzustecken.«

»Ja, wir, ähm … wir haben das ganze Anwesen renoviert.« Jonathans Gesicht verzieht sich, als er zum Kronleuchter aufblickt. »Mein, ähm, Verlobter Peter hat den Großteil der Arbeit übernommen. Er hat ein viel besseres Auge für solche Dinge und sehr viel mehr Geduld. Wir haben das Haus vor sechs Monaten erworben. Seitdem hat es sich total verändert. Peter war andauernd hier.« Er zögert. »Oftmals tagelang.«

Jonathan klingt jetzt angespannt. Vielleicht denkt er, es würde mich stören, dass sein Verlobter ein Mann ist. Es stört mich nicht, aber im Grunde wäre es kein Wunder. Wir sind zwar nur zwei Stunden von New York City entfernt, doch Engstirnigkeit und Vorurteile sind in den Catskills nicht selten – hier begegnet man Homophobie, Rassismus und Sexismus zuhauf. Selbst im Department, angefangen bei Chief Seldon, der in einer Tour davon spricht, »wie es ursprünglich mal war« – seine Umschreibung für sehr männlich, sehr weiß und extrem heterosexuell. Seldon, seit fünfzehn Jahren an der Spitze der hiesigen Polizei, ist in der Stadt beliebt. Er ist attraktiv, obwohl er nicht sonderlich groß ist, hat ein dröhnendes Lachen und eine umwerfende junge Frau sowie zwei Töchter, Zwillinge, und zwei Söhne, in dieser Reihenfolge adoptiert aus Haiti und Uganda. Für eines der Kinder besteht ein besonderer Förderbedarf, was Seldon alles in allem zum Heiligen von Kaaterskill macht.

»Wie sind Sie darauf gekommen, an diesem Ort ein Haus zu kaufen, wenn ich diese Frage stellen darf? Ich habe den

Großteil meines Lebens in dieser Gegend verbracht, deshalb bin ich ein wenig voreingenommen. Ich frage mich immer, was Menschen aus der Stadt« – *Menschen mit Geld wie du* – »hierherzieht. Die Catskills sind nicht gerade die Hamptons.«

»Peter und ich hatten die Hamptons in Erwägung gezogen, aber das ist im Grunde nicht mein Ding. Freunde von Peter haben in der Nähe ein Haus gekauft.«

»Ist Peter auch da?«, frage ich.

Jonathan schüttelt den Kopf. »Nein.« Er beugt sich ein wenig vor, als würde er sich genauer dazu äußern wollen, doch das tut er nicht. Ich kann ihm genau den Moment vom Gesicht ablesen, in dem er sich dagegen entscheidet. Er streicht sich mit der Hand über die Stirn und schiebt seine Mütze genau so weit hoch, dass der Rand von etwas sichtbar wird, was ausschaut wie ein großer Bluterguss.

»Das sieht schmerzhaft aus.« Ich deute auf seinen Kopf.

»Oh, ja.« Jonathan zieht die Mütze wieder runter. Eine Mütze, die jetzt nicht nur albern wirkt, sondern gleichzeitig verdächtig. »Über dem Geschirrspüler hängt ein Schrank«, erklärt er. »Und zwar genau an der falschen Stelle.«

Unsere Blicke begegnen sich. »Autsch«, sage ich nach einer längeren Pause. Ich nehme an, dass ihn der Verlobte entweder schlägt oder dass die Beule an seinem Kopf etwas mit unserem Toten am Unfallort zu tun hat. »Dann sind Sie also zu fünft angereist, um gemeinsam das Wochenende zu verbringen?«

»Ja«, sagt Jonathan. »Moment, ich meine, nein.«

»Nein?«

»Anfangs waren wir zu sechst, aber Finch ist wieder abgehauen.«

»Finch ist der richtige Name?« Diese Wochenendausflügler wissen wirklich, wie sie sich unbeliebt machen.

»Ja, er ist einer von Keith' Mandanten.«

»Keith ist ebenfalls Anwalt?«

»Nein, nein. Er besitzt eine Galerie. Finch zählt zu den Künstlern, die er vertritt. *Mandant* ist das falsche Wort, das sagt mir Keith ständig – Geschäftspartner trifft wohl eher zu. Finch hatte sich gewissermaßen selbst eingeladen.«

»Was Ihnen nicht ganz passte?«

Jonathan schüttelt den Kopf. »So kann man das nicht sagen. Allerdings sind wir anderen schon seit Langem befreundet«, erklärt er. »Wir haben zusammen studiert. Finch hat immer versucht, sich in unsere Gruppe hineinzudrängen. Er ist ziemlich aufdringlich. Selbstherrlich. Und wir Übrigen sind ... Nun, es passt einfach nicht, das ist alles.«

»Wann ist er denn gefahren?«, frage ich.

»Gestern, am Morgen. Früh. Ich weiß nicht genau, um wie viel Uhr. Er ist nicht gefahren, er ist zu Fuß gegangen, weil er mit Keith und Derrick hergekommen war.«

»Und *warum* ist er gegangen?«

»Auch das weiß ich nicht genau«, antwortet Jonathan. »Aber er und Keith haben ein Problem, auf die Arbeit bezogen. Anscheinend war Finch sauer wegen irgendeiner Ausstellung in London. Noch bis vor ein paar Minuten wusste ich nichts davon. Stephanie hat es mir erzählt. Um ehrlich zu sein, waren wir einfach nur froh, dass er weg war.«

»Ist Finch gewalttätig?«

»Gewalttätig?« Jonathan verzieht nachdenklich das Gesicht. »Warten Sie, denken Sie, Finch ...«

»Ich frage Sie, was *Sie* denken.«

Er hebt den Kopf. Scheint ernsthaft über meine Frage nachzudenken. »Ich ... ich weiß nicht, was passiert ist, theoretisch ist alles möglich. Ich bin mir allerdings sicher, dass er mittlerweile wieder in New York ist. Er ist vor fast vierundzwanzig Stunden aufgebrochen.«

»Okay ... Was ist heute Abend geschehen, bevor Derrick und Keith verschwunden sind?«

»Wir haben uns hier aufgehalten«, antwortet er. »Maeve hat Abendessen gekocht. Penne arrabiata. Sie ist eine ausgezeichnete Köchin.«

»Dann waren Sie also den ganzen Abend über hier?«, hake ich nach. »Niemand hat das Haus verlassen?«

Er hält meinem Blick stand und nickt. Ein wenig zu vehement. »Niemand hat das Haus verlassen, bis Derrick und Keith losgefahren sind, um Zigaretten zu kaufen.«

»Um wie viel Uhr war das?«

Jonathan schaut zur Decke. »Halb zehn, fünf nach halb zehn … Ich bin mir nicht sicher.«

»Hatten die beiden etwas getrunken? Drogen konsumiert?«

»Drogen?«, fragt er, als sei so etwas undenkbar.

»Hören Sie, ich bin nicht hier, um irgendwem etwas zu unterstellen. Allerdings gehe ich davon aus, dass Sie alle etwas getrunken haben, immerhin ist das hier ein Junggesellenabschied. Der Konsum von Marihuana ist auch nicht ganz abwegig. Mich interessiert nur, ob Alkohol oder Drogen eine Rolle bei dem gespielt haben könnten, was immer anschließend passiert ist. Wir haben in der Gegend ein ernstes Problem mit Opioiden.«

»Keith hatte mehrere Drinks, da bin ich mir sicher. Derrick dagegen hat höchstens ein, zwei Bier getrunken. Er trinkt kaum Alkohol.«

»Drogen?«

»Nein«, sagt Jonathan, dann schluckt er laut. Was als eindeutiges Ja durchgehen kann, aber ich sage vorerst nichts dazu.

»Haben Sie noch etwas von den beiden gehört, nachdem sie zum Zigarettenholen gefahren sind?«

Jonathans Blick wandert zum Fußboden. Er schüttelt den Kopf. »Sie sind einfach nicht zurückgekommen. Wir haben sie mindestens eine Stunde lang immer wieder angerufen und ihnen Textnachrichten geschickt.«

»Wo wollten sie die Zigaretten denn kaufen?«

»Im Shop von der Cumberland-Farms-Tankstelle.«

»Und die beiden haben nicht auf Ihre Anrufe und Nachrichten reagiert?«

»Nein. Deshalb haben wir die Polizei gerufen, aber man teilte uns mit, wir müssten mindestens vierundzwanzig Stunden warten, bevor wir eine Vermisstenanzeige aufgeben können. Kurz darauf wurde der Wagen entdeckt.«

Ich höre, wie sich die Haustür öffnet. Fields redet mit jemandem.

Auch Jonathan dreht den Kopf in Richtung Tür. »Vielleicht gibt es etwas Neues …«

Ich stehe eilig auf. »Gut möglich.«

Bei diesen Ermittlungen steht viel auf dem Spiel – für Kaaterskill und für mich. Unverhoffte Besucher sind nie gut.

Ich bleibe wie angewurzelt stehen, als ich den Eingangsbereich betrete. Neben Fields steht Chief Seldon – in einer neu aussehenden Jeans, blitzblanken Stiefeln und einem sorgfältig in den Hosenbund gesteckten, dunkelblauen Buttondown-Hemd. Mit Ende sechzig ist Seldon noch immer ein attraktiver, kompetent wirkender Mann, mit vollem, silbernem Haar und einem strahlenden Lächeln. Nur dass er jetzt nicht lächelt. Sein Blick ist finster, und weil es schon sehr spät ist beziehungsweise sehr früh, beinahe Morgen, wirken seine tief liegenden Augen leicht verquollen.

Für gewöhnlich kreuzt Seldon nicht bei den Ermittlungen auf. Der Umstand, dass Wochenendgäste in die Sache involviert sind, hat ihn aus dem Bett geholt. Außerdem ist er hier, weil ich die Verantwortung trage. Seit der Lieutenant tot ist, sucht Seldon nach einer Möglichkeit, mich loszuwerden. Es gefällt ihm nicht, dass ich eine Frau bin, doch das eigentliche Problem ist meine vertrackte Geschichte – die Tatsache, dass meine sechzehn Jahre alte Schwester Jane und ihre beste

Freundin Bethany in Kaaterskill ermordet wurden, als ich acht war.

Ich dachte, Seldon würde ausflippen wegen *Der Fluss,* der Podcast-Serie, die jeden Aspekt des ungelösten Mordes an meiner Schwester beleuchtete und in der Gegend eine ziemlich große Fangemeinde hatte. Als die ersten Folgen vor drei Monaten auf Sendung gingen, war er begeistert gewesen, denn anfangs deutete alles auf einen Mörder von auswärts, man versuchte sogar, den Tod von Jane und Bethany mit anderen alten, ungelösten Fällen in Verbindung zu bringen, zum Beispiel mit der Vassar-Studentin, die vor Jahren verschwunden und bis heute nicht wieder aufgetaucht war. Man hatte sie für tot erklärt und ging von einem Suizid aus. Folge 4 von *Der Fluss* schwenkte allerdings zurück auf die üblichen Verdächtigen – Menschen aus Janes und Bethanys sozialem Umfeld. So habe ich es zumindest verstanden. Ich habe mir die Reihe nicht angehört und habe auch nicht vor, dies zu tun. Es genügt mir, die Shownotes und Hörerreaktionen zu lesen.

Die ausgesprochen netten Produzentinnen kamen vorher auf mich zu und luden mich ein, daran teilzuhaben – Rachel und Rochelle, zwei in Brooklyn ansässige Künstlerinnen/Autorinnen/Regisseurinnen, die zusammen in Westchester aufgewachsen sind. Der Fall, so erzählten sie mir, beschäftigte sie, weil die Highschool-Freundschaft von Bethany und Jane sie an ihre eigene Freundschaft erinnerte. Ich hatte ihre Interviewanfrage höflich abgelehnt. Zugegebenermaßen war ich weniger freundlich, als sie im Department aufkreuzten, um ihr Anliegen durchzudrücken. Zum Glück war Seldon nicht da, als ich ihnen sagte, sie sollten sich zum Teufel scheren.

Natürlich machten sie trotzdem weiter mit der Serie. Ich hatte gewusst, dass sie das tun würden; ich erlebte so etwas schließlich nicht zum ersten Mal. Über die Jahre waren Dutzende Nachrichtensendungen, True-Crime-Enthüllungsstorys und ausführliche Presseartikel über die Morde erschienen. Die Leute tun, was sie wollen, ganz gleich, was die Familien dazu sagen. Der Fall reißt einen wirklich vom Hocker, selbst ich muss das zugeben – zwei Mädchen, fünfzehn und sechzehn Jahre alt, brave Schülerinnen, die am helllichten Tag an einem gut besuchten Flussabschnitt spazieren gingen, brutal ermordet. Damals gab es in den Catskills so gut wie keine Gewaltverbrechen. Es war eine zutiefst schockierende Tat.

Und ja, die Leute haben das gottverdammte Recht, unterhalten zu werden.

Wen interessiert's, wie ich mich dabei fühle? Wen interessiert's, dass ich meine wundervolle, liebenswerte, alberne große Schwester vergöttert habe – dass sie mich in den Schlaf gesungen hat, dass sie die hässlichsten Füße hatte und Frostbrand am kleinen Finger, weil sie mir beigebracht hatte, wie man Pirouetten auf dem Eis dreht? Wen interessiert's, dass sie mir fest versprochen hatte, ich würde niemals allein sein, weil sie immer bei mir wäre?

Die Wahrheit ist: Ich habe Jane mehr geliebt als jeden anderen Menschen in meinem Leben, und ich werde nie wieder jemanden so lieben wie sie. Was auch immer mich irgendwann umbringt – mein Herz ist bei ihrem Tod stehen geblieben.

Aber ich habe gelernt, alles auszublenden, was sie zu einem bloßen Unterhaltungsobjekt degradiert, und dazu gehört auch dieser Podcast. Wenigstens war ich so schlau, aus Hudson wegzuziehen, wo jeder meine Geschichte kennt. Stattdessen habe ich mich für Kaaterskill entschieden, die Stadt, in der die Morde damals stattfanden. Ich habe einen Job angenommen, bei dem ich Tag für Tag ein Stockwerk über dem Raum arbeite, in dem Janes Fallakten lagern, im Archiv gleich neben der Asservatenkammer, in der unter an derem die rostige Zeltstange aufbewahrt wird, mit der man sie erstochen hat.

Seldon ist nicht dumm. Ganz gleich, was er von mir hält – er wird sich nicht einmischen. Er wird abwarten und hoffen, dass ich mich selbst ins Abseits schieße. Ein einziger Fehltritt meinerseits bei diesem Fall, und er muss niemandem erklären, warum er nicht mich zum Lieutenant ernannt hat. Es könnte ihm vielleicht sogar gelingen, mich ganz loszuwerden.

Ich nicke in Seldons Richtung. »Sir.«

»Wie ist der aktuelle Stand?«, fragt er, ohne meinen Blick festzuhalten.

»Ich habe gerade mit den Befragungen begonnen«, sage ich. »Zwei männliche Personen sind zum Zigarettenholen gefahren und nicht zurückgekommen. Die drei anwesenden Personen wissen nicht, was passiert ist. Die Gruppe ist hier, um eine Art Junggesellenabschied zu feiern.«

Eine Art Junggesellenabschied. Ich hasse es, dass ich das so gesagt habe. Als wäre es kein Junggesellenabschied, nur weil zwei Männer heiraten. Das Schlimmste ist, dass ich diese Formulierung gewählt habe, um Seldon zu gefallen – er missbilligt gleichgeschlechtliche Ehen und Schwule beim Militär. Schwule Menschen im Allgemeinen. Seldon ist ein durch und durch bigotter Mensch. Das Einzige, was für ihn spricht, ist, dass er kein Hehl daraus macht.

»Irgendetwas vom Unfallort?«

»Brieftasche, Handy und Autokennzeichen fehlen«, antworte ich. »Das Motiv könnte finanzieller Natur sein.«

Die Zahl der Eigentumsdelikte in Kaaterskill schnellt sogar noch rasanter in die Höhe als die der Drogentoten. Die schlechte Wirtschaftslage fordert ihren Tribut – Entlassungen, geschlossene Geschäfte –, dazu kommt, dass die zunehmende Opioidabhängigkeit die Leute mittellos macht, weshalb sie bereit sind, Risiken einzugehen.

»Ist diese Einschätzung nicht etwas voreilig?«, weist Seldon meine Überlegung zurück und spannt die Kiefermuskeln an.

Würde man ihn fragen, würde er definitiv behaupten, Kaaterskill habe eine blühende Wirtschaft und Drogen seien hier kein großes Problem. Leugnen ist seine liebste Polizeistrategie und anscheinend eine effektive. Die ganze Stadt glaubt offenbar, er mache einen großartigen Job.

»Eine sechste Person, männlich, ist nach einer Meinungsverschiedenheit abgereist«, fahre ich fort. »Das ist ebenfalls eine Option.«

»Ah, interessant.« Seldon hebt das Kinn und sieht mich auf eine Art und Weise an, die mir eine Gänsehaut verursacht. »Haben Sie jemanden abgestellt, der den Mann ausfindig macht?«

Das ist es, was Seldon sich wünscht – dass sich die Wochenendausflügler gegenseitig umbringen. Mit dieser Art schlechter Presse kann der Chief umgehen. Die Einheimischen hassen die Wochenendgäste, trotzdem wollen sie, dass sie herkommen und ihr Geld ausgeben.

»Ja, ich bin dran«, beantworte ich seine Frage, und ja, sobald Seldon weg ist, werde ich tatsächlich einen Officer losschicken, der zum Bahnhof fährt und nach Finch Ausschau hält.

»Noch immer keine Spur von dem Fahrer?«

»Wir werden ihn finden«, versichere ich ihm. »Die State Police und Rettungsteams sind vor Ort.«

Seldon blickt auf seine Uhr. Er möchte in sein warmes Bett zurückkehren, zu seiner hübschen Frau.

»Kein Wort zu irgendwelchen Reportern«, sagt er. »Zu niemandem.«

»Selbstverständlich nicht.« Meine Wangen werden warm. Die Stichelei wegen des *Der Fluss*-Podcasts ist mehr als deutlich.

»Nun, dann werde ich Sie mal machen lassen«, sagt Seldon endlich mit einer gewissen Schärfe in der Stimme und wendet sich zum Gehen. »Ich möchte stündlich auf den neuesten Stand gebracht werden, sofern es nicht früher nennenswerte Entwicklungen gibt. Finden Sie diese sechste Person. Dass der Mann so mir nichts, dir nichts abgereist ist, ist bestimmt kein Zufall.«

Als ich mich ebenfalls umdrehe, um zu Jonathan ins Esszimmer zurückzukehren, klingelt mein Handy. Dans Nummer blinkt auf. Ich hätte ihn aus meiner Kontaktliste löschen und blockieren sollen. Aber das ist nicht so einfach, wenn man beste Freunde war, bevor daraus eine Beziehung wurde. Ich überlege, den Anrufbeantworter drangehen zu lassen, allerdings hat sich Dan seit über einer Woche nicht mehr gemeldet. Warum also ausgerechnet jetzt, um diese Uhrzeit, ausgerechnet in dieser Nacht?

»Ja«, melde ich mich. »Was gibt's?«

»Ich bin vor Ort«, sagt Dan anstelle einer Begrüßung. »Und ich denke …«

»Wo?«

»Am *Tatort*«, sagt er, als hätte ich vergessen, dass ich Polizistin bin. Als hätte ich vergessen, dass er Polizist ist. Dass wir im Wettstreit um den Posten des Lieutenants stehen. Dan ist acht Jahre älter als ich, aber er stieß zur Truppe, nachdem er eine Zeit lang als Versicherungssachverständiger gearbeitet hatte. Er liebt Zahlen und Fakten. »Du weißt, wo sich *der Wagen* befindet?«

»Du meinst, du bist am *Unfall*ort?«, stelle ich klar, denn noch steht gar nicht fest, ob es sich um einen Unfall oder ein Verbrechen handelt. Egal. Wichtig ist eher die Frage, warum Dan dort ist. »Was zur Hölle hast du da zu suchen?«

»Hoppla, jetzt schalte mal 'nen Gang zurück«, sagt er – womit er genau dieselbe abgedroschene Phrase in genau demselben gottverdammten Ton von sich gibt, der vor einem Monat der letzte Sargnagel für unsere Beziehung war.

Doch in Dans Fall ist das vermutlich nicht einmal Absicht. Er ist nicht der passiv-aggressive Typ. Er ist stur, das ja – er weiß nicht, wann es genug ist. Vor allem dann nicht, wenn er meint, er würde helfen. Er ist in Hudson aufgewachsen – und auf der Hudson High in dieselbe Klasse gegangen wie Jane. Trotzdem haben wir uns erst in der Polizeischule kennengelernt. Wir haben uns auf Anhieb gut verstanden, haben unaufhörlich miteinander geflirtet oder uns gekabbelt. Dan war zu jener Zeit noch verheiratet, und diese Grenze war uns beiden stets bewusst. Wir sind erst miteinander ins Bett gegangen, als er schon drei Wochen geschieden war.

Abgesehen vom Sex ist unsere Beziehung nie über eine gute Freundschaft hinausgekommen, und genau das war der Grund dafür, dass wir uns vor einem Monat getrennt haben. Zumindest gehe *ich* davon aus, dass das der Grund war. Dan würde vermutlich behaupten, dass wir eine Zeit lang total ineinander verknallt waren und fünf, sechs perfekte Monate hatten. Genau bis zu dem Moment, in dem die erste Folge von *Der Fluss* ausgestrahlt wurde. Dan würde vermutlich außerdem behaupten, wir hätten uns getrennt, weil es mir nicht passte, dass er ehrlich zu mir war. Weil ich nicht verstand, dass Liebe bedeutet, einander die Wahrheit zu sagen.

Wie dem auch sei. Dan kann denken, was er will. Es ändert nichts daran, dass er der Falsche für mich war. Oder dass wir beide am Boden sind.

»Ich bin ganz ruhig«, blaffe ich ihn an, dann drehe ich mich mit dem Gesicht zur Wand und versuche, die Stimme zu senken. Ich spüre Officer Fields' Blick in meinem Rücken. »Warum bist du dort?«

»Seldon hat mich angerufen«, sagt Dan. »Er meint, du könntest Unterstützung gebrauchen.«

Unfassbar. Das Schlimmste ist, dass es in der Tat äußerst

hilfreich ist, wenn sich ein Detective, dem ich vertrauen kann, am Ort des Geschehens befindet. Die Kollegen von der State Police sind gut, aber als Spezialisten für alles, was auf den Straßen so passiert, halten sie sich nicht selten für die Größten in Sachen Unfallaufklärung und arbeiten daher mitunter eher oberflächlich. Dan dagegen ist ärgerlicherweise ein sehr guter, sehr gründlicher Detective. Seine Detailversessenheit kommt ihm dabei zugute.

»Na schön«, sage ich, obwohl ich immer noch sauer bin. »Was willst du?«

»Du solltest besser herkommen«, sagt er.

»Habt ihr etwas gefunden?«

Jonathan taucht in der Esszimmertür auf und starrt mich erwartungsvoll an. Einen kurzen Moment später stehen auch Maeve und Stephanie in der Wohnzimmertür. Ich hätte meine Worte sorgfältiger wählen sollen.

»Noch immer keine Spur vom Fahrer, wenn du das meinst«, sagt er.

»Was dann?«

»Nun, eins steht fest: Es war definitiv kein Unfall.«

JONATHAN

Freitag, 20.05 Uhr

Ich will die Haustür nicht öffnen. Um ehrlich zu sein, habe ich plötzlich schreckliche Angst. Ich hatte bereits ein mulmiges Gefühl, als ich die Nachricht auf Peters Handy entdeckte: Bis heute Abend. Von irgendeiner unbekannten Nummer. Das konnte natürlich alles Mögliche bedeuten. Doch dass der Schlüssel unter der Fußmatte vor der Haustür gelegen hatte, trug nicht gerade zu meiner Beruhigung bei. Peter rief mir ständig ins Gedächtnis, dass wir in puncto Sicherheit wachsam sein und stets die Alarmanlage einschalten mussten, dass die eskalierende Drogenproblematik einen Anstieg der Kleinkriminalität in Kaaterskill mit sich brachte. Und er legte einfach so einen Schlüssel unter die Fußmatte?

Aber Peter war nicht da, ich konnte ihn also nicht fragen, was das zu bedeuten hatte. Ich hatte ihn natürlich auch eingeladen, aber er hatte sofort Nein gesagt. Peter war in Tampa aufgewachsen und nach New York State gezogen, um am Buffalo State College zu studieren. Er hielt meine Freunde vom Vassar für hochnäsig. Er hielt die meisten Leute, die ich kannte, für hochnäsig, meine Familie eingeschlossen. Mein Dad war definitiv kein warmherziger, toleranter Mensch, was unterstrichen wurde durch die Tatsache, dass er mir immer wieder drohte, mir den Geldhahn zuzudrehen, wenn ich irgendetwas tat, was ihm nicht passte. Doch bei seinen Drohungen ging es nicht nur um das Abdrehen des Geldhahns – nein, es ging um meine Familie, inklusive meiner Mom und meinen Geschwistern. Tief im Innern wusste ich, dass mein Dad mich liebte. Ich denke, er versuchte sogar, mir zu helfen – auf seine eigene Art und Weise. Seit ich mich gegen seinen Wunsch am »kunstlastigen, unkonventionellen« Vassar College eingeschrieben hatte, wähnte er mich ernsthaft in Gefahr.

Daran hatte ich gedacht, als ich vor all den Jahren in jener Nacht auf dem Dach vorschlug, die Polizei außen vor zu lassen. Ja, ich war tatsächlich der Erste gewesen, der diesen Vorschlag gemacht hatte, und alle anderen pflichteten mir nach und nach bei. Sogar Stephanie, wenngleich ich sie ein klein wenig anschubsen musste. Sie und ich teilten dieselbe Obsession, es unseren Eltern recht zu machen, denen man doch nie etwas recht machen konnte – ich wusste genau, welche Knöpfe ich bei ihr drücken musste. Doch dann sagte Alice in aller Deutlichkeit, dass sie zur Polizei gehen wollte. Aber das war erst Stunden später, und auch wenn ich mir Gedanken wegen Alice machte, machte ich mir noch viel mehr Gedanken wegen meines Dads.

Ich weiß, was du getan hast. Die jüngste E-Mail von Alice' Mutter tauchte vor meinem inneren Auge auf. Sie hatte uns schon mehrfach kontaktiert, und sie würde es wieder tun. Wie immer hatte ich die Mail sofort gelöscht. Anders als meine Freunde hatte ich nie das Bedürfnis verspürt, über diese Nachrichten zu reden. Manche Dinge sollte man einfach ausblenden.

Es klingelte erneut. »Machst du jetzt auf oder nicht, Mann?« Finch beugte sich auf der Couch vor, auf *meiner* Couch, als wollte er zur Tür gehen, wenn ich es nicht tat.

Ich zeigte ihm die Zähne, höflich und drohend zugleich, wie ich es mir von meinem Vater abgeschaut hatte. »Danke, ich komme schon klar.«

Ich öffnete die Tür und sah im Schein der Außenbeleuchtung zwei Männer auf dem Absatz der Eingangstreppe stehen. Der Typ weiter vorn war jünger, vielleicht Mitte dreißig, seine hellblauen Augen unter der roten Baseballkappe mit dem

Aufdruck ACE CONSTRUCTION blitzten. Er sah gut aus, war kräftig gebaut und ungefähr so groß wie der ältere Mann hinter ihm, genauso muskulös, nur dass er keinen Bauch hatte. Der Ältere hatte weißes Haar und schien in den Sechzigern zu sein, aus den rot-gelben T-Shirt-Ärmeln ragten gewaltige Arme. Auf der Brust prangte der gleiche Aufdruck wie auf der Kappe des anderen: ACE CONSTRUCTION.

Oh, ja, Ace Construction. Ich hatte dem Bauunternehmen unzählige Schecks ausgestellt.

»Sie müssen die Bauunternehmer sein. Ich bin Jonathan.« Ich streckte die Hand aus, die der Jüngere einen Augenblick zu lang beäugte, bevor er sie endlich drückte, zu fest drückte. »Peter ist nicht da. Kann ich Ihnen weiterhelfen?«

Wussten sie, dass Peter und ich ein Paar waren? Ich konnte schwer einschätzen, wem in Kaaterskill unsere Homosexualität ein Dorn im Auge war und wem nicht. Der dürre alte Drogensüchtige an der Zapfsäule der Cumberland-Farms-Tankstelle hatte nicht mal mit der Wimper gezuckt, als er Peter und mich beim Knutschen erwischte, die freundliche alte Dame mit den rosa Wangen hinter dem Marktstand mit regionalen Produkten dagegen hatte mir den Kirschkuchen aus der Hand gerissen. Hass war etwas Unvorhersehbares.

Peter hatte mir nicht mitgeteilt, dass die Bauunternehmer vorbeikommen würden. Zumindest konnte ich mich nicht daran erinnern. Dabei redete er gern und viel, so viel, dass ich mitunter am liebsten den Aus-Knopf gedrückt hätte.

»Ja, Sie können uns helfen, *Jonathan*.« Der Jüngere wedelte mit einem Blatt Papier vor meinem Gesicht herum. »Hiermit.«

Ich zuckte nicht zurück. So etwas durfte man bei einem solchen Typen niemals tun. Stattdessen warf ich einen Blick auf das Blatt: eine Zahlungsaufforderung mit vier roten ÜBERFÄLLIG-Stempeln ganz oben.

»Peter kümmert sich um die Renovierungsarbeiten«, sagte ich bedauernd und machte eine abweisende Handbewegung.

Die blauen Augen des Mannes verengten sich. Es sah aus, als wolle er mich schlagen. Nun, vielleicht hätte ich eine andere Formulierung wählen und meine Hände stillhalten sollen. Vielleicht hatte ich den Eindruck erweckt, mich um die Forderungen dieses Mannes zu kümmern, wäre unter meiner Würde, doch das hatte ich wirklich nicht so gemeint – obwohl ich in einer Sieben-Zimmer-Wohnung mit Personal groß geworden war. Mein Vater war vierzig Jahre zuvor aus China in die USA eingewandert, mit nichts außer seiner Zulassung für die Columbia University. Sieben Jahre später schloss er sein Studium mit einem Bachelor in Philosophie, einem Master in Betriebswirtschaft sowie einem Juris Doctor ab. Nach einem kurzen Intermezzo bei Bridgewater gründete er bald seinen eigenen Hedgefonds – Cheung Capital –, der mittlerweile mehr als zehn Milliarden Dollar wert war. Doch ganz gleich, wie viel Geld wir hatten, mein Vater hatte uns alle dazu erzogen, harte Arbeit wertzuschätzen und die Menschen zu respektieren, die sie leisteten. Hatte ich mich absichtlich benommen wie ein arroganter Idiot?

»Anscheinend nimmt er Zahlungsverpflichtungen nicht ganz ernst«, ließ sich der ältere Mann vernehmen und deutete mit gekrümmtem Zeigefinger auf die offene Rechnung, die noch immer nur wenige Zentimeter vor meinem Gesicht schwebte. »Sie schulden uns elftausendsechshundertsiebenunddreißig Dollar und zweiundvierzig Cent. Wir möchten bezahlt werden, und zwar auf der Stelle.«

»Ich bin mir sicher, das ist ein Missverständnis«, erklärte ich beschwichtigend. »Selbstverständlich sollen Sie angemessen entlohnt werden. Geben Sie mir die Rechnung, und ich werde nachhaken, ob …«

»Nein«, sagte der Jüngere. »Sie bezahlen uns heute Abend. Wir werden erst gehen, wenn die Rechnung beglichen ist.«

»Lassen Sie mich mal sehen, bitte.« Keith war hinter mir aufgetaucht. Er nahm dem Mann das Blatt aus der Hand.

In dem Moment kam Derrick ins Foyer, gefolgt von Stephanie. Sie bildeten in meinem Rücken einen Halbkreis, wie um mich zu beschützen, und ich schluckte gegen den Kloß in meiner Kehle an. Als ich mich umdrehte und in Richtung Wohnzimmer blickte, sah ich, dass Finch noch immer vorgebeugt auf meinem Sofa saß, einen Drink in der Hand. Er trank *meinen* Whisky, aus *meinem* Kristall-Tumbler.

»Er kann Ihnen kein Geld geben, solange er nicht weiß, wofür«, sprang Derrick mir bei, als wäre dies eine simple Tatsache, der niemand widersprechen konnte. »Sobald er mit Peter gesprochen hat, wird er Ihnen den Betrag überweisen. Am besten, Sie lassen die Rechnung mit den Kontodaten hier und ...«

»Überweisen?«, stieß der ältere Typ hervor und schüttelte den Kopf. »Elftausend Dollar?«

»Wohl kaum«, knurrte der Jüngere. Jetzt, da jemand die Foyerbeleuchtung eingeschaltet hatte und mehr Licht auf sein Gesicht fiel, konnte ich erkennen, dass er älter war, als ich zunächst gedacht hatte, mindestens Mitte dreißig.

»Ich werde Sie bezahlen«, versprach ich. »Das will er damit sagen. Ich habe das Geld.«

Doch ich spürte, wie sich mein Magen verknotete und meine Gedanken durcheinanderwirbelten. Peter hatte sämtliche Rechnungen beglichen, direkt von meinem Konto, und wenn das nicht möglich war, hatte ich Schecks ausgestellt. Tausende und Abertausende von Dollars. Ich hatte darauf vertraut, dass er alles ordnungsgemäß erledigte, obwohl mir bewusst war, dass Peter keine große Erfahrung mit Geldgeschäften hatte. War er überfordert gewesen?

»Es ist einfach nicht richtig. Meine Männer kommen zu Ihnen und leisten ehrliche Arbeit. Wir sind für sämtliche

Materialien in Vorausleistung getreten, und Sie bezahlen uns nicht?« Die Wangen des Älteren verfärbten sich. »Das ist Diebstahl.«

»Diebstahl?« Mein Herzschlag beschleunigte sich. Wenn die Männer tatsächlich nicht bezahlt worden waren, war diese Sichtweise nicht völlig abwegig.

»Ja, Sie haben richtig gehört. Dass Sie meine Männer bestehlen, ist das Schlimmste, denn was Sie mir wegnehmen, nehmen Sie ihnen weg. Wovon sollen sie ihre Kinder satt kriegen, hm?« Er schien jetzt völlig außer sich zu sein. »Wie Sie schon sagten: *Sie* haben das Geld.«

»Das reicht, Pop«, knurrte der andere. Er kräuselte abschätzig die Lippen und musterte mich von oben bis unten. Ich drückte den Rücken durch und straffte die Schultern. »Du musst diesem Scheißkerl nicht auch noch in den Hintern kriechen.«

»Scheißkerl?«, Stephanie zog eine Augenbraue in die Höhe. »Wie freundlich, seinen Auftraggeber als ›Scheißkerl‹ zu bezeichnen.«

»Auftraggeber?«, schoss der Sohn zurück. »Auftraggeber bezahlen ihre Rechnungen.«

»Peter müsste sich jeden Moment bei mir melden«, sagte ich, in der Hoffnung, die Situation zu entschärfen. »Ich habe ihm gerade eine Textnachricht geschickt … wegen einer anderen Sache.« Unter den gegebenen Umständen wollte ich nicht den Bretterhaufen an der Seite des Hauses erwähnen. »Stehen Ihre Firmen- und Kontodaten auf der Rechnung? Sobald ich mich vergewissert habe, dass bei der Bank kein Fehler passiert ist, werde ich mich bei Ihnen melden und einen Scheck ausstellen oder eine Bankanweisung vornehmen lassen.«

Nicht dass ich ein Scheckheft bei mir gehabt hätte. Derrick irrte sich, man konnte elftausend Dollar nicht einfach überweisen, man musste zuvor Kontakt mit seiner Bank aufnehmen, was am Wochenende nur erschwert möglich war, und ich kannte keinen Geldautomaten, der eine solche Summe auf einmal ausspuckte. Doch darum würde ich mich kümmern, sobald ich mit Peter gesprochen hatte.

»Ja, unsere Daten stehen auf der Rechnung.« Der jüngere Mann trat einen großen Schritt näher. Unsere Gesichter waren jetzt nur noch wenige Zentimeter voneinander entfernt. Ich war größer als er, und ich konnte mich sehr wohl bei einer körperlichen Auseinandersetzung behaupten, doch die Wut in seinen Augen bereitete mir extreme Sorgen. »Wenn ich bis morgen früh nichts von Ihnen höre, komme ich wieder.« Er schaute an mir vorbei auf meine Freunde. »Und es wird keinem von Ihnen gefallen, was dann passiert.«

»He!«, rief Finch aus dem Wohnzimmer. »Vielleicht hat er Sie nicht bezahlt, weil Sie beschissene Arbeit geleistet haben. Denken Sie doch darüber mal nach!«

Finch klang betrunken, aber ich glaubte nicht, dass er es tatsächlich war. Finch tat immer so, als wäre er irgendetwas.

Ich hob die Hand, um ihn zum Schweigen zu bringen. »Sei ruhig, Finch. Ich kümmere mich darum.«

»Wenn Sie den ganzen Scheiß auf *meinem* Rasen liegen lassen hätten, würde ich Sie auch nicht bezahlen«, plärrte er weiter, denn wann hatte eine höfliche Aufforderung Finch jemals aufgehalten? »Ich habe am Bau gearbeitet. Sie haben Scheiße gebaut. Der Rasen unter diesen Brettern dürfte hinüber sein. Würde mich nicht wundern, wenn *Sie* den beiden Geld schulden.«

»Und wer zur Hölle sind Sie?« Der jüngere Typ machte einen Schritt zur Seite, damit er Finch direkt ansprechen konnte.

»Finch«, antwortete Finch und nahm einen weiteren Schluck von seinem Drink. »Der bin ich, verdammt noch mal, und ich sage Ihnen was: Dieser Scheiterhaufen, den Sie da draußen aufgeschichtet haben, sieht für mich so aus, als hätten Sie vor, die Bude in Brand zu stecken. Ein bisschen Benzin, und *bumm!* steht alles in Flammen. Vielleicht erschreckt der Rauch die, die hier schlafen, bloß, vielleicht springt das Feuer aber auch aufs Haus über, und das war's dann.« Finch stand auf, schlenderte zu uns und lehnte sich lässig gegen die Wand. Er genoss die Situation ganz offensichtlich. »Ist das der Plan? Das Haus in Flammen aufgehen zu lassen und es irgendeinem Drogensüchtigen in die Schuhe zu schieben?«

Der jüngere Mann verzog die Lippen zu einem schiefen Grinsen und schüttelte den Kopf.

»Komm schon, Luke«, drängte sein Vater. »Wir haben gesagt, was gesagt werden musste.«

Luke durchbohrte mich wieder mit seinen beängstigend blauen Augen. »Sie haben bis morgen Zeit.«

Damit drehten sich die beiden Männer um und gingen die Stufen hinunter zu ihrem Wagen. Stephanie zog mich ins Haus zurück und schloss die Tür.

»Es ist eiskalt«, sagte sie und legte den Riegel vor. Dann beugte sie sich zu mir und flüsterte: »Was zum Teufel ist hier los, Jonathan?«

Aber was sollte ich sagen? Noch dazu musste ausgerechnet Stephanie diese Frage stellen. Das Best-Case-Szenario wäre, dass Peter an dieser ausgesprochen einfachen Aufgabe gescheitert war und unabsichtlich einen Fehler gemacht hatte, das Worst-Case-Szenario, dass er unser Renovierungsbudget längst ausgeschöpft hatte. Was ich durchaus für möglich hielt.

»Peter hat mehrfach erwähnt, er habe ein Problem mit dem Bauunternehmen. Ich hatte das völlig vergessen, es ist mir gerade erst wieder eingefallen.«

»Hm«, sagte Stephanie und sah mir prüfend ins Gesicht. Sie wirkte nicht überzeugt.

»Er hält eine Zahlung zurück, bis sie irgendeinen Pfusch

behoben haben«, fuhr ich fort, ruhiger jetzt. »Die beiden haben vermutlich die Autos gesehen und gewusst, dass ich da bin, nicht Peter. Also haben sie beschlossen, es mal bei mir zu probieren. An der Sache ist nichts dran. Ich werde das aus der Welt schaffen, ich möchte nur erst mit Peter Rücksprache halten.«

Stephanie wirkte ein bisschen verletzt, weil ich nicht so recht mit der Sprache herausrückte. Früher hatte ich ihr all meine Geheimnisse anvertraut.

»Okay, wenn du meinst.« Sie ließ mich vom Haken. Stephanie war mitunter ziemlich barsch, aber sie wusste stets genau, wie viel man einstecken konnte. Jetzt drehte sie sich lächelnd zur Gruppe um und klatschte in die Hände wie die Betreuerin eines Ferienlagers. »Wollen wir was essen? Ich bin nämlich am Verhungern …«

DETECTIVE JULIA SCUTT

Sonntag, 5.32 Uhr

Es schüttet, als ich zur Unfallstelle fahre, die nun offenbar ein Tatort ist. Die Straßen sind leer, in den Häusern regt sich nichts. Die Morgendämmerung steht kurz bevor, der Himmel wird langsam blassgrau. Ich versuche, tief durchzuatmen, aber meine Lungen fühlen sich starr an und wollen sich nicht recht aufblähen.

Ist es hilfreich, dass Ace Construction involviert ist, wenn auch nur am Rande? Vermutlich nicht besonders.

Laut Maeve gibt es Probleme zwischen Jonathan und der Baufirma, irgendeinen Disput über Geld, das Jonathan nicht überwiesen hat. Maeve hat diesen Punkt nur flüchtig am Ende der kurzen Befragung erwähnt. Nach dem Anruf von Dan habe ich mich hauptsächlich darauf konzentriert, die Gespräche so schnell wie möglich hinter mich zu bringen, um zur Unfallstelle fahren zu können.

»Denken Sie, der Konflikt mit Ace Construction steht in irgendeinem Zusammenhang mit dem, was passiert ist, Ms Travis?«, hatte ich von Maeve wissen wollen.

»Oh, das weiß ich nicht.« Sie wirkte bestürzt über diese Unterstellung, doch wie hätte ich das Thema sonst zur Sprache bringen sollen? »Allerdings schienen die beiden Männer äußerst aufgebracht zu sein. Vor allem der Jüngere. Luke, so hieß er, glaube ich. Er war mit einem älteren Mann da.«

»Mike Gaffney?« Ich hasste es, diesen Namen auszusprechen.

»Er hat sich uns nicht vorgestellt, aber dieser Luke hat ihn ›Dad‹ genannt.«

Ein schickes Wochenendhaus – kein Wunder, dass der neue

Besitzer Ace Construction mit der Renovierung beauftragt hatte. Mittlerweile ist es das größte und beste Bauunternehmen in der Gegend. Damals, als Luke ein Teenager war, übernahm Mike Gaffney überwiegend kleine Aufträge wie die Sanierung unseres Badezimmers. Ich erinnere mich noch daran, wie meine Mutter schimpfend zu Jane und Bethany – den Unzertrennlichen – gesagt hatte, sie sollten aufhören, an der Farbe zu schnüffeln. Ein paar Tage später waren sie tot. Der Geruch nach Farbe ruft immer noch Übelkeit in mir hervor.

Laut der Shownotes hat *Der Fluss* Mike Gaffney eine komplette Folge gewidmet. Nach den Morden hatte man ihn verhört, aber man konnte ihm keine andere Verbindung zu den Opfern nachweisen als die Sanierungsarbeiten in unserem Badezimmer. Außerdem hatte er ein Alibi.

Ich frage mich, was die anderen noch »versehentlich« nicht erwähnt haben, abgesehen von dem Zwischenfall mit Ace Construction. Ihre Schilderungen des fraglichen Abends stimmen auf fast verdächtige Weise überein, bis hin zu der Pasta, die Maeve zubereitet hatte: Penne arrabiata. Exakt diese Bezeichnung haben alle gewählt. Und alle haben *exakt* das Zeitfenster, in dem Keith und Derrick das Haus zum Zigarettenholen verließen, mit »halb zehn, fünf nach halb zehn« angegeben. Drogen – ich nehme an, das ist es, was sie vor mir verheimlichen. Gut möglich, dass sie alle so high waren, dass sie nicht mehr genau wissen, was passiert ist. Ganz gleich, wie oft man den Leuten versichert, man würde sich nicht für ihren Drogenkonsum interessieren – man ist ein Cop, und deshalb kaufen sie einem diese Behauptung nicht ab.

Drogen könnten außerdem der Grund dafür sein, dass wir einen Toten in dem Wagen gefunden haben. Vielleicht ist ein Geschäft aus dem Ruder gelaufen. Die hiesigen Dealer sind dafür bekannt, dass sie immer gieriger werden.

Als ich um die nächste Kurve biege, sehe ich, dass der Wald in der Ferne ausgeleuchtet ist wie ein Sportplatz bei einer Abendveranstaltung. Über ein Dutzend Fahrzeuge parken entlang der Straße, meist Streifenwagen, aber auch ein großer Van von der Spurensicherung, ein glänzender Metallkasten mit der Aufschrift NEW YORK STATE FORENSIC INVESTIGATION UNIT. Ich fahre an der Reihe der Fahrzeuge vorbei, bis ich einen Officer mit einer Taschenlampe entdecke.

Ich nehme den Fuß vom Gas und lasse das Fenster herunter. Charles oder Chuck oder so ähnlich.

»Du kannst da vorn rechts parken«, sagt er und richtet den Strahl seiner Taschenlampe auf die entsprechende Stelle. »Der Boden ist voller Pfützen, pass auf, wo du hintrittst.«

Hinter der Blechbüchse der Spurensicherung sehe ich die Nachrichtenteams. Ich bin kein Fan von Reportern. Nachdem Jane verschwunden war, haben sie wochenlang unser Haus belagert und unser Leid gierig ausgeschlachtet. Am Ende hatte ich ihnen genau das gegeben, was sie wollten, indem ich schreiend aus der Haustür rannte, als man Jane endlich fand. Sechs Tage lang hatte man sie bei strömendem Regen gesucht, dann war die Leiche meiner sechzehn Jahre alten Schwester endlich entdeckt worden. Ihr hübsches Gesicht war derart übel zugerichtet, dass man sie nur anhand des Zahnstatus identifizieren konnte. Die Fotos von mir als Achtjähriger, die barfuß in die Dunkelheit hinausrennt, schafften es auf die Titelseiten sämtlicher Lokalzeitungen; über die Tat wurde sogar auf nationaler Ebene berichtet.

Zumindest hat man mir das erzählt. Nicht nur die Erinnerung an die Badsanierung von Ace Construction ist verschwommen. Der Mord an Jane hat große Teile meiner Kindheit ausgelöscht und meine Erinnerungen an alles und jeden hoffnungslos verschwimmen lassen – an meine Eltern, meine Freunde, Bethany. Nur Jane ist mir noch immer schmerzhaft klar im Gedächtnis.

Doch ganz gleich, was Dan denkt – meine Weigerung, mir die Podcast-Serie über den Mord an den beiden Mädchen anzuhören, beweist gar nichts, nur dass ich ein vernünftiger Mensch bin. Eine unserer größten Auseinandersetzungen drehte sich darum, dass er sie sich angehört hat. Ich hätte es für geschmacklos gehalten, selbst wenn er Jane oder mich nicht gekannt hätte. Dan und Jane kannten sich von der Schule, aber sie waren nicht befreundet gewesen – Jane war in der coolen Clique, Dan der Nerd im Hintergrund, der die anderen nur beobachtete. Aber sie kannten sich.

»Wenn du nicht möchtest, dass ich mich damit befasse, dann lasse ich es eben«, hatte Dan mir damals versprochen. »Allerdings … sollte es nicht irgendwer tun? Nur für alle Fälle?«

»Was willst du damit sagen? Dass du den Mörder findest, Mr Superdetektiv?«

Dave zuckte nicht mit der Wimper. »Das habe ich nicht gemeint, das weißt du.«

»Hör dir den Mist an, wenn du auf so etwas stehst«, hatte ich gesagt und mir den Pulli über den Kopf gezogen. Sex war die schnellste Möglichkeit, das Thema zu beenden. Dan war ein sehr geradlinig denkender Mensch.

Ich vermutete, dass er es gut meinte. Dass er versuchte, mir zu helfen. Er hatte mir mehrfach angeboten, mit mir zusammen die Akten von Jane und Bethany durchzusehen. Ich hatte jedes Mal abgelehnt. Denn was wäre, wenn ich endlich versuchte, Janes Fall aufzuklären – mir wirklich Mühe gab, anstatt es einfach nur vergessen zu wollen –, und trotzdem versagte? So wie es jetzt war, konnte ich zumindest so tun, als hätte ich es jederzeit in der Hand, Jane Gerechtigkeit widerfahren zu lassen.

Als ich an den Reportern vorbeirolle, um das Auto zu parken, spüre ich ihre Blicke auf mir. Ich stelle den Motor ab und taste mit der Hand nach dem Ring, der an einer Kette um meinen Hals hängt, für gewöhnlich sicher vor den Augen den anderen unter meinem Oberteil verborgen. Ich drücke ihn gegen meine Haut, bis ich den vertrauten Schmerz spüre. Ich würde liebend gern eine Möglichkeit finden, mich an den Reportern vorbei zur Unfallstelle zu schleichen. Doch an dieser Stelle erscheint mir der Baumbestand zu dicht, außerdem ist der Boden aufgeweicht und durchnässt. Zwar trage ich Schnürstiefel, aber sie haben keinen sonderlich hohen Schaft, und meine Füße wären im Nullkommanichts klatschnass.

Ich hole tief Luft, dann steige ich aus dem Wagen und rutsche sofort weg. Ich muss mich wie eine Idiotin an der Wagentür festklammern, um nicht zu stürzen. *Mist.* Chuck hatte recht: Ringsum riesige Pfützen, ich musste tatsächlich vorsichtig sein.

»Alles okay?«, ruft eine junge Reporterin mit hoher, schriller Stimme und eilt auf mich zu. Sie ist sehr dünn und trägt zu viel Make-up, selbst fürs Fernsehen.

Ich hebe die Hand wie ein Stoppschild und drehe den Kopf weg. Wenn sie mich erkennt, bin ich geliefert. »Alles gut!«, rufe ich zurück.

Sie kommt trotzdem näher. »Detective, wir haben gehört, dass der vermeintliche Unfall mittlerweile als Mord eingestuft wird. Können Sie das bestätigen?«

Verdammt. Seldon wird mir die Schuld zuschieben, dass die Reporter Wind davon bekommen haben, obwohl Dan vor Ort die Verantwortung hatte. Unfreiwilliger Fehler Nummer eins. Weitere werde ich mir kaum leisten können.

»Kein Kommentar«, sage ich, den Blick starr nach vorn gerichtet, und gehe an ihr vorbei.

Als ich endlich zu dem zerbeulten Audi SUV zwischen den Bäumen vorgedrungen bin, sehe ich Dan. Er steht ein paar Schritte von dem Fahrzeug entfernt, die Arme vor der Brust verschränkt, die Stiefel schlammverkrustet. Er ist groß und gut gebaut – ein attraktiver Mann, daran besteht kein Zweifel. Dan beobachtet, wie ein Techniker von der Spurensicherung in einem Ganzkörperanzug aus Plastik den Rücksitz absucht. Der Audi ist an einer Seite stark eingedrückt, der Scheinwerfer zerschmettert. Die beiden Vordertüren stehen offen, das Wageninnere glänzt im Licht der aufgestellten Scheinwerfer. Der Leichnam ist bereits fort. Dan schaut zu mir herüber, dann deutet er mit dem Kinn in Richtung Wagen.

»Auf der anderen Seite des Fahrersitzes und auf dem Armaturenbrett sind Blutspritzer zu finden. Die uniformierten Kollegen, die zuerst an der Unfallstelle eintrafen, haben sie zunächst gar nicht bemerkt, dazu war es im Wageninnern zu dunkel.« Er richtet seine Taschenlampe auf die entsprechenden Stellen. »Wie dem auch sei – deshalb habe ich dich angerufen. Ich dachte, du solltest dir das selbst ansehen.«

Man muss es Dan anrechnen, dass er mich informiert und nicht versucht hat, mir diese Fakten vorzuenthalten, um den Fall an sich zu reißen. Seldon hätte sicher nichts dagegen gehabt. Aber so etwas tut Dan nicht. Dazu ist er zu anständig. Was alles irgendwie nur noch schlimmer macht.

»Ja, danke«, bringe ich etwas widerwillig über die Lippen. »Was sagt der Gerichtsmediziner?«

»Auf den ersten Blick konnte er zwei Stichwunden am Hals feststellen. Links, tief, auffällige Form. Er ist sich nicht sicher, was die Waffe betrifft, aber vermutlich handelt es sich nicht um ein Messer. Außerdem ist er sich unsicher wegen des Gesichts.«

»Wie meinst du das, ›unsicher‹?«, frage ich. »Wurde es nicht bei dem Unfall entstellt?«

»Anscheinend hätte der Wagen *extrem* beschleunigen müssen, um einen solchen Schaden anzurichten«, sagt Dan vorsichtig. »Ein Crash bei einer solchen Geschwindigkeit hätte den Audi komplett zerstört, nicht nur die Front. Es ist

also durchaus möglich, dass jemand dem Toten die Gesichtsverletzungen nachträglich zugefügt hat.«

Ich hefte meine Augen auf das Wageninnere, aber ich kann
spüren, wie Dan mich anstarrt. Er weiß von Janes Gesicht.
Dank dem Podcast weiß jeder, dass Jane mit einem unbekannten Gegenstand das Gesicht zertrümmert wurde. Eine
Art Tätersignatur, wie die Fans von *Der Fluss* liebend gern
mutmaßen. Damals trieb ein Serienmörder, der bis heute
nicht gefasst wurde, mit einem ähnlichen Modus Operandi
sein Unwesen. War es möglich, dass Jane und Bethany zu
seinen Opfern zählten? Sicher. Doch nur, weil alles möglich
war. Ist es möglich, dass das zerschmetterte Gesicht in diesem Fall das Werk desselben Mannes war, all die Jahre später? Es erscheint mir ziemlich unwahrscheinlich, vor allem
weil es nicht häufig vorkommt, dass ein Mörder das Gesicht
seines Opfers derart entstellt. Verdammt, die Podcast-Hörer
werden diesen möglichen Zusammenhang lieben, gerade
weil er so pervers ist.

Fast immer ist die einfachste Erklärung die richtige. Ein
Wagen mit einem Toten, eine weitere Person wird vermisst.
Der Vermisste ist der Täter. Ein Wochenendgast, der einen
anderen Wochenendgast umbringt – genau das, was Seldon
sich wünscht.

»Was hat Seldon gesagt, als er dich angerufen hat?«, will
ich wissen.

Dan schweigt einige Sekunden, dann atmet er tief durch,
bevor er antwortet. »Er hat gesagt, ich soll hierherfahren und
ein Auge auf die Dinge haben.«

»Ein Auge auf mich haben.«

»*Haben Sie ein Auge auf sie.* Ja, ich glaube, genau das hat
er gesagt. Du weißt schon, als wärst du ein kleines Mädchen
oder ein Volltrottel. Pass auf, Seldon ist ein Schwachkopf.
Das ist doch nichts Neues. Zurück zum Thema: Eine der
beiden Stichverletzungen – wie gesagt: die Waffe steht noch

nicht fest – hat laut Gerichtsmediziner eine Arterie getroffen.«

»Gibt es noch immer keine Spur vom Fahrer?«

»Bei dem Regen scheinen die Hunde keine Witterung aufnehmen zu können. Als wir das Blut sahen, habe ich sofort
Meldung erstattet, dass der Täter aller Wahrscheinlichkeit
nach bewaffnet und gefährlich ist. Es muss sich allerdings
nicht zwingend um den Fahrer handeln, sondern es könnte
genauso gut sein, dass wir es mit einer dritten Person zu tun
haben, die möglicherweise auf dem Rücksitz saß. Sie muss
mit der linken Hand zugestoßen haben.«

»Es war ein weiterer Typ bei der Gruppe, der angeblich
früher in die Stadt zurückgekehrt ist«, teile ich ihm mit.
»Wegen irgendeines Konflikts. Die Kollegen sind zum Bahnhof gefahren, um zu fragen, ob ihn irgendwer bemerkt hat.«

Dan sieht mich an, als wolle er etwas sagen, ist sich aber
nicht sicher, wie er es formulieren soll. Wenn ich ehrlich bin,
wünsche ich mir, er würde es für sich behalten. Dan war immer schon ein bisschen unbeholfen, auch wenn er es gut
meinte. »Also«, druckst er herum, »ich möchte nur, dass du
es weißt – ich habe nicht vor, dir in die Quere zu kommen.
Seldon hat mich gebeten, herzufahren, also habe ich das getan, weil ich mich nicht darum reiße, auf seiner Abschusslis-
te zu landen. Aber das hier ist dein Fall. Du hast das Sagen.«

Ich verschränke die Arme, fest entschlossen, nicht auf
Dans Ich-meine-es-gut-mit-dir-Nummer hereinzufallen,
selbst wenn er es wirklich gut mit mir meint. Ich sehe ihm in
die Augen. »Endlich ein Punkt, in dem wir einer Meinung
sind.«

Als ich zu meinem Wagen zurückkehre, gehe ich im Kopf
mögliche Ansätze durch, wie ich an die Gruppe im Haus he-
rankomme. Man enthält mir Informationen vor, so viel steht
fest. Wenn es einen Konflikt zwischen Fahrer und Beifahrer

gab, muss ich das wissen. Ich muss wissen, warum dieser Künstler, den Keith Lazard vertritt, abgehauen ist. Ob Drogen im Spiel sind. Eine aggressivere Herangehensweise könnte natürlich auch nach hinten losgehen, denn sie treibt die Befragten in die Defensive. Bei dieser Gruppe allerdings …

»Entschuldigung!«

Ich drehe mich um und sehe eine ältere Frau mit dünnem grauem Haar und einem zartrosa Trainingsanzug in meine Richtung eilen. Sie ist außer Atem. »Heilige Mutter Gottes!«, japst sie, was aus ihrem Mund irgendwie seltsam klingt. Es passt nicht zu ihr, genauso wenig wie das zarte Rosé des Trainingsanzugs zu ihrer kantig derben Erscheinung passt. Sie wedelt mit der Hand, dann stemmt sie sie in die knochige Hüfte und beugt sich vor, um Luft zu schnappen. »Sie haben ja ein Tempo drauf!«

»Sie dürfen eigentlich gar nicht hier sein«, sage ich. Sie ist offensichtlich keine Reporterin. Nicht dass Reporter hier sein sollten. »Das ist eine offizielle Ermittlung.«

Sie tritt näher und lächelt, als empfinde sie Mitleid mit mir. »Du lieber Himmel, Sie sehen ja ganz genauso aus!«

Ihre Worte lassen mir einen unangenehmen Schauder über den Rücken laufen. »Genauso wie wer?« Meine Finger sind unbewusst zu meinem Hals gewandert und drücken den Ring fest gegen mein Schlüsselbein.

»Ihr Foto in der Zeitung, damals, als …« Sie zieht scharf die Luft ein, »… als Sie an jenem Abend aus dem Haus gelaufen sind. In Ihrem Nachthemd.«

Als hätte sie irgendeinen Anspruch auf mich. Als hätte sie das Recht, mich auf die Nachtwäsche anzusprechen, die ich als kleines Mädchen getragen habe. Es ist, als würde aus der Ferne der bedrohliche Klang einer Glocke zu mir herüberschallen. Das Blut pocht in meinen Schläfen.

Ich mache einen Schritt auf sie zu, wobei ich mir vorstelle, wie ich die Hand ausstrecke und ihr einen plötzlichen, festen

Stoß verpasse. Doch womöglich bricht sie sich die Knochen, wenn sie zu Boden stürzt. »Sie sind eine von denen, stimmt's?«

»Von denen?« Sie lacht. »Wen meinen Sie?«

Der Fluss hat jede Menge Hobbydetektive hervorgebracht, denen jeglicher Sinn für Anstand fehlt. Die keinen Anstand besitzen. Punkt. Sie bombardieren mich mit E-Mails und Anrufen. Sie kreuzen sogar auf der Polizeiwache auf, um mir ihre Theorie zu unterbreiten, der Mörder betreibe einen Sexsklavinnen-Ring. Diese Leute halten die Morde an Jane und Bethany für nicht mehr als ein Puzzlespiel.

»Es handelt sich hier um aktive Ermittlungen, nicht um eine Gameshow. Bitte steigen Sie auf der Stelle ins Auto und fahren Sie verflucht noch mal nach Hause, wo auch immer das sein mag.«

»Oh, ich lebe in Hudson, gleich hinter …«

»Das ist mir egal!« Die richtigen Reporter sehen in meine Richtung. Das ist das Letzte, was ich jetzt gebrauchen kann. »Bitte gehen Sie einfach.«

»Schon gut, schon gut«, sagt sie, entschuldigend, aber nach wie vor ein wenig aufgeregt. »Ich wollte nicht … Ich kann mir vorstellen, wie belastend das für Sie ist. Vor allem deshalb …« Sie schneidet eine Grimasse, dann deutet sie auf ihr Gesicht. »Sie wissen schon.«

»Nein, weiß ich nicht«, sage ich und deute auf mein eigenes wutverzerrtes Gesicht.

»Nun, die entstellten Gesichter? Es ist wie eine Signatur, nicht wahr?«

Ich balle die Fäuste, um mich daran zu hindern, sie am Kragen zu fassen. »Hauen Sie ab, verdammt noch mal, wenn Sie nicht wollen, dass ich Sie wegen der Behinderung von Ermittlungen verhafte«, stoße ich mit zitternder Stimme hervor und drehe mich zu meinem Wagen um, doch sie rührt sich nicht vom Fleck.

»Bob Hoff ist wieder zurück«, sagt sie. Ich erstarre – den Namen habe ich schon eine sehr lange Zeit nicht mehr gehört. »Er arbeitet bei Cumberland Farms, genau wie früher. Als wäre nie etwas geschehen.«

Cumberland Farms. Möglicherweise die letzte Station unserer jetzigen Opfer. Dieser Zufall gefällt mir gar nicht. Obwohl ich nie geglaubt habe, dass Bob Hoff etwas mit dem Tod von Jane zu tun hatte. Meiner Meinung nach ist er ebenfalls ein unschuldiges Opfer.

Hoff hatte damals erzählt, er habe etwas gesehen an dem Tag, an dem Jane und Bethany ermordet wurden. Einige behaupteten, er habe regelrecht damit geprahlt. Doch als die Polizei ihn befragte, leugnete er und behauptete, nichts zu wissen. Meine Eltern vermuteten, dass er Angst hatte, denn er war ein junger schwarzer Gelegenheitsarbeiter in einem Meer von Weißen. Dass er nicht redete, verwandelte ihn ruckzuck in einen Verdächtigen. Binnen einer Woche war Bob Hoff aus Kaaterskill verschwunden, was ihn nicht weniger verdächtig machte.

Ich habe keine Ahnung, was ihn wieder hierhergeführt hat. Anscheinend ist er kein großer Podcast-Hörer, sonst wäre er bestimmt nicht gekommen. *Der Fluss* widmet nämlich eine ganze Folge der Suche nach ihm: »Der verschwundene Mann«.

Erst als ich hinterm Lenkrad sitze, blicke ich wieder zu der Frau auf. Ihr Mund zittert, als versuche sie, ein Lächeln zu unterdrücken. Mit zornigem Blick lasse ich das Seitenfenster herunter.

»Wenn ich Sie noch einmal in der Nähe sehe ... ach Unsinn, wenn ich Sie überhaupt noch einmal sehe, lasse ich Sie festnehmen«, sage ich mit ruhiger Stimme. »Sie werden überrascht sein, wie lange ich eine verdächtige Person festhalten kann. Sie könnten tagelang im Gefängnis sitzen.«

DERRICK

Freitag, 20.22 Uhr

»Nicht schlecht«, sagte Finch und sah sich in dem geräumigen Schlafzimmer um, das Jonathan uns zugeteilt hatte.

Es lag an der Vorderseite des Hauses, hatte jeansblau gestrichene Wände mit eleganten, blitzweißen Zierleisten. Die beiden Queen-Size-Betten waren mit dicken Kissen ausstaffiert, die frisch gebügelte, blassblaue Bettwäsche mit den wirbelnden weißen Punkten erinnerte mich an die stecknadelkopfgroßen Lichter in einem Planetarium. Ich musste an das Fünf-Sterne-Hotel in Rom denken, in dem Beth und ich unsere Flitterwochen verbracht hatten – ein Hotel, das wir uns eigentlich gar nicht leisten konnten. Trotzdem war Beth enttäuscht gewesen, weil es nicht das noch teurere Hotel war, in das ihre Freunde Isaac und Henry nach ihrer Hochzeit eingecheckt hatten. Beth war immer enttäuscht, schon aus Gewohnheit, weil sie den Unterschied zwischen einem Romanautor und einem Hollywood-Drehbuchautor missverstanden hatte. Auch jetzt noch richtete sie den Blick unablässig auf den Horizont und wartete darauf, dass Reichtum und Erfolg auf uns niederregneten, dabei hatte ich ihr wiederholt zu verstehen gegeben, dass keinerlei Ruhmeswolken in Sicht waren.

Als ich mich auf eines der Betten setzte, konnte ich spüren, wie angespannt ich war. Mein ganzer Körper war steif. Den ganzen Tag über hatte ich mich aufgerieben zwischen Keith und Finch, ganz zu schweigen von meiner Auseinandersetzung mit Beth heute Morgen. Beth war sauer gewesen, weil ich das Wochenende nicht mit ihr verbrachte – sie hasste meine Freunde, hasste es, wenn ich etwas allein unternahm. Sie hatte mir ihre Lieblingsbeleidigungen entgegengeschleudert, die mir inzwischen so vertraut waren, dass sie mich nicht einmal mehr schmerzten – ich sei jämmerlich, ein Versager, ein Schwächling, rückgratlos, untalentiert. Bei dem Wort »untalentiert« hatte ich ihr einen verärgerten Blick zugeworfen. Das war neu und ganz besonders grausam.

Finch holte tief und geräuschvoll Luft – dramatisch und zufrieden –, dann ließ er sich auf die breite Fensterbank sinken, zog eine Zigarette hervor und zündete sie an. Er inhalierte tief und blies den Rauch aus.

»Mach die Zigarette aus!« Ich sprang auf und öffnete das Fenster. »Du darfst in Jonathans Haus nicht rauchen. Es ist frisch renoviert!«

Finch lachte. »Dir ist es wirklich nicht egal, was diese Leute denken, oder?«

»Also hör mal«, sagte ich, »*du* bist doch derjenige, der besessen von ›diesen Leuten‹ ist.«

Er schnitt eine Grimasse. »Das ist Schwachsinn.«

Es war kein Schwachsinn. Finch versuchte verzweifelt, sich meiner Vassar-Gruppe anzuschließen. Er probierte es schon seit Jahren, aber meine Freunde ließen ihn konsequent und mit Bedacht abblitzen. Sie hielten Finch allesamt für unerträglich. Selbst Keith wusste im tiefsten Innern, dass er einen Pakt mit dem Teufel geschlossen hatte. Mir persönlich dagegen blieb keine andere Wahl, als Finch zu tolerieren. Er hatte mich in der Hand, und das ließ er mich niemals vergessen.

»Jonathan ist mein Freund, und ihm bedeutet dieses Haus etwas. Also hör auf, dich aufzuführen wie ein Arschloch.« Ich spürte, wie die altbekannte Zorneshitze in meiner Brust aufstieg. »Mach die verdammte Zigarette aus.«

Seit einiger Zeit schien Finch zu akzeptieren, dass er nie einen Platz in unserer Mitte finden würde, und genau aus diesem Grund hatte kaum verhüllte Feindseligkeit seinen Eifer ersetzt. Die größte Ironie bestand wohl darin, dass es im wahrsten Sinne des Wortes Tausende von Menschen gab, die Unsummen dafür geben würden – die Unsummen gegeben hatten –, um Zeit mit Finch verbringen zu können. Aber natürlich wollte er diese Menschen nicht. Er wollte *meine* Freunde. Die, die er nicht haben konnte.

»Jetzt komm mal wieder runter«, knurrte Finch und schnippte die brennende Zigarette aus dem Fenster. »Ich dachte, es sollte lustig werden.«

»Lustig für wen?« Ich verschränkte die Arme vor der Brust und lehnte mich an die Wand neben der Tür. »Was hast du eigentlich hier zu suchen, Finch?«

Er schwieg eine Minute, anscheinend dachte er nach. Dann begegnete er meinem Blick. »Ich bin hier, um meinen Vertrag mit Keith zu kündigen.«

»Jetzt hör endlich auf mit dem Scheiß!«

»Ich meine es ernst.«

»Wovon zum Teufel redest du?«, fragte ich in der Hoffnung, er würde wieder einen seiner bescheuerten Witze reißen. »Keith hat dir viel gebracht.«

»Auf gewisse Weise schon.« Finch starrte mich mit nüchternem Blick an.

Heilige Scheiße. Er meinte es ernst.

»Bitte, Finch, er hat dich zu dem gemacht, der du bist!«

Das entsprach der Wahrheit, und damit meinte ich nicht nur das Geld. Was Keith getan hatte, war weitaus essenzieller. Das wusste ich aus eigener Erfahrung. Es war allein Keith' unermüdlichem Zuspruch zu verdanken – der beinahe schon an Belästigung grenzte: Textnachrichten, E-Mails, unendliche Predigten, wenn wir zusammen ein Bier tranken –, dass ich schließlich den Mut hatte, meinen ersten Roman an verschiedene Agenten zu schicken. Nur dank Keith hatte ich das Schreiben nicht ganz an den Nagel gehängt, als man mich am Vasser nicht in das heiß begehrte Seminar für kreatives Schreiben aufnahm.

»Glaubst du an deine Schreiberei?«, hatte Keith wissen wollen, nachdem man mich abgelehnt hatte. Es war schon spät, und wir saßen in meinem Zimmer auf dem Fußboden und zogen einen Joint durch. Er blinzelte mich durch den Rauch hindurch an und deutete mit dem Finger auf mich.

Ich ließ mir die Frage durch den Kopf gehen, darum bemüht, die Tatsache zu ignorieren, dass mein Hals noch immer wund war vom Weinen. Denn genau das hatte ich getan, als ich von der Absage erfuhr: Ich hatte geweint. Gott sei Dank hatte mich niemand dabei gesehen, dennoch war es ein demütigendes Gefühl gewesen. Faulkner hatte bestimmt nie geweint.

»Alle glauben an ihre eigene Arbeit«, erwiderte ich träge, als das Pot seine Magie entfaltete.

»Nein, nein, das meine ich nicht. Ich will wissen, ob du es wirklich tief im Innern fühlst, ob du an dich glaubst oder nicht«, hatte Keith gesagt. »Weißt du, ob du ein Schriftsteller bist?«

Ich nahm Keith den fast aufgerauchten Joint aus den Fingern und inhalierte, wobei ich die Hitze der Glut an den Fingerspitzen fühlte. Immer wieder ließ ich mir seine Frage durch den Kopf gehen, betrachtete sie aus allen Richtungen, wahrscheinlich weil ich so high war. Die Antwort war immer dieselbe.

»Ja«, sagte ich schließlich. »Das fühle ich.«

»Siehst du, da hast du's«, erwiderte er grinsend. »Denn ich fühle das nicht.«

Ich hatte gelacht. »Wovon zum Teufel redest du?«

Keith hatte gerade für seine Reihe *Herkunftsfamilien* den Junior-Kunstpreis gewonnen, den das Vassar College alljährlich verlieh – weiß Gott keine kleine Sache. Und er hatte ihn verdient. Die Bilder waren fantastisch. Er hatte mich als

Jungen gemalt, hinterm Steuer eines riesigen Cadillacs, die Fahrertür offen, die Beine zu kurz, als dass ich die Pedale erreichen konnte. Als ich es zum ersten Mal sah, stellten sich mir die Nackenhaare auf. Ich hätte mir nie vorstellen können, dass ein Bild etwas so perfekt einzufangen vermag, was nie passiert ist.

Keith hatte den Kopf geschüttelt. »Die Reihe war alles, was ich hatte. Und das ist in Ordnung, glaube ich. Ich liebe Kunst, aber ich bin kein Künstler. Nicht auf die Art und Weise, auf die du ein Schriftsteller bist. Das ist in deiner Seele verankert. Behüte das mit deinem Leben, Mann. Die Welt wird viel daransetzen, es dir zu entreißen.«

Nach dem Abschluss kamen innerhalb von drei Jahren zwei Bücher von mir auf den Markt. Das erste machte mich beinahe zum Star. Und unterdessen hatte Keith erfolgreich Karriere damit gemacht, Leute wie Finch aufzubauen. Er wäre also am Boden zerstört, wenn Finch – sein größter Erfolg – sich von ihm abwandte. Sein Leben hing ohnehin an einem seidenen Faden.

»Ja, Keith hat mich aufgebaut, aber ich habe ihm eine Mörderkohle eingebracht«, fuhr Finch fort. »Es ist nicht so, dass er keinen Vorteil davon hatte.«

Ich hätte die beiden nie miteinander bekannt machen dürfen. Das war mir schon vor Jahren klar gewesen.

»Kündige den Vertrag nicht, Finch«, bat ich ihn noch einmal. »Du bedeutest ihm wirklich viel. Sieh mal, er hat dich sogar mit hergenommen, obwohl er genau wusste, dass wir anderen sauer auf ihn sein würden.«

»Und das ist das perfekte Beispiel dafür, warum ich mich von ihm lossagen muss. Weshalb zur Hölle bin ich hier?«

Ich starrte ihn an. »Weil du dich selbst eingeladen hast! So wie du es ständig tust. Ich war dabei, erinnerst du dich?«

»Keith hätte eine Grenze ziehen sollen, erst recht in Bezug auf dieses Wochenende. Es ist Jonathans Junggesellenabschied, nicht wahr?« Finch schüttelte angewidert den Kopf. »Er kann nicht ehrlich zu mir sein, auch dann nicht, wenn es wirklich um etwas geht. Er tut so, als würde ich in London in der Serpentine Gallery ausstellen, dabei wurde die Ausstellung schon vor Wochen abgesagt, weil Keith irgendetwas nicht bezahlt hat. Etwas, was nichts mit mir zu tun hat. Jemand von der Galerie hat mich angerufen. Nachdem ich Bescheid wusste, habe ich Keith erzählt, ich würde etwas ganz Neues machen, nur für die Serpentine-Ausstellung. Ich wollte mal sehen, ob er dann endlich reinen Tisch macht. Aber nichts da. Kein einziges Wort. Er lässt, ohne mit der Wimper zu zucken, zu, dass ich mir den Arsch für ihn aufreiße – für nichts! Und du behauptest, ich würde ihm etwas bedeuten?«

Leider klang das, was Finch da behauptete, exakt nach Keith, vor allem in der letzten Zeit. »Na schön, dann kündige den Vertrag, aber bitte nicht *dieses* Wochenende, okay?«

Eigentlich fand ich es gar nicht schlecht, wenn Finch sich irgendwann von Keith löste, aber im Augenblick mussten wir uns darauf konzentrieren, Keith in die Entzugsklinik zu verfrachten. Genau aus dem Grund sprachen wir auch nicht über die letzte E-Mail von Alice' Mom. Das wäre einfach zu viel gewesen. Wenn Finch jetzt den Vertrag mit Keith löste, konnten wir das Wochenende im Grunde vergessen. Dann wäre die ganze Fahrt hierher vergebliche Liebesmüh gewesen. Ich dachte an Maeve. Jede Chance, endlich mit ihr zu reden, wie ich es geplant hatte, wäre dann ebenfalls zunichte.

Finch sah mich lange Zeit an. Er hatte wieder dieses Funkeln in den Augen. »Ich werde darüber nachdenken.«

Draußen, vom anderen Ende des Flurs, ertönte lautes Gelächter – Stephanie und Maeve. Ich schaute in Richtung der geschlossenen Tür.

»Weiß es deine Frau?«, fragte Finch.

»Was?« Ich drehte mich wieder zu ihm um.

»Dass du in Maeve verliebt bist.«

Er sah mich an, als würde er tatsächlich eine Antwort erwarten. »Ich habe keine Ahnung, wovon du sprichst.«

Finch fing an zu lachen und warf theatralisch den Kopf zurück. »Komm schon, Mann. Ich weiß Dinge von dir, von denen diese Leute nichts ahnen – dir ist bewusst, was ich meine.«

Es war mir bewusst, denn eben dadurch waren wir in diese komplizierte Situation geraten.

Finch war wie aus dem Nichts bei der Präsentation meines ersten Buches aufgetaucht. Es war ein perfekter Abend im Strand Bookshop in New York gewesen, mit lauter Bauchpinseleien, schönen Mädchen und mir im Mittelpunkt – dem funkelnden neuen Stern am Bücherhimmel. Im Anschluss blieb Finch noch da, er sah ungewaschen aus und wirkte verzweifelt. Ich hatte ihn seit einem Jahrzehnt nicht mehr gesehen, aber das hielt ihn nicht davon ab, sofort zur Sache zu kommen.

»Ich brauche etwas Cash, Mann, nur damit ich wieder auf die Füße komme«, sagte er, als er vor dem Laden zu mir trat. Sein Ton war verlegen, doch seine Direktheit alarmierend. »Nur ein paar Tausend. Ich zahle sie dir zurück.«

Was Finch nicht verstand – was er sich weigerte zu glauben, selbst nachdem ich es ihm erklärt hatte –, war, dass ich kein Geld hatte. Er hatte nur einen Blick auf die gut betuchte Menge und den kostenlosen Wein in dem stylishen Leseraum ein Stockwerk höher geworfen und fälschlicherweise daraus geschlossen, dass ich vermögend war. In Wirklichkeit hatte ich einen Vertrag über vierzigtausend Dollar für zwei Bücher unterschrieben, von denen der Großteil erst in den kommenden Jahren ausgezahlt werden sollte.

»So viel Geld habe ich nicht, Finch.«

»Nun, ich bin ein am Hungertuch nagender Künstler, Mann, und das meine ich wörtlich.« Er hielt eine Handvoll

Cracker in die Höhe, die er bei der Veranstaltung hatte mitgehen lassen. »Die pure Verzweiflung treibt mich hierher. Es muss doch etwas geben, was du für mich tun kannst. Wenn nicht, dann …« Finchs Gesichtsausdruck wurde kühl, als er die Schultern straffte und sich gerader hinstellte. »Wenn du mir nicht helfen kannst, werden diese Leute sicher wissen wollen, wer du wirklich bist.«

»Warte mal, versuchst du gerade, mich zu erpressen?« Ich lachte, in der Hoffnung, Finch würde zur Vernunft kommen.

Stattdessen zuckte er nur die Achseln. »Man könnte meinen, sie haben das Recht, davon zu erfahren. Nimm dir ein paar Tage Zeit, um darüber nachzudenken. Ich werde auf dich zukommen.«

Finch zu Keith zu schicken – einen bewanderten, wenngleich noch völlig unerfahrenen Kunsthändler –, war das Einzige, was mir damals eingefallen war. Und überraschenderweise hatte Keith mitgespielt. Er kam bereits ganz gut über die Runden, aber er war noch dabei, einen festen Bestand an Kunstschaffenden aufzubauen, die er vertreten konnte. Dass Finch sehr gut aussah und extrem charismatisch war, schien ihm damals besonders wichtig zu sein. Keith wusste, dass sein Weg an die Spitze der schönen neuen digitalen Welt von Künstlern geebnet werden würde, die gleichzeitig gute Promis abgaben – hübsche Gesichter, einzigartige Geschichte, erfahrene Selbstdarsteller, zum Beispiel auf Instagram –, und er liebte Finchs Backgroundstory: aufgewachsen in einem Trailer-Park in Arkansas. War es ihm wichtig, dass Finchs Kunst gut war? Sicher. Aber Keith verfügte über genügend eigene Fertigkeiten, um jede Lücke zu schließen.

Eine Woche später bedankte sich Keith bei mir dafür, dass ich ihm Finch geschickt hatte. Und Finch freute sich über die Summe, die Keith ihm bezahlte, damit er über die Runden kam. Es dauerte nicht lange, bis Keith sämtliche Werke von Finch verkauft hatte, obwohl damals niemand vorhersagen konnte, wie schnell und wie hoch Finchs Stern aufsteigen würde.

Ich dachte an das größte »Kunstereignis«, das Finch je inszeniert hatte: Sämtliche Verkehrs- und Fußgängerampeln entlang des belebtesten Time-Square-Abschnitts, ganze vier Blocks, schalteten für anderthalb Minuten gleichzeitig auf Rot. Für einen Moment hielt die gesamte Umgebung den Atem an. Es war ein denkwürdiger Augenblick. Von Fußgängern aufgenommene Handyvideos wurden gegen ein kleines Honorar auf eine Website hochgeladen und dann zu einer Schleife zusammengefügt, die – inklusive der dazugehörigen Gemälde und Skulpturen, die Finch von der Szene schuf – für über eine Million Dollar an einen Sammler verkauft wurde. Die kombinierte Installation war noch immer in MoMA zu sehen.

Jetzt reckte Finch das Kinn vor und betrachtete mich mit zu schmalen Schlitzen verengten Augen. »Okay, ich kündige nicht – unter einer Bedingung.«

»Welche?«

Ein verschlagenes Lächeln trat auf Finchs Gesicht. »Verschaff mir ein Date mit Stephanie. Ich will nur eine Chance. Das ist alles, worum ich dich bitte.«

»Mit Stephanie?«, wiederholte ich ungläubig. »Das kannst du doch nicht ernst meinen.«

»Todernst«, entgegnete er.

»Stephanie hasst dich, Finch.«

»Du übertreibst.« Er sah mich unglücklich an.

»Du weißt doch, wie sie ist – sie lässt sich nicht so mir nichts, dir nichts manipulieren …«

»Ich bin der Ansicht, sie ist leichter zu beeinflussen, als du denkst«, sagte er. »Erzähl ihr einfach, wie beschissen meine Kindheit war, von meinem Dad mit seinen Drogen und dem ganzen Mist – wie schwierig es war, da rauszukommen. Lass mich … nun, du weißt schon … sympathisch erscheinen. Vielschichtig. Oh, und sag ihr, wie hart ich arbeite. Ja, es ist Kunst, aber ich reiße mir den Arsch dafür auf.«

»Ich bin mir sicher, das hört sie gern. Und wenn ich Nein sage?« Doch ich kannte die Antwort bereits. Es war immer dieselbe Drohung, implizit oder explizit.

»Dann werde ich nicht nur den Vertrag mit Keith kündigen, sondern auch deiner kleinen Vassar-Gang erzählen, wie du früher die Leute windelweich geprügelt hast. Du hast den Jungen beinahe umgebracht! Du kannst gut und gerne vorschieben, dass du mich nur retten wolltest, aber wir beide wissen ganz genau, dass es dir Freude gemacht hat, ihn halb totzuschlagen. Das habe ich in deinen Augen gesehen.«

Ich schüttelte den Kopf und verharrte eine Zeit lang schweigend. Finch lag mit seiner Einschätzung nicht falsch, ich war in der Tat zu weit gegangen. Und das nicht nur einmal. Vor dem Jungen hatte es andere gegeben. Es war bloß das letzte Mal gewesen, weil man die Polizei eingeschaltet hatte. Allerdings hatte ich mir in den darauffolgenden Jahren alle Mühe gegeben, ein anderer Mensch zu werden. Und ich *war* ein anderer Mensch geworden.

»Dann erpresst du mich also. *Wieder einmal?*«

Finch grinste schief. »Ich biete dir lediglich einen Anreiz.«

Ich schloss die Augen. *Verdammt.*

»Was ist, wenn ich es versuche, Stephanie aber nicht überzeugen kann?«

»Hauptsache, ich sehe, dass du dich bemühst.« Finch legte mir eine Hand auf die Schulter. »Solltest du dich sträuben, werden wir ja sehen, ob dich deine sogenannten Freunde tatsächlich bedingungslos lieben.«

Ich rückte von ihm ab. Wollte raus aus dem Zimmer.

Im Flur prallte ich mit Maeve zusammen. Ihre blaugrauen Augen durchbohrten mich. Damals im College verbrachten

Maeve und ich so viel Zeit miteinander, dass ich meine Sprachlosigkeit überwand, doch heutzutage wurden meine Worte jedes Mal, wenn ich sie sah, aufs Neue von meiner Unbeholfenheit erstickt.

»Oh, entschuldige, Derrick«, sagte Maeve, obwohl ich derjenige war, der sie angerempelt hatte.

»Nein, nein, es war meine ... Wie geht es dir?«, fragte ich, hölzern und atemlos zugleich. Ich verschränkte die Arme, was es nur noch schlimmer machte. »Ich, ähm ... wir konnten seit unserer Ankunft noch gar nicht richtig miteinander reden.« Ich deutete auf sie. »Du siehst großartig aus.«

»Oh, danke.« Sie strich ihre langen, glänzenden, blonden Haare hinter ihr perfektes, kleines Ohr und lächelte verlegen.

Was war bloß los mit mir, dass ich auf ihren Körper deutete und gleichzeitig eine Bemerkung über ihr Äußeres machte? So etwas passierte, wenn man ständig wie besessen an jemanden dachte und vergleichsweise selten tatsächlich mit ihm zu tun hatte. Man führte sich auf wie ein Irrer.

»Tut mir leid.« Ich schüttelte den Kopf und versuchte, mich zu beruhigen. Die Hände versenkte ich vorsichtshalber in den Hosentaschen. Ich lächelte – freundlich, liebenswürdig, harmlos. »Du siehst glücklich aus, das meine ich. Wie läuft's mit Bates?«

Auch wenn ich es hasste, seinen Namen auszusprechen, so musste ich doch unser Gespräch in eine andere Richtung lenken – wenn ich über den Freund Bescheid wusste, gäbe es keine unterschwellige Bedeutungsebene mehr. Ich würde allerdings nicht so weit gehen, Beth zu erwähnen. Das wäre einfach zu deprimierend.

»Oh, Bates ist toll«, schwärmte Maeve lächelnd, aber das Lächeln erreichte nicht ihre Augen. »Er ist durch und durch wundervoll.«

War er wirklich durch und durch wundervoll? Ich war mir

da nicht so sicher. Ihr Gesicht hatte nicht gestrahlt, als sie seinen Namen nannte. Definitiv nicht. Dafür hatte ich etwas anderes gesehen. Das Wort »hilflos« kam mir in den Sinn. Es herrschte also Ärger im Paradies. Ich wollte gerade vorsichtig den Details auf den Grund gehen, als hinter mir die Tür aufschwang.

»Warum zum Teufel steht ihr da im Flur herum?«, rief Finch mit dröhnender Stimme. »Ich dachte, es gäbe gleich Abendessen. Ich bin am Verhungern!«

»Ja! Ich auch!«, pflichtete Keith ihm bei, der nun ebenfalls aus seinem Zimmer kam. Seine Augen waren glasig. Vielleicht hatte er gerade etwas genommen. Oder brauchte etwas. Bei Opioiden war es offenbar schwer, das richtige Maß zwischen »zu high« und »nicht high genug« zu finden. »Ich könnte einen weiteren Drink vertragen.«

Stephanie erschien auf der Schwelle, lehnte sich gegen den Türrahmen und betrachtete Keith mit herabgezogenen Mundwinkeln. Sich um ihn zu sorgen, war momentan ihre Priorität. Ich dagegen konnte mir um niemand anderen Gedanken machen als um Maeve.

»Ich weiß, wo wir uns etwas zu essen holen können«, sagte Jonathan, als wir unten im Foyer standen. »Bei einem Lokal in der Innenstadt, dem Falls, gibt es ausgezeichnete Grillgerichte.«

Stephanie furchte die Brauen. »Aber du bist nie dort gewesen, oder?«

»Ich nicht, Peter schon.« Jonathan brachte ein wenig überzeugendes Lächeln zustande. »Probieren wir's doch einfach mal aus.«

ZWEI WOCHEN (UND ZWEI TAGE) FRÜHER

Ich habe Keith fast eine Stunde lang aus Bessell's Café auf der anderen Straßenseite seiner Galerie beobachtet. Nun, nicht die ganze Zeit über. Genau genommen kann ich ihn nur sehen, wenn er vor der Frontscheibe steht oder nach draußen geht, was er ziemlich oft tut, um zu telefonieren, zu rauchen oder einfach nur in die Gegend zu gucken. In der kurzen Zeit hat er um die zehn Zigaretten gequalmt. Es ist abstoßend, ehrlich. Wahrscheinlich sieht er deshalb so dünn aus, so grau. Aber das ist nicht der einzige Grund. Da sind ja auch noch die Drogen und all das andere. Die Schuldgefühle machen es sicher auch nicht besser.

Sie fühlen sich alle schrecklich schuldig – wegen ihrer Fehlentscheidungen, weil sie eine Freundin im Stich gelassen haben.

Und ich meine, das ist schön und gut so. Ich finde, die Schuldgefühle sollten sie bei lebendigem Leibe auffressen. In meinen Augen ist es ein Wunder, dass Keith damit leben kann, denn er trägt die Hauptverantwortung für das, was geschehen ist. Ob jemand versucht hat, einzugreifen? Sicher. Aber wenn man nur tief genug in den finsteren Abgrund der grauenhaften Ereignisse eintaucht, steht man plötzlich Auge in Auge Keith gegenüber.

Ich will mich klar ausdrücken: Es ist sowieso alles reiner Eigennutz. Sie tragen die Schuld mit sich herum und benutzen sie als Vorwand dafür, dass sie einfach so weitermachen, für den Rest ihres Lebens, welches sie genießen, trotz allem, was sie getan haben.

Und deshalb, nach all den Jahren, sitze ich dort und halte die Augen offen. Sammle Beweisstücke, einen winzigen Schnipsel nach dem anderen. Irgendwer ist verantwortlich. Irgendwer ist immer verantwortlich. Und manchmal hat man aus der Ferne den besten Blick.

Ich weiß, was du getan hast. Genial in seiner Knappheit.

»Sitzt da jemand?« Ein junger Mann mit zotteligen Haaren, einer Strickmütze und Kopfhörern, ein Laptop in den Händen und einen gestressten Ausdruck im Gesicht, deutet auf die übergroße Tasche auf dem Stuhl neben mir.

»Oh, tut mir leid.« Ich lächele entschuldigend und stelle die Tasche auf den Fußboden. Gleichgültig lässt er sich auf die Sitzfläche fallen.

Die Keith Lazard Gallery befindet sich im Erdgeschoss einer erstklassigen Adresse in Chelsea. Die Fassade ist komplett aus Glas und Metall, der Boden aus poliertem Beton. Hinter einem ausladenden Schreibtisch sitzt eine umwerfend schöne, junge blonde Frau, die selbst aussieht wie ein Kunstwerk, ein riesiges Arrangement aus weißen Orchideen zur Rechten. Ich frage mich, ob Keith sie vögelt. Vermutlich ja. Keith vögelt immer irgendwen – wenngleich stets diskret, unverbindlich. Das ist seine besondere Art der Wiedergutmachung – er verweigert sich selbst, zu lieben. Ehrlich gesagt, ich halte das für dumm, da es niemandem nutzt.

Beruflich dagegen hat er sich gemacht. Die Keith Lazard Gallery ist hoch angesehen, Keith Lazard ein hoch angesehener Galerist. Allerdings ist ein Galerist nicht dasselbe wie ein Künstler. Früher malte Keith gewaltige abstrakte Leinwandgemälde in leuchtenden Blau- und Rottönen. Beeindruckend, wirklich. Und dann war da noch seine *Herkunftsfamilien*-Reihe, an der er jahrelang arbeitete. Ein wenig vermessen, wenn man mich fragt, aber es waren schöne Bilder. Keith war auf dem Weg, ein berühmter Künstler zu werden. Er besaß das nötige Talent. Leider zog er es vor, seine Begabung nicht weiter zu verfolgen und stattdessen auf das zu setzen, was er durch die Nase ziehen konnte.

Es ist nicht so, als würde ich mich freuen, weil es bei ihm nicht geklappt hat. So bin ich nicht. Ich glaube nur daran, dass die Leute das bekommen, was sie verdient haben. Vielleicht hat Keith nicht all die schlimmen Dinge verdient, die ihm zugestoßen sind. Viel Gutes hat er allerdings auch nicht verdient.

Ich klinge verbittert, ich weiß. Und ehrlich gesagt, fühle ich mich im Augenblick auch außergewöhnlich verbittert. Alles kommt mir so belastet vor, der Einsatz so hoch.

Ich weiß, was ich tun muss: Ruhe bewahren, den Preis im Blick behalten. Das Problem ist, dass viel zu viel für mich auf dem Spiel steht. Ich darf nicht hier herumsitzen und darauf warten, dass etwas passiert.

Ein Kastenwagen hält in zweiter Reihe vor der Scheibe des Cafés und versperrt mir die Sicht. Es ist ohnehin Zeit, aufzubrechen, auch wenn ich wieder einmal unverrichteter Dinge den Heimweg antrete.

DETECTIVE JULIA SCUTT

Sonntag, 6.18 Uhr

Als ich bei Cumberland Farms aus dem Auto steige, summt mein Handy und kündigt mir eine Textnachricht von Cartright an. Kommst du bald zurück? Die Leute hier werden langsam unruhig.

Bin in fünfzehn Minuten wieder da, tippe ich hastig, obwohl ich jetzt schon weiß, dass es länger dauern wird. Du kommst schon klar.

Ich verspüre ein zwickendes Schuldgefühl, als ich den Ton ausschalte und das Handy wegstecke. Als wäre ich nicht dort, wo ich eigentlich sein sollte. Aber das ist lächerlich. Tatsächlich wäre es fahrlässig von mir, wenn ich *nicht* überprüfen würde, ob Keith und Derrick gestern Abend die Tankstelle, den Shop oder einen der Imbisse aufgesucht hatten. Irgendwer musste schließlich die Zeitangaben gegenchecken und die Aufnahmen der Überwachungskameras anfordern. Wie dem auch sei, ich würde mich besser fühlen, wäre ich hier aufgekreuzt, bevor meine Freundin im rosa Trainingsanzug Bob Hoff ins Spiel gebracht hatte.

Glöckchen klingeln, als ich die Tür aufdrücke. Ein klammer, moosiger Geruch schlägt mir entgegen, als würde es drinnen schimmeln. Ein dürrer weißer Junge in einem ärmellosen Budweiser-Tanktop mit einer großen amerikanischen Flagge fläzt auf einem Hocker hinter der Kasse, eine Adidas-Kappe tief ins Gesicht gezogen. Sein Blick ist gesenkt. Nicht Bob Hoff. Ich möchte nicht enttäuscht sein, aber ich bin es. Allerdings gibt es so einige offene Fragen, und genau deshalb bin ich hier.

Als er endlich zu mir aufschaut, sehe ich in ein zerfurchtes

Gesicht; die pergamentartige Haut hängt schlaff über seinen Knochen. Die wenigen Haare, die unter der Kappe hervorschauen, haben dasselbe Grau wie seine Augen. Er ist sehr viel älter, als ich dachte.

Ich zücke meine Marke, halte sie ihm unter die Nase und stecke sie schnell wieder ein, so wie ich es immer tue. Ich will nicht, dass er meinen Namen liest. Scutt bedeutet in dieser Stadt nur eins: die Scutt-Leigh-Morde. Wenigstens hat man den Podcast nicht so genannt, sondern den Titel *Der Fluss* gewählt, weil dort Janes Leiche gefunden wurde. Bethanys blutdurchtränkte, zerrissene Kleidung lag ganz in der Nähe in einem Nebenarm voller Blätter. Ihre Leiche war nicht da, wahrscheinlich verschleppt von irgendwelchen Tieren. In den Catskills wimmelt es nur so von Schwarzbären. Lange Zeit war ich neidisch auf Bethanys Familie, neidisch darauf, dass ihre Angehörigen nicht wussten, was genau man ihr angetan hatte – und ich dachte immer wieder an Janes entstelltes Gesicht, die Dutzenden von tiefen Stichwunden, die man ihr mit einem langen, schmalen Gegenstand beigebracht hatte. Diejenigen, die von Bethanys Familie übrig geblieben waren, waren längst aus Kaaterskill fortgezogen, aber ein paar Jahre nach den Morden begegnete ich ihrer Mom im Lebensmittelladen. Einst war sie eine heitere, warmherzige Frau gewesen, die immer ein Lächeln auf den Lippen hatte, wenn sie einen in eine herzliche Umarmung zog. Jetzt wirkte sie wie betäubt, wenn sie ziellos an den Regalen vorbeischlenderte, die Hände fest um den Griff ihres leeren Einkaufswagens geschlossen. Als hätte sie die Nachricht eben erst erfahren. Bethanys Familie war sehr arm, ihre Eltern hatten nicht viel Bildung genossen, aber sie waren freundlich und fröhlich – wundervolle Menschen. Zu jener Zeit hatte Bethanys Dad die Familie noch nicht verlassen, aber das tat er kurz darauf, und ihre beiden ältesten Brüder – insgesamt hatten die Leighs sieben

Kinder – landeten im Gefängnis. Das Unbekannte impliziert eine ganz eigene Art von Horror.

»Haben Sie gestern Abend hier gearbeitet?«, frage ich den Typen hinter der Kasse, wobei ich versuche, den kurzen Blickkontakt wiederherzustellen.

Er starrt mich misstrauisch an. »Warum?«

»Es hat einen Unfall gegeben, ein Stück die Straße runter.«

»Einen Unfall?« Er schaut zum Fenster. »Was für einen Unfall?«

»Einen Autounfall. Ich würde gern wissen, ob die Fahrzeuginsassen vorher hier waren.«

»Wo?« Er sieht mich mit trüben Augen an.

»*Hier* drinnen«, sage ich lauter und tippe mit dem Finger auf den Ladentisch.

»Nein, nein.« Als er vehement den Kopf schüttelt, werden seine Augen für eine Minute lebendig. »Hier war niemand.«

»Woher wollen Sie das wissen?«, erkundige ich mich. »Ich habe Ihnen doch noch gar nicht die Fotos gezeigt.«

Er zuckt leicht zusammen, als würde ihm bewusst, dass er einen Fehler gemacht hat. »Na schön, zeigen Sie her.«

Ich halte mein Handy hoch und wische zwischen den beiden Bildern hin und her, die ich habe – eins von Derrick, eins von Keith. »Zwei weiße Männer Anfang dreißig. Sie müssten gestern Abend gegen zweiundzwanzig Uhr gekommen sein.«

Er beugt sich vor, doch er schaut die Fotos kaum an. »Nein«, sagt er. »Von denen war keiner hier.«

»Sehen Sie ruhig genauer hin.«

Grummelnd betrachtet er die Aufnahmen erneut, dann heftet er den Blick auf mich.

»Sie waren nicht hier, genau wie ich es gesagt habe. Und ich habe seit zwanzig Uhr Dienst«, erklärt er mit mehr Nachdruck und schaut auf sein Handy. »Ich könnte längst weg sein. Der Scheißkerl von der Frühschicht ist wieder mal zu spät. Ich kannte übrigens jeden, der gestern Abend durch diese Tür gekommen ist, außer dieser Mädchen-Clique. Sahen aus, als gingen sie noch auf die Highschool.«

»Was ist mit den Überwachungsvideos?« Ich deute auf die Kamera, die über seinem Kopf an der Wand hängt.

Er schnaubt. »Der Scheiß ist nur zur Schau da.«

»Großartig.«

Hinter ihm sind Geräusche zu vernehmen – eine Tür klappt, Schritte. »Wenn Sie wollen, können Sie Bob fragen.« Ein Mann kommt aus dem Gang mit den Knabbersachen und reibt sich den Hinterkopf. Er ist schlank, trägt ein marineblaues T-Shirt und Jeans. Seine Haut ist dunkelbraun, sein Haar kurz und an den Schläfen leicht grau. Das Grau ist der einzige Hinweis darauf, dass er nicht mehr in den Zwanzigern ist. Als ich sehe, wie unauffällig Bob Hoff gealtert ist, verspüre ich einen irrationalen Anflug von Zorn. Wegen all der Jahre, die Jane nicht hatte.

»He, Bob, hast du die zwei Typen hier gesehen? Vielleicht als ich gerade gepinkelt habe?«

Als Hoff mich sieht, bleibt er abrupt stehen. Das verstehe ich – ich an seiner Stelle würde mir auch Sorgen machen, wenn die Cops hier aufkreuzen. Ich spüre, dass ich ihn anstarre. Höchst unwahrscheinlich, dass er mich als Janes Schwester erkennt.

Ich halte mein Handy hoch und versuche zu ignorieren, wie schnell mein Herz klopft. »Ich habe Fotos von den beiden. Könnten Sie bitte einen Blick darauf werfen?«

»Klar«, sagt Hoff. Er klingt nervös. Er *ist* nervös, natürlich ist er das, nach dem, was passiert ist, als er das letzte Mal sagte, er habe etwas gesehen. Er beugt sich vor und kneift die Augen zusammen. »Die waren nicht hier.«

»Okay«, sage ich. Und zu mir selbst sage ich: *Lass es gut sein.* Aber das kann ich nicht. »Sind Sie Bob Hoff?«

Er atmet aus und schüttelt leicht den Kopf, während er

den Blick auf den Fußboden heftet. »Hören Sie, meine Mom ist krank. Krebs. Sie braucht jemanden, der sie während ihrer Chemo betreut. Sonst wäre ich niemals zurückgekehrt. Ich möchte keine Schwierigkeiten mit den Cops bekommen. Ich möchte mit niemandem Schwierigkeiten bekommen. Und zum zehntausendsten Mal: Ich habe nichts mit irgendwelchen toten Mädchen zu tun.«

Tote Mädchen. Als handelte es sich um geklaute Stereoanlagen.

»Eines der toten Mädchen war meine Schwester.« Die Worte kommen aus meinem Mund, bevor ich nachdenken kann. Und ich klinge angepisst. Ich *bin* angepisst.

»Sie machen Witze«, wispert Hoff. »Das wird wohl niemals aufhören.«

»Ich möchte einfach nur wissen, was Sie in jener Nacht gesehen haben«, sage ich und schraube meinen scharfen Ton zurück. »Ich habe mir die Akten angesehen – Sie haben nie eine Aussage gemacht.«

»Oh doch, das habe ich«, widerspricht er.

»Sie ist aber nicht in den Akten, Mr Hoff.«

»Ich habe eine Aussage gemacht«, beharrt er. Seine Augen blitzen.

»Und warum ist sie dann nicht da?«, bohre ich weiter.

Aber er schüttelt den Kopf. »Das kann nicht sein. Ich habe damals eine Aussage gemacht. Wenn Sie sie nicht finden können, ist das Ihr Problem. Ich habe nichts mit diesen Mädchen zu tun. Und ich habe auch die zwei Männer nicht hier drinnen gesehen.«

Hoff scheint sich wegen der Aussage absolut sicher zu sein. Ich frage mich, ob ich sie übersehen habe, ob ich Janes Akten zu schnell durchgeblättert habe. Die Befragungsprotokolle der Gaffneys waren vorhanden – sie hatten nichts mit den Morden zu tun und wussten auch nichts dazu zu sagen –, genau wie die Aussagen ihrer Alibi-Zeugen.

118

»Kann ich jetzt gehen?«, fragt Hoff. »Oder sperren Sie mich ein, weil ich die Wahrheit gesagt habe?«

Mit verkrampftem Kiefer deutete ich in Richtung Tür. »Tun Sie sich keinen Zwang an.«

Meine Hände zittern leicht, als ich gedankenversunken zum Wagen zurückkehre. Ich hätte Bob Hoff nicht nach Jane fragen dürfen. Kann nicht fassen, dass ich mich dazu habe hinreißen lassen.

»Stimmt etwas nicht?«

Ich hebe den Blick und sehe Dan an meinem Wagen lehnen.

»Nein, nein, alles okay.«

»Aha.« Dan wirkt verletzt, was mir jetzt genauso auf die Nerven geht wie zu der Zeit, in der wir zusammen waren.

Ich scheuche ihn von der Fahrertür weg. »Entschuldige.«

»Seldon hat dich gesucht.« Er tritt beiseite. »Er konnte dich wohl nicht erreichen. Ich habe ihm gesagt, du wärst auf dem Weg in die Gerichtsmedizin, wo es keinen Empfang gibt. Ich konnte dich übrigens auch nicht erreichen. Ich habe angerufen und dir bestimmt zehn Textnachrichten geschickt.«

»Ich habe Befragungen durchgeführt.«

Er mustert mich mit verschränkten Armen. »Egal, ich denke, das gibt dir für eine Weile Feuerschutz.«

»Du musst mir keinen Feuerschutz geben, aber vielen Dank.«

Dans Ausdruck verfinstert sich. »Nur um eins klarzustellen: Es wäre okay für dich gewesen, wenn ich Seldon erzählt hätte, dass du hier warst, um Bob Hoff zu befragen?«

»Bob Hoff?«, frage ich mit beeindruckender Lässigkeit.

»Es ist gut möglich, dass Keith Lazard und Derrick Chism kurz vor dem Unfall bei Cumberland Farms waren. Ich bin hier, weil ich dieser Spur nachgehe.«

»Nun, aus welchem Grund auch immer du …«

»Der Grund ist, dass ich überprüfe, ob Fahrer oder Beifahrer des Audi vor dem Unfall hier angehalten haben. Wie hast du mich überhaupt gefunden?«

»Eine Frau in einem rosa Trainingsanzug ist am Unfallort durch die Absperrung gestürmt«, sagt er. »Sie war völlig aus dem Häuschen und behauptete, sie sei felsenfest davon überzeugt, dass dieser Fall etwas mit dem Mord an deiner Schwester zu tun hat. Sie hat Bob Hoff und Cumberland Farms erwähnt und mich gefragt, was ich davon halte, dass ausgerechnet du diesen Fall bearbeitest. Wollte wissen, ob es da keinen Interessenskonflikt gäbe, schließlich wärst du befangen.«

»Großartig. Vielleicht sollte sie das Seldon erzählen, das wäre echt perfekt.«

»Ach, ich denke, sie wird von jetzt an einen Bogen um dich machen. Ich habe einen Streifenpolizisten gebeten, ihr Handschellen anzulegen und sie nach Hause zu bringen. Das dürfte sie zur Vernunft bringen. Susan Paretsky. Sie hat vor Jahren ihr Kind verloren, was ihr offenbar den Boden unter den Füßen weggezogen hat. Sei's drum, die Sache ist geregelt.« Ich versuche, das warme Gefühl zu ignorieren, das sich in meiner Brust ausbreitet. Dan schaut über die Straße auf ein heruntergekommenes Gebäude, dessen Fenster mit Brettern vernagelt sind. »He, erinnerst du dich, dass hier früher ein Comic-Laden war? Eddie Freeman hat da gearbeitet. Er hat ständig Energydrinks getrunken, diese riesigen Dosen …«

Wie Jane hatte Eddie Freeman zu den coolen Kids gehört.

»Warst du eng mit Eddie Freeman befreundet?«, frage ich.

»Nein, nicht wirklich. Oh, ich muss dir übrigens etwas zeigen. Wurde am Tatort gefunden.« Er streckt mir sein Handy entgegen, auf dem ein Foto von etwas Rotem, das zwischen den Blättern der Bäume hängt, zu sehen ist.

»Eine Baseballkappe«, sage ich und gebe mir Mühe, Näheres zu erkennen. »Und?«

Er wischt durch ein paar weitere Fotos, bis er eins gefunden hat, auf dem ich die Worte lesen kann, die auf die Vorderseite gestickt sind: ACE CONSTRUCTION.

»Wo hat man die gefunden?«

»Knapp zehn Meter vom Fahrzeug entfernt«, antwortet er. »Sieht aus, als wäre Blut dran.«

»Verdammt.« Ace Construction ist exakt die entgegengesetzte Richtung, die Seldon bei den Ermittlungen einschlagen will. Mir gefällt sie ebenfalls nicht.

»Ja, ich weiß«, räumt Dan ein. »Es gibt allerdings ein Haus in der Nähe, in dem das Bauunternehmen im Augenblick tätig ist. Außerdem hat man noch anderes Zeug gefunden, ein Bettlaken und ähnlichen Mist. Die Kappe war nass, als die Kollegen von der Spurensicherung sie entdeckt haben.«

»Dann weiß also niemand, wie lange die schon im Baum hing«, stelle ich fest.

Dan nickt. »Der Fleck, der aussieht wie Blut, könnte auch Farbe sein oder irgendwas anderes. Ich finde trotzdem, du solltest das wissen.« Er deutet in Richtung Cumberland Farms. »Hast du etwas herausgefunden?«

»Nein.« Ich schüttele den Kopf. »Laut Kassierer waren weder Fahrer noch Beifahrer dort, aber ich bin mir ziemlich sicher, dass der Kerl Drogen nimmt. Keine Überwachungsvideos.«

»Mist.« Dan räuspert sich, dann fragt er nach einer längeren Pause: »Hast du Hoff gesehen?«

Ich nicke. »Seine Mom ist krank. Deshalb ist er zurückgekommen.«

»Was für ein Zufall.«

»Kein Grund, von etwas anderem auszugehen.« Jetzt, da ich die Worte laut ausspreche, bin ich weniger überzeugt. »Er behauptet, er habe unsere Jungs ebenfalls nicht gesehen.« Dan und ich schweigen für einen Moment, dann füge ich hinzu: »Und über irgendwelche toten Mädchen kann er uns auch nichts sagen.« Es klingt verbittert, und Dan sieht mich besorgt an. Ich signalisiere, dass ich etwas von ihm brauche, und er ist sofort mehr als bereit, es mir zu geben. Es ist wie ein ungewollter Tic, dieses Bedürfnis nach Dans Aufmerksamkeit. »Hoff behauptet, er habe eine offizielle Aussage gemacht, aber ich kann mich nicht erinnern, sie in den Akten gesehen zu haben. Ich muss wohl noch einmal nachschauen.«

»Gib mir Bescheid, wenn du Hilfe brauchst«, bietet Dan wie beiläufig an. »Bist du dir sicher, dass du klarkommst? Das hier … ist ein ganz schöner Brocken.« Er weiß, dass er nicht zu deutlich werden darf.

»Ich weiß, es gibt einige unglückliche Überschneidungen, allerdings gehe ich tatsächlich von einem Zufall aus.« Ich setze meine Sonnenbrille auf und steige in den Wagen. »Außerdem kennst du mich ja – ich bin verdammt gut darin, nur das zu sehen, was ich sehen möchte.«

ALICE

Ich weiß nicht, wie lange ich so weitermachen kann, ohne mich meiner Mutter anzuvertrauen. Ich erzähle ihr immer alles, und meine Mom ist immer für mich da, ganz gleich, was passiert. Meine Freunde verstehen das nicht, weil sie alle eine kaputte Beziehung zu ihren Familien haben. Ich nicht – meine Mom ist meine beste Freundin.

Aber meine Freunde und ich haben einen Pakt geschlossen wegen des Vorfalls auf dem Dach. Absolute Geheimhaltung. Für immer. Meiner Mom würde das gar nicht gefallen. Sie hat meine Vassar-Gruppe nie so richtig gemocht. Es bereitet ihr Sorgen, welchen Einfluss sie auf mich nehmen könnte. Vielleicht hat sie recht. Meine Freunde haben mich bereits überredet, so zu tun, als hätte der Junge nie existiert. Denn wen interessiert schon irgendein dahergelaufener Arbeiterbursche?

Okay, das ist nicht fair. So ticken meine Freunde definitiv nicht. Sie sind keine schlechten Menschen (nicht einmal Keith, ganz gleich, wie verletzt ich bin). Sie haben Angst, das ist alles.

Wir waren alle außer uns vor Angst – deshalb haben wir die Polizei nicht gerufen. Auf dem Dach herrschte das totale Chaos. Alle flippten aus und waren am Boden zerstört – es fällt mir schwer, mich zu erinnern, wer was wann gesagt hat. Und dann stürmten wir plötzlich alle die Stufen hinunter und zurück in unsere Wohnheime.

Als ich wieder in meinem Zimmer war, hätte ich beinahe doch die Polizei gerufen. »Aber dafür ist es jetzt ohnehin zu spät«, gab Maeve zu bedenken. »Du kannst diese Entscheidung nicht für die Gruppe treffen«, sagte sie über die Schulter, dann verließ sie das Zimmer und schloss die Tür hinter sich.

Also rief ich stattdessen meine Mom an. Ich erzählte ihr nur, dass etwas Schlimmes passiert war, aber nicht, was. Natürlich wollte sie sofort wissen, ob ich vergewaltigt wurde. Anscheinend denkt sie, in Vassar wären sexuelle Übergriffe an der Tagesordnung.

Ich versicherte ihr, dass mit mir alles in Ordnung war, ich könne aber nicht darüber reden – noch nicht. Und sie sagte genau das, worauf ich gehofft hatte: »Dann erzählst du es mir eben, wenn du bereit dazu bist. Du weißt, dass du mir alles sagen kannst. Ich bin immer da, um dir zu helfen.«

MAEVE

Freitag, 20.54 Uhr

Als wir ins Zentrum von Kaaterskill gelangten, war es fast neun Uhr abends. Die Ladenfronten waren allesamt dunkel, bis auf den kleinen Gourmet-Markt mit der verschmierten Scheibe am oberen Ende des Blocks. Vor dem Falls am anderen Ende, das Jonathan wegen seiner Grillgerichte angepriesen hatte, parkten jede Menge Fahrzeuge; das Licht aus dem großen Fenster erhellte gleich beide Straßenseiten.

Ich konnte mir gut vorstellen, wie heiß und stickig es drinnen war, sah den zerschrammten Fußboden und die klebrigen Tische förmlich vor mir. Das Bier wäre mit Sicherheit billig, die Flaschen an der Rückseite der Bar verstaubt. Die betrunkenen weißen Männer – und ausnahmslos alle würden weiß sein – trügen bedruckte T-Shirts und übertünchten ihren Körpergeruch mit zu viel Polo Ralph Lauren. Der Ausdruck in ihren Augen sagte, dass sie jetzt schon genau wussten, wie sie es dir besorgen würden – von vorn und von hinten.

Was für eine ekelhafte Vorstellung. Ich schüttelte den Kopf, um das Bild so schnell wie möglich zu vertreiben. Finstere Gedanken wie diese neigten dazu, sich zu vervielfältigen. Ich wollte zurück nach Manhattan, zu Bates.

Doch meine einzige Option bestand im Augenblick darin, mich auf das Wochenende zu fokussieren, positiv zu bleiben und darauf zu vertrauen, dass wir die Sache durchzogen. Das wäre für alle das Beste, vor allem für Jonathan, der nicht nur Bates' enger Freund war, sondern irgendwie – machen wir uns nichts vor – auch mein Boss. Ich lächelte, als ich aus dem Auto stieg, dann folgte ich ihm im Laufschritt über die Straße.

»He«, sagte ich, als ich zu ihm aufschloss.

»He«, erwiderte Jonathan, doch er sah mich nicht einmal an. Er wirkte gestresst. »Solange Finch hier ist, können wir nichts ausrichten«, stellte er fest und deutete mit dem Kinn auf Finch und Keith.

»Ich denke, wir kriegen das hin. Wir müssen eben noch ein bisschen vorsichtiger sein.« Ich legte meine Hand auf Jonathans Rücken. »Mach dir keine Sorgen.«

»Wenn du meinst.« Jonathan klang nicht überzeugt.

Das war das Problem, wenn man die ewige Optimistin gab: Die anderen unterstellten einem stets eine unrealistische Perspektive.

»Sag mal, hast du heute Abend schon etwas von Bates gehört?«, fragte ich.

»Oh, ähm, nein, warum?«

Inmitten all des Schlamassels auf Bates zu sprechen zu kommen, war ein bisschen egozentrisch – vermutlich sogar mehr als nur ein bisschen. Doch ich konnte nicht anders. Meine beiden Textnachrichten waren bislang unbeantwortet geblieben, eine aus dem Auto – Vermisse dich jetzt schon –, die andere, nachdem wir hier angekommen waren – Alles okay bei dir?

»Ich habe ihm geschrieben, und er hat noch nicht reagiert«, sagte ich. »Ich wüsste einfach gern, ob alles in Ordnung ist.«

»Ich weiß, Bates ist furchtbar, was das Beantworten von Nachrichten betrifft«, sagte Jonathan. »Aber ich bin überzeugt, dass es ihm gut geht.«

Für gewöhnlich war Bates gar nicht furchtbar, wenn es darum ging, *meine* Nachrichten zu beantworten. Jonathan hatte so zögerlich geklungen, so vorsichtig. War es möglich, dass Bates *absichtlich* nicht reagierte und Jonathan wusste, warum?

»Ja, du hast recht«, sagte ich, darum bemüht, neugierig zu

klingen, nicht besorgt. »Es ist bloß so, dass Bates in letzter Zeit etwas distanziert wirkte. Ich dachte, vielleicht weißt du, was mit ihm los ist.«

»Hör mal, Maeve, Bates ist ein guter Freund, aber er ist seltsam, was Frauen angeht. Das habe ich dir von Anfang an gesagt.« Jonathan blieb stehen und sah mich an. »Er entdeckt immer irgendeinen fatalen Fehler, bei jedem Mädchen, mit dem er zusammen ist. Und wenn nicht, dann erfindet er eben einen, den er vorschiebt, um Schluss zu machen, sobald es ernst wird.«

»Oh«, sagte ich und spürte, wie mir der Mut sank. »Raus mit der Sprache: Was ist mein fataler Fehler?«

»Es geht hier nicht um einen Fehler, den *du* hast«, sagte Jonathan, »sondern Bates.«

»Trotzdem, Jonathan, was ist …«

»Hör auf, Maeve!« Seine Stimme klang flehentlich.

Ich versuchte, nicht verärgert zu wirken. Jonathan saß in der Zwickmühle, gefangen zwischen zwei Freunden, doch falls er etwas wusste, sollte er es mir mitteilen.

»Bitte, Jonathan.«

Er seufzte. »Bates hat mir letzte Woche erzählt, dass er der Ansicht ist, du wärst in seiner Gegenwart nicht du selbst.«

»Was meint er damit?«, fragte ich.

»Keine Ahnung. Ich habe nicht nachgefragt. So wie er es formuliert hat, klang es total … abstrakt. Als meinte er irgendeine metaphysische Ebene. Typisch Bates. Egal. Ich habe ihm gesagt, dass er ein Idiot und dabei ist, etwas Gutes in den Sand zu setzen.« Jonathans Blick war sanft, was meine Augen brennen ließ. »Jetzt reg dich nicht auf. Das Positive ist doch, dass er mir diesmal tatsächlich zugehört hat, als ich ihm sagte, dass er derjenige ist, der ein Problem hat.« Jonathan drückte meinen Arm. »Er wird sich schon wieder einkriegen. Und wenn nicht, dann hat er eben Pech gehabt.«

»Danke, Jonathan«, sagte ich lächelnd. Es kostete mich große Mühe, nicht in Panik auszubrechen.

Als wir uns wieder in Bewegung setzten, holte ich tief Luft und versuchte, mich zu sammeln. Vor der Tür des Falls blieben wir stehen. Okay. Alles wird gut. Ich spähte durchs Fenster. Keith und Finch gingen hinein. Wir anderen folgten ihnen. Die massigen, fleischigen Rücken der Männer waren um eine Dartscheibe gruppiert, die gefährlich nah bei der Eingangstür hing. Die Klänge von »Sweet Caroline« wehten zu uns heraus.

»Tut mir leid wegen vorhin«, sagte Derrick hinter mir.

»Hm?« Ich drehte mich um. Ich hatte keine Ahnung, wovon er sprach.

»Vorhin, im Haus«, fügte er hinzu und wühlte mit den Händen in den Hosentaschen, als suchte er nach Kleingeld. »Ich hatte den Eindruck, ich hätte dich in Verlegenheit gebracht.«

Dabei hatten wir kaum ein Wort miteinander gewechselt. Aber ich wollte Derricks Gefühle nicht verletzen, indem ich ihm mitteilte, dass dem nicht so war. Ich wusste, dass er auf mich stand, obwohl wir nie darüber gesprochen hatten. Allerdings hatte ich, seit wir hier waren, den Eindruck, dass Derrick endlich – nach all den Jahren – seinen Mut zusammennehmen und das Thema anschneiden würde.

»Schon in Ordnung«, sagte ich und schaute ihm in die Augen, in der Hoffnung, die Diskussion im Ansatz zu ersticken.

Derrick wirkte derart erleichtert, als er mir die Tür aufhielt, dass Furcht in mir aufstieg. Er würde es erneut versuchen. Davon war ich überzeugt.

Drinnen roch es genau so, wie ich es mir vorgestellt hatte – nach Bier, klammem Holz und Zigarettenqualm, vermischt mit Schweiß. *Es riecht nach Männern.*

Das hatte Alice bei unserer ersten Wohnheimparty zu mir gesagt, die Nase gerümpft, einen großen, roten Plastikbecher in der Hand. *Hier drinnen riecht es nach Männern.* Alice war nicht ansatzweise so zartbesaitet, wie sie nach außen hin wirkte. Trotz ihrer hervorragenden Erziehung und der zierlichen Figur einer Ballerina war sie überraschend stark. Ihr dabei zuzusehen, wie sie mit ihren rosa Satinspitzenschuhen den Fußboden malträtierte, war, als wohnte man einem spektakulären Gewaltakt bei.

Vielleicht hatte es sie abgehärtet, sich gegen ihre Furcht einflößende Mutter zu behaupten, die einst Primaballerina beim New York City Ballet gewesen war. Alice hielt ihre Mutter allerdings keinesfalls für Furcht einflößend. Im Gegenteil – sie vergötterte sie und vertraute ihr wohl alles an, was andere ihren Müttern niemals erzählt hätten. Angeblich waren sie beste Freundinnen. Auf mich wirkte ihre Beziehung von Anfang an unnatürlich eng. Nicht dass ich in solchen Dingen eine Expertin war.

Ich folgte Derrick durch die Menge, quetschte mich an einer kleinen Tanzfläche vorbei, auf der zwei Paare eng umklammert schwoften und etwa ein Dutzend Frauen im Takt von »American Pie« wippten, während die Männer sie vom Rand aus beglotzten. Endlich fanden wir einen freien Tisch an der Rückseite des Lokals, wo es etwas mehr Platz zum Atmen gab. Derrick und ich zogen ein paar leere Stühle heran. Jonathan und Stephanie waren einige Schritte hinter uns, kämpften sich einen Weg durch die dicht gedrängte Menge. Ich hatte Keith und Finch aus den Augen verloren, aber das musste nichts bedeuten – selbst mit Kontaktlinsen kann ich nicht gut sehen.

Derrick presste die Lippen zusammen und schüttelte den Kopf, dann ließ er den Blick durch den Raum schweifen und setzte sich. »Kennst du das Gefühl, dass du keinen blassen Schimmer hast, warum es im Leben so gekommen ist?«

O nein, bitte nicht schon wieder diese Leier. Ich zwang Stephanie und Jonathan mental, sich zu beeilen.

»Das Gefühl hat jeder mal«, erwiderte ich beiläufig. »Ich glaube, das nennt man erwachsen werden.«

Um ehrlich zu sein: Nein, ich kannte es nicht. Ich fühlte mich nicht verloren oder enttäuscht oder konfus. Ich war dort, wo ich immer hatte sein wollen. Und ich hatte sehr hart gearbeitet, um dorthin zu gelangen.

Derrick drehte sich um und sah mich lächelnd an. »Ja. Ich denke, du hast recht.«

Ich empfand Mitleid mit ihm. Alles hatte sich für ihn nicht so entwickelt, wie er es sich gewünscht hatte. Sein erstes Buch hatte die wohlverdiente Aufmerksamkeit erlangt, das zweite allerdings hatte es nur mit Hängen und Würgen in die Buchläden geschafft. Vor zwei Jahren stellte er sein drittes Buch fertig, aber es war nicht einmal veröffentlicht worden. Trotzdem glaubte ich fest daran, dass sich das Blatt zu seinen Gunsten wenden würde. Er hatte ein weiteres Buch in Angriff genommen, und jetzt musste er nur noch Beth verlassen und die richtige Frau finden, vielleicht eine Studentin, die für ihn schwärmte. Genau das hätte ich ihm vorgeschlagen, müsste ich nicht befürchten, dass er sagen könnte, *ich* sei diese Frau.

»Wo sind Finch und Keith abgeblieben?« Als ich mich umsah, fiel mir ein unrasierter Mann auf, der uns beobachtete. Wir hatten Aufmerksamkeit erregt, als wir hereingekommen waren, natürlich hatten wir das – mit unseren Klamotten, unserem Geld. In einem Lokal wie diesem war es allerdings gar nicht gut, aus der Menge herauszustechen.

»Weiß Gott, wohin die gegangen sind«, erwiderte Derrick.

Endlich spuckte die Menge Stephanie und Jonathan aus. Die beiden wirkten nicht sonderlich zufrieden.

»Es gibt hier nichts zu essen, nicht einmal Snacks«, erklärte Stephanie, als sie zu uns an den Tisch traten. »Da haben wir einen echten Volltreffer gelandet: Auftakt zum Entzug in einer Bar, auf nüchternen Magen.«

Jonathan schaute sich leicht verlegen um. »Peter hat mir erzählt, hier gäbe es Grillgerichte, da bin ich mir ganz sicher.«

Stephanie ließ sich auf einen Stuhl fallen. »Vielleicht sollten wir nicht ganz so blind auf Peter vertrauen.«

»Was soll das denn heißen?«, schoss Jonathan zurück.

Stephanie hob abwehrend die Hände. »Nichts, tut mir leid. Ich bin nur hungrig.«

»Habt ihr gesehen, wohin Finch und Keith gegangen sind?«, fragte Derrick.

»Klar doch, sie stehen an der Bar und besorgen uns Getränke«, antwortete Jonathan. »Tut mir echt leid – ich dachte wirklich, wir würden hier etwas zu essen bekommen.«

»Vielleicht können wir uns etwas liefern lassen«, überlegte ich.

»Aber sicher, wie wär's mit Phat Thai oder makrobiotischer Roter Bete?«, schlug Jonathan vor.

Stephanie wandte sich an Derrick. »Glaubst du, du kannst Finch dazu bringen, abzureisen? Es würde die Situation um einiges entschärfen, wenn er uns nicht ständig zwischen den Füßen wäre.«

»Ich habe es schon versucht«, sagte Derrick, »aber ich muss vorsichtig sein. Wenn Finch merkt, dass wir etwas von ihm wollen, sind wir geliefert.«

»Keith kam mir auf der Fahrt hierher besonders aufgekratzt vor, fast nervös«, sagte ich. »Was, wenn er versucht, Drogen zu kaufen, jetzt, in diesem Augenblick?«

»Nun, das wäre ausgesprochen ungut.« Jonathans Blick schweifte weiter durchs Lokal, misstrauisch. »Vor allem, wenn er dann verhaftet wird. Ich habe hier in der Gegend einmal einen Strafzettel für zu schnelles Fahren kassiert, und ich sage euch: Die hiesigen Behörden sind gar nicht gut auf die Wochenendhausbesitzer zu sprechen.«

Sich mit der hiesigen Polizei auseinandersetzen zu müssen, wäre sicher mehr als ungut. Es wäre ein Desaster.

»Vielleicht sollten wir Keith dazu bringen, sofort in die Entzugsklinik einzuchecken«, schlug ich vor. »Wozu bis Montag warten? Irgendwelche Drogen von Fremden zu kaufen – das kann wirklich gefährlich sein.«

»Anscheinend nimmt die Bright-Horizons-Klinik neue Patienten nur sonntagnachmittags auf«, sagte Jonathan. »Die haben da jede Menge Vorschriften. Ich schätze, das ergibt Sinn, wenn man es mit Drogensüchtigen zu tun hat.«

»Ich sehe Keith und Finch«, ließ sich Derrick vernehmen. »Sie kommen zu uns.«

Finch schlängelte sich durch die Menge, mehrere Schnapsgläser in den Händen. Keith gab sich alle Mühe, mit ihm Schritt zu halten. Er hatte weitere kleine Gläser bei sich und redete angestrengt auf Finch ein. Der allerdings schien sich nur auf uns zu konzentrieren, vor allem auf Stephanie. O nein, hoffentlich nicht. Das würde sicher kein gutes Ende nehmen.

»Wie wär's mit Pizza?« Stephanie zog ihr Handy aus der Tasche und stand abrupt auf. »Bin gleich wieder da. Ich gehe nur kurz raus, um anzurufen.«

Sie strebte zur Tür, wobei sie sich wortlos an Finch und Keith vorbeidrängte.

»Hier kommen die Shots!« Keith stellte die Gläser auf dem Tisch ab. »Clase Azul, ich kann kaum glauben, dass sie den haben.«

»Was ist das?«, fragte Derrick misstrauisch.

»Herrgott, Mann, das ist Tequila!«, rief Keith.

»Oh, super, eine Verbindungsparty«, murmelte Jonathan.

»Na, kommt schon«, sagte Finch und hielt erst mir, dann Jonathan ein Glas hin. »Das ist dein Junggesellenabschied.

Du kannst keinen Junggesellenabschied ohne wenigstens eine Runde Schnaps feiern.«

Zögernd nahmen wir ihm die kleinen Gläser aus der Hand. Dabei waren Tequila-Shots im Augenblick unser geringstes Problem.

»Gratuliere, Jonathan.« Ich hob mein Glas in die Höhe. »Auf ein wundervolles gemeinsames Leben mit Peter.«

Entschlossen kippte ich den Tequila, der in meiner Kehle brannte. Ich war keine große Trinkerin. Bei meinem Hintergrund waren Alkohol und Drogen ein zu großes Risiko. Jonathan leerte das Glas, ohne mit der Wimper zu zucken, aber er wirkte besorgt, vermutlich wegen Keith.

»Nun mach schon, Derrick, worauf wartest du?«, rief Finch so laut, dass die Leute in unsere Richtung blickten. »Wie immer schwer von Begriff!«

»Leck mich, Finch.« Derrick umschloss das Glas so fest mit der Hand, dass ich fürchtete, es würde zerspringen. Endlich holte er Luft und kippte pflichtschuldig den Tequila. Anschließend stellte er das leere Glas auf den Tisch und stand auf. »Ich hole mir ein Bier. Soll ich jemandem etwas mitbringen?«

Noch mehr Alkohol? Das passte gar nicht zu Derrick. Als niemand antwortete, machte er sich auf den Weg zur Bar.

»Partygirls sind normalerweise nicht dafür bekannt, dass sie Alkohol vertragen«, sagte Finch.

Ich sah auf und stellte fest, dass er mich anstarrte. Ich wandte den Blick ab und sah an ihm vorbei in Richtung Keith, der die Toilettentüren fixierte. Auf seiner Stirn glänzte ein feiner Schweißfilm. Plötzlich stand er auf. »Was ist los, Keith?«, fragte ich.

»Ich bin gleich wieder da«, sagte er, den Blick noch immer auf die Tür der Herrentoilette gerichtet.

»He, warte. Wohin gehst du?« Jonathan fasste Keith, der sich gerade in Bewegung setzen wollte, am Arm.

Keith entwand sich seinem Griff. »Herrgott, ich muss pissen«, knurrte er und entfernte sich eilig in Richtung Toiletten.

Jonathans Handy summte in seiner Hosentasche. »Oh, es ist Peter, da muss ich drangehen«, sagte er, nachdem er aufs Display gesehen hatte. Seine Stimme klang erleichtert. »Ich habe hier drinnen so gut wie keinen Empfang. Ich gehe nur schnell …«

Er eilte bereits vom Tisch weg, das Handy ans Ohr gedrückt. Ich blieb allein mit Finch zurück, worüber ich gar nicht glücklich war.

»Mir sind so einige Dinge über dich zu Ohren gekommen«, sagte Finch prompt und beugte sich zu mir vor, als würde er mir ein Geheimnis verraten, anstatt in meinen herumzustochern. Er legte sein Handy auf den Tisch – das Handy, das er nonstop in der Hand gehalten hatte, als wartete er auf einen dringenden Anruf. »Zum Beispiel, dass du dazu neigst, dir Dinge zu nehmen, die dir nicht gehören.«

»Ach ja?«, fragte ich gelangweilt. Finch dachte sich irgendeinen Mist aus, um mich zu ködern.

»Außerdem hat mir ein kleiner Vogel gezwitschert, dass dein Dad ein echt übler Kerl ist.«

Leider war das etwas, was Finch tatsächlich erfahren haben konnte. Vielleicht hatte Keith etwas erzählt, vielleicht auch Derrick.

»Dann richte dem kleinen Vogel doch bitte aus, dass er seinen Schnabel in seine eigenen beschissenen Angelegenheiten stecken soll.«

»Aber hallo!« Finch riss begeistert die Augen auf. »So spricht man doch nicht in deinen Kreisen! Oder hat dein Daddy dir beigebracht, solche bösen Wörter in den Mund zu nehmen?«

»Finch!«, schnauzte Derrick, der wie aus dem Nichts aufgetaucht war, ein Bier in der Hand, die Nackenmuskeln angespannt. »Rede nicht so mit Maeve!«

»Nun mach dich mal locker, wir sind doch alle Freunde.«

»Nein, sind wir nicht.« Derrick sah wütend aus. »Du bist mit keinem von uns befreundet.«

»Derrick, du und ich sind durchaus Freunde«, widersprach Finch eisig. »Ich kenne dich besser als alle anderen. Nur für den Fall, dass du das vergessen hast.«

»Aber nein, wie könnte ich es vergessen.« Derrick nahm eine erschreckend drohende Haltung ein und beugte sich zu Finch vor. »Ich bin mir bloß nicht sicher, ob mich das noch interessiert.«

»He, Jungs, aufhören.« Ich schnipste mit den Fingern, dann schob ich die Tequila-Gläser in Finchs Richtung. Das Letzte, was wir jetzt brauchten, war eine Kneipenschlägerei. »Hol uns noch etwas zu trinken, Finch. Du hast ja recht: Wir feiern eine Party, da sollten wir uns alle mal ein bisschen lockerer machen.«

Finch fixierte Derrick für eine lange Weile, dann nahm er endlich die Gläser und setzte sich in Bewegung. »Klar.«

Als er weg war, ließ Derrick sich auf seinen Stuhl fallen. »Tut mir leid«, sagte er und schwieg kurz, ehe er fortfuhr: »Was hätte Alice wohl zu alldem gesagt, wenn sie noch da wäre? Das Ganze ist doch total lächerlich!«

»Wenn Alice noch da wäre, würde nichts von alldem passieren.«

Das war vermutlich richtig. Nicht dass Alice einen ausgleichenden Einfluss auf die Gruppe gehabt hätte – Keith und Alice' Beziehung war von Anfang an turbulent gewesen, zum Teil auch deshalb, weil Alice sich über alles und jeden aufregte. Sie war schon so gewesen, als wir uns als Erstsemesterinnen in unserem gemeinsamen Wohnheimzimmer kennenlernten. Ich hatte bereits ausgepackt, als sie ankam, eine riesige Reisetasche über der Schulter.

»Ich freue mich so sehr, dass wir uns ein Zimmer teilen!«, hatte sie ausgerufen und mich in ihre knochigen, aber beeindruckend kräftigen Arme gezogen. Als sie mich wieder losließ, beäugte sie mein teures rosa Etuikleid und das dazu passende rosa Stirnband. Ich wappnete mich. Bestimmt würde jetzt irgendeine herablassende Bemerkung folgen. Ich hatte Ewigkeiten auf dieses Outfit gespart, nur um es in derselben Sekunde zu bereuen, als ich den Campus des Vassar College betrat und sah, dass alle schwarz gekleidet waren. »Oh, was für ein tolles Kleid! Es ist so retro. Wir sollten unsere Sachen zusammenhängen und untereinander tauschen!«

Ich hatte mich stets geschmeichelt und gleichzeitig überfordert gefühlt von der Aufmerksamkeit, die Alice mir schenkte. Das war ihre Spezialität – andere aus dem Konzept zu bringen, obwohl sie meiner Meinung nach selten absichtlich manipulierte. Ich hatte schon vor ihr Freundinnen wie sie gehabt – sie gaben sich mit einem ab, damit sie die Kluge, die Hübsche oder die Schlanke sein konnten, ließen einen in ihre Nähe, damit sie im Vergleich besser abschnitten. Aber so war Alice nicht. Sie war ein guter Mensch. Wirklich.

»Du hast recht«, pflichtete Derrick mir jetzt bei. »Wenn Alice noch da wäre, wäre es für uns alle anders gelaufen. Ich wäre vermutlich nicht einmal mit Beth verheiratet.« Er verstummte und wartete offenbar darauf, dass ich etwas erwiderte, doch ich wollte mich auf keinen Fall zu seiner Ehe äußern. »Also, du und Bates …«, redete er schließlich weiter.

»Es läuft gut«, sagte ich. Und es war tatsächlich gut gelaufen. »Mal abwarten.«

»Nur noch einmal zur Bestätigung – Bates ist sein Vorname, oder ist es sein Nachname und er heißt mit Vornamen Norman?«

Ich lachte. Derricks Darbietung war unbezahlbar – ein

bisschen eifersüchtig, aber nicht allzu sehr. »Nun, er ist ein Freund von Jonathan, deshalb …«

»Ah, ja.« Derrick nickte wissend. »Das erklärt alles. Na ja, ich bin froh, dass du mit jemandem zusammen bist, der dich glücklich macht, dass du nach vorn blicken kannst. Das gelingt dir um einiges besser als uns anderen.«

»Das klingt so, als würde Kritik darin mitschwingen.«

»Nein, nein. So habe ich das nicht gemeint.« Derrick verlagerte auf seinem Stuhl das Gewicht. »Wir Übrigen sind bloß so … paralysiert von Schuldgefühlen oder Gott weiß was – du hast die gesündere Wahl getroffen. Mehr wollte ich nicht damit sagen.«

Es war ein Seitenhieb, aber Derrick hatte vielleicht auch das Recht dazu. Hatte das Recht, verletzt zu sein.

Ich seufzte. »Was bringt es, nach all den Jahren immer noch in Schuldgefühlen zu ertrinken?«, fragte ich. »Das Leben ist … kurz.«

Derrick musterte mich durchdringend, dann wandte er den Blick ab. »Richtig.«

»Es war offensichtlich ein Fehler, dass wir damals nicht die Polizei gerufen haben.«

Er sah mich erneut an, als wollte er etwas entgegnen oder wartete darauf, dass ich etwas hinzufügte. Doch dann schüttelte er den Kopf und legte eine Hand auf meine. Sie war unerwartet warm und tröstlich. »Du hast recht«, sagte er. »Du hast definitiv recht.«

»Aber, aber!«, brüllte Finch und knallte eine weitere Runde Schnapsgläser auf den Tisch. Ein Großteil des Inhalts ergoss sich auf die Tischplatte.

Ich zog meine Hand weg und wischte über meinen Arm, der ebenfalls ein paar Spritzer abbekommen hatte. »War das nötig?«

»Tut mir leid, ich war nur etwas verstört über die Tatsache, dass ich euch für eine Sekunde allein lasse und ihr prompt

Händchen haltet, wenn ich wiederkomme!« Er grinste anzüglich. »Ihr verschwendet wirklich keine Zeit.«

»Wir haben nicht Händchen gehalten«, stellte ich richtig. Oder hatten wir doch?

Finch kippte einen der Shots, schnitt eine Grimasse, dann griff er nach dem nächsten. »Rede dir ruhig ein, was immer du willst, Kleine«, sagte er. »Aber ich werde die Dinge weiter beim Namen nennen.«

DETECTIVE JULIA SCUTT

Sonntag, 6.50 Uhr

»Herrgott«, blafft Cartright und stürmt auf mich zu, kaum dass ich eingetreten bin. Er muss im Foyer auf mich gewartet und unablässig zur Tür gestarrt haben. Jetzt wirft er einen ostentativen Blick auf die Uhr. »Du hast gesagt, du wärst gleich wieder da. Das war vor zwei Stunden.«

Ja, ich hatte länger gebraucht, aber so lange nun auch wieder nicht.

»War das Babysitten so anstrengend?« Ich werfe ihm einen stechenden Blick zu. »Ich werde Seldon Mitteilung machen.«

»Wenn du denkst, das wäre einfach gewesen, dann hast du dich geschnitten. Die haben während der letzten Dreiviertelstunde unablässig gefordert, nach New York zurückkehren zu können. Ich war kurz davor, sie gehen zu lassen, solche verfluchten Kopfschmerzen habe ich von der Stänkerei bekommen.«

»Das ist doch lächerlich«, entgegne ich. »Wir können sie nicht gehen lassen.«

»Das mach denen mal klar.« Cartright gibt einen genervten Seufzer von sich.

»Genau das werde ich tun«, sage ich und fege an ihm vorbei Richtung Wohnzimmer. »Wenn die Kollegen von der Streife eintreffen, kannst du abhauen.«

Im Wohnzimmer ist es totenstill. Noch immer brennen sämtliche Lichter, was vollkommen überflüssig ist, denn mittlerweile ist es draußen taghell. Jonathan und Stephanie sind eingeschlafen, rechts und links gegen die Armlehnen eines der Sofas gelehnt, Maeve ist wach und sitzt aufrecht zwischen ihnen. Als sie mich sieht, verschränkt sie die Arme. Ihre Augen werden glasig.

»Gibt es etwas Neues?«, fragt sie.

»Würden Sie die beiden bitte aufwecken?«, frage ich. »Ich habe noch ein paar Fragen.«

Maeve stößt zunächst Jonathan mit dem Ellbogen an, dann Stephanie.

»Oh, haben Sie ihn gefunden … ganz gleich, wer von den beiden vermisst wird?«, erkundigt sich Stephanie verschlafen und wischt sich mit dem Handrücken über den Mund.

»Wir haben den Fahrer noch nicht entdeckt, und der Beifahrer konnte bislang nicht identifiziert werden«, antworte ich. »Allerdings haben wir Grund zu der Annahme, dass es kein Unfall war.«

»Wie meinen Sie das?«, fragt Jonathan.

»Ich kann leider nicht ins Detail gehen, weil …«

»Wie bitte? Weil wir verdächtig sind?«, will Stephanie wissen. »Das ist doch absurd.«

Ich lächele, wenn auch nicht sonderlich freundlich. »Das war nicht das, was ich sagen wollte. Ich *wollte* sagen, dass ich wegen der laufenden Ermittlungen nicht ins Detail gehen kann, da wir bestimmte Dinge vorerst unter Verschluss halten müssen. Auf diese Weise verhindern wir, mögliche zukünftige Befragungen ungewollt zu verfälschen. Doch auch wenn ich Sie nicht für Verdächtige halte, glaube ich nicht, dass Sie mir wirklich alles mitgeteilt haben.«

»Und worauf basiert diese Annahme?«, fragt Jonathan.

»Auf einem Gefühl«, antworte ich. »Darauf und auf der Tatsache, dass Keith und Derrick nie bei Cumberland Farms aufgekreuzt sind. Ich habe mit dem Kassierer gesprochen.«

»Was beweist das? Wir haben Ihnen gesagt, dass wir nicht wissen, was passiert ist, nachdem die beiden von hier weggefahren sind«, schaltet sich Stephanie ein. »Sie haben uns lediglich mitgeteilt, dass sie Zigaretten holen wollen. Ach, nur um das klarzustellen: Wir können jederzeit abreisen. Das hier ist kein Verhör, sondern eine Zeugenbefragung.«

Eine Anwältin, definitiv. »Es steht Ihnen frei zu gehen, das ist richtig«, bestätige ich. »Bislang bin ich allerdings davon ausgegangen, dass Sie bleiben und helfen wollen, herauszufinden, was Ihren Freunden zugestoßen ist.«

»Selbstverständlich wollen wir das.« Jonathan nickt.

»Nun, dann sollten wir vielleicht noch mal ganz von vorn anfangen. Beginnen wir mit den Reifenspuren, die mir ins Auge gefallen sind – auf dem Rasen. Sie führen bis an die Seite des Hauses.« Ich deute aus dem Fenster in die Richtung, in der ich die Spuren auf dem Weg ins Haus bemerkt habe. »Haben Sie eine Ahnung, woher die stammen?«

Maeve schüttelt bereits den Kopf. »Nein. Ich nicht.« Sie sieht zu Stephanie und Jonathan hinüber. »Ihr?«

Stephanie und Jonathan schütteln ebenfalls die Köpfe. »Nein«, sagt Jonathan, doch er klingt weniger entschieden als Maeve. »Ich habe sie gar nicht bemerkt.«

»Nun, sie sind gleich neben dem Haus.« Ich nicke mit dem Kopf erneut in die entsprechende Richtung. »Tiefe Spuren im Rasen bis an die Seite.«

Jonathan runzelt die Stirn. »Vielleicht hängen sie mit den Renovierungsarbeiten zusammen.«

»Können Sie uns wenigstens sagen, was Derrick und Keith *Ihrer Meinung* nach zugestoßen ist?«, hakt Stephanie nach. »Sie müssen doch mittlerweile irgendwelche Theorien haben.«

»Um ehrlich zu sein, erscheint es mir unter diesen Umständen am wahrscheinlichsten, dass es einen Konflikt zwischen den beiden gab. Haben Sie eine Idee, worum es dabei gegangen sein könnte?«

»Was ist mit Finch?«, wirft Maeve leise ein und sieht die anderen an.

»Der Künstler, der von Mr Lazard vertreten wird? Sie sagten, er sei früher abgereist?«, will ich wissen.

»Es gab Konflikte zwischen Keith und Finch«, klärt Stephanie mich auf. »Möglicherweise ist Derrick zwischen die Fronten geraten. Er und Finch sind zusammen aufgewachsen; er war derjenige, der Finch mit Keith bekannt gemacht hat. Die drei haben eine komplizierte Beziehung.«

»Aber Finch ist abgehauen«, gibt Jonathan zu bedenken.

»Vermutlich«, sagt Maeve. »Mit Sicherheit wissen wir es nicht, oder?«

»Finch liebt es, Scherereien zu machen«, fügt Stephanie hinzu.

»Konflikte zu schüren. Einfach so, nur zum Spaß«, ergänzt Jonathan.

»Keine Ahnung, ob hier jemand Spaß hatte«, wende ich ein. »Was wir mit Sicherheit wissen, ist, dass der Beifahrer nicht bei dem Unfall ums Leben gekommen ist. Er wurde erstochen.«

»O mein Gott«, flüstert Stephanie und schlägt die Hand vor den Mund. Ihre Augen werden feucht. »Das ist einfach nur …« Sie verstummt. Als sie blinzelt, löst sich eine Träne und rollt über ihre Wange. Schnell wischt sie sie fort.

Ich verspüre einen Anflug von Reue, weil ich so nüchtern-sachlich war. Mit einem Mord konfrontiert zu werden, ist absolut traumatisierend.

»Was ist mit den Fotos, die Sie uns mitbringen wollten?«, fragt Jonathan. »Damit wir versuchen können, das Opfer zu identifizieren.«

Jetzt tut es mir leid, dass ich diese Möglichkeit erwähnt habe, denn zuvor muss ich die drei als Verdächtige ausschließen. Ja, es wäre hilfreich, den Mann zu identifizieren, aber nicht, wenn das bedeutet, eventuell die Ermittlungen zu gefährden. »Ich werde mich bei Gelegenheit darum kümmern.«

»Haben Sie die Fingerabdrücke genommen?«, erkundigt

sich Maeve und wirft Jonathan und Stephanie einen bedeutungsvollen Blick zu. »Ich meine, wenn es sich um Derrick handelt ...«

»Aber wir wissen doch gar nicht, ob das überhaupt stimmt«, wendet Jonathan ein.

»Kann mir bitte jemand auf die Sprünge helfen?«, sage ich.

Maeve klatscht in ihre schmalen, blassen Hände. »Derrick hat in Arkansas angeblich mal jemanden körperlich angegriffen. Laut Finch war er damals noch fast ein Kind. Zwölf. Noch nicht mal ein Teenager. Wir haben erst an diesem Wochenende davon erfahren. Es klang so, als sei Derrick verhaftet worden.«

»Aber wie gesagt«, wehrt Jonathan ab, »Finch ist ein Arschloch. Gut möglich, dass er sich das nur ausgedacht hat.«

»Und warum hat Derrick es dann nicht abgestritten?«, fragt Maeve.

Jonathan sieht zu mir auf. »Das ist richtig. Derrick hat es nicht geleugnet.«

»Aha«, sage ich und versuche, genauso gereizt zu klingen, wie ich mich fühle. »Es wäre hilfreich gewesen, hätte ich früher gewusst, dass Derrick als Jugendlicher in einem anderen Bundesstaat vorbestraft war.«

»Vorbestraft ... Das klingt so ...« Jonathan spricht den Satz nicht zu Ende.

»Zutreffend?«, frage ich. »Hören Sie, ich gebe mir alle Mühe, geduldig zu bleiben. Ich verstehe, dass Sie verstört sind. Aber ich muss *alles* wissen. Und wenn ich ›alles‹ sage, dann meine ich auch ›alles‹. Jetzt, auf der Stelle. Sie können *mir* die Entscheidung überlassen, was ich für wichtig erachte. Maeve, Sie haben bei unserem ersten Gespräch die Bauunternehmer erwähnt.«

Jonathan wirft Maeve einen Blick zu. So viel zum Thema »volle Transparenz«.

»Ich wollte nicht … Nun, sie sind hergekommen, weil sie bezahlt werden wollten, und sie wirkten ziemlich unzufrieden«, sagt sie in defensivem Ton zu Jonathan. »Ich dachte, wir wären übereingekommen, ihr alles mitzuteilen, was relevant sein könnte.«

»Maeve hat recht«, pflichtet Stephanie ihr ruhig bei. »Es könnte theoretisch relevant sein, aber Jonathan hat ihnen versichert, dass sie ihr Geld bekommen.«

Der Einspruch kommt routiniert, anwaltsmäßig. Stephanie schaltet sich ein, um etwas zu vertuschen. Vielleicht hat Jonathan gar nicht so viel Geld, wie er vorgibt?

»Die Bauunternehmer sind Freitag Abend hier aufgetaucht und haben Geld verlangt. Ich will natürlich bezahlen, was wir ihnen schulden. Ich weiß, dass viele Leute die Wochenendhausbesitzer für reiche, privilegierte Arschlöcher halten, aber …« Er weicht meinem Blick aus und zuckt die Achseln, als wäre das nichts Besonderes. Dabei steht ihm die Anspannung deutlich ins Gesicht geschrieben. »Zunächst möchte ich sichergehen, dass kein Missverständnis vorliegt. Oder ein Versehen der Bank. Außerdem kann man nicht einfach so elftausend Dollar am Geldautomaten ziehen.«

»Also, was ist passiert?«, frage ich.

»Es war für sie in Ordnung, dass ich Ihnen das Geld später gebe, deshalb sind sie gegangen.«

»Und? Haben Sie es getan?«

Jonathan starrte mich an wie ein Reh im Scheinwerferlicht. »Habe ich was getan?«

»Sie später bezahlt?«

Jonathan reibt mit den Handflächen über seine Oberschenkel. »Ja, ja«, sagt er. »Ich habe ihnen Geld gegeben.«

»Außerdem ist Keith drogensüchtig«, platzt Maeve heraus. Jonathan zuckt zusammen, während Stephanie steinern geradeaus blickt. Wieder ist Maeve vom Drehbuch abgewichen. »Ich meine, das ist ein Problem«, fährt sie fort. »Derrick hat womöglich versucht, Keith dazu zu bringen, zum Haus zurückzufahren, wo er ihn in Sicherheit weiß. Aber wenn Keith fest entschlossen war, Drogen zu kaufen …«

»Was sagst du da, Maeve?«, fragt Stephanie mit ernster Stimme. »Plötzlich denkst du, Keith hat Derrick etwas angetan? Das ist doch verrückt!«

»Diese Erklärung ist unter den gegebenen Umständen am denkbarsten. Opfer und Täter sind selten Fremde«, sage ich. »Und wie Sie richtig bemerkten: Sie saßen nicht mit im Wagen, daher können Sie das nicht wissen.«

»Also gut.« Stephanies Augen blitzen. »Finch. Vielleicht. Aber nicht Derrick oder Keith. Das glaube ich einfach nicht. Sie verstehen das nicht – die beiden sind wie Brüder.«

»Keith war außer Kontrolle, Stephanie«, sagt Jonathan sanft. »Und wenn die beiden Drogen gekauft haben, dann könnte es jemand gewesen sein, den sie … ach, ich weiß nicht … Vielleicht haben sie unterwegs jemanden aufgegabelt …«

Für einen Moment sieht Stephanie aus, als wollte sie widersprechen, aber sie schweigt. Ihre Lippen zittern. Als sie den Blick senkt, schlingt Jonathan einen Arm um ihre Schultern.

»Wissen Sie, was Keith konsumiert?«, erkundige ich mich. »Um welche Art von Drogen handelt es sich?«

»Darüber spricht er nicht«, sagt Jonathan. »Aber ich bin mir sicher, dass er nicht nur Gras raucht. Ich denke, er nimmt irgendwelche Tabletten.«

»Ich würde gern einen Blick auf seine Sachen werfen.«

»Oh, ja, klar, selbstverständlich.« Jonathan steht auf. »Sie sind oben.«

Die Treppe knarrt leise, als wir hinaufgehen, und zwar in genau dem richtigen Maß, um dem Haus etwas Heimeliges zu geben, ohne dass es heruntergekommen wirkt. Ich folge Jonathan, Maeve und Stephanie. Das Obergeschoss ist genauso ansprechend eingerichtet wie das Erdgeschoss. Als wir in dem hübschen Flur stehen, von dem wundervoll eingerichtete Gästezimmer abgehen, frage ich mich einen Augenblick lang, ob ich die falsche Wahl getroffen habe – in Kaaterskill zu leben, als Polizistin. So kann ich es niemals zu einem Zuhause bringen, das auch nur annähernd so schön ist wie Jonathans Haus. Jane hätte sich sicher ein anderes Leben für mich gewünscht.

Aber sie fühlte sich schon immer zu etwas Höherem berufen. So wollte sie am Vassar College gleich zwei Hauptstudiengänge belegen: Französisch und Kreative Künste. Anschließend wollte sie als Modedesignerin in Paris leben und auf den Champs-Élysées Espresso trinken. An der Wand gegenüber von ihrem Bett klebte ein Poster des Eiffelturms, eins von Coco Chanel – behängt mit Perlen – über ihrem Schreibtisch. Sie hatte Talent, konnte nähen, stricken, entwerfen. Ich besitze immer noch die Teile, die sie für mich gemacht hat, allesamt für ein kleines Mädchen, mit Ausnahme der beiden Pullis, die sie uns zu unserem letzten gemeinsamen Weihnachtsfest gestrickt hat: grasgrün und bauchfrei, mit Zopfmuster und dramatischem Wasserfallausschnitt. Meiner war mir damals viel zu groß gewesen, aber Jane trug ihren ständig. Sie trug ihn auch an dem Tag, an dem sie starb, obwohl sie nur ihren BH anhatte, als man sie fand.

»Ähm, Keith war hier untergebracht«, sagt Jonathan, der mir vorangeht. Er bleibt stehen. »In diesem Zimmer.«

Wir betreten einen großen Raum mit zwei riesigen Fenstern, die auf den Hudson hinausgehen. Es ist ein grauer Tag, das Wasser sieht aus der Entfernung aus wie Stahl. Zwei der Wände sind mit einer auffälligen Schwarz-Weiß-Tapete bedeckt wie mit einem abstrakten Gemälde. Die Wand gegenüber den Fenstern ist in einem angesagten Mattschwarz gestrichen, etwas, was ich für überspannt gehalten hätte, dabei sah es gar nicht mal schlecht aus. Mir fällt auf, dass eine verdrehte weiße Bettdecke und mehrere Kissen auf dem Bett liegen, doch es gibt kein Laken. Hatte Dan nicht irgendein Laken erwähnt?

Jonathan drückt sich mit verschränkten Armen vor den Fenstern herum. Stephanie steht auf der gegenüberliegenden Seite des Zimmers und starrt aufs Bett, als wäre hier etwas passiert. Ich frage mich, ob sie mit Keith schläft.

»Seine Tasche ist hier drüben«, sagt Maeve und schlendert quer durch den Raum darauf zu. Sie wirkt im Augenblick am entspanntesten.

»Bitte fassen Sie nichts an«, sage ich und versperre ihr den Weg. »Ich muss potenzielle Beweismittel sichern.«

Maeve hebt die Hände und macht einen Schritt zurück. »Oh. Entschuldigung.«

Ich ziehe ein Paar Plastikhandschuhe aus meiner Tasche und streife sie über, bevor ich Keith' Sachen durchwühle. Teure Klamotten waren in die Reisetasche gestopft, als wäre er kurz davor gewesen, die Flucht zu ergreifen. Ganz unten finde ich ein Glasröhrchen, eingewickelt in Papiertaschentücher. Ich halte es in die Höhe.

»Wofür ist das?«, fragt Jonathan.

»Um etwas zu sniefen«, antworte ich. »Kokain, zerstoßene Tabletten, Heroin. Alles Mögliche.«

»Heroin?« Stephanie klingt aufrichtig erschüttert.

Ich durchforste noch immer die Tasche, als mir plötzlich auffällt, dass die Nachttischschublade ein Stück offen steht. Als ich sie ganz aufziehe, stoße ich auf eine kleine Stofftasche. Ich werfe einen Blick hinein. Darin sind Nadeln und ein Löffel. Ein Spritzbesteck. Was hatte ich erwartet?

»Es sieht so aus, als hätte er auch gespritzt«, sage ich. »Ich werde den Gerichtsmediziner bitten, die Leiche auf intravenösen Drogenkonsum zu untersuchen. Das könnte uns bei der Identifizierung helfen.«

»Mein Gott«, wispert Maeve.

»Keith hatte es lange Zeit sehr schwer, doch wir wussten nicht, dass er so weit gegangen ist.« Jonathan klingt schuldbewusst. »Im Grunde hätten wir es aber wissen müssen.«

»Seine Freundin Alice – wir waren ebenfalls mit ihr befreundet – hat sich umgebracht, als wir in Vassar studierten«, sagt Maeve. »Keith ist nie darüber hinweggekommen.«

»Ist es möglich, dass sie zur Farm gefahren sind anstatt zu Cumberland Farms?«, frage ich.

»Zur Farm?« Jonathan runzelt die Stirn. Schwer zu glauben, dass er als Wochenendhausbesitzer noch nichts davon gehört hat. Typen wie er sind doch sogar vor Gericht gegangen, um die Gebäude abreißen zu lassen.

»Ja, das verfallene Bauernhaus nebst Nebengebäuden an der Route 32. Sagt Ihnen das nichts? Es ist der Hauptumschlagplatz für Opioide. Der Kerl, der das Ganze betreibt, hat eine Art Marktmonopol.«

Und Seldon unternimmt nichts, um ihm das Handwerk zu legen. Behauptet, er plane eine koordinierte Aktion zusammen mit der State Police. Meiner Meinung nach wäre es besser, sofort etwas zu unternehmen, auch wenn es nicht das große Besteck ist.

Mein Blick fällt auf etwas Glänzendes auf dem Fußboden zwischen Nachttisch und Bettrahmen. Ich hebe es auf – ein Führerschein mit dem Foto einer hübschen, lächelnden, jungen Blondine. Crystal Finnegan. Mittlerweile dreiundzwanzig. Der Führerschein wurde vor sieben Jahren ausgestellt, als Crystal gerade erst sechzehn war.

»Wer ist Crystal Finnegan?«, frage ich und halte den Führerschein in die Höhe.

Es folgt eine lange Pause, dann macht Stephanie ein paar Schritte auf mich zu, um das Foto zu betrachten. Maeve und Jonathan folgen ihrem Beispiel.

»Keine Ahnung«, sagt Jonathan und reibt sich erneut die

Handflächen an den Oberschenkeln. »Wisst ihr, wer das ist?«

Die beiden Frauen schütteln die Köpfe.

Ich nicke. »Sie haben also keine Ahnung, wie Crystal Finnegans Führerschein auf dem Fußboden von Keith' Gästezimmer landen konnte?«

Weiteres Kopfschütteln. »Nein«, sagt Jonathan. »Wenn wir nicht da sind, kümmern sich ein Reinigungsunternehmen und eine Hausmeisterfirma um das Haus. Vielleicht ist sie dort angestellt?«

»Möglich«, sage ich, stecke den Führerschein in einen Plastikbeutel und lasse ihn in meine Tasche fallen. Obwohl ich davon ausgehe, dass die Antwort weitaus komplizierter ist.

Nachdem wir Keith' Zimmer verlassen haben, werfen wir einen Blick in den Raum nebenan, in dem Finch und Derrick untergebracht sind. Die Betten sind eindeutig benutzt. Auf dem Fußboden an einer der Wände steht eine kleine Reisetasche. Ich gehe hinüber und beuge mich vor, um das Namensschild zu lesen: DERRICK CHISM steht in tadelloser Schönschrift darauf.

Ich knie mich hin, ziehe ein frisches Paar Handschuhe hervor und streife sie über, bevor ich Derricks Reisetasche öffne. Vorsichtig taste ich mich durch den Inhalt: Unterwäsche und T-Shirts, zusammengerollt mit militärischer Präzision. Ich lege sie neben die Tasche.

»Wahrscheinlich hat Beth für ihn gepackt«, sagt Jonathan. »Sie ist ein Kontrollfreak.«

Auch die restlichen Sachen sind völlig unauffällig – Jeans, Socken.

Mein Blick fällt auf eine Plastiktüte in einer Ecke des Gästezimmers. Darin befinden sich Baumwollboxershorts und ein herrlich weiches T-Shirt. Teuer, das spürt man sofort, wenn man die Kleidungsstücke anfasst. In der Tüte entdecke ich außerdem einen Kassenzettel für ein Deo und eine Zahnbürste.

»Finch hat sich erst in letzter Minute angeschlossen«, erklärt Stephanie, als sie sieht, dass ich die Quittung studiere. »Wahrscheinlich haben sie unterwegs irgendwo angehalten, um ihm die Sachen zu besorgen. »Das ist definitiv eins von Finchs T-Shirts. Schon ein bisschen seltsam, dass er Kleidung zum Wechseln dabeihatte.«

Ich wende mich wieder der Reisetasche zu. Ganz unten liegt ein nicht zugeklebter DIN-A4-Umschlag mit einem Stapel handgeschriebener Seiten. Nein, es handelt sich um Fotokopien handgeschriebener Seiten. Ich ziehe die Blätter ein kleines Stück heraus und fasse sie näher ins Auge. Noch etwas anderes ist in dem Umschlag, anscheinend Fotos, aber ich möchte sie in Gegenwart der Gruppe nicht herausholen, denn ich würde zuerst selbst gern herausfinden, worum es sich handelt.

»Was ist das?«, fragt Maeve und kommt näher. Ihr Ton ist abwehrend, was ich gut verstehen kann. Immerhin durchwühle ich die Sachen ihres – vermutlich toten – Freundes.

»Irgendein Schriftstück«, antworte ich vage und schiebe die Blätter zurück, dann verstaue ich den Umschlag dort, wo ich ihn entdeckt habe, ganz unten in Derricks Reisetasche.

»Derrick ist Romanautor«, überlegt Maeve. »Ich weiß, dass er an einem neuen Buch gearbeitet hat. Vielleicht ist das sein Manuskript.«

»Oder seine Recherche«, sage ich. Woher soll ich wissen, wie man einen Roman schreibt?

»Dürfen wir mal sehen?« Maeve streckt die Hand aus. »Wir wüssten gern, worum es sich handelt; auf alle Fälle würde es mich interessieren.«

»Es tut mir leid, aber im Augenblick muss der Umschlag da bleiben, wo er ist. Noch wissen wir nicht, ob er als Beweismittel dient.«

»Aber Derrick und Keith sind doch die Opfer«, entgegnet Maeve mit zitternder Stimme.

»Auch das wissen wir zum jetzigen Zeitpunkt noch nicht mit Bestimmtheit. Es sei denn, Ihnen ist etwas bekannt, was Sie mir bislang vorenthalten haben. Falls ja, ist das der richtige Augenblick, die Karten offen auf den Tisch zu legen.«

»Wir geben uns Mühe, Ihnen alles mitzuteilen, was wichtig sein könnte«, sagt Jonathan – meiner Meinung nach eine etwas spezielle Wortwahl.

»Wie wäre es, wenn Sie mich beurteilen lassen, was wichtig ist?« Mein Ton klingt scharf. Langsam verliere ich die Geduld mit diesen Leuten. Aber sie anzublaffen, macht sie vermutlich nicht kooperativer. »Hören Sie«, lenke ich daher ein, »ich bin mir sicher, Sie haben alle drei das Herz am rechten Fleck, aber manchmal fügt man einem Freund eher Schaden zu, wenn man versucht, ihn zu beschützen.«

Sie weichen meinem Blick aus, als ich mich aufrichte und zur Tür gehe. Etwas im Papierkorb – etwas Weißes, Zusammengeknülltes mit großen braunen Klecksen – erregt meine Aufmerksamkeit. Ich beuge mich vor, um es besser erkennen zu können, dann ziehe ich das dritte Paar Plastikhandschuhe hervor und gehe erneut in die Hocke, um das Ding aus dem Müll zu fischen. Es handelt sich um zusammengedrückte Papiertaschentücher voller dunkelrot-brauner Flecken.

»Was ist das?«, fragt Stephanie, die hinter mich getreten ist.

»Sieht aus wie Blut.« Ich sehe zu ihr auf. Sie blinzelt nicht. »Lassen Sie mich raten – keiner von Ihnen hat auch nur den blassesten Schimmer, woher es kommt?«

STEPHANIE

Freitag, 21.12 Uhr

Vier Pizzerien. So viele rief ich an, während ich draußen vor dem Falls auf dem Gehsteig stand. Nur in einer davon – bei Pepi – ging überhaupt jemand ans Telefon.

»Aber das Falls ist eine Bar und kein Wohnhaus«, sagte die Frau am anderen Ende der Leitung. »An eine Bar dürfen wir nicht liefern.«

»Können wir vorbeikommen und die Bestellung abholen?«

»Ja, allerdings schließen wir in fünf Minuten. Bis dahin müssten Sie hier sein, aber vom Falls aus brauchen Sie mindestens fünfzehn Minuten.«

Nachdem ich aufgelegt hatte, schloss ich die Hand fest ums Telefon und ließ meinen Kopf nach hinten gegen die Ziegelwand sacken. Absurderweise verspürte ich das Bedürfnis, in Tränen auszubrechen. Ich hatte Hunger und ich fror, obwohl ich mir einen Pulli und Jeans angezogen hatte, bevor wir losgefahren waren. Ich schloss die Augen und versuchte, mir warme Gedanken zu machen. Kälte hin oder her – ich war immer noch lieber hier draußen als drinnen im Lokal. Dort hatte ich das Gefühl, auf einem Pulverfass zu sitzen. All die Anrufe, die ich nicht angenommen hatte – ich hatte gewusst, dass es nicht gerade erwachsen wirkte, die Sache so zu handhaben. Doch als die Anrufe plötzlich aufhörten, hatte ich mir eingeredet, es wäre vorbei.

»He, ich kenne dich.« Ich öffnete die Augen und blickte in zwei blaue. »Ihr schuldet mir elftausend Dollar.«

Der Bauunternehmer und zwei seiner Freunde – ein großer Blonder mit einem fleischigen, rosa Milchgesicht und ein verschlagen dreinblickender Kerl mit einem unheimlichen Lächeln und hässlichen, übergroßen Zähnen – strebten auf die Tür des Falls zu. Ohne die rote Kappe und in einem gut sitzenden Button-down-Hemd aus Leinen sah der Bauunternehmer – Luke, so hieß er, glaube ich – besser aus, als mir bewusst gewesen war. Vor allem seine Augen waren faszinierend. Die beiden weit weniger attraktiven Typen in seiner Gesellschaft trugen Baumwollhosen und Ralph-Lauren-Poloshirts, ein rotes und ein weißes, und sahen aus wie Securitys für Hinterwäldler.

Luke schaute mich finster an. Er war sauer und er wollte sein Geld, das war nicht schwer zu verstehen. Es war vielmehr die Art und Weise, auf die die anderen Kerle mich beäugten, die mir eine Gänsehaut verursachte. In ihren Augen erkannte ich Begierde. Und einen Anflug von Abscheu. Sie wollten das hübsche schwarze Mädchen, auf das sie zufällig gestoßen waren, und sie redeten sich ein, sie würden sich dafür hassen. Grauenvoll.

Zurückschlagen. Das wäre die Taktik, die ich als Prozessanwältin nutzen würde – stets in die Offensive gehen. Entschieden und souverän. Als wüsste man bereits, dass man gewinnt. Aber natürlich waren wir momentan weit entfernt von einem Gerichtssaal in Manhattan. Hier draußen, auf diesem Bürgersteig mitten im Nirgendwo, war Ablenkung die einzig sichere Option.

»Ich bin zu Besuch bei einem Freund. Wenn Sie ein Problem mit ihm haben, ist das eine Sache zwischen Ihnen beiden.« Ich sah Luke an, ohne mich aus der Ruhe bringen zu lassen, die beiden anderen Männer ignorierte ich. »In Wahrheit schuldet Jonathan Ihnen gar nichts. Sie versuchen nur, ihn auszunehmen. Ich denke, das wissen wir beide.«

Tatsächlich wusste ich das ganz und gar nicht, doch wenn Peter involviert war, war alles möglich.

»Oh, und ob er mir etwas schuldet«, entgegnete Luke mit

einem lässigen Lächeln. Dermaßen lässig, dass es schon unangenehm war. »Er wird bezahlen, so oder so. Da kannst du dir sicher sein.«

Er marschierte an mir vorbei zur Tür. Ich stieß mich von der Hauswand ab und sah ihm nach. Sein verschlagen dreinblickender Freund blieb vor mir stehen. Dass ich fünfzehn Zentimeter größer war als er, schien ihn nicht im Mindesten zu beeindrucken.

»Wie heißt du, Süße?«, fragte er säuselnd, als spräche er mit einem Kind.

Verpiss dich, hätte ich am liebsten gesagt. Aber ich wollte am Leben bleiben. Also biss ich die Zähne zusammen und trat einen Schritt zurück, nur um direkt gegen seinen feisten Freund zu prallen, der sich mir von hinten genähert hatte. Ich konnte seinen Atem an meinem Ohr hören.

Luke blieb vor der Tür stehen und drehte sich um. Ich hoffte, er würde seinen Freunden sagen, sie sollten mich in Ruhe lassen. Stattdessen schüttelte er den Kopf und verschwand im Lokal. Ich spürte, wie mir der kalte Schweiß im Nacken ausbrach. Der Verschlagene trat noch näher und reckte das Kinn vor. Sein Atem roch nach Pfefferminz.

»Nenn mir wenigstens deinen Namen«, sagte er und starrte lüstern auf meine Brüste. »Wir sind doch alle Freunde.«

Der Feiste lachte wie eine Hyäne.

Ich hätte ihnen entwischen und weglaufen können, weg von der Bar, aber allein in der Dunkelheit wäre ich ein leichtes Opfer gewesen. Ich hätte kämpfen können, dem Kleineren der beiden mein Knie in den Schritt rammen oder ihm in den Magen boxen können. Als Erste körperliche Gewalt anzuwenden, war jedoch immer riskant. Besser wäre es, um Hilfe zu rufen und zu beten. Etwas anderes blieb mir kaum übrig. Ich wollte genau das gerade tun, als die Tür aufflog.

»Bist du wahnsinnig geworden?«, schnauzte Finch, fasste

meine Hand und zog mich mit einer fließenden Bewegung von den Männern weg und in die Bar.

Drinnen blinzelte ich perplex – die Lichter, der Lärm, die vielen Menschen überforderten mich. Eine Sekunde später schlenderten die beiden Männer in die Bar und an mir vorbei, als könnten sie kein Wässerchen trüben.

»Scheißkerle«, murmelte Finch, schnappte einem anderen Gast den Stuhl weg, der darüber gar nicht amüsiert war, und schob ihn mir hin. »Möchtest du ein Glas Wasser?« Er sah sich um, als überlege er, ob es sicher war, mich hier sitzen zu lassen, dann bedeutete er einer Frau, die auf dem Weg zur Theke war, stehen zu bleiben. Ich wünschte mir, es würde sich nicht so gut anfühlen, dass er mein Retter war, aber das tat es. »He, macht es Ihnen etwas aus, mir ein Glas Wasser mitzubringen?«

Die Frau lächelte Finch an, dann warf sie mit gekrauster Nase einen Blick auf mich. »Ganz und gar nicht, kein Problem.«

Finch streckte die Hand aus, als wolle er mich berühren, doch dann legte er sie stattdessen auf seinen Hinterkopf. »Haben sie dir, ähm, etwas getan?«

»Nein. Aber ich denke, genau das hatten sie vor.« Ich atmete tief durch. »Danke, dass du mir geholfen hast.«

»Möchtest du … Vielleicht sollten wir die Polizei rufen.«

»Nein«, wehrte ich ab und dachte sowohl an Keith, der mittlerweile vermutlich Drogen bei sich hatte, und an die weißen Cops, die mit Sicherheit wissen wollten, was für ein »Verbrechen« ich denn eigentlich zu melden gedachte.

Finch wirkte nach wie vor besorgt. »Soll ich Maeve holen? Sie sitzt hinten am Tisch und redet mit Derrick.«

Und was sollte Maeve tun? Ihre Hände auf ihre porzellanweißen Wangen drücken, mit ihren flachen Chloé-Schuhen wippen und mir versichern, alles sei gut, obwohl ich noch immer den Pfefferminzatem des Scheißkerls in der Nase hat-

155

te? Sollte sie sich lieber weiter mit Derrick unterhalten. Vielleicht würde er endlich den Mut aufbringen, ihr die Upper East Side und Bates auszureden.

Ich schüttelte den Kopf. »Es gibt nichts, was Maeve für mich tun könnte.«

Die Frau kam mit einem Glas Wasser zurück.

Als ich angefangen hatte zu trinken, konnte ich nicht mehr aufhören. Ich leerte das Glas, wischte mir die Lippen mit dem Handrücken ab und schaute auf. Finch sah mich mit zusammengezogenen Augenbrauen an. Er wirkte tatsächlich so, als habe er eine toxische Hülle abgestreift. Dieser neue Finch war beinahe menschlich – und liebenswürdig. Eigentlich wollte ich immer noch nicht reden, aber besser, ich sagte etwas, allein schon um das Thema zu umschiffen, warum ich seine zahlreichen Anrufe nicht erwidert hatte.

»Es war ein Fehler«, sagte ich schließlich und sah Finch direkt in die Augen. »Ganz offensichtlich.«

Als ich Finch vor einem Monat das letzte Mal begegnet war, hatte ich gerade den Empfang zu seinen Ehren im Cipriani verlassen – eine Stunde vor dem offiziellen Ende. Es schüttete, und ich stand mit einem Regenschirm am Bordstein und wartete auf mein Uber, als Finch wie aus dem Nichts neben mir erschien.

»Wohin fährst du?«, fragte er. Er hatte keinen Schirm und war jetzt schon völlig durchweicht.

»Was machst du denn hier draußen?«, fragte ich zurück und deutete auf die Party drinnen, die immer noch in vollem Gange war.

»Ich versuche, dich zum Bleiben zu überreden«, antwortete er, die Augen auf die Straße vor uns geheftet. »Vielleicht habe ich dann die Chance, dich davon zu überzeugen, dass ich gar nicht das Arschloch bin, für das du mich hältst.«

»Ach, bist du nicht?« Ich zog eine Augenbraue hoch und versuchte, das Flattern in meinem Bauch zu unterdrücken.

»Okay, vielleicht *bin* ich ein Arschloch«, räumte Finch ein. »Aber nicht nur. Womöglich findest du ein paar Seiten an mir ja sogar interessant.«

»Und welche sollen das sein?« Ich verstärkte den Griff um meinen Regenschirm und spürte, wie sich meine Zehen in den Schuhen einrollten.

»Nun, alles, was für mich zählt, ist meine Arbeit. Genau wie bei dir.«

Ich lachte unwillkürlich auf. »Warte, dann passen wir deiner Meinung nach gut zusammen, weil keiner dem anderen etwas bedeutet?«

»Oh, du bedeutest mir etwas. Da drinnen sind so viele Menschen, und das Einzige, woran ich den ganzen Abend denken musste, war, wie gern meine Finger den Schwung deines Schlüsselbeins nachzeichnen würden.«

Er trat näher, so nah, dass sein Körper den meinen beinahe berührte. So blieben wir stehen, schweigend, reglos, bis mein Wagen am Bordstein anhielt. Vielleicht lag es an dem Druck, den ich verspürte, weil mein Patentfall vor Gericht ging, oder daran, dass der geschäftsführende Partner der Kanzlei mich gerade für etwas getadelt hatte, was nicht meine Schuld war. Vielleicht hatte ich es aber auch einfach nur satt, immer das Richtige zu tun. Denn ich war diejenige, die plötzlich anfing, Finch zu küssen, das musste ich gar nicht leugnen. Und auch wenn es nicht gerade eine großartige Entscheidung war, mit ihm ins Bett zu gehen, so hatte ich sie doch bewusst und aus freien Stücken getroffen. Ich war erwachsen. Ich würde damit leben müssen.

Das eigentliche Problem stellte sich mir erst, als ich mich am nächsten Morgen aus Finchs riesiger Loftwohnung schlich und mehrere Polaroids von nackten Frauen auf seinem Couchtisch entdeckte. Auf jedem stand ein Name, mit Filzstift geschrieben. Obenauf prangte ein hübsches Mädchen – Rachel – mit einem Ring in der Nase. Als ich die Fotos näher betrachtete, stach mir ein Vertrag ins Auge, der danebenlag und den Finch vor einer Woche mit der Graygon Gallery geschlossen hatte.

Und jetzt waren wir hier, einen Monat später, und Keith wusste immer noch nicht, dass Finch bei einer anderen Galerie unterschrieben hatte. Angesichts seines labilen Zustands hatte ich es nicht über mich gebracht, Keith darüber zu informieren – Finch zu verlieren, würde ihn umbringen. Dass ich mit seinem wichtigsten Künstler geschlafen hatte, machte es nicht gerade besser, und es war mir peinlich. Also hatte ich beschlossen, das einzig Folgerichtige zu tun: meiner Fehlentscheidung noch eins draufzusetzen, indem ich Keith weiterhin im Dunkeln tappen ließ.

Ich musste an unsere College-Zeit denken, in der ich mich aufgeführt hatte, als wüsste ich die Antwort auf sämtliche Fragen. Das Schlimmste war: Ich hatte das tatsächlich geglaubt.

Ich erinnere mich noch, wie Alice im Schneidersitz auf meinem Bett im Wohnheim saß, das Gesicht tränenüberströmt. »Es ist, als könnte ich einfach nicht aufhören, ihn zu lieben«, jammerte sie. »Ich liebe ihn so sehr, aber er bricht mir das Herz.« Damals hatten die beiden schon über zwei Jahre eine On-and-off-Beziehung hinter sich. Sie erzählte mir nicht, was genau diesmal passiert war, und ich fragte nicht nach. Alice und Keith – das war wie Publikumssport, nur dass niemand zuschauen wollte.

»Du musst dich zusammenreißen, Alice«, hatte ich gesagt. »Anscheinend redest du dir ein, du könntest die Sache mit Keith nicht beenden, aber das kannst du. Du hast nur beschlossen, es nicht zu tun.«

Jetzt dachte ich daran, wie oft Alice versucht hatte, mich in ihrer Todesnacht zu erreichen. An all die Anrufe, die ich ignoriert hatte. Weil ich nicht hören wollte, dass sie sich immer noch in das hineinsteigerte, was auf dem Dach passiert war. Ich war nie gut darin gewesen, zuzugeben, dass ich mich im Irrtum befand.

Finch sah mich an. »Ich persönlich glaube nicht, dass das mit uns ein Fehler war …« Seine Stimme klang ein wenig scharf, aber beherrscht. »Aber ich respektiere es, wenn du dieser Meinung bist. Nach der fünfzehnten unbeantworteten Nachricht habe auch ich es langsam kapiert.« Zum Glück lächelte er schief. Ich konnte damit leben, wenn er sauer auf mich war – ich wollte nur nicht, dass er es an Keith ausließ.

»Wir sollten abhauen«, sagte ich und stand auf. Am besten, ich beendete dieses Gespräch, solange ich es noch konnte. »Bevor dieser Bauunternehmer auf Jonathan trifft.«

»Okay. Ist eh besser, wenn Keith nicht noch mehr in sich hineinkippt.«

Ich sah ihn mit schmalen Augen an. »Warst *du* nicht derjenige, der vorhin die Tequila-Shots besorgt hat?«

»Ich habe nie behauptet, dass ich perfekt bin. Aber das wusstest du ja, stimmt's?« Er warf mir einen durchdringenden Blick zu. »Egal. Zuerst müssen wir Keith aus der Herrentoilette locken, denn schließlich wissen wir alle, was er dort macht.«

Das klang so, als wüsste Finch längst über die Drogen Bescheid. War das der Grund, warum er den Vertrag mit Keith gekündigt hatte? Denn das wäre durchaus verständlich. Ich würde auch nicht wollen, dass Keith mich in seinem gegenwärtigen Zustand repräsentierte.

Finchs Handy klingelte. Er hatte es in der Hand gehalten, seit wir hier angekommen waren. Vermutlich wartete er auf einen Anruf seines neuen Galeristen. »Tut mir leid, da muss ich drangehen«, sagte er. »Ist es okay, wenn ich kurz draußen telefoniere?«

»Klar, sicher.«

Finch presste die Lippen zusammen und nickte, dann

drehte er sich um und ging zur Tür. Ich sah Jonathan in unsere Richtung kommen.

»Du liebe Güte, da seid ihr ja«, sagte Jonathan, als er sich endlich zu mir durchgedrängt hatte. »Keith ist verschwunden. Ich war in den Toilettenräumen, um ihn zu suchen, aber er hat sich anscheinend in Luft aufgelöst. Maeve und Derrick halten noch Ausschau nach ihm.«

»Übrigens«, sagte ich, »der Bauunternehmer ist hier. Zusammen mit ein paar Freunden. Ich bin draußen mit ihnen zusammengestoßen. War keine angenehme Begegnung.«

»Super«, sagte Jonathan, und erst dann schien er die Tragweite dieses Zusammenpralls zu erkennen. »Warte, ist alles in Ordnung mit dir?«

Ich nickte, obwohl meine Kehle zu brennen begann. »Ja.«

»Wir können erst fahren, wenn wir Keith gefunden haben«, sagte er kopfschüttelnd, dann schlug er die Hand vor den Mund. »Das ist doch ... Was, wenn wir in eine Schlägerei geraten, weil Keith irgendwo hockt, um high zu werden?«

»Ich glaube, Finch weiß von den Drogen.«

Jonathan zog seufzend die Augenbrauen in die Höhe. »Na ja, das nimmt zumindest ein bisschen den Druck raus.«

In dem Augenblick stieß Maeve zu uns, ein leicht manisch anmutendes Lächeln auf dem Gesicht. »Wir haben Keith gefunden«, stieß sie atemlos hervor. »Derrick schnappt ihn sich gerade.«

Aus dem Augenwinkel entdeckte ich Luke. Er beobachtete uns. »Lasst uns schon mal zum Auto gehen«, schlug ich mit drängender Stimme vor, »am besten sofort.«

»Sollten wir nicht auf Derrick und Keith warten?«, fragte Maeve.

Jonathan spähte nun ebenfalls in Lukes Richtung. »Nein«, sagte er. »Stephanie hat recht: Wir sollten sofort gehen.«

Maeve setzte sich gehorsam in Bewegung und schlängelte

sich mit erstaunlicher Geschicklichkeit durch die Menge. Sie war ein paar Schritte vor uns, als Lukes verschlagen dreinblickender Kumpel wie aus dem Nichts auftauchte und ihr den Weg versperrte. Maeve wäre beinahe gegen ihn geprallt.

»Oh, Entschuldigung«, hörte ich sie sagen.

Sie versuchte, an ihm vorbei zur Tür zu gelangen, aber er gab den Weg nicht frei.

»Wie heißt du, Süße?«

Sie unternahm einen weiteren Anlauf, um ihn herumzugehen, aber plötzlich legte er den Kopf schief und packte sie am Oberarm.

»Ich kenne dich«, lallte er betrunken und betrachtete sie lüstern. »Du hast mir doch …« Er formte die Lippen zu einem O und machte eine Handbewegung, als hätte sie ihm einen geblasen. »Du siehst verdammt heiß aus …«

Maeve holte mit dem freien Arm aus und verpasste ihm einen Schlag in die Magengrube. Der Typ taumelte zurück und ließ sie los. Maeve stürmte vorwärts und zur Tür hinaus.

»Arschloch«, fauchte ich, als wir an ihm vorbeigingen.

Keiner von uns schaute sich um, bis wir auf der anderen Straßenseite beim Wagen waren, wo Finch stand und immer noch telefonierte. Als er uns sah, beendete er das Gespräch und schaute uns besorgt an. Maeve war blass und eindeutig erschüttert. Ich nahm ihre Hand und drückte sie.

»Alles okay?«, fragte ich.

Sie nickte ohne große Überzeugung. Im selben Moment sahen wir Derrick aus der Bar kommen. Allein.

»Wo ist Keith?«, rief ich ihm entgegen.

»Er kommt, er kommt!«, rief Derrick zurück und eilte auf uns zu. Er wirkte beunruhigt. »Steigen wir einfach ein.«

Wir quetschten uns wieder in Derricks SUV, wobei wir dieselben Plätze einnahmen wie zuvor. Es kam mir so vor, als wäre es auf der Rückbank noch enger als auf der Hinfahrt.

Finchs und mein Bein drückten gegeneinander. Ich konnte seine Wärme spüren, als wir da saßen und warteten. Ich versuchte, ein kleines Stück von ihm abzurücken, aber das war nicht möglich.

»Oh, da kommt er ja«, sagte Maeve, die sich umdrehte und aus dem Rückfenster schaute.

»Gut. Dann können wir ja jetzt fahren«, drängte ich, ohne mich umzuschauen.

»Er … ähm – er hat jemanden bei sich.«

»Wie bitte?« Jonathan, der auf dem Beifahrersitz saß, blickte über die Schulter nach hinten. »Wen denn?«

Auch ich drehte mich nun um, und tatsächlich: Keith überquerte die Straße, und er war nicht allein. Ein paar Schritte hinter ihm war eine Frau zu sehen – blond mit leichtem Rotstich –, die einen superkurzen, kamelhaarfarbenen Lederrock und schwarze Ankleboots trug. Sie kicherte und schwankte. Keith näherte sich mit ausdruckslosem Gesicht dem Wagen. Ich überlegte schon, ob sie ihm womöglich folgte und er versuchte, sie loszuwerden, doch dann wurde er langsamer und lachte über etwas, was sie gesagt hatte, bevor er Seite an Seite mit ihr weiterging.

»Oh, das ist ja wunderbar«, seufzte Jonathan. »Einfach nur wunderbar.«

DETECTIVE JULIA SCUTT

Sonntag, 8.45 Uhr

Ich biege in Luke Gaffneys Einfahrt ein – knapp drei Meilen von Jonathan Cheungs Haus entfernt – und stelle den Motor aus. Für eine Sekunde frage ich mich, ob ich an der falschen Adresse gelandet bin. Ich muss zugeben, dass ich etwas Protziges erwartet habe, eine von diesen neuen, in Billigstbauweise hochgezogenen Pseudovillen, die wie hässliche Klötze zwischen den klassischen Anwesen aufragen. Stattdessen ist Luke Gaffneys Haus genauso elegant wie das von Jonathan. Vielleicht nicht ganz so groß und ohne die zahlreichen Vordächer, Türme und das romantische Flair. Dieses Haus ist ein schlichtes Rechteck aus weißem Stein mit stilvollen schwarzen Fensterläden, aber alles ist genauso akribisch renoviert. Selbst das Gelände mit den gepflegten Sträuchern und dem alten Baumbestand ist tadellos in Schuss. Ich hätte vermutlich nicht so überrascht sein dürfen, denn aller Wahrscheinlichkeit nach hat Luke Gaffney Kaaterskill genau wie ich verlassen, um irgendwo ans College zu gehen, vielleicht an eine der State Universities of New York.

Andererseits war auch Mike Gaffneys absolut liebenswertes altes Farmhaus weitaus schöner, als ich es erwartet hatte. Ich war zuerst zu ihm gefahren. Wenn es einen Streit wegen der Bezahlung gegeben hatte, oblag es dem älteren Gaffney als Boss von Ace Construction, den offenen Betrag einzutreiben. Doch laut dem nervös wirkenden jungen Mann, der bei ihm die riesige Rasenfläche mähte, war er am frühen Samstagvormittag zu einer Angeltour aufgebrochen und würde erst am späten Sonntagabend zurückkehren. Ein weiteres wasserdichtes Alibi.

»Ich muss weitermachen«, hatte der nervöse junge Mann behauptet und war auf seinem großen Rasenmäher davongefahren.

Er tat gut daran, wegen Mike Gaffney und seiner kurzen Lunte nervös zu sein. Als der alte Gaffney vor all den Jahren unser Badezimmer renovierte, hatte er mich einmal in die Ecke gedrängt und gefragt, ob ich eins seiner Hemden geklaut hätte. Als ob ein kleines Mädchen etwas mit einem stinkenden, karierten Altmännerhemd anfangen könnte! Er war mir beinahe ins Gesicht gesprungen, als ich den Kopf schüttelte und versuchte, mich in Luft aufzulösen.

Jetzt gehe ich auf Luke Gaffneys Eingangstreppe zu, vorbei an einem nagelneuen GMC Yukon, der in der Einfahrt parkt. Der glänzende schwarze SUV hat getönte Scheiben und einen blitzenden silbernen Kühlergrill. Die Reifen würden vermutlich ebenfalls glänzen, wären sie nicht über und über mit Schlamm bedeckt – wie bei einem Wagen, der über Jonathans vom Regen aufgeweichten Rasen gefahren ist.

Ich drücke auf die Klingel. Erst nach einer ganzen Weile schwingt die auf Hochglanz polierte, schwarze Tür endlich auf. Luke steht auf der Schwelle, seine blauen Augen funkeln. Er wirft einen Blick auf meine nicht extra gekennzeichnete, aber unverkennbare Limousine. »Ja, bitte?«

Ich zücke meine Marke und stecke sie wieder ein. »Ich habe ein paar Fragen, Mr Gaffney.«

»Fragen? Zu was?«

»Kennen Sie Derrick Chism oder Keith Lazard?«

Mit gerunzelter Stirn fördert Luke eine zerknüllte Schachtel Parliaments aus seiner Hosentasche zutage. Er zieht eine Zigarette heraus und klemmt sie zwischen die Finger, ohne sie anzuzünden. Da er noch immer in der Tür steht, kann ich keinen Blick ins Hausinnere werfen.

»Nein«, sagt er.

Er wird es mir nicht leicht machen. Natürlich nicht.

»Was ist mit Jonathan Cheung?«

Sein Blick wandert an die Decke. »Moment, *den* Kerl kenne ich«, verkündet er. »Er schuldet mir elftausend Dollar. Typisch. Diese Arschlöcher kommen hierher – okay, es ist ein freies Land. Sie wollen ein Scheißvermögen investieren, um ein Haus auf Vordermann zu bringen – nichts, worüber ich mich beschweren würde. Aber dann versuchen sie, uns über den Tisch zu ziehen, als wären wir ein Haufen strunzdummer Hinterwäldler. Wir führen ein Unternehmen. Wir sind *Geschäftsleute.*« Er deutet auf sein schönes Haus. »Erfolgreiche Geschäftsleute.«

»Sie scheinen wütend zu sein«, sage ich.

»Verdammt, ja, und ob ich wütend bin«, erwidert er. »Wir geben uns Mühe, uns um unsere Angestellten zu kümmern. Und unsere Angestellten geben sich Mühe, ihre Familien zu versorgen.«

Als Luke den Kopf schüttelt, fällt mein Blick auf zwei große, lange Kratzer an seinem Hals. Luke sieht, dass ich sie sehe.

»Verfluchte Katze«, winkt er ab.

»Katze?«

»Ein echtes Mistvieh«, bestätigt er lässig.

»Ich hasse Katzen«, sage ich. Das stimmt. Ich hasse Katzen tatsächlich. Aber wir wissen beide, dass die Kratzer nicht von einer Katze stammen. Von Fingernägeln, vielleicht, oder von Zweigen. *Verdammt.* Ich hatte nach diesem Besuch eigentlich nur ein weiteres Häkchen setzen wollen, mehr nicht. »Waren Sie in letzter Zeit drüben im Wald in der Nähe des Hemlock-Hauses?«

Das Hemlock-Haus ist der Orientierungspunkt, welcher der Unfallstelle am nächsten liegt. Alle, die in einem Zwanzig-Meilen-Radius um Kaaterskill aufgewachsen sind, kennen das Haus, denn jedes Jahr an Halloween verteilten die alten Eheleute, die dort lebten, Schokoriegel, und zwar die in der Originalgröße, nicht die Minis aus den großen Tüten. Ich war in jeder Halloween-Nacht dort, doch einige Jahre später war es damit vorbei: Mr Hemlock bekam Schwierigkeiten, weil er einen kleinen Vampir dort angefasst hatte, wo er ihn besser nicht hätte anfassen sollen.

»Warum sollte ich am Hemlock-Haus gewesen sein?« Luke sieht mich an, als würde ich ihm unterstellen, den Hemlocks für ein Milky Way Gefälligkeitsdienste erwiesen zu haben – ganz zu schweigen von den anderen Bauprojekten in der Nähe.

»Ich weiß es nicht«, erwiderte ich. »Deshalb frage ich ja.« Er sieht an mir vorbei zu meinem Wagen. Schüttelt den Kopf. Er weiß, dass ich im Trüben fische. Könnte aber auch sein, dass er wegen *Der Fluss* in die Defensive geht. Mit Sicherheit haben die beiden Hobbyspürnasen Rachel und Rochelle herumgeschnüffelt und beiden Gaffneys Fragen gestellt, die diese lieber nicht beantworten wollten. Luke war erst fünfzehn, als Jane umgebracht wurde. Die Polizei hat ihn trotzdem überprüft, weil er seinem Vater bei den Arbeiten in unserem Badezimmer ein paar Tage lang zur Hand gegangen war. Am Tag der Morde hatte er allerdings in der Schule nachsitzen müssen.

»Nein«, sagt er schließlich und sieht mir direkt in die Augen. »Ich war nicht in der Nähe des Hemlock-Hauses.«

»Hm, ganz in der Nähe hat es im Wald einen Unfall mit Todesfolge gegeben«, sage ich. »Wir haben nahe der Unfallstelle etwas gefunden, was Ihnen gehört.«

»Mir?« Er lacht. »Was zur Hölle … Nein. Es gehört mir nicht, ganz gleich, was Sie dort entdeckt haben. Auf keinen Fall. Ich war nämlich nicht da.«

»Es handelt sich um ein Kleidungsstück«, fahre ich fort, bemüht, vage zu bleiben und ihn gleichzeitig so zu ködern, dass er unruhig wird. Er weiß ja nicht, dass wir lediglich eine Kappe von Ace Construction gefunden haben, die jedem gehören könnte. Mit einem Fleck, der aussieht wie Blut. Außerdem werfen die beiden Kratzer an Lukes Hals ein anderes Licht auf die Sache. Ein bisschen Übertreibung schadet nie. »Und es gehört Ihnen, Mr Gaffney. Das wissen wir mit Sicherheit.«

Ein wütender Ausdruck tritt auf Lukes Gesicht, aber er schafft es, sich zusammenzunehmen. Er ist clever genug, um zu wissen, dass es nicht in seinem Interesse sein kann, vor einem Cop einen Wutanfall hinzulegen.

»Nein, das kann nicht sein. Ich war nicht dort.« Er legt die Hand auf den Türgriff. »Ich denke, es gibt nichts weiter zu besprechen, es sei denn, Sie wollen mir dabei behilflich sein, meine elftausend Dollar von diesen verdammten Leuten einzutreiben. In meinen Augen ist das das eigentliche Verbrechen.«

»Ich erkundige mich gern nach dem Geld, das man Ihnen schuldet, Mr Gaffney. Tatsächlich ist Mr Cheung gerade mit einem unserer Officer in seinem Haus; es dürfte also kein Problem sein, ihn danach zu fragen«, sage ich, obwohl die Geschichte mit der ausstehenden Rechnung wohl kaum so einfach ist, wie Luke sie darstellt. Ich nehme an, dass da einiges im Argen liegt.

»Hm.« Luke gibt ein unverbindliches Knurren von sich. »Na schön, was haben Sie gefunden?«

»Eine Kappe«, antworte ich, obwohl ich genau weiß, wie Luke darauf reagieren wird. Aber mir bleibt wohl keine andere Wahl. »Eine Kappe von Ace Construction.«

Luke bricht in Gelächter aus, genau wie ich vermutet hatte. »Wissen Sie, wie viele von diesen verdammten Dingern im Umlauf sind? Wir verschenken sie bei jedem Auftrag, den man uns erteilt. Alle Angestellten laufen mit unseren roten Kappen durch die Gegend.«

»Schön und gut. Wir könnten die Sache aufklären, wenn Sie zu mir ins Präsidium kommen würden. Wir machen einen DNA-Abstrich, schicken ihn zum Abgleich ins Labor, und schon ist die Sache aus der Welt.«

»Ha«, sagt er – weniger ein Lachen als eine Ansage. »Es liegt aber kein Haftbefehl gegen mich vor, oder?«

Luke Gaffney weiß Bescheid. Er ist nicht dumm.

»Nein, es liegt kein Haftbefehl gegen Sie vor, und falls Sie auch danach fragen möchten: Nein, ich habe keinen Durchsuchungsbeschluss. Wie Sie selbst sagen: Sie haben nichts mit der Sache zu tun. Wenn Sie daher freiwillig …«

»Ich mache diesen Mist ganz bestimmt nicht freiwillig mit. Lassen Sie mich raten: Sie möchten auch noch Fotos von meinem Hals machen, wo mich meine Katze gekratzt hat, stimmt's? Und dann, *bamm!*, beweist das irgendwie, dass ich der Kerl bin, der weiß der Geier was getan hat. Für wie blöd halten Sie mich eigentlich?«

Mit den Fotos hat er recht – genau das hatte ich mir erhofft: Aufnahmen von den Kratzern zu machen, die ihn mehr als verdächtig erscheinen lassen. Anschließend wollte ich den Gerichtsmediziner anrufen und ihn bitten, ganz besonders gründlich nach Hautresten unter den Fingernägeln des Opfers zu suchen.

»Ich wüsste gern, wo Sie gestern Abend waren«, erwidere ich, anstatt ihm eine Antwort zu geben. »Ich weiß, dass Ihr Vater nicht in der Stadt ist. Wenn Sie belegen können, wo Sie sich aufgehalten haben, werde ich Sie nicht weiter belästigen müssen.«

»Apropos mein Vater.« Er schüttelt verächtlich den Kopf. »Weiß Ihr Boss, dass Sie hier sind?«

»Mein Boss?« Ich lache verärgert auf. Es gefällt mir gar nicht, welche Richtung das Gespräch nimmt.

»Chief Seldon, meine ich.«

»Chief Seldon hat mich beauftragt herauszufinden, was dem Mann zugestoßen ist, den wir tot in einem Wagen in der Nähe des Hemlock-Hauses aufgefunden haben.«

Das entspricht der Wahrheit, vorausgesetzt, die Antworten, auf die ich stoße, sind die, die Seldon sich erhofft. Oder zumindest nicht die, die ihm nicht in den Kram passen – Drogen, Raubüberfall oder irgendetwas anderes, was seine Unfähigkeit widerspiegelt, die Kriminalität in Kaaterskill unter Kontrolle zu halten.

Luke Gaffney bewegt die Zunge an der Innenseite seiner Wange. »Klar.«

»Wo waren Sie gestern Abend, Mr Gaffney?«, hake ich nach.

»In der Bar im Stadtzentrum«, antwortet er nach kurzem Zögern. Seine Stimme ist jetzt überraschend frei von Feindseligkeit. »Das können Sie überprüfen.«

»In welcher Bar?«, will ich wissen.

»Im Falls«, antwortet er. »Kennen Sie eine andere Bar im Zentrum von Kaaterskill?«

»Wann sind Sie ins Falls gegangen?«

»Gegen neun, keine Ahnung, wann genau. Aber ich war den ganzen Abend über dort.«

»Kann das irgendwer bestätigen?«

»Ja, ich war mit ein paar anderen Leuten unterwegs. Der Barkeeper hat mich ebenfalls gesehen. Ich bin bis ungefähr zwei Uhr morgens geblieben, dann bin ich nach Hause gefahren, um meine Freundin zu vögeln.«

Männliche Tatverdächtige lieben es, weibliche Officer mit Sex zu konfrontieren. Als wären wir zarte Pflänzchen, die bei der bloßen Erwähnung eines Penis in sich zusammenfallen. Ich halte seinen Blick fest, doch ich spüre, wie sich mein Unmut zu ernsthafter Verärgerung auswächst.

»Wie heißt Ihre Freundin?«

»Crystal«, antwortet er.

Luke Gaffneys Freundin war in Keith Lazards Zimmer gewesen? Luke kommt mir nicht vor wie jemand, der bereit ist, seine Freundin mit einem Wochenendgast zu teilen.

»Wie heißt Crystal mit Nachnamen?«

»Woher soll ich das wissen?«

»Sie kennen nicht den Nachnamen Ihrer Freundin?«

»Ich wollte mich höflich ausdrücken. ›Mädchen, mit dem ich ins Bett gehe‹ trifft es eher. Sie ist ein Junkie. Ein Junkie kommt für mich als Freundin nicht infrage.«

»Einen Junkie zu vögeln ist aber in Ordnung?«

Luke verzieht die Lippen zum Ansatz eines Grinsens. »Ich hab nicht behauptet, dass ich stolz darauf bin.«

»Ist sie noch hier?«, frage ich und deute an ihm vorbei ins Hausinnere. »Ich würde gern mit ihr sprechen.«

Er schüttelt den Kopf. »Sie war gar nicht da. Ich sagte, ich bin nach Hause gefahren, um sie zu vögeln, nicht dass ich sie tatsächlich gevögelt habe.« Er genießt das Gespräch sichtlich. »Angeblich war sie auf der Farm, das war das Letzte, was ich von ihr gehört habe. Wenn Sie nichts dagegen haben, würde ich jetzt gern weiterschlafen. Es ist schließlich gerade mal neun. Ich glaube, ich bin immer noch betrunken.«

»Na schön, Mr Gaffney«, sage ich. »Sie wissen, dass ich mit einer offiziellen Befugnis zurückkehre, wenn Sie nicht freiwillig ins Präsidium kommen?«

»Tun Sie, was Sie tun müssen«, erwidert er. »Denn genau das werde ich auch tun.«

Luke Gaffney will mir gerade die Tür vor der Nase zuschlagen, als eine Kalikokatze auftaucht, eine Acht um seine Beine zieht und sich beschützend vor ihn setzt. Sie heftet ihre grünen Augen auf mich und faucht.

»Sag ich doch: die verfluchte Katze.« Lukes Grinsen wird breiter. »An Ihrer Stelle würde ich jetzt gehen. Sie ist extrem eifersüchtig.«

Dan ruft an, als ich gerade wieder ins Auto steige.

»Die Hunde haben endlich eine Blutspur gewittert. Weiter hinten im Wald, etwa hundert Meter von der Straße entfernt«, teilt er mir mit. »Möglich, dass der Verletzte – um wen auch immer es sich handelt – versucht hat, sich zum Haus von diesem Jonathan Cheung zurückzuschleppen. Ich habe für alle Fälle die Kollegen von der Streife hingeschickt.«

Dan scheint aufrichtig um meine Sicherheit besorgt zu sein, das höre ich seiner Stimme an.

»Okay.« Ich gebe mir Mühe, das enge Gefühl in meiner Brust zu ignorieren. Ich vermisse Dan nicht, doch ich vermisse es, dass sich jemand um mich kümmert. »Danke, aber ich bin im Augenblick gar nicht dort.«

»Oh, gut. Sehr gut. Es heißt, dass ein Mann ins Hudson Hospital eingeliefert wurde. Er soll in ziemlich schlechtem Zustand sein und will die Klinik gegen ärztlichen Rat verlassen.«

Es heißt. Das wiederum heißt, dass ich nicht mitbekommen soll, dass die Leute *ihn* anrufen und nicht mich, wenn sie wichtige Informationen zu dem Fall haben. Schon jetzt tun sie so, als würde er die Ermittlungen leiten, was ich wahrscheinlich Seldon zu verdanken habe. Ich kann mir nicht vorstellen, dass Dan derjenige sein möchte, der mir diese Nachricht überbringt, aber irgendwer muss es ja tun.

»Handelt es sich um den vermissten Fahrer?«, will ich wissen.

»Ich glaube nicht. Er ist eins neunzig groß. Unsere Freunde dagegen sind beide etwa eins achtzig. Der Mann im Hudson Hospital weigert sich, seinen Namen zu nennen, deshalb habe ich gesagt, du würdest vorbeischauen.«

»Okay, mache ich. Irgendein Erfolg bei der Identifizierung des toten Fahrers?«

»Der Gerichtsmediziner lehnt es ab, anhand der Fotos Vermutungen anzustellen«, sagt Dan. »Die beiden unterscheiden sich nicht groß voneinander, und das Gesicht ist völlig unkenntlich …«

»Der Rest der Clique wird langsam ungeduldig.«

»Das kann ich mir vorstellen.«

»Könntest du mir einen Gefallen tun und den Gerichtsmediziner bitten, den Unbekannten auf Einstichstellen zu untersuchen?«

Einstichstellen würden auf Keith hinweisen, obwohl fehlende Einstichstellen nicht unbedingt den Schluss zulassen, dass er es nicht ist. Außerdem weiß ich nicht einmal mit Sicherheit, ob es sich tatsächlich um sein Spritzbesteck handelt. Das Haus gehört schließlich Jonathan.

»Wochenendgäste mit Einstichstellen?«

»Wäre doch möglich«, sage ich. »Danke übrigens. Ich weiß, dass du selbst ins Krankenhaus hättest fahren können. Ich bin mir sicher, das wäre Seldon lieber gewesen.«

»Ich bin nicht hier, um das zu tun, was Seldon möchte, sondern ich tue das, was den Fall voranbringt«, stellt er klar. »Außerdem sind wir immer noch Freunde, oder nicht?«

»Das sind wir«, sage ich, und es fühlt sich unerwarteterweise nach der Wahrheit an. »Bis später.«

Bevor ich den Wagen anlasse, gebe ich schnell »Crystal Finnegan« bei Google ein. Im Präsidium werde ich sie anhand ihres Führerscheins auf Vorstrafen überprüfen, doch fürs Erste brauche ich ein paar Basisinformationen, selbst wenn sie aus den sozialen Netzwerken stammen. Sofort poppen Ergebnisse auf. Es stellt sich heraus, dass Crystal Finnegan eine Überfliegerin an der Syracuse University mit Hauptfach Biologie und ein Läuferinnen-Ass war. Bis sie vor zwei Jahren einen Unfall hatte. Ein betrunkener Fahrer brachte ihr eine Knieverletzung bei, die das Aus für ihre sportliche Karriere bedeutete. Und sie vermutlich zum Junkie machte.

ALICE

Mittlerweile wird behauptet, er sei dort gewesen, um in die Wohnheimzimmer einzubrechen. Es ist schon öfter eingebrochen worden – aus dem Hauptgebäude wurden ein Laptop und Bargeld gestohlen. Der Campus-Sicherheitsdienst stürzte sich auf die Gelegenheit, ihm die Schuld dafür in die Schuhe zu schieben – armer Evan –, dessen einziges Verbrechen darin bestanden hatte, mich zu begleiten.

Was geschehen ist, ist geschehen. Da haben die anderen recht. Dennoch könnten wir zumindest dafür sorgen, dass er nicht zum Kriminellen erklärt wird.

Stephanie ging es selbstverständlich sofort um das »Wie«. Wie wollte ich das anstellen, ohne versehentlich preiszugeben, was wirklich passiert war? Es machte mich wütend, dass sie damit richtiglag – ich konnte nicht garantieren, dass wir keine Probleme bekommen würden.

Derrick und Jonathan hatten in etwa dieselben Bedenken. Jeder auf seine Weise, natürlich. Jonathan machte sich am meisten Sorgen wegen seines Dads; Derrick befürchtete, wir könnten alle verhaftet werden. Und Keith – nun, ihm gehe ich aus dem Weg. Ich habe das Gefühl, dass er mit mir Schluss machen will, was großartig wäre.

Maeve war am offensten für meinen Vorschlag. Sie ist in letzter Zeit sehr lieb zu mir und erkundigt sich immer wieder besorgt, wie ich mich fühle. Maeve weiß viel zu viel über mich und meine Medikamente – wie das nun einmal ist, wenn man sich ein Wohnheimzimmer teilt. Allerdings kenne ich auch ihre Geheimnisse. Ich liebe Maeve, aber sie ist ziemlich egozentrisch und außerdem eine Kleptomanin. Ich lasse ihr extra viel durchgehen, weil sie ein schweres Leben hatte – trotzdem.

Egal. Ich werde weiter darüber nachdenken. Genau wie es alle von mir erwarten. Vielleicht denke ich sogar darüber nach, meine Medikamente wieder zu nehmen.

Aber wirklich, ich kann mir kein Szenario vorstellen, in dem ich diese Situation einfach so belassen kann, wie sie ist. Zumindest nicht für immer.

KEITH

Freitag, 21.55 Uhr

Niemand war glücklich darüber, dass ich ein Mädchen mitgebracht hatte. Auch wenn jeder Muskel in meinem Körper vor Schmerz kreischte, konnte ich auf der Rückfahrt zu Jonathans Haus deutlich spüren, dass ich es ordentlich vermasselt hatte. Das Mädchen strich mir mit der Hand über den Oberschenkel, wobei sie energisch ihren Kaugummi kaute. Juicy Fruit und Gin – danach roch sie. Ich konnte sie riechen, aber ich konnte ihre Hand kaum spüren, so sehr schmerzten meine Knochen. Vor meinen Augen fing alles an zu verschwimmen, als würde ich in einen dieser verzogenen U-Bahn-Spiegel blicken, in denen man nur sieht, dass etwas Böses auf einen zukommt, aber nicht genau, was.

Um ehrlich zu sein, wusste ich gar nicht, wie sie mit mir im Auto gelandet war. Wir hatten uns in der Bar kennengelernt und unterhalten. Nein, ich hatte geredet. Crystal, ja, sie hieß Crystal. Crystal hatte mich gefragt, woher ich komme, und als sie erfuhr, dass ich ein Kunsthändler aus New York bin, fing sie an, mich mit Scherzen über moderne Kunst zu necken. Sie war süß und lustig und hatte eine scharfe Zunge, aber ich setzte das Gespräch hauptsächlich deshalb fort, weil ich hoffte, dass sie etwas bei sich hatte. Der Typ, der in den Toilettenräumen dealte, hatte kein Interesse an meiner Armbanduhr, die ich ihm als Bezahlung anbot.

Es stellte sich heraus, dass sie keine Drogen bei sich hatte, dafür aber Bargeld. Der Typ vom Klo war wegen irgendetwas sauer auf sie, deshalb ging sie ihm aus dem Weg. Aber sie sagte, wenn ich etwas von ihrem Geld kaufen würde, könnte ich was abhaben. Und jetzt saßen wir hier in Derricks riesigem SUV. Ich fühlte mich schlecht, weil ich sie am Wochenende von Jonathans Junggesellenabschied mitschleppte, aber das erleichterte Gefühl, bald high zu sein, überwog. Ich würde einfach alles tun, um dem Horror zu entgehen, der mir bevorstand, wenn die Wirkung der Drogen verpuffte.

Mein Handy vibrierte in der Hosentasche. Es kostete mich einige Anstrengung, es hervorzuziehen. Die Zeit läuft ab, lautete die eingegangene Nachricht. Kurz darauf folgte eine zweite: Deine Freundin Maeve kommt zuerst dran. Blinzelnd starrte ich auf das kleine Display. Aber ganz gleich, wie sehr ich die Augen verengte, die Wörter blieben dieselben. Maeve wäre so ein leichtes Ziel. Du hast Zeit bis morgen früh, 10 Uhr.

Ich legte das Handy mit dem Display nach unten auf mein Bein und drehte mich zum Fenster. Hatten sie nicht vor ein paar Stunden gesagt, ich hätte noch einen ganzen Tag Zeit? Nicht dass ich mich in der Position befand, ihrer sich teleskopartig zusammenschiebenden Zeitachse etwas entgegenzusetzen.

»Warum sind eigentlich alle so verdammt schlecht drauf?«, fragte Finch niemand Bestimmten. »Ist das ein Junggesellenabschied oder eine Beerdigung?«

»Halt die Klappe, Finch«, sagte Derrick vom Fahrersitz aus, den Blick auf die Straße geheftet.

»Wir sind müde, Finch«, erklärte Jonathan. »Wir haben alle die Schnauze voll.«

Die Schnauze voll von mir. Hiervon. Von meiner netten Zufallsbekanntschaft, die vermutlich Drogen nahm und die ich zu unserer Privatfeier mitbrachte. Von dem Arschloch von Künstler, das ich ebenfalls angeschleppt hatte. Von mir und meiner ganzen Scheiße. Ich konnte sie verstehen. Ich hatte von mir selbst die Schnauze voll.

»Hast du zu Hause irgendwas zu essen, Jonathan?«, fragte Stephanie.

»Ich kann euch etwas kochen! Ich bin eine großartige Köchin!«, rief Crystal aus und legte Stephanie plumpvertraulich den Arm um die Schultern. »Ich brauche bloß etwas Knoblauch, eine Tomate, ein paar Gewürze und Chilis, Chilipulver genügt auch. Meine Penne arrabiata sind köstlich!«

»Klingt großartig«, sagte Maeve höflich. Maeve wäre vermutlich sogar höflich zu meinen Freunden aus Staten Island, so lange, bis sie ihr den Schädel wegpusteten.

Was für ein Wahnsinn, dass ich mich mit ihnen eingelassen hatte. Aber damals war mir das so folgerichtig erschienen. Ich konnte mich noch genau daran erinnern, wie es sich angefühlt hatte, Franks schweren Scotch-Tumbler in der einen und eine dicke Zigarre in der anderen Hand zu halten. Wir standen auf seiner Terrasse in Todt Hill, blickten auf die Skyline von Manhattan und die riesigen, protzigen Steinhäuser rundherum. Frank hatte mindestens eine Stunde lang urkomische Geschichten über seine Nachbarn zum Besten gegeben, und ich hatte mich jede Sekunde prächtig amüsiert.

»Die meisten von ihnen sind gute Menschen«, hatte er gesagt. »Unvoreingenommen.«

Frank Gardello war ein reicher Italiener mit einer kurvigen, blonden Ehefrau namens Griselda, die viel Geld für Botox-Behandlungen ausgab. Frank hatte einen Chauffeur, der ihn in einem riesigen Cadillac Escalade zu »Geschäftstreffen« fuhr. Um welche Art von Geschäftstreffen es sich dabei handelte, lag auf der Hand. Ich hatte Frank von der ersten Sekunde an gemocht. Er war mit seiner Frau in meine Galerie gekommen, um sich nur »ein wenig umzusehen«, so wie sich Griselda vermutlich bei Prada umsah. Zwölf Minuten später hatten sie sechsundzwanzigtausend Dollar für ein Gemälde von Luca Baglio ausgegeben.

»Unvoreingenommenheit ist gut«, hatte ich an jenem Abend auf Franks Terrasse gesagt, und das war aufrichtig gemeint.

»Das ist es, was ich an dir mag«, hatte er erwidert. »Die Leute in all den anderen Scheiß-Galerien behandeln uns wie Dreck. Alle, außer dir. Griselda war ganz aus dem Häuschen. Ich denke, ich muss das nicht extra betonen: Lass mich wissen, solltest du jemals etwas brauchen.«

Kein Mensch mit nur einem einzigen Funken Verstand wäre jemals auf Frank Gardellos Angebot zurückgekommen, aber ich hatte an jenem Abend auf seiner Terrasse einen ziemlichen Höhenflug, was vermutlich dem Geschmack des teuren Scotchs auf meiner Zunge und dem in Flammen stehenden Abendhimmel zuzuschreiben war. Das alles war mir vorgekommen wie ein Zeichen.

»Nun«, hatte ich gesagt, »da gäbe es tatsächlich etwas.«

Achtzigtausend Dollar – genug, um der Serpentine Gallery das Geld zurückzuzahlen, damit Finchs Ausstellung doch noch stattfinden konnte. Natürlich kam eins zum anderen, und bald schon waren die achtzigtausend Dollar verschwunden, einfach so, damit man mir nicht den Strom abstellte, und dann war da noch Jace, der mir seit Monaten zusetzte. Ich konnte nicht zulassen, dass er mich endgültig von seiner Kundenliste strich.

Für eine Weile – nach nur einem Glas Scotch und einem einzigen Gemälde an seiner Wand, wohlgemerkt – dachte ich tatsächlich, Frank und ich stünden uns nahe genug, dass er die ausstehenden Schulden übersehen würde. Das ist das, was zu viel Oxycodon anrichtet – man redet sich allen möglichen Schwachsinn ein, selbst wenn man weiß, dass es einen umbringt.

Als ich auch nur einen einzigen Tag mit meiner ersten Rückzahlung in Verzug war, hetzte Frank mir bereits seine Leute auf den Hals, genau die, die mir jetzt Textnachrichten schickten. Leute, für die ich nicht mehr war als ein Job, der erledigt werden musste.

»Das Haus ist so *extravagant*«, sagte Crystal zu mir, als wir bei Jonathan eintrafen. Sie tänzelte grinsend von Zimmer zu Zimmer. Ich empfand Mitleid mit ihr, und mit mir ebenfalls. »Aber trotzdem gemütlich.«

»Das ist es«, erwiderte ich und rang mir ein Lächeln ab, was mir jedoch nicht so recht gelingen wollte.

Crystal war in einer schlechteren Verfassung, als ich im gedämpften Licht der Bar bemerkt hatte. Ihre Haut wirkte gräulich, ihre nackten Beine waren übersät mit kleinen blauen Flecken. Sie schenkte mir ein warmes Lächeln, dann steuerte sie auf Stephanie zu, um mit ihr zu plaudern. In ihrem Lächeln erkannte man das Mädchen wieder, das sie einst gewesen sein musste. Ich fragte mich, ob man auch mich wiedererkannte, wenn man nur genau genug hinschaute.

Stephanie lächelte Crystal steif an, dann warf sie einen Blick in meine Richtung. Stephanie war nicht annähernd so höflich wie Maeve, vor allem dann nicht, wenn sie sauer war. Und sie war ganz offensichtlich sauer auf mich. Was zum Teufel hatte ich mir bloß dabei gedacht? Nein, Moment, war ich wirklich überrascht, dass ich eine Zufallsbekanntschaft zu Jonathans Junggesellenabschied geschleppt hatte, nur damit ich mit ihr Drogen nehmen konnte? War das wirklich so erstaunlich, nach allem, was ich bereits angerichtet hatte?

»Hallo?« Jonathan schnipste mit den Fingern vor meinem Gesicht. »Keith, bist du da? Wer ist die Frau?«

»Oh, tut mir leid«, sagte ich, ließ den Blick durch Jonathans Wohnzimmer schweifen und fragte mich, wie lange er wohl schon dort gestanden hatte. Mehr brachte ich nicht hervor – keine Antwort auf Jonathans Frage. In meinem Kopf war nichts als gähnende Leere. Ich sagte das Einzige, was mir einfiel, meine Standardantwort auf alles: »Ich weiß es nicht. Entschuldige.«

Mein Gott, ich hatte es so verflucht satt, mich ständig zu entschuldigen.

Crystal kam zurück ins Wohnzimmer getänzelt – keine Ahnung, wo sie gewesen war –, eine Tüte Chips in einer Hand, ein Bier in der anderen, eine rote Baseballkappe auf dem Kopf.

Jonathan starrte sie an. »Woher hast du die Kappe?«

»Oh, tut mir leid«, sagte Crystal, nahm die Kappe ab und streckte sie ihm entgegen. »Ich habe mich bloß ein wenig umgesehen. Sie lag in der Küche.«

»Eine Ace-Construction-Kappe lag in meiner Küche?«, wiederholte Jonathan ungläubig und machte einen Schritt auf sie zu, ohne ihr die Kappe aus der Hand zu nehmen. »Wo?«

»Mitten auf der Anrichte«, antwortete Crystal nervös. »Entschuldige. Möchtest du sie aufsetzen?«

»Nein, nein«, lehnte Jonathan ab und zwang sich zu einem Lächeln. »Ist schon okay – ich hatte sie vorher bloß nicht bemerkt.«

Ich schaute zu Finch hinüber, der auf einem der Sofas saß und mich mit dunklem, unergründlichem Blick durchbohrte. Ich verspürte ein unangenehmes Zucken im Rücken. Warum starrte Finch mich an, als würde er mich lieber tot als lebendig sehen?

»Wahrheit oder Pflicht!«, rief er plötzlich, ohne den Blick von mir abzuwenden.

»Vergiss es«, wehrte Jonathan sofort ab. »Kommt gar nicht infrage.«

»Oh«, sagte Maeve. »Es tut mir leid, aber das kommt mir im Augenblick ausgesprochen unklug vor.«

»Geradezu idiotisch«, fügte Derrick hinzu, der bereits auf die Treppe zustrebte. »Ich denke, wir sollten ins Bett gehen.«

»Andererseits«, rief Stephanie ihm nach, »ein Spiel würde zumindest alle hier unten halten und anderweitig beschäftigen – ihr wisst, was ich meine.«

Sie sprach von mir – auch ich hatte gelegentlich klare Momente. Stephanie hatte recht: Solange Crystal und ich bei den anderen waren, konnten wir keine Drogen nehmen.

»Ein Spiel wäre doch lustig«, sagte Crystal, nahm einen Schluck Bier und setzte sich Finch gegenüber auf die Couch.

Jonathan schloss die Augen und ließ den Kopf sinken. »Okay, überstimmt.«

»Na dann, fangen wir an«, sagte Maeve.

»Also ein Ja von Keith, Stephanie und Maeve!«, rief Finch.

»Von mir war das kein Ja«, hielt ich dagegen.

»Du musst nicht extra Ja sagen, Keith.« Finch sah mich wieder mit diesen dunklen, unergründlichen Augen an. »Du sagst zwangsläufig Ja, wenn ich etwas will. Derrick, ich weiß, dass du ebenfalls dabei bist, denn auch du lässt mich nie hängen, stimmt's?«

Derricks Schultern sackten herab, als er kopfschüttelnd von der Treppe zurückkehrte.

»Wahrheit oder Pflicht, Maeve?«, fragte Finch.

Stephanie lachte, doch es klang eher so, als würde sie erstickt werden. »Mein Gott, wir ziehen das doch nicht wirklich durch, oder?«

Jonathan drehte sich um. »Hast du nicht gerade vorgeschlagen, dass wir genau das tun sollen?«

»Ich weiß, ich weiß. In einem Universum beschissener Optionen ...«

»Ähm«, meldete sich Maeve zu Wort. »Wahrheit?«

»Großartig. Also: Welches Geheimnis schleppt ihr seit dem College mit euch herum?« Finch deutete auf mich und Derrick, als hätte einer von uns ihm was erzählt. *Nein, ich war's nicht.* Ich hatte ihm gar nichts erzählt.

»Ich habe keine Ahnung, was du meinst«, behauptete Maeve.

»Komm schon, das Geheimnis«, beharrte Finch. »Ich weiß, dass damals irgendetwas passiert ist, was euch alle bis heute beschäftigt.«

»Unsere Freundin Alice hat sich umgebracht«, sagte Jonathan.

»Nein, das meine ich nicht.« Finch schüttelte gelangweilt den Kopf. »Das ist kein Geheimnis.«

Er deutete reihum mit dem Finger auf uns. Der Schraubstock um meinen Schädel wurde enger und schickte Schmerzfunken durch mein Gehirn. Ich sah einen nach dem anderen an. *Ich habe ihm nicht erzählt, was auf dem Dach passiert ist.* Das sollten sie unbedingt wissen, denn Finch ließ es so aussehen, als hätte ich es ausgeplaudert. Ich fürchtete, sie würden anfangen, Details zu erzählen, da sie davon ausgingen, er wüsste ohnehin Bescheid.

»O mein Gott, ein *Geheimnis?*«, fragte Crystal, als handelte es sich um ein gottverdammtes Weihnachtsgeschenk.

»Wir wissen nicht, wovon du redest, Finch. Es gibt kein Geheimnis«, erklärte Derrick mit Nachdruck. »Machen wir weiter.«

Finch starrte Derrick an. »Ihr wisst genau, wovon ich rede. Aber okay, machen wir weiter mit dir, Derrick. Wahrheit oder Pflicht?«

»Warte!«, rief Crystal und deutete auf Finch. »Du darfst nicht zweimal hintereinander fragen. Das ist gegen die Regeln!«

Keiner beachtete sie, denn das hier war Finchs Spiel. Alle anderen spielten nur mit, weil sie versuchten, mich vor mir selbst zu schützen.

Derrick seufzte. »Pflicht.«

»Perfekt«, sagte Finch mit einem hinterhältigen Grinsen. »Da fällt mir genau das Richtige ein.«

Finch griff nach hinten und zog etwas aus dem Hosenbund, dann hielt er es hoch in die Luft. Etwas Silbernes. Zunächst dachte ich, es wäre sein Handy, doch es war zu groß und hatte die falsche Form.

»Du hast eine Pistole?« Crystal lachte nervös.

Und wie sollte es anders sein? Finch hielt tatsächlich eine Waffe in der Hand.

»Was zur Hölle …« Stephanie sprang auf. »Finch, woher hast du die?«

»Sie gehört mir.« Er fuchtelte mit der Pistole in der Luft herum. »Ich hab sie von zu Hause mitgebracht. Ein Colt-Single-Action-Revolver. Hab ich schon seit einer Ewigkeit, und normalerweise schleppe ich ihn nicht mit mir herum, aber heutzutage kann so ein Ding echt nützlich sein. Man weiß ja nie, wer einem dumm kommt.« Er warf mir einen tödlichen Blick zu. »Nicht wahr, Keith?«

Scheiße. Er wusste Bescheid. Wusste, dass die Ausstellung in der Serpentine geplatzt war. Keine Ahnung, wie er davon erfahren hatte. Aber war Finch wirklich *so* wütend auf mich?

»Leg die Waffe weg, Finch«, sagte ich. Meine Worte klangen gepresst.

»Jetzt flippt ihr aus, oder? Aber lasst mich eins klarstellen: Ich hatte die Waffe schon die ganze Zeit über bei mir, ohne dass etwas passiert ist. Ich wette, wenn die Bauunternehmer wiederkommen, seid ihr froh, dass ich sie mitgenommen habe. Großstadtliberale – dabei seid ihr nichts als ein Haufen Heuchler! Ihr hasst die Landbevölkerung mit ihren Waffen, bis ihr selbst unbedingt jemanden erschießen wollt.« Finch lachte. »So, hier kommt deine Aufgabe, Derrick: Nimm den Revolver, geh nach draußen und schieß in die Luft. Nur einmal. Das ist alles.«

Derrick presste die Kiefer aufeinander.

»Hör auf mit dem Scheiß, Finch«, sagte ich. Es ging einfach zu weit. Alles. Irgendwer würde verletzt werden. Was hatte ich mir verdammt noch mal dabei gedacht, Finch mit herzubringen, wütend, wie er war, und noch dazu mit einer Waffe?

Derrick machte entschlossen einen Schritt nach vorn und streckte die Hand aus. »Gib her.«

183

Finch schnitt eine Grimasse. »Bist du dir sicher? Denn ehrlich – langsam beginne ich, an deinem Engagement, die eigentliche Aufgabe betreffend, zu zweifeln.« Finch sah zu Stephanie hinüber, dann wieder zu Derrick. »Wenn du verstehst, worauf ich hinauswill.«

Derrick machte eine ungeduldige Handbewegung. »Gib schon her, Finch.«

»Wir werden ja sehen.« Finch drehte die Waffe mit geübter Hand um und reichte sie Derrick so, dass er sie am Griff fassen konnte.

»Derrick!«, rief Maeve. »Tu's nicht.«

Wenn Derrick etwas zustieß, wäre das ebenfalls meine Schuld. Genau wie ich Schuld an dem hatte, was dem Typen auf dem Dach zugestoßen war. Oder Alice. So viele Leichen wie Speichen an einem Rad. Und da war ich, wirbelte ungebremst um die Achse. Ich drückte Halt suchend die Fingerspitzen gegen die Wand.

»Macht euch mal keine Sorgen«, wiegelte Finch ab. »Das einzige Risiko hierbei ist, dass ihr Derrick mit anderen Augen betrachtet, sobald ihr einmal gesehen habt, wie geübt er im Umgang mit Waffen ist.«

Derrick ging zur Tür. Er hielt das polierte Silber fest, als wäre er mit einer Waffe in der Hand geboren. »Ich bin gleich wieder da«, sagte er ruhig und verließ das Haus.

Die Tür war kaum hinter ihm zugefallen, als es viermal nacheinander laut knallte.

»Was zur Hölle …« Stephanie schnappte nach Luft. »Er sollte doch bloß *einmal* schießen!«

Sie hatte recht. Wir starrten zur Tür und warteten darauf, dass Derrick wieder hereinkam. Aber er kam nicht. Draußen war kein weiteres Geräusch zu hören. *Heilige Scheiße.*

»Wo bleibt er?«, fragte Jonathan in die Stille hinein.

»Ich denke, wir sollten nach ihm sehen«, flüsterte Crystal.

»Ach, Unsinn, ihm wird schon nichts passiert sein«, wehrte Finch ab. »Glaubt mir: Derrick kann auf sich selbst aufpassen.«

Das mochte wohl stimmen, doch was, wenn Derrick gar nicht geschossen hatte? Wenn es Franks Männer gewesen waren, die die Gelegenheit genutzt hatten? Wer sagte denn, dass sie sich wirklich zuerst Maeve vorknöpfen würden?

»Wohin gehst du?«, rief Stephanie mir nach, als ich mich von der Wand abstieß und auf die Haustür zustrebte.

»Ich sehe nach Derrick.«

»Warte«, sagte Jonathan zögernd. »Ich komme mit.«

Vor der Tür war es dunkel und still. Unter dem schwach beleuchteten Vordach lag kein zusammengekrümmter Leichnam, auch Blut konnte ich nirgendwo entdecken.

»Verdammt«, sagte ich leise. »Wo ist er?«

Ich lauschte in die Dunkelheit, ob ich Derrick hören konnte, ob ich irgendwen, irgendwas hören konnte – aber da war nichts, bis auf das Rauschen des Flusses in der Ferne.

»Derrick!«, rief Jonathan, ging zum Ende des Vordachs und spähte in die Dunkelheit. Nach einem kurzen Moment drehte er sich um und schüttelte mit dem Kopf. »Nichts.«

»Mist«, sagte ich und sprang die Eingangsstufen hinunter. Auf der Zufahrt blieb ich stehen und sah nach rechts und nach links. Das Adrenalin hatte meinen Kopf ein wenig frei gemacht, aber die Welt war noch immer verzerrt und franste an den Rändern aus.

»Glaubst du, die Bauunternehmer sind noch mal hergekommen?« Jonathan stand jetzt neben mir. »Dieser Luke hat uns im Falls gesehen.«

»Das bezweifle ich«, gelang es mir hervorzustoßen. Es brachte nichts, wenn wir uns beide schuldig fühlten. »Komm, sehen wir mal hinten nach.«

Derrick war auch nicht hinter dem Haus. Wir starrten mit zusammengekniffenen Augen in die Dunkelheit. Nichts.

»Derrick!«, rief Jonathan wieder. »Derrick!«

Stille. Doch dann hörten wir ein weiteres lautes Krachen, genau wie vorhin, diesmal in einiger Entfernung hinter den Bäumen an der Grenze von Jonathans Grundstück. Wir rannten los. Seite an Seite liefen wir in den Wald, Zweige schlugen uns ins Gesicht. Nach einigen Metern mussten wir abbremsen, da die Bäume immer dichter standen, der Boden immer unebener wurde. Weitere Schüsse fielen nicht. Die zurückschnappenden Zweige, das Rascheln der Blätter und unsere eiligen Schritte waren die einzigen Geräusche, die die Stille durchbrachen. Das Licht von Jonathans Handytaschenlampe tauchte die Bäume in ein gleißend weißes Licht.

Eine kalte Brise schlug uns entgegen, als wir endlich aus dem Wald hinaustraten. Die plötzliche Leere rief Schwindelgefühle in mir hervor. Wir verharrten keine fünf Meter von einem steilen Abhang entfernt. Gut zehn, vielleicht sogar fünfzehn Meter unter uns rauschte der Fluss, im Mondlicht glitzernd.

»Verfluchte Scheiße«, stieß Jonathan keuchend hervor und fasste mich am Arm, damit ich nicht abrutschte und in die Tiefe stürzte.

Vorsichtig näherten wir uns der Kante und spähten hinunter, und ich verspürte für den Bruchteil einer Sekunde das perverse Bedürfnis, kopfüber ins Wasser zu springen. Einfach allem ein Ende zu setzen. Alice – es war, als würde sie mich dazu drängen, mir sagen, ich solle es endlich tun. Mit dem Kopf voran. Mit den Füßen voran. Was machte das schon für einen Unterschied?

In die Tiefe stürzen – wie der Typ, der vom Dach des Hauptgebäudes gefallen war. Irgendein bedauernswerter, x-beliebiger Kerl, der noch am Leben wäre, hätte es uns nicht gegeben. Hätte es *mich* nicht gegeben. Das schwafelte ich nicht nur einfach so. Nein, Alice hatte mir in jener Nacht auf dem Dach klipp und klar gesagt, dass es meine Schuld war.

»Bist du jetzt glücklich?«, hatte sie gefragt.

»Glücklich, wieso?« Ich hatte den Kopf in den Nacken gelegt und die Sterne betrachtet.

In den letzten zwei Stunden war sie immer wieder auf mich losgegangen. Seit wir die Party verlassen hatten. Sie hatte mir nur eine Verschnaufpause gegönnt, wenn sie mit dem Typen im Dutch Cabin sprach – dem jungen Mann, den sie mitgenommen hatte.

»Glücklich, weil ich heute Nacht einen anderen vögele? Und das nur, weil du unbedingt mit dieser ...«

»O mein Gott!«, hatte in diesem Augenblick jemand gerufen. »Er ist ...«

Und dann schrien plötzlich alle durcheinander. Liefen durcheinander. Der Typ war weg. Über die Kante gestürzt. Lag mit verdrehtem Hals auf dem Pflaster vor dem Gebäude.

Und nun waren wir hier, so viele Jahre später, an demselben Fluss, an dem Alice sich einige Jahre nach jener Nacht das Leben genommen hatte. Wenn ich jetzt sprang, wäre ich wenigstens Frank und seine Freunde los. Ohne mich gäbe es keinen Grund mehr, den anderen zu drohen – da meine Freunde nichts Unrechtmäßiges getan hatten, würden sie nicht zögern, zur Polizei zu gehen. Ich trat einen Schritt näher an die Kante heran.

»Derrick!«, rief Jonathan.

Als ich aufschaute, rannte Jonathan bereits auf Derrick zu, der ein kleines Stück von uns entfernt ebenfalls am Rand des Abgrunds stand.

»Alles in Ordnung!«, rief Derrick zurück und hob eine Hand. »Mir geht's gut.«

Dabei sah er ganz und gar nicht so aus, als würde es ihm gut gehen. Da rannte auch ich zu Derrick.

»Was ist passiert?«, wollte Jonathan wissen, als wir beide bei ihm waren.

»Ich habe den Revolver weggeworfen«, sagte Derrick und deutete auf den Fluss. »Aber ich habe nur viermal in die Luft geschossen. Ich hätte die Knarre nicht wegschleudern dürfen. Bei Waffen dieser Art kann es passieren, dass sich ungewollt ein Schuss löst, wenn sie auf den Hahn fallen. Genau das ist passiert, als der Revolver gegen die Seite der Felswand geprallt ist.«

»Nun, solange dir nichts zugestoßen ist …«, sagte Jonathan. »Du hast doch nichts abbekommen, oder?«

Derrick schüttelte den Kopf. »Ich nicht, aber hoffentlich hat die verirrte Kugel niemanden getroffen, der zufällig in der Nähe war.«

»Das erscheint mir unwahrscheinlich.« Jonathan legte eine Hand auf Derricks Schulter. »Wer ist so dämlich, hier nachts spazieren zu gehen?«

»Du hast recht. Wer macht schon so etwas Bescheuertes?«, pflichtete Derrick ihm bei.

Wir schwiegen und starrten auf das dunkle Wasser unter uns.

»Ich mache ständig Dinge, die verdammt bescheuert sind«, sagte ich leise.

»Da ist was dran«, bestätigte Derrick.

»Finde ich auch.« Jonathan nickte.

Ich weiß nicht, wer zuerst losprustete, aber kurz darauf schüttelten wir uns alle vor Lachen. Wir lachten aus voller Kehle und vollem Herzen. Mein Schwindelgefühl verstärkte sich, und ich ließ mich auf einen Felsbrocken fallen, während unser Gelächter langsam verebbte.

»Ich muss zugeben, dass ich schockiert war, als ich gesehen habe, wie lässig du die Waffe an dich genommen hast«, sagte Jonathan zu Derrick. »Das war verstörend, aber auch seltsam befriedigend.«

»Tja, du bist eben nicht in Arkansas aufgewachsen«, erwiderte Derrick. »Außerdem wollte ich wohl vor Maeve angeben. Was natürlich in vielerlei Hinsicht daneben ist.«

»Hast du Zigaretten bei dir, Keith?«, fragte Jonathan. »Ich muss jetzt unbedingt eine rauchen.«

»Du rauchst doch gar nicht«, sagte ich und zog die Schachtel aus der Tasche.

»Gib mir einfach eine verfluchte Zigarette.«

»Ich nehme auch eine«, sagte Derrick.

Kurz darauf standen wir alle rauchend in der Dunkelheit, und für eine Sekunde fragte ich mich, ob dieser Augenblick mit meinen Freunden der Anfang meiner Rettung war. Ob vielleicht wieder alles in Ordnung kam. Denn ich musste für meine Freunde nicht perfekt sein. Ich durfte mich nur nicht länger als allumfassende, totale Katastrophe erweisen.

»Wieso klang es so, als wüsste Finch Bescheid über das, was auf dem Dach passiert ist?«, fragte Derrick mich.

»Ich dachte, *du* hättest ihm etwas erzählt.«

»Das meinst du doch nicht ernst«, hielt er dagegen. »Ich traue Finch ganz bestimmt nicht.«

»Ich auch nicht«, sagte ich und fing plötzlich an, mir Sorgen zu machen. Worauf zum Teufel hatte Finch angespielt?

»Vielleicht war es ein Zufallstreffer?«, überlegte Jonathan.

»Na klar«, sagte ich und zog an meiner Zigarette.

Derrick runzelte die Stirn. »Ich weiß nicht … Wenn ich an die letzte E-Mail denke …«

Plötzlich fiel ein grelles Licht durch die Bäume, wie ein Blitz.

»Was war das denn?«, fragte Jonathan erschrocken. Eine Sekunde später gab es einen noch sehr viel größeren Blitz, mehr und mehr Licht in der Ferne, das sich immer weiter ausbreitete. »Heilige Scheiße, ich glaube, das Haus steht in Flammen!«

Als wir am Haus ankamen, brannte der Bretterhaufen lichterloh. Leuchtend orangefarbene Flammen schlugen bis zu den Fenstern im ersten Stock. Stephanie versuchte, das Feuer mit einem Gartenschlauch zu löschen, einen Arm schützend vors Gesicht gelegt. Ich bezweifelte, dass es ihr gelingen würde – die Flammen waren zu hoch, das Feuer zu heiß. Aber es funktionierte. Sie arbeitete sich mit einer Zuversicht vor, als hätte sie schon tausend Feuer gelöscht.

Das waren definitiv Franks Jungs aus Staten Island gewesen. Professionell. Beängstigend präzise. Niemand wurde verletzt, weil sie uns nicht verletzen wollten – noch nicht.

»Ich löse dich ab«, sagte ich und nahm Stephanie den Schlauch aus der Hand. Als ich ihn festhielt, verspürte ich ein Stechen und Kribbeln in den Fingern, aber es war das Mindeste, was ich tun konnte. Wie alles andere, war auch das meine Schuld. Wäre ich nicht so ein Feigling, hätte ich meinen Freunden von Frank erzählt, hätte zugegeben, welcher Gefahr ich sie aussetzte.

»He.« Jonathan deutete auf Finch, der in einiger Entfernung neben Crystal stand und das Spektakel mit einem kleinen Lächeln betrachtete, ein Bier in der Hand. »Hast du mein Haus angesteckt, Finch?«

»Pah!« Finch nahm einen großen Schluck Bier.

»Ich meine es ernst.« Jonathan machte einen Schritt auf ihn zu. »Hast du?«

»Du hast es mit Jungs zu tun, denen du elftausend Dollar schuldest, die neben deinem Haus einen gottverdammten Scheiterhaufen errichtet und dich bedroht haben – und du tippst auf *mich*?«

»Er war drinnen bei uns, als das Feuer ausgebrochen ist, Jonathan«, ließ sich Maeve vorsichtig vernehmen. »Er war es nicht. Ich wüsste nicht, wie er das hätte anstellen sollen.«

»Ich denke, wir sollten die Polizei rufen«, schlug Stephanie vor.

Jonathan nickte, doch er wirkte nicht überzeugt. »Ja, vielleicht. Aber eigentlich wäre es mir lieber, die Polizei außen vor zu lassen.«

»Ich habe auch keine Lust, mich mit den Cops aus diesem Kaff herumzuschlagen, das kannst du mir glauben«, hielt Stephanie dagegen. »Allerdings läuft die Sache hier irgendwie aus dem Ruder.«

»Ich glaube, das Feuer ist gelöscht«, sagte ich. Das Holz glühte noch, aber nur leicht.

Finch fing an, laut zu applaudieren. »Danke, Keith. Du bist unser Held!«

»Es reicht, Finch«, sagte Derrick aufgebracht. »Wir haben keine Lust mehr auf diesen Schwachsinn.«

Finch grinste ausgesprochen zufrieden. »Was, wenn ich finde, dass das noch längst nicht genug ist, Derrick? Was willst du dann tun? Mich zusammenschlagen?«

»Ach Finch, hör schon auf«, sagte ich. Ich konnte zumindest versuchen, ihn abzulenken. »Lass uns reingehen und etwas trinken.«

Aber Derrick war bereits vorgetreten. »Halt verdammt noch mal die Fresse, Finch. Ich meine es ernst.«

Finch machte einen Schritt zurück, dann sah er uns der Reihe nach an. »Ihr wisst es vielleicht nicht, aber Derrick *liebt* es, zuzuschlagen. Hat schon Leute windelweich geprügelt. Wir waren noch nicht mal Teenager, da hat er fast einen Jungen umgebracht.« Finch wandte sich wieder an Derrick, dessen Gesicht tiefrot angelaufen war. »Der arme Kerl hat einen bleibenden Gehirnschaden davongetragen. Seine Eltern müssen ihn bis heute füttern. Der Junge war ein Raufbold, ja, aber Derrick hat ihn mit einem einzigen Fausthieb außer Gefecht gesetzt. An dem Punkt hätte er aufhören können, aber nein, er hat weiter auf ihn eingeprügelt, weil er *Spaß* daran hatte. Ist eingebuchtet worden deswegen, aber er hatte Glück: Er war damals erst zwölf.«

»Zwölf?«, wisperte Maeve.

Derrick ließ den Kopf hängen, aber er hielt nicht dagegen. Leugnete es nicht. Er wirkte einfach nur wie am Boden zerstört. Ich für meinen Teil war seltsamerweise wenig überrascht. Das Ganze erklärte eine Menge, Derricks und Finchs Beziehung betreffend.

»Ich gehe wieder rein«, sagte Crystal zu mir. »Kommst du mit?«

Für einen kurzen Augenblick überlegte ich, Nein zu sagen. Aber wem machte ich etwas vor? Ich wollte, dass der Schraubenzieher in meinem Gehirn aufhörte, meine Synapsen zu malträtieren, wollte, dass der Schraubstock stehen blieb, bevor er meinen Schädel sprengte. Ich wollte, dass all das aufhörte.

»Ja«, sagte ich. »Ich komme.«

Morgen früh würde ich dem Ganzen endlich ein Ende setzen. Den Drogen, den falschen Entscheidungen und den verfluchten Risiken. Vielleicht würde ich mich an die Polizei oder ans FBI wenden oder wer auch immer dafür zuständig war, wenn Menschen wie Frank auf einen sauer waren. Ich würde ihnen alles erzählen und mit den Konsequenzen leben. Niemand sollte verletzt werden, nicht durch meine Schuld. Nicht noch einmal. Von jetzt an würde ich allein die Rechnung begleichen.

Doch davor wollte ich ein letztes Mal high werden. Und wer weiß? Vielleicht würde ich dieses Mal nicht überleben.

DETECTIVE JULIA SCUTT

Sonntag, 10.10 Uhr

Ich warte darauf, dass mir die Schwester an der Anmeldung des Hudson Hospital die Zimmernummer des unbekannten Mannes nennt. Sie tippt gefühlte zwanzig Minuten auf die Computertastatur ein, auch wenn es in Wirklichkeit vermutlich nur zwei sind. Die Uhr tickt, dabei könnte sich dieser Abstecher ins Krankenhaus doch als Sackgasse entpuppen …

Es gibt jede Menge Gründe, warum jemand, der ein Opfer von Körperverletzung geworden ist, die Klinik gegen ärztlichen Rat verlassen möchte, Gründe, die mit dem Mord nichts zu tun haben müssen – häusliche Probleme, Schulden, ein ausstehender Haftbefehl. Und Seldon hat mein Team bereits dazu gebracht, sich an Dan zu wenden. Die einzige Möglichkeit, das Heft wieder an mich zu reißen, ist die, dass ich ihnen einen handfesten Verdächtigen präsentiere, der nicht aus Kaaterskill kommt.

»Haben Sie schon etwas gefunden?«, frage ich, um die Schwester zur Eile anzutreiben.

Sie wirft mir einen genervten Blick zu – vermutlich habe ich etwas zu viel Nachdruck in meine Stimme gelegt.

»Sieht es so aus?«, fragt sie zurück, dann hämmert sie weiter auf die Tastatur ein.

Wenigstens habe ich Jonathan Cheung, Stephanie Allen und Maeve Travis ins Department bringen lassen. Hauptsächlich zu ihrer eigenen Sicherheit. Um auszuschließen, dass unser Täter beschließen könnte, zum Haus zurückzukehren und zu Ende zu bringen, womit er begonnen hat. Es gibt außerdem zu viele Löcher in ihrer Geschichte, Löcher, die so groß sind, dass sie unter Umständen hindurchschlüpfen könnten.

Jetzt öffnen sich die Türen am Ende des Flurs, und ein Mann kommt heraus. Er trägt einen weißen Kittel und darüber eine Gummischürze, vermutlich obduziert er Leichen. Meine Gedanken kehren zurück zu jener Nacht, in der wir mit Janes Odontogrammen herkamen. Da ihr Gesicht bis zur Unkenntlichkeit entstellt war, konnte man sie nur anhand ihres Zahnstatus identifizieren. Ich hatte auf einer Bank zwischen meinen Eltern gesessen und versucht, nicht an Janes Ring herumzuspielen, der bereits an einer Kette um meinen Hals hing. Der Ring, der aussah wie geflochtene Zweige mit einem kleinen Saphir in der Mitte. Als wir feststellten, dass sie verschwunden war, hatte ich ihn aus ihrer Schmuckschatulle genommen, ohne zuvor meine Mom zu fragen, damit sie nicht Nein sagen konnte.

Eigentlich hätte ich meine Eltern in diesem Alter nicht ins Krankenhaus begleiten sollen, aber seit Jane fort war, hatte ich die beiden nicht aus den Augen gelassen. Wenig später wurden wir ohnehin auseinandergerissen. Binnen weniger Wochen wechselte mein Vater von einem gelegentlichen Bier zum regelmäßigen Konsum von Johnnie Walker – erst ein Glas, dann zwei und drei, und er schenkte sich jedes Mal großzügiger ein. In den folgenden Jahren wurde der Mann, den ich als meinen Vater kannte – liebevoll, herzlich, aufmerksam und lustig –, zu einem gehässigen, unberechenbaren Alkoholiker. Er starb, als ich in der achten Klasse war. Auf dem Weg zu einem Kunden hatte sich sein Wagen um einen Telefonmast gewickelt. Anschließend ging es mit der Gesundheit meiner Mutter rapide bergab, ihre Gedächtnislücken wuchsen sich aus zu einer voll entwickelten Demenz. Ich war damals das zweite Jahr bei der Polizei. Das letzte Mal, als ich sie vor ihrem Tod besuchte, nannte sie mich mehrfach Jane. Ich brachte es nicht übers Herz, sie zu korrigieren.

»Die Auswirkungen« – hieß die Episode von *Der Fluss*, in der es darum ging, was nach den Morden aus meiner und Bethanys Familie geworden war. Drogen, Zusammenstöße mit dem Gesetz, Scheidungen, Alkoholismus – ganz sicher konnte man nicht für alles den Tod der beiden Mädchen verantwortlich machen. Den ausführlichen Hörerkritiken nach zu urteilen, war die Folge voller pikanter Details, was vermutlich die perverse Faszination auf dem hübschen, runden Gesicht einer Frau im Baumarkt erklärte, die auf mich zukam, mir ihren Kassenzettel entgegenstreckte und mich bat, ihr ein Autogramm zu geben.

Ich hatte sie zweimal aufgefordert, mich in Ruhe zu lassen. Als sie es nicht tat, setzte irgendetwas in mir aus, und ich schubste sie zur Seite. Nicht annähernd so fest, dass sie so theatralisch zu Boden stürzen musste, wie sie es tat, wobei sie noch dazu ein Regal mit Farbproben umriss. Sie war fest entschlossen gewesen, eine Szene zu machen. Das wollten Leute wie sie immer – Teil der Geschichte werden.

»Vielleicht solltest du mit jemandem darüber reden?«, hatte Dan auf dem Heimweg im Auto vorgeschlagen. Es war ihm gelungen, vor den Kollegen von der Streife im Baumarkt zu erscheinen und die Frau davon abzuhalten, Anzeige zu erstatten. Zum Glück gab es nirgendwo einen Bericht darüber.

»Ich soll mit jemandem über die Tatsache reden, dass es auf der Welt kranke Menschen gibt, die ein Autogramm von mir wollen, weil meine Schwester tot ist?«, fragte ich angriffslustig. »Was ändert es, wenn ich darüber rede?«

»Das habe ich nicht gemeint«, blaffte Dan zurück, der jetzt auch sauer wurde.

»Was hast du dann gemeint?«, wollte ich wissen.

»Ich sage lediglich, dass du manchmal nur das siehst, was du sehen willst, Julia.«

»Dann bin also ich diejenige, die die Augen vor der Wahrheit verschließt?« Mein Gesicht brannte, meine Stimme klang schrill. Ich hatte diesen Streit provoziert, den großen Knall, und ich war bereit.

»Vielleicht könnte eine Therapie helfen, die Dinge zu verarbeiten. Damit du nicht mehr so zornig bist.«

»Halt an!«, schnauzte ich und streckte die Hand nach dem Türgriff aus.

»He, jetzt beruhige dich mal!« Dan lenkte den Wagen rechts ran. »Julia, warte …«

Ich weiß nicht mehr genau, was ich als Nächstes sagte, erinnere mich nur an die Wut, die ich verspürte. Und daran, wie es geendet hatte: Ich war aus Dans Auto gesprungen und die vier Meilen nach Hause zu Fuß gegangen, über den Seitenstreifen der Route 32, denn mein Wagen stand noch am Baumarkt, wo wir ihn später abholen wollten.

»Zimmer 304«, sagt die Empfangsschwester endlich und reicht mir einen Besucherausweis. »Er war falsch eingespeichert.« Sie deutet mit dem Zeigefinger den Flur entlang. »Nehmen Sie den Aufzug dort hinten.«

Als ich aus dem Fahrstuhl trete, sehe ich einen verschlafenen Streifenkollegen neben der Tür eines Krankenzimmers an der Wand lehnen. Mark, glaube ich. Ein junger Mann, sauber rasiert und zu klein für seine Uniform. Er stößt sich von der Wand ab, als er sieht, dass ich auf ihn zukomme.

»Wo ist der behandelnde Arzt?«, frage ich.

Die Leute erzählen Ärzten oft erstaunliche Dinge, die nichts mit der medizinischen Behandlung zu tun haben und daher nicht unter die ärztliche Schweigepflicht fallen. Der Trick ist also, die Ärzte zum Reden zu bringen. Ihre Moralvorstellung ist häufig strenger als die Vorgaben des Gesetzes.

Der Officer zeigt auf eine junge Südasiatin ein paar Türen weiter, die in eine Patientenakte vertieft ist. Ihre Haare sind im Nacken zu einem Pferdeschwanz gebunden. Obwohl sie einen Arztkittel trägt und müde aussieht, fällt mir sofort auf, wie hübsch sie ist.

»Doktor?«, sage ich und strecke ihr meine Dienstmarke entgegen.

»Ja«, sagt sie kurz angebunden und schaut für einen Moment zu mir hoch, bevor sie sich wieder auf das Klemmbrett mit der Patientenakte in ihren Händen konzentriert. »Was kann ich für Sie tun, Officer?«

Ich deute auf die Tür hinter mir. »Es geht um den Patienten, der gegen ärztlichen Rat entlassen werden möchte.«

Sie nickt, dann runzelt sie die Stirn. »Normalerweise hätte ich nicht die Polizei informiert, da ich der Meinung bin, dass die Leute ein Recht auf freie Entscheidungen und Privatsphäre haben.« Großartig, eine libertäre Ärztin. »Allerdings hatte man uns gebeten, verletzte Personen zu melden, die mit einem Mord in Zusammenhang stehen könnten. Und dieser Patient ist zweifelsfrei ein Opfer körperlicher Gewalt.«

»Ist er schwer verletzt?«

»Mittelschwer. Er hat schwache innere Blutungen«, antwortet sie, die Augen nach wie vor auf die Patientenakte geheftet. »Deshalb haben wir ihn hierbehalten. Er wurde bewusstlos am Bahnhof gefunden.«

»Könnte es sein, dass die Verletzungen von einem Autounfall stammen, und nicht von einer Tätlichkeit?«

»Ich bin keine Forensikexpertin, aber das Muster und die Größe der Hämatome deuten mit großer Wahrscheinlichkeit auf Faustschläge hin. Sein Gesicht hat kaum etwas abbekommen. Hätte es sich um einen Unfall gehandelt, würden sich nicht nur an ganz bestimmten Stellen Verletzungen finden.« Sie hebt den Kopf und sieht mich an. »Es ist nicht leicht, jemandem mit bloßen Händen so heftige Hiebe zu versetzen, dass es zu inneren Blutungen kommt. Wer immer ihn zusammengeschlagen hat, war äußerst effektiv. Professionell, könnte man sagen.«

Als ich endlich Zimmer 304 betrete, sitzt ein hochgewachsener weißer Mann auf der Kante des Krankenhausbetts. Er hat ein ansprechendes Gesicht und ist gut gebaut, die etwa schulterlangen Haare sind zu einem Pferdeschwanz zurückgebunden, Kinn und Wangen von einem Bartschatten überzogen. In seinem Arm steckt noch die Kanüle für den Tropf, der Schlauch wurde bereits entfernt. Unter seinem Krankenhaushemd schaut eine Jeans hervor. Er hält ein zusammengeknülltes T-Shirt in den Händen und wirkt, als hätte er es gerade eben geschafft, die Hose anzuziehen, und wäre jetzt völlig erschöpft. Seine Unterlippe ist geschwollen, doch sonst sind keine Verletzungen im Gesicht und an den Armen zu erkennen. Seltsam – da hat die Ärztin recht.

Der Unbekannte wappnet sich, eine Hand aufs Knie gestützt, als bereite es ihm Schmerzen, sich aufrecht zu halten.

»Wer zur Hölle sind Sie?«, keucht er. Seine Stimme klingt heiser.

Wieder ziehe ich meine Marke hervor. »Detective Julia Scutt. Ich möchte Ihnen ein paar Fragen stellen.«

»Die ich nicht beantworten werde.« Ich bemerke einen leichten Akzent. Südstaaten. »Ich habe Ihrem Kollegen vor der Tür bereits gesagt, dass ich nicht mit Ihnen reden will, aber ich sage es gern noch einmal: Ich werde Ihre verdammten Fragen nicht beantworten, und das muss ich auch nicht. Es ist schließlich nicht verboten, sich zusammenschlagen zu lassen.«

Ich hebe beschwichtigend die Hände und lächle, so freundlich und sexy, wie es mir möglich ist. Er kommt mir vor wie ein Mann, der gern gebauchpinselt wird. »Kein Problem, Mr …?«

»Kein Problem? Und ob das ein Problem ist! Sie können mich nicht einfach gegen meinen Willen hier festhalten. Ich werde Sie wegen Verletzung meiner Bürgerrechte verklagen, und wenn ich damit fertig bin, stecke ich diese ganze verfluchte Stadt in die Tasche!«

Hinter seinem Zorn verbirgt sich Furcht. Und zwar tonnenweise, das spüre ich. Er hat schreckliche Angst vor dem, der ihm das angetan hat. Vielleicht handelt es sich um dieselbe Person, die für den Autounfall verantwortlich ist.

»Wir behalten Sie hier, weil etwas vorgefallen ist.«

»Was sollte schon vorgefallen sein?«

»Warum fangen wir nicht damit an, dass Sie mir Ihren Namen nennen? Anschließend teile ich Ihnen gern mit, was ich weiß.«

Er starrt mich beeindruckend lange an. Nicht dass mir das etwas ausmacht. Meinetwegen kann er mich den ganzen Tag lang anstarren.

»Finch Hendrix«, sagt er schließlich. »Was ist passiert?«

Ah, Finch, Wochenendgast Nummer sechs, der die Party vorzeitig verlassen hat. Ich hatte gehofft, dass er es ist.

»Ihren Freunden ist etwas zugestoßen«, fange ich an und warte auf ein Zeichen von Schuldbewusstsein. Er wirkt allerdings nicht schuldig, sondern nur verwirrt und besorgt.

»Welchen Freunden?«

»Keith Lazard und Derrick Chism. Einer der zwei ist tot, der andere wird vermisst.«

»Wovon zum Teufel reden Sie?« Sein Entsetzen kommt mir echt vor – seine Augen weiten sich, sein Gesicht läuft rot an. »Wer von den beiden ist tot?«

»Der Verstorbene konnte noch nicht identifiziert werden, aber wir wissen, dass es sich entweder um Keith oder um Derrick handelt.«

»Wieso um alles auf der Welt ...« Er beugt sich vor und zuckt zusammen.

»Es gab einen Autounfall«, sage ich und mache vorsichtig einen Schritt auf ihn zu. »Der Tod wurde allerdings nicht durch den Unfall verursacht. Alles deutet darauf hin, dass Fremdeinwirkung im Spiel war. Die Identifizierung erweist sich aufgrund des Leichenzustands als schwierig.«

Seine geschwollene Lippe verzerrt sich. »Wo ist es passiert?«, will er wissen.

»Mr Hendrix, es tut mir leid, Sie darum bitten zu müssen, aber ich benötige einige Informationen von Ihnen, bevor ich Ihnen weitere Details mitteilen kann. Es handelt sich um eine laufende Ermittlung.«

Hendrix funkelt mich an. Er ist nicht dumm. Er weiß, dass er eine Entscheidung treffen muss.

»Was wollen Sie wissen?« Ich sehe, wie sich sein Körper anspannt.

»In den Aufnahmeunterlagen steht, dass Sie heute Morgen gegen vier Uhr eingeliefert wurden, nachdem man Sie am Bahnhof gefunden hat. Können Sie mir sagen, wo Sie sich davor aufgehalten haben?«

»Ich habe auf meinen Zug gewartet und bin eingeschlafen«, antwortet er.

Ich habe auf meinen Zug gewartet und dabei das Bewusstsein verloren, weil man mich zusammengeschlagen hat, wäre vermutlich zutreffender gewesen.

»Sie haben gestern am frühen Morgen Jonathans Haus verlassen«, sage ich, »das heißt, Sie können ungefähr für vierundzwanzig Stunden Ihren Aufenthaltsort nicht belegen.«

Hendrix schüttelt den Kopf, für einen kurzen Moment wirkt er traurig.

»Ich kannte Derrick, seit wir Kinder waren«, sagt er, ohne auf die Lücke in der Zeitschiene einzugehen. »Ich wäre erleichtert ... Ich hoffe, dass es nicht ihn erwischt hat.«

»Was ist mit Keith? Ich dachte, er ist Ihr Agent.«

»Galerist. Keith ist Kunsthändler. Und das ist nicht dasselbe wie ein Freund«, sagt er. »Keith und ich hatten in letzter Zeit Probleme. Besser gesagt: *Er* hat Probleme, die *mir* Probleme bereiten.«

»Was für Probleme?«, frage ich und stelle mich absichtlich dumm.

»Er ist ein verdammter Junkie.« Hendrix klingt angewidert. »Ein Drogensüchtiger, der keine Kohle hat, um seine Sucht zu finanzieren. Der eh keine Kohle hat. Echt erbärmlich. Nicht gerade der Mensch, dem man seine Finanzen anvertrauen möchte.«

»Das klingt schlimm.«

»Ja, es ist schlimm. Absolut unprofessionell, am Rande der Legalität, um genau zu sein. Keith hat mich bereits um eine wichtige Ausstellung gebracht. In London. Ich wünsche ihm nicht den Tod, aber …«

»Es würde Sie nicht besonders treffen, wenn es ihn erwischt hätte?«

Seine Augen blitzen. »Das habe ich nicht gesagt.«

»Dann wissen Sie also nicht, was in dem Wagen passiert ist, Mr Hendrix?«

»Woher sollte ich das wissen? Ich habe die Party gestern Morgen verlassen, schon vergessen?«

»Kennen Sie eine gewisse Crystal Finnegan?«, frage ich. »Eine Einheimische. Sie war ebenfalls im Haus. Haben Sie sie dort gesehen?«

»Nein, Ma'am«, erwidert er sofort. »Nicht dass ich wüsste.«

»Ist es möglich, dass Keith oder Derrick für Ihre Verletzungen verantwortlich sind?«

»Nein.« Er schüttelt den Kopf, ohne meinem Blick auszuweichen.

»Mir ist zu Ohren gekommen, dass Derrick Chism wegen

Körperverletzung vorbestraft ist, was Sie Ihren Freunden an diesem Wochenende enthüllt haben. Und nun sind Sie hier, als Opfer eines tätlichen Übergriffs. Das scheint mir ein gewaltiger Zufall zu sein.«

»Mehr als diesen Zufall haben Sie nicht in der Hand?« Er rutscht vom Bett, verzieht das Gesicht zu einer Grimasse und stöhnt auf, als seine Füße den Boden berühren. »Sie können mich nicht wegen eines ›Zufalls‹ dabehalten, das wissen wir beide. Außerdem bin *ich* hier das Opfer, wie Sie gerade richtig bemerkt haben.«

»Das Opfer wovon, Mr Hendrix?«, bohre ich weiter. »Mehr möchte ich doch gar nicht wissen.«

Aber Finch Hendrix schüttelt den Kopf und streift sein Krankenhaushemd ab. Seine wohldefinierte Brust und der Bauch sind übersät mit spektakulären Hämatomen, seine linke Seite ist verpflastert. Er unternimmt den Versuch, sein T-Shirt anzuziehen, doch dann hält er inne und holt tief Luft. Beim zweiten Anlauf gelingt es ihm, das Shirt über den Kopf zu streifen, dann muss er erneut pausieren, bis er es schließlich ganz herunterrollen kann.

»Wissen Sie, was ich denke?«, frage ich.

»Was?«

»Ich denke, Sie und Keith Lazard sind in Derrick Chisms Wagen aneinandergeraten. Lazard hat Sie körperlich angegriffen, und Sie haben die Oberhand gewonnen. Dann hat Chism Partei für Lazard ergriffen. Sie haben eine Waffe gezückt, um sich zu verteidigen. Dabei wurde versehentlich jemand getötet. Es stand zwei gegen einen – Sie haben sich lediglich selbst verteidigt.«

»O nein«, sagt er und mustert mich mit verengten Augen. »Nichts davon trifft zu. Ich war nicht mit in dem Wagen. Keith Lazard hat mir niemals auch nur ein Haar gekrümmt. Und ich habe todsicher niemanden umgebracht.«

»Nun, Sie haben aber auch nicht vierundzwanzig Stunden

lang bewusstlos auf dem Bahnhof gelegen, ohne dass es irgendwem aufgefallen ist.«

Hendrix zuckt die Achseln. »Ich kann Ihnen nichts anderes sagen. Keine Ahnung, was in diesem Wagen passiert ist. Ich tippe darauf, dass Drogen im Spiel waren. Vielleicht wollte Keith Stoff kaufen und Derrick hat versucht, es ihm auszureden, auch wenn er den Chauffeur für ihn gespielt hat. Derrick lässt sich leicht überreden. Wahrscheinlich sind sie einfach den falschen Leuten begegnet. Es gibt einen Grund, warum man die Finger von Drogen lassen sollte.«

Er klopft seine Taschen ab, als würde er etwas suchen. Nach einem Moment fällt sein Blick auf einen Schlüsselbund auf dem kleinen Tisch neben der Tür. Mit steifen Schritten geht er darauf zu und nimmt die Schlüssel an sich. Mir fällt auf, dass er mit der linken Hand danach greift.

»Mr Hendrix, warum erzählen Sie mir nicht einfach, was Sie gemacht haben, nachdem Sie das Haus verlassen hatten und bevor man Sie bewusstlos und mit inneren Blutungen am Bahnhof fand? Wo haben Sie sich aufgehalten? Reden Sie mit mir, und ich lasse Sie gehen.«

»Wie wäre es, wenn ich sofort gehe? Wenn ich einfach zur Tür hinausspaziere, ohne Ihnen irgendetwas zu sagen?«

»Draußen steht ein bewaffneter Officer, der Sie aufhalten wird, Mr Hendrix.«

Das ist gelogen. Ich kann Hendrix nicht daran hindern, das Hudson Hospital zu verlassen. Er verbirgt etwas, definitiv, aber es gibt nichts, was die Maßnahme, ihn festzuhalten, rechtfertigen würde. Und so sehe ich zu, wie Hendrix in einer Mischung aus Arroganz und Schmerz auf die Tür zustrebt und verschwindet – und mit ihm meine größte Chance, Seldon glücklich zu machen, indem ich ihm einen echten Tatverdächtigen präsentiere, der nichts, aber auch gar nichts mit Kaaterskill zu tun hat.

»Mr Hendrix!«, rufe ich ihm nach, als er den Gang ent-langtappt. »Es ist noch nicht vorbei!«

»Für mich schon!«, ruft er über die Schulter zurück. »Soll-ten Sie weitere Fragen haben, wenden Sie sich an meine An-wälte – von denen habe ich eine ganze Menge.«

ZWEI WOCHEN (UND VIER TAGE) ZUVOR

Ich sitze auf einer Bank auf der anderen Straßenseite des Bürogebäudes, in dem Stephanie arbeitet, am Rand des Madison Square Park, lasse den Blick über die imposante Steinfassade schweifen und beobachte, wie die Anwälte ein und aus gehen. Natürlich ist Stephanies Büro in der Kanzlei beeindruckend geräumig und komfortabel. Sie gibt sich nur mit dem Allerbesten zufrieden.

So viel Feindseligkeit – ich weiß, das ist geschmacklos und noch dazu unangebracht. Aber mein Zorn hatte schon immer einen eigenen Willen. Er kann ganz plötzlich auftreten, wie ein Sommergewitter, das den Himmel so schlagartig verdüstert, dass man kaum mehr die Hand vor Augen erkennt. Aber das hält nie lange an. Mein Zorn verschwindet genauso schnell, wie er gekommen ist, doch manchmal zieht er schreckliche Dinge nach sich.

Es fällt mir schwer, keine Verbitterung über Stephanies Voreingenommenheit zu empfinden. Darüber, wie sie auf alle anderen herabsieht. Selbst wenn das ihre Art ist, mit ihrer eigenen Unsicherheit zurechtzukommen. Vielleicht möchte ich mich deswegen rächen.

Das klingt erbärmlich. Und ich mag ja vieles sein, aber erbärmlich bin ich nicht.

Es ist durchaus möglich, dass Stephanie nicht anders kann, als alle anderen herablassend zu behandeln, weil sie selbst so perfekt ist – die atemberaubende Stephanie, die kluge Stephanie, die erfolgreiche Stephanie. Stets unerreichbar. Stets kontrolliert und zielgerichtet. Um ehrlich zu sein, fand ich das vom ersten Tag an abstoßend. Niemand ist so perfekt. Niemand steht über den Dingen. Tatsächlich ist es fast immer so, dass Leute wie sie häufig den meisten Dreck am Stecken haben. Man muss nur lange genug in ihrer Nähe bleiben, um zu sehen, wie sich Falschheit und Niedertracht herausschälen.

Da ist zum Beispiel die Tatsache, dass für Stephanie stets sie selbst und ihre Anliegen an erster Stelle stehen – ganz gleich, wie hoch der Preis dafür ist. Wer weiß, was passiert wäre, hätte sie in jener letzten tragischen Nacht die Anrufe entgegengenommen?

Vielleicht bin ich zu Recht am wütendsten auf Stephanie. Ich hoffe, dass ich das herausfinde, indem ich sie beobachte, dass ich es spüre – ein Bauchgefühl sozusagen. Ich habe ein sehr, sehr gutes Gespür für Menschen. Und im Augenblick kommt nach wie vor jeder infrage. *Ich weiß, was du getan hast.* Die Nachricht war perfekt – so vage und doch so präzise. So viele verschiedene Möglichkeiten, sie auszulegen.

Endlich sehe ich, wie Stephanie von ihrem Meeting zurückkehrt. Sie trägt einen dunklen Hosenanzug und verströmt Macht und Eleganz, als sie mit großen Schritten zwischen zwei älteren Männern auf das Gebäude zustrebt. Männer, die jedes Wort aufsaugen, das über ihre Lippen kommt. Natürlich tun sie das. Jeder saugt ihre Worte in sich auf. Vor der Tür bleibt sie abrupt stehen und wühlt in der Tasche nach ihrem klingelnden Handy. Ich weiß, dass sie das tut, auch wenn ich das Klingeln nicht höre. Denn ich bin diejenige, die sie anruft.

Anscheinend kann sie ihr Telefon nicht finden, denn sie bedeutet den beiden Männern, vorzugehen. Nachdem die zwei das Gebäude betreten haben, stellt sie die Tasche auf den Boden und bückt sich. Endlich zieht sie es hervor und wirft einen Blick aufs Display. Eine unterdrückte Rufnummer, was sonst? Sie richtet sich auf, wirft das Telefon zurück in die Tasche, doch sie trifft daneben. Es landet auf dem Asphalt. Sie hebt es auf und untersucht das Display. Ihrem Wutausbruch nach zu urteilen, hat es einen Sprung bekommen.

Sie steckt es in die Handtasche und schlägt die Hände vors Gesicht. Moment – Stephanie weint?

Hm. Ich glaube nicht, dass ich Stephanie jemals weinen sehen habe. Kein einziges Mal. Die atemberaubende Stephanie, die kluge Stephanie, die erfolgreiche Stephanie – nun, vielleicht ist sie doch nicht so perfekt.

JONATHAN

Samstag, 6.42 Uhr

Bei Sonnenaufgang schlug ich die Augen auf und blinzelte in das helle Licht, das golden über dem Hudson funkelte. Ich warf einen Blick auf den Wecker. Erst sechs Uhr zweiundvierzig. So früh. Dabei hätte ich den Rest dieses katastrophalen Wochenendes am liebsten verschlafen. Schon jetzt waren die Dinge aus dem Ruder gelaufen – Finch, das Feuer, die Bauunternehmer, ganz zu schweigen von Keith' neuer Freundin, mit der er in seinem Gästezimmer verschwunden war, garantiert, um mit ihr zusammen Drogen zu nehmen. Dabei hatten wir bislang erstklassige Arbeit geleistet, was unser Vorhaben betraf, Keith von dem Zeug abzubringen.

Leider stand weitaus mehr auf dem Spiel, als ich zugeben wollte: Mein Vater hatte nicht nur vor, Keith den Kredit zu streichen, er wollte ihn noch dazu wegen Betrugs anzeigen. Wenn Keith erst in der Entzugsklinik war, konnte ich meinen Dad möglicherweise davon abbringen, denn er glaubte an Menschen, die hart arbeiten, und er war bereit, anderen eine zweite Chance zu geben, sie ihre Fehler wiedergutmachen zu lassen, und genau deshalb war unsere Beziehung so kompliziert. Mein Vater war keineswegs ein schlechter Mensch. Er war einfach nur stur, was Dinge betraf, über die ich mir – ja, dank seiner harten Arbeit und seines Erfolgs – keine Gedanken machen musste.

Gelegentlich gelang es mir, an die weichere Seite meines Vaters zu appellieren. Immerhin war er auch mit meinem Coming-out klargekommen, obwohl es ihm nicht leichtgefallen war. Wenn er jedoch herausfände, dass ich trotz seiner entschiedenen Einwände vor sechs Monaten das Haus in

208

Kaaterskill gekauft (in seinen Augen eine unbesonnene Investition) und außerdem Peter (den er noch nie wirklich leiden konnte) einen Heiratsantrag gemacht hatte, war vermutlich alles möglich. Auch dass er Keith ins Gefängnis brachte, allein aus Prinzip.

»Du bist wach«, sagte eine Stimme direkt hinter mir.

Ich wirbelte herum und sah Peter auf der Bettkante sitzen. Seine grauen Augen leuchteten in der Sonne. Er umschloss meinen Schenkel mit seiner starken Hand und drückte ihn voller Leidenschaft.

»Entschuldige. Ich wollte dich nicht erschrecken.«

»Was machst du hier?«, fragte ich, durchflutet von Erleichterung. Peter war mir natürlich einige Erklärungen schuldig, dennoch freute ich mich, ihn zu sehen.

»Ich hätte gleich mitkommen sollen.« Er schüttelte den Kopf, stand auf, warf seine Jacke auf den Stuhl und streifte die Schuhe ab. Kurz darauf stand er nackt vor dem Bett. Am meisten liebte ich an Peter, dass er so warmherzig, lustig und lebensfroh war, doch es war seine Schönheit, die mich zunächst zu ihm hingezogen hatte, an jenem Abend im Waverly Inn. Er hatte mir einen Gin Tonic ausgegeben, während ich auf Keith wartete.

Peter krabbelte übers Bett zu mir. »Ich habe dich vermisst«, sagte er und schob sich auf mich, den Mund über meinem. Genau so, wie ich es mochte.

Als ich aufwachte, lag Peter immer noch eng an mich gedrückt da, seine mit einem feinen Schweißfilm überzogene Haut an meinem Rücken, das muskulöse Bein über meine Hüfte geschwungen. Zum ersten Mal, seit wir die Stadt verlassen hatten, fühlte ich mich wohl. Peter war leicht ablenkbar – und kindisch, obwohl er ein paar Jahre älter war als ich. Doch was auch immer hier vor sich ging, wir würden es gemeinsam durchstehen.

Die Sonne stand jetzt höher, wodurch das Wasser nicht mehr glitzerte. Peter schnarchte leise, so niedlich wie immer, wenn wir uns geliebt hatten: wie ein kleiner Junge oder ein kleiner Hund.

Ich fragte mich, wie kurz er wohl tatsächlich davorstand, sein Buch zu beenden. Und ja, eine Agentin hatte Peter mit David Foster Wallace verglichen, aber sie hatte lediglich das erste Kapitel gelesen. Ich dagegen kannte die ersten beiden, und sie waren wirklich gut – glaubte ich. Wenn ich ehrlich war, ergaben sie zwar nicht sonderlich viel Sinn, aber was verstand ich schon von Büchern? Das Problem war, dass Peters Begriff von »fertig« nicht unbedingt bedeutete, dass er tatsächlich fertig war. Genau das war der Grund dafür, dass mein Dad ihn nicht mochte. Für ihn war es in erster Linie wichtig, Dinge zu Ende zu bringen. Ich hätte bedenken sollen, dass Durchhaltevermögen nicht unbedingt zu Peters Stärken gehörte. Und genau deshalb konnte diese Sache mit den Bauunternehmern zu einem echten Problem werden.

Ich stieß Peter vorsichtig mit dem Ellbogen an. Er bewegte sich, schnappte kurz nach Luft, dann kuschelte er sich noch enger an mich. Ich blieb reglos liegen und tat so, als wäre er von selbst aufgewacht.

»Was ist denn nun eigentlich mit diesen Bauunternehmern?«, fing ich schließlich an.

Ich weiß nichts von irgendwelchen Brettern, hatte Peter gestern Nacht auf meine erste Textnachricht geantwortet. Nach der zweiten, in der ich mich nach dem Geld erkundigte, das wir Ace Construction schuldeten, hatte er mich angerufen. Wir waren zu dem Zeitpunkt im Falls gewesen. Er sagte, er habe keine Ahnung, wovon die Gaffneys redeten, denn er habe sämtliche Rechnungen beglichen. Ich hätte ihm beinahe geglaubt, aber er hatte so nervös geklungen, außerdem waren im Hintergrund die typischen Geräusche einer Bar zu hören, obwohl er mir versichert hatte, er wäre zu Hause.

»Peter?«, fragte ich. »Hallo? Die Bauunternehmer? Gibt es etwas, was du mir sagen möchtest?«

Als ich von ihm abrückte, rollte er sich auf den Rücken und legte einen Arm über die Augen.

»Es tut mir leid«, sagte er schließlich. »Ich habe wohl ...« Er nahm den Arm weg und sah mich ernst und traurig an. »Ich möchte, dass du weißt, wie sehr ich dich liebe. Bevor ich es dir erzähle, musst du mir versprechen, dass du mir glaubst. Du glaubst mir doch, oder?«

Mein Magen schlug Purzelbäume, als ich hastig aus dem Bett stieg. Plötzlich war ich mir nicht sicher, ob ich die Wahrheit wirklich wissen wollte. Ich trat an eines der Fenster und schaute hinaus auf den Fluss. Es war perfekt – das Haus, mein Leben mit Peter. Zumindest hätte es perfekt sein können. Vielleicht war es das sogar immer noch.

»Was ist passiert, Peter?«, fragte ich, dann drehte ich mich mit verschränkten Armen zu ihm um. Er sollte wissen, dass mir die Sache ernst war. Ich war kein Dummkopf. »Sag mir die Wahrheit. Jetzt. Die ganze Wahrheit.«

Peter richtete sich auf und lehnte sich gegen das Kopfteil.

»Erinnerst du dich noch, dass ich dir erzählt habe, Liam wolle eine Saftbar eröffnen?«, begann er zögerlich.

Ob ich mich daran erinnerte? Vielleicht. Ich kannte einen Liam.

»Ja«, log ich.

»Nun, Liam brauchte etwas Geld, um die Mietkaution zu bezahlen. Er hatte ein perfektes kleines Lokal in SoHo gefunden. Ganz in der Nähe vom Balthazar, beim Lafayette. Du weißt schon, so ein winziger Laden, nicht viel größer als ein Kämmerchen ...«

»Aha«, sagte ich. »Und weiter?«

»Nun, für den Fall, dass die Saftbar nicht laufen sollte, hatte er vor, es mit einem Truck oder etwas Ähnlichem zu versuchen, aber dann hätte er sich ständig Gedanken um einen Parkplatz machen müssen, du weißt ja, wie schwer das ist und …«

»Peter!«

»Liam wollte mir das Geld sofort zurückgeben. Er hatte die Einnahmen der ersten Woche genau kalkuliert, über zwanzigtausend, vorsichtig berechnet. Ich hätte es längst wiedergehabt, um die Bauarbeiten zu bezahlen, aber …« Peter bedeckte erneut die Augen.

Ich drehte mich zum Fenster um und betrachtete die Aussicht, die Peter dazu veranlasst hatte, mir zum Kauf des Hauses zu raten. Ein bisschen Natur und Frieden im Leben, fand er, würden mir guttun, mich von dem Stress zu erholen, den die Arbeit für meinen Vater mit sich brachte.

»Lass mich raten: Etwas ist schiefgelaufen?«

»Das Gesundheitsamt hat die Saftbar gleich am ersten Tag dichtgemacht«, antwortete Peter leise. »Irgendein Defekt am Kühlschrankthermometer. Das ganze Zeug war verdorben. Es tut mir so leid, Jonathan. Es war dein Geld. Ich hatte kein Recht, es zu verleihen …«

»Stimmt. Es war mein Geld.«

Aber Geld spielt keine Rolle, lag es mir auf der Zunge. Doch auch ich konnte elftausend Dollar nicht einfach so abschreiben, selbst wenn Peter das Geld genommen hatte, um jemandem zu helfen. Nicht, wenn wir wirklich heiraten wollten. Wir konnten kein Leben führen, in dem Peter solche Dinge tat, ohne sie vorher mit mir zu besprechen, ein Leben, in dem er mich belog.

»Als Liam mir mitteilte, dass er mir das Geld nicht zurückgeben konnte, habe ich sofort die Bauunternehmer angerufen und sie gebeten, die Terrassenarbeiten zu stoppen«, sagte er, »doch sie behaupteten, ich müsse ihnen trotzdem die vollen elftausend Dollar bezahlen, da sie bereits für die

Materialien in Vorausleistung gegangen waren. Sie wirkten gar nicht glücklich.«

»Das habe ich gemerkt«, sagte ich. »Sie haben letzte Nacht versucht, das Haus abzubrennen.«

»Wie bitte?« Peter sprang aus dem Bett und kam zu mir. Er wirkte zutiefst besorgt. »Geht es dir gut?«

»Ja, schon. Sie haben die Bretter für die Terrasse angezündet.« Ich deutete hinaus. »Zum Glück sind die Flammen nicht aufs Haus übergesprungen. Ich denke, sie wollten uns Angst machen.«

Peter schlang die Arme um mich. »Das ist alles meine Schuld.«

»Ja, es ist deine Schuld«, murmelte ich an seiner Schulter. Dann zwang ich mich, mich aus seiner Umarmung zu lösen. »Das hättest du mir von Anfang an sagen müssen. Du kannst deinen Freunden nicht einfach so Geld leihen.«

Als ich den letzten Satz aussprach, kam ich mir vor wie ein Heuchler. Ich hatte Keith über die Jahre jede Menge Geld zugesteckt – alles in allem einen Betrag, der die Höhe seines Kredits bei Weitem überschritt. Und Keith war *drogensüchtig*. Ich war außerdem derjenige gewesen, der Alice Geld gegeben hatte, damit sie die Familie des Jungen aufspüren konnte, der vom Dach gestürzt war. Das wusste sonst keiner, genauso wenig, wie ich wusste, was genau sie mit dem Geld angestellt hatte. Leute für Informationen bezahlen, nahm ich an. Ich hatte es gar nicht wissen wollen. So war ich – ich gab lieber Geld als Freundschaft.

»Du hast ja recht«, sagte Peter. »Du hast absolut recht.«

Ich musste das Zimmer verlassen, sonst wäre ich zu schnell eingeknickt und hätte mich wieder umgarnen lassen. Ich schnappte mir meinen Bademantel und ging zur Tür, ohne Peter eines weiteren Blickes zu würdigen.

»Warte, Jonathan, wohin gehst du?«, rief er mir hinterher. »Redest du nicht mehr mit mir?«

Ich blieb in der Tür stehen, doch ich machte nicht kehrt. »Möchtest du einen Kaffee?«

Ein Friedensangebot.

»Ja.« Peter klang erleichtert. »Danke, Jonathan.«

Im Haus war alles still, als ich die Stufen hinunterging, die leise knarrten, genau wie ich es liebte. Meine Eltern mochten alles, was makellos und neu war, mit Ausnahme unseres Anwesens in den Hamptons – ein alter Bau, der nur deshalb akzeptabel war, weil er komplett aus Stein bestand.

Die frisch umgestaltete Küche im Locust Grove war aus Edelstahl und weißem Marmor, in den in einem kühlen Grau gehaltenen Küchenschränken standen Kochutensilien, mit denen nur Peter etwas anzufangen vermochte. Er konnte zwar nicht mit Geld umgehen, doch dafür war er ein exzellenter Koch. Und er liebte es, mich mit köstlichen Mahlzeiten zu verwöhnen. In der Morgensonne hatte die Küche einen kühlen Glanz. Ich blieb einen Moment stehen und nahm die Stille in mich auf. Es *war* angenehm, dieses Leben, das Peter und ich uns aufgebaut hatten.

Ich ging zu dem großen, glänzenden Kaffeevollautomaten, und erst als ich direkt davorstand, die Kaffeetassen in der Hand, fiel mir auf, dass ich absolut keine Ahnung hatte, wie ich das Ding bedienen sollte. Peter machte immer den Kaffee.

Ich starrte noch auf die Maschine, als die Tür aufschwang.

»Guten Morgen«, sagte Keith, frisch geduscht und voll bekleidet. Er wirkte verlegen.

Seine Augen hatten ein wenig von ihrem manischen Glanz verloren. Was natürlich bedeutete, dass er Drogen genommen hatte.

»Fühlst du dich jetzt besser?«, fragte ich.

»Ich bin mir nicht sicher, ob *besser* das richtige Wort ist«, sagte Keith, »aber zumindest fühle ich mich nicht mehr so, als hätte man mein Knochenmark durch Batteriesäure ersetzt oder als müsste ich mir jede Sekunde die Haut abkratzen. Vermutlich ist das also tatsächlich eine Verbesserung.«

Und plötzlich sprachen wir darüber – über Keith und die Drogen. Sonst redeten wir immer darum herum, genau wie wir immer um das herumredeten, was mit Alice passiert war. So gingen wir nun einmal um mit den Dingen, derentwegen wir uns schlecht fühlten, drehten uns endlos im Kreis, doch wir kamen nie nahe genug an den eigentlichen Kern heran, redeten nie Klartext.

»Fühlt sich das wirklich so an, wenn du nicht high bist?«, wollte ich wissen.

»Ja«, antwortete Keith. »Wenn ich zu lange warte, ist es, als würden meine Eingeweide von einer Faust zerquetscht. Irgendwann werden die Bauchschmerzen so heftig, dass ich völlig lahmgelegt bin. Und dann fange ich an, mich zu übergeben. Versteh mich nicht falsch – am Anfang mochte ich es, high zu sein. Aber mittlerweile nehme ich Drogen hauptsächlich, damit es mir nicht allzu schlecht geht. Und je mehr man konsumiert, desto schlimmer wird es.«

»Herrgott, Keith.«

»Tja, man sollte eben die Finger davon lassen«, sagte er und musterte mich von oben bis unten, weil ich so hilflos vor der Kaffeemaschine stand. »Gib mal her.« Er deutete auf eine der beiden Tassen.

Ich reichte sie ihm. Keith nahm ein Trockentuch, warf es sich über die Schulter und befüllte die Maschine mit Kaffee. Während das Wasser heiß wurde, nahm er einen Karton Milch aus dem Kühlschrank, gab sie in den kleinen Metallbehälter und drehte den Dampf auf, der die Milch mit einem lauten Zischen aufschäumte.

»Wo hast du das denn gelernt?«, fragte ich.

»Ähm, hier, in unserer Welt?« Keith zog eine Augenbraue in die Höhe. »Du solltest selbst mal ab und an vorbeischauen – die Welt ist ein Ort, an dem all die normalen Menschen ganz normale Dinge tun.«

»Du kannst mich mal«, sagte ich und verdrehte die Augen.

Keith reichte mir grinsend eine Tasse Kaffee, und für eine Sekunde entdeckte ich in seinem Gesicht sein altes Ich. Ein wildes Ich, das ja – Keith war immerhin ein Künstler –, voller Gefühle und voller Hoffnung. Und dann hatte Alice sich umgebracht, und die Zehntausend-Watt-Birne in Keith war durchgebrannt. Seitdem herrschte in seinem Innern nichts als finstere, unendliche Leere.

Keith blickte auf die zweite Tasse. Die, die ich schon in der Hand gehalten hatte, als er hereingekommen war. »Die war nicht für mich, oder?«

Ich schüttelte den Kopf. »Peter ist da.«

»Ah, verstehe.« Keith nickte bedächtig, dann fing er an, den zweiten Kaffee zuzubereiten. »Ich nehme an, der Kaffee ist für ihn.«

Ich nickte und versuchte, meine Verlegenheit zu verbergen. Ahnten die anderen, dass Peter Ace Construction nicht bezahlt hatte? Aber Keith war niemand, der irgendwen verurteilte. »Vielleicht solltest du deiner Freundin Crystal einen Kaffee bringen?«

Keith schüttelte den Kopf. »*Touché*, mein Freund, *touché*«, sagte er. »Es tut mir leid … okay, ich glaube, ich schaff's nicht, mich schon wieder zu entschuldigen. An einem gewissen Punkt fühlt man sich noch mehr wie ein Arschloch, wenn man sich entschuldigt. Wann ist Peter angekommen?«

»Irgendwann heute früh«, sagte ich. »Es sieht so aus, als würden wir dem Bauunternehmen tatsächlich Geld schulden. Es war ein Versehen – Peter hat versucht, einem Freund zu helfen, doch das wurde kompliziert.«

»Bei elftausend Dollar wird es schnell kompliziert.«

Keith hatte recht: Ich versuchte, das Problem herunterzuspielen. Außerdem hatten die Gaffneys und ihre Jungs versucht, das Haus anzuzünden, *nachdem* ich mich bereit erklärt hatte, sie zu bezahlen, was nahelegte, dass etwas weitaus Schlimmeres dahinterstecken musste, als Peter zugegeben hatte. Worum auch immer es sich handeln mochte, es wäre besser, die Dinge aus der sicheren Distanz unseres Apartments in Tribeca zu klären, wo es Portiers und Alarmanlagen zu unserem Schutz gab. Und ja: Das Bright Horizons hatte sehr strenge Regeln, unter anderem die, dass man sich nur sonntagnachmittags aufnehmen lassen konnte, aber für gewöhnlich ließ sich Flexibilität durchaus erkaufen. Ich musste Keith lediglich überzeugen, mitzuspielen.

»Trink *du* ruhig den Kaffee«, schlug ich daher vor. »Wir könnten uns für einen Moment nach draußen setzen. Es gibt einen Tisch, und es ist wirklich nett dort.«

Das hatte Peter behauptet. Ich selbst hatte noch nie draußen gesessen.

»Okay.« Keith nickte. »Aber ich sollte Crystal nicht so lange allein lassen. Gestern Abend hat sie ziemlich unverhohlen Ausschau nach etwas gehalten, was sie mitgehen lassen kann.«

Es war nett draußen, Peter hatte recht gehabt. Er hatte einen kleinen Bistrotisch und zwei Metallstühle unter das Vordach gestellt. Von hier aus blickte man auf zwei große Ahornbäume und den Strauch mit dem Vogelnest, von dem Peter mir erzählt hatte.

»Wie hübsch«, sagte Keith, nachdem wir eine Weile schweigend dagesessen hatten. »Peter ist ja doch nicht gänzlich unnütz.«

Ich verspürte einen Anflug von Ärger. »Meinst du das ernst?«

»Komm schon, das war ein Scherz.« Keith lachte. »Egal. Aber zurück zum Thema: Peter hat also die Rechnung nicht bezahlt. Trotzdem ist es nett, dass er sich mit dem Haus so viel Mühe gibt. Deinetwegen. Es ist gut, dass du jemanden wie ihn hast. Ich habe den Eindruck, in Anbetracht der Art deines Dads brauchst du diese Art von Hingabe. Jeder braucht das.«

Ich wollte nicht über meinen Vater reden. »Hör mal, ich denke … wir alle finden …«

»Ich weiß.« Keith stellte seine Kaffeetasse ab. »Entzugsklinik, richtig?«

Ich atmete tief aus. »Ich habe einen Platz für dich im Bright Horizons. Es ist alles in die Wege geleitet.«

»Im Bright Horizons?« Keith schnitt eine Grimasse. »Der Name klingt ein bisschen übertrieben, findest du nicht?«

»Es ist eine gute Entzugsklinik«, erwiderte ich. »Sie hat erstklassige Referenzen. Es war nicht leicht, dir den Platz zu besorgen. Man ist dort spezialisiert auf eine medikamentengestützte Entgiftung. Ich will nicht behaupten, dass es das Ganze einfach macht, aber womöglich fällt es dir dann etwas leichter.«

Keith nickte, doch seine Mundwinkel waren herabgesackt. »Und wo ist diese Entzugsklinik?«

Zu weit weg von der Galerie. Zu viel Zeit ohne Arbeit. Ich konnte seine Ausreden bereits hören.

»In Finger Lakes, nur eine dreistündige Fahrt von hier«, sagte ich, obwohl es in Wahrheit über viereinhalb Stunden waren. Und jetzt musste ich zum Punkt kommen, zumindest ansatzweise. »Du musst morgen Nachmittag einchecken, sonst fordert mein Vater seinen Kredit ein. Anscheinend hat jemand aus seinem Büro in der Galerie vorbeigeschaut – und behauptet, dass du high warst.«

Keith furchte die Augenbrauen, als versuchte er, sich zu erinnern. Endlich verzog er das Gesicht und sagte: »Ah, ich glaube, ich weiß, wer das war. Ich habe mit dem Typen gescherzt. Er war noch jung, einigermaßen, deshalb dachte ich, er würde das lustig finden.« Keith schüttelte bedauernd den

Kopf. »Das passiert, wenn man drauf ist: Man fängt an, dummes Zeug zu reden.«

»Wenn nötig, werde ich selbst in der Galerie arbeiten«, bot ich an, da ich hoffte, Keith damit von vornherein den Wind aus den Segeln zu nehmen. Keine Ausreden.

»Das würdest du tun? Du würdest höchstpersönlich Tag für Tag in meiner Galerie stehen und Bilder verkaufen?«

»Selbstverständlich würde ich das tun.« Ich hatte bereits meinen Terminkalender entsprechend ausgerichtet. Ich war stellvertretender Fachbereichsleiter für Neuentwicklung bei Cheung Capital – ein ziemlich hoher Posten, doch in den Alltagsbetrieb war ich kaum involviert. Und ich konnte so tun, als hätte ich einen guten Kunstgeschmack. Selbstgefällig und unausstehlich zu sein, war die halbe Miete.

»Warum bist du immer so verdammt freundlich zu mir?«, fragte Keith.

Ich überlegte für einen langen Moment. »Erinnerst du dich an das Bild, das du von mir gemalt hast? Für diese Familienreihe?«

»Ja, *Herkunftsfamilien*. Ich hab eins für jeden von euch gemalt.«

»Aber erinnerst du dich speziell an das Bild von mir?«

»Na klar«, sagte Keith. »Und auch, wie sauer du deswegen warst.«

»Es war ein Riesengemälde von meinem Vater. Er sah aus wie ein Monster, und ich war ein kleiner Schatten in der Ecke.«

»Willst du, dass ich sage, es wäre falsch gewesen, das Bild so zu malen? Dass ich eine komplexe Beziehung grob vereinfacht habe, weil ich so ein Arschloch war? Denn ich war definitiv ein Arschloch«, erwiderte er. »Ich bin immer noch ein Arschloch. Ich dachte, das hätten wir geklärt.«

»Nein«, sagte ich ruhig. »Du hast recht. Das Gemälde war treffend. So viel von meinem Leben wurde dadurch bestimmt, wer ich *nicht* bin – so oft musste ich erklären oder mich dafür entschuldigen, warum ich nicht der ambitionierte, motivierte Sohn bin, den mein Vater sich wünscht. Wenigstens tue ich nicht länger so, als ob. Aber ich denke, ich habe es bisher einfach nicht geschafft, herauszufinden, wer ich stattdessen bin. Wenn ich nicht dagegen gewesen wäre, hätten wir in jener Nacht die Polizei gerufen. Alice würde noch leben. Vielleicht würdest du sogar …«

»Nein. Netter Versuch. Wir waren alle dort. Jeder hat seine eigene Entscheidung getroffen, inklusive Alice. Sie hätte danach jederzeit zur Polizei gehen können.«

»Das schon, aber ich habe sie definitiv unter Druck gesetzt …«

»Nein«, hielt Keith resolut dagegen. »Nicht du allein. Das haben wir *alle* getan.« Er wandte den Blick ab und betrachtete schweigend die Vögel, die zu dem Nest im Strauch flatterten und wieder davonflogen. »Ich mache einen Entzug, aber nicht im Bright Horizons. Ich brauche einen Platz weiter weg, irgendwo, wo ich wirklich von der Bildfläche verschwunden bin.«

»Du kannst dort von der Bildfläche verschwinden«, sagte ich. »Ich habe mir die Fotos angesehen – die Klinik liegt am Ende der Welt.«

»Nein. Ich meine einen Ort, an den ich nur mit dem Flugzeug gelange. Einen Ort, an dem mich niemand findet.« Er schaute mich an und hielt meinen Blick fest. Ich sah ihm an, dass es da etwas gab, wovon ich nichts wusste, dass er vor etwas weit Schlimmerem davonlief als vor dem Verlust seiner Galerie. »Und ich muss noch heute von hier weg. Am besten sofort.«

»Okay«, sagte ich, da ich fürchtete, er würde mir den Grund dafür nennen, wenn ich zögerte. Ehrlich gesagt, wollte ich nicht wissen, warum. »Wir suchen dir etwas anderes.«

Ich konnte mir nicht vorstellen, wie uns das gelingen sollte. Trotzdem war ich fest entschlossen, es zu versuchen. Wie immer.

»Großartig«, sagte Keith und stand auf. Auch er wirkte nun zu allem bereit und vielleicht sogar ein wenig hoffnungsfroh. Er schaute auf die Uhr, als wäre ich in der Lage, alles binnen weniger Minuten zu klären. »Ich packe meine Sachen. Und unterwegs bezahlen wir diese Bauunternehmer. Ich möchte nicht, dass du dich allein mit den beiden auseinandersetzen musst.«

»Ja, einverstanden.« Ich wusste jetzt schon, dass sich nichts von dem, was Keith vorschlug, umsetzen ließ. Trotzdem war es ein Schritt nach vorn.

Keith öffnete die Hintertür. »Ich mag vielleicht ein selbstsüchtiger Mistkerl sein, aber ich bin immer noch dein Freund. Es ist meine Pflicht, auf dich aufzupassen.« Er lächelte. »Sorg dafür, dass Peter das weiß, ja?«

»Das mache ich«, versprach ich. »Alles wird gut, Keith. *Dir* wird es wieder gut gehen.«

Keith nickte. Nun war es an ihm zu lügen. »Ich weiß.«

DETECTIVE JULIA SCUTT

Sonntag, 12.15 Uhr

Es ist dämmrig und grau, als ich bei der Farm aus dem Wagen steige. Als wäre die Sonne nie ganz aufgegangen. Wenn man sich an einem Ort wie der Farm befindet, wo selbst eine ganz alltägliche Situation gefährlich werden kann, sehnt man sich nach hellem Tageslicht. Wenn Menschen alles verloren haben, bis auf ihr Bedürfnis nach dem nächsten Schuss, und so verzweifelt sind, dass sie hier leben, in einer heruntergekommenen Baracke ohne fließendes Wasser oder Strom, kann jederzeit alles passieren.

Die Farm befindet sich in Privatbesitz. Ein Bauunternehmer aus Manhattan hat sie geerbt, der große Pläne für Eigentumswohnungen auf dem dazugehörigen Gelände hegt. Wann er das Vorhaben in die Tat umsetzen wird, ist unklar. Klar dagegen ist, dass er sich nicht bereit zeigt, Geld zu investieren, um die Farm räumen zu lassen. Aktivisten – allesamt Wochenendhausbesitzer – haben versucht, ihn auf juristischem Wege dazu zu bewegen, aber er hat genügend Anwälte, um die Klagen von vornherein abzuschmettern.

Als Seldon damals selbst noch Lieutenant war, jagten Streifenpolizisten die unrechtmäßigen Bewohner regelmäßig davon oder nahmen sie wegen Hausfriedensbruch und geringfügigem Drogenbesitz fest. Doch dann starb ein Officer bei der Räumung eines der Gebäude. Er hatte bei einem Sturz im Dunkeln eine Kopfverletzung davongetragen. Seitdem hielt sich die Polizei von den Gebäuden fern, es sei denn, es ging ein konkreter Hinweis auf einen Gesetzesverstoß ein.

Doch mir bleibt keine Wahl. Ich muss klären, ob Derrick

und Keith vor dem Unfall hier gewesen sind, muss versuchen, diese Crystal Finnegan zu finden. Seldon will nicht, dass der Drogenhandel in Kaaterskill mit dem Mord an einem Wochenendgast in Zusammenhang gebracht wird, aber ich muss mich an die Fakten halten, ganz gleich, in welche Richtung sie deuten. Und im Augenblick deuten die Fakten direkt auf die Farm.

Nichts regt sich, als ich aus dem Wagen steige. Für gewöhnlich sind Opioidsüchtige keine Frühaufsteher. In einiger Entfernung von der klapprigen, aus Sperrholz und Metallschrott errichteten Baracke am Fuß des Hügels bleibe ich stehen. Früher hatten immer alle im Haupthaus geschlafen, bis ein Teil davon mitten in der Nacht einstürzte und um ein Haar drei Menschen das Leben gekostet hätte. Anschließend flickten einige der Hausbesetzer notdürftig eines der Nebengebäude zusammen. Es neigt sich auffällig zur rechten Seite und wirkt auch nicht viel sicherer.

Ich überlege noch, an welche bedrohlich wirkende Tür ich als Erstes klopfen soll, als aus der Scheune oben auf dem Hügel ein lautes Krachen ertönt. Laut – selbst aus gut dreißig Metern Entfernung. Es folgt ein flatterndes Geräusch. Ich drehe mich um und warte angestrengt lauschend. Eine ganze Weile bleibt alles ruhig, dann höre ich ein weiteres Geräusch, noch lauter diesmal, und ein noch hektischeres Flattern. Als würde drinnen jemand gegen Gegenstände prallen – high und womöglich desorientiert. Oder verletzt. Ich glaube nicht, dass es sich um einen der beiden Männer handelt, nach denen ich suche, trotzdem ist das nicht vollkommen ausgeschlossen.

Verdammt. Langsam gehe ich den Hügel hinauf auf die baufällige Scheune zu.

Für einen Moment ist es ruhig, doch dann geht es erneut los: *Bamm! Bamm, flatter, bamm.*

Ich lege die Hand auf meine Pistole. Noch besteht kein

Anlass, sie zu ziehen. Das kühle Metall an den Fingern zu spüren, genügt mir. Seldon einen Vorwand zu liefern, mich von dem Fall zu entbinden oder gar rauszuschmeißen, ist das Letzte, was ich jetzt brauche.

Von Nahem sieht die Scheune sogar noch schlimmer aus: windschief, mit durchhängendem Dach, verrosteten Nägeln und zerbrochenen Scheiben. Als würde sie jeden Moment in sich zusammenfallen. Wahrscheinlich genau in dem Augenblick, wenn ich sie betrete. Ich bleibe vor einer großen Lücke in einer der Bretterwände stehen, die wohl so etwas wie eine Türöffnung darstellt.

»Kaaterskill Police. Kommen Sie auf der Stelle heraus!«

Wie aufs Stichwort beginnt das Lärmen erneut. Gleich neben der Tür. Ich kann die Erschütterungen durch die wackelige Wand spüren. *Bumm, bumm. Bamm, bamm. Flatter.* Mit gezogener Waffe und eingeschalteter Taschenlampe trete ich näher an die Öffnung und schaue hindurch. Nichts bewegt sich, aber es liegt so viel Schutt herum, dass sich derjenige, der sich dort drinnen befindet, überall verstecken könnte. An der Kante der provisorischen Türöffnung entdecke ich einen rot-braunen Schmierfleck, bei dem es sich möglicherweise um getrocknetes Blut handelt.

»Letzte Chance!«, rufe ich über den erneuten Lärm hinweg. »Kommen Sie heraus und zwingen Sie mich nicht, von der Schusswaffe Gebrauch zu machen!«

Das Poltern und Flattern wird lauter. Ich hole tief Luft und bereite mich darauf vor, einen Schritt in die Dunkelheit zu wagen. *Schieß nicht zu früh. Schieß nicht zu früh.* Ich will gerade losgehen, da trifft mich ein heftiger Schlag direkt ins Gesicht. Die Wucht des Aufpralls lässt mich taumeln. Tränen schießen mir in die Augen.

»Verfluchte Scheiße!«

Meine Sicht verschwimmt. Angestrengt versuche ich, das Gleichgewicht wiederzuerlangen. Ich halte die Waffe noch in der Hand, aber ich kann nichts erkennen. Ich blinzele ein paarmal. Meine Augen tränen und brennen, doch wenigstens sehe ich wieder etwas.

Gelächter. In einiger Entfernung hinter mir. Ich drehe mich um und mache durch den Tränenschleier die Umrisse einer Frau aus, die draußen auf einem Stein sitzt, halb verdeckt von wildem wucherndem Gestrüpp. Ich hatte sie vorher gar nicht bemerkt.

»Der verdammte Truthahngeier«, sagt sie und deutet lachend zum Himmel. Als ich den Kopf in den Nacken lege und nach oben schaue, sehe ich einen großen Vogel über den Baumwipfeln aufsteigen. »Seit das Reh da drinnen krepiert ist, kommen ständig diese blöden Viecher. Rein finden sie ja, aber nicht wieder raus.«

Meine Nase pocht. Hoffentlich ist sie nicht gebrochen. Ich stecke die Pistole in den Hosenbund.

»Mann, das Viech hat Sie ja krass erwischt«, sagt die Frau. Sie klingt noch immer amüsiert.

Als ich die Augen zusammenkneife, kann ich sie endlich besser erkennen. Sie ist furchtbar dünn, trägt ein fadenscheiniges Tanktop und eine zerrissene Jeans und sieht aus, als wäre sie Mitte vierzig. Ihr braunes Haar ist lang und stumpf, ihre Haut zu stark gebräunt und voller tiefer Falten.

»An der Kante der Türöffnung ist Blut«, sage ich und deute auf die Scheune, froh, den Blick von ihren knochigen Armen abwenden zu können. »Haben Sie eine Idee, woher das kommt?«

Sie starrt mich an, als wäre ich diejenige auf Drogen. »Ähm, keine Ahnung, vielleicht von dem dämlichen Reh?« Sie schüttelt den Kopf. »Anscheinend wurde es angeschossen und hat sich in die Scheune geflüchtet. Da drinnen hat es wochenlang nach Tod und Verwesung gestunken. Tut es manchmal immer noch. Ekelhaft.«

»Haben Sie diese beiden Männer gesehen?«, frage ich und

gehe auf sie zu, um ihr die Fotos von Keith und Derrick auf meinem Handy zu zeigen.

Sie betrachtet das Display, dann sieht sie mich an. »Wo soll ich die denn gesehen haben?«

»Hier«, sage ich und deute mit einer vagen Geste über das Grundstück. Es kostet mich einige Mühe, nicht die Geduld zu verlieren. »Kann sein, dass sie Drogen gekauft haben.« *Denn ich weiß, was hier abgeht, und wenn ich wollte, könnte ich euch alle einbuchten lassen* – das ist die unausgesprochene Drohung, die in meinen Worten mitschwingt. Leider habe ich keine Ahnung, ob sie das überhaupt bemerkt. »Die Drogen interessieren mich nicht. Ich versuche bloß, die beiden Männer zu finden.«

Sie schaut noch einmal aufs Display. »Nie gesehen. Sie könnten Crystal fragen.«

»Crystal?« Ich stelle mich dumm.

Sie deutet auf das baufällige Gebäude am Fuß des Hügels. »Sie steht auf solche Typen.«

»Was für Typen?«, will ich wissen.

»Na, Wochenendhausbesitzer mit Kohle«, antwortet sie. »Crystal geht für Geld mit ihnen ins Bett. Damit will ich nicht sagen, dass sie eine Prostituierte ist, denn das ist Crystal nicht. Sie gräbt sie an, geht mit ihnen nach Hause, hat Sex mit ihnen und nimmt auf dem Weg nach draußen ein paar Zwanziger mit.« Sie verzieht die Lippen zu einem schiefen Grinsen. »Okay, wahrscheinlich ist das doch eine Art von Prostitution. Aber Crystal ist ein nettes Mädchen. Klug und süß.«

»Wo finde ich ihr Zimmer?«

»Das hier ist kein Bed & Breakfast. Die Leute bleiben, wo sie einen Platz zum Pennen finden. Dann hauen sie wieder ab.«

»Großartig«, murmele ich und schaue auf die baufällige Baracke.

»He, warten Sie, ich kenne Sie doch!«

»Das glaube ich kaum«, sage ich, aber als ich mich umdrehe und sie genauer ins Auge fasse, kommt auch sie mir vage bekannt vor.

Plötzlich stemmt sie sich von dem Stein hoch. »Ja, definitiv.«

»Unmöglich.« Ich mache mich auf den Weg hügelabwärts, während ich insgeheim nur darauf warte, dass sie etwas über Jane sagt.

»Wir sind zusammen auf die Hudson High gegangen.« Sie deutet auf sich selbst. »Lauren Avery? Wir haben uns ein paarmal zusammen im Promenade Hill Park betrunken – du, ich, Amy, Tim und Becca. Du weißt schon, die alte Clique.« Sie sieht mich an, als wäre es klar, dass ich diejenige bin, die ein Problem hat. »Erinnerst du dich?«

Ich bleibe stehen und starre sie an. Und plötzlich sehe ich sie so vor mir, wie sie früher war. Lauren mit den glänzenden, kastanienbraunen Locken, dem breiten Lächeln, dem lauten Lachen. Auf der Highschool war sie der großmäulige Klassenkasper, Mittelpunkt einer Clique, bei der ich nur ganz am Rand mitmischte. Als ich nach Los Angeles an die University of California ging, war ich ganz raus. Ein paar von uns halten wohl noch Kontakt über die sozialen Medien, aber das ist nichts für mich. Seit Jahren habe ich mit niemandem von der Highschool gesprochen. Außerdem ziehen die meisten Leute aus Hudson weg. Lauren hatte davon geträumt, bei den New York Giants im Bereich Marketing und Verkauf zu arbeiten. Sie galt als echte Sportskanone, und die Jungs standen auf sie, weil sie attraktiv war, ohne tussig zu sein. Die Drogen hatten ihr offenbar böse zugesetzt.

»Oh, richtig«, sage ich endlich und kann mich glücklicherweise gerade noch bremsen, ein freundliches »Wie geht es dir?« hinzuzufügen, denn die Antwort liegt auf der Hand.

»Du bist ein Cop?«, fragt sie. »Hier?«

Sie weiß von Jane, natürlich. Alle wissen es. Und selbst in ihrem drogenbenebelten Zustand findet sie es seltsam, dass ich als Polizistin in ebender Stadt arbeite, in der Jane ermordet wurde. Sie hat nicht ganz unrecht.

»Ja, ich bin bei der Polizei gelandet«, sage ich, während ich mich wieder in Bewegung setze. Dieses Gespräch führt zu nichts Gutem, das spüre ich. »Du solltest dich nicht hier aufhalten«, sage ich zu ihr. »Es ist nicht sicher. Glaub mir.«

Lauren zuckt die Achseln und lächelt traurig. »Was machst du dann hier?«

»Ich habe keine andere Wahl«, sage ich und gehe weiter hügelabwärts.

»O doch!«, ruft Lauren mir nach. »Jeder hat eine Wahl.«

Am Fuß des Hügels angekommen, klopfe ich an eine der Barackentüren, während ich die andere Hand auf die Pistole lege, nur für alle Fälle. Schweigen. Bewusstlos, zu high, um mein Klopfen zu hören – es gibt eine Menge Möglichkeiten.

»Polizei, öffnen Sie die Tür!« Meine Stimme klingt tief und selbstsicher.

Ich warte eine Weile, dann klopfe ich erneut, diesmal noch energischer.

»Hören Sie auf, verdammte Scheiße!«, tönt von innen eine gedämpfte Stimme – jung, mürrisch, männlich.

Geräusche folgen, als würden Drogen versteckt, weggeworfen, Beweise vernichtet. Es ist mir egal, solange es nur um Rauschgift geht, aber vielleicht geht es auch um etwas ganz anderes. Ich klopfe noch einmal. »Los jetzt, machen Sie die verdammte Tür auf!«

»Ich komme doch gleich, verflucht noch mal!«

Ich trete ein Stück zurück, als ich Schritte höre, die sich der Tür nähern, die Hand noch immer auf meiner Waffe. Endlich wird die Tür aufgerissen.

»Was soll der Scheiß?« Der junge Typ auf der Schwelle

trägt kein Oberteil, nur eine verwaschene Boxershorts mit einem ausgeleierten Gummiband, die ihm jeden Moment von den knochigen Hüften zu rutschen droht. Seine schmale Brust ist eingefallen, seine Rippen sehen aus, als würden sie jeden Moment die teigige Haut durchstoßen. Hinter ihm, unter dem Stapel Decken auf dem Fußboden, bewegt sich etwas. Jemand.

»Wer ist da?« Eine Frauenstimme.

»Ist das Crystal?«, frage ich und zeige auf den Deckenhaufen.

»Was?«

»Crystal«, meldet sich die deckengedämpfte Frauenstimme erneut zu Wort. »Sie will wissen, ob ich Crystal bin.«

»Crystal?«, fragt er leicht angewidert. »Die ist nicht da. Warum sollte sie hier sein?«

Ich hole tief Luft. Geduld. Es wird wohl ein längeres Gespräch. »Wann haben Sie sie das letzte Mal gesehen?«

»Keine Ahnung, verflucht noch mal. Fragen Sie im Falls nach. Da hängt sie ständig rum, um Wochenendhausbesitzer aufzureißen, damit sie sie ausnehmen kann.«

Das höre ich nun schon zum zweiten Mal. Vielleicht hat Crystal versucht, Keith und Derrick auszurauben, und die Dinge sind aus dem Ruder gelaufen? Aber selbst wenn Crystal eine Diebin ist, erscheint es mir unwahrscheinlich, dass sie allein zwei erwachsene Männer hätte ausschalten können. Ist es möglich, dass Luke Gaffney ihr dabei geholfen hat?

»Hat einer von Ihnen diese zwei Männer gesehen?« Erneut rufe ich die Fotos von Keith und Derrick auf und halte das Handy in die Höhe. Während ich zwischen den beiden Aufnahmen hin und her wische, beugt sich der Typ vor und späht mit zusammengekniffenen Augen aufs Display. Er stinkt nach Zigaretten.

»Nein«, sagt er schließlich.

Ich muss die Baracke betreten, um die Fotos seiner Freundin zu zeigen, die sich auf die Ellbogen stützt, doch ansonsten unter den Decken liegen bleibt, anscheinend ist sie nackt. Sie ist hübsch, aber ihre Haut ist fahl, und ihre kurzen, blonden Haare mit den pinkfarbenen Strähnen sehen ungewaschen aus.

»Die hab ich nicht gesehen«, sagt sie, nachdem sie die Bilder eingehend gemustert hat, und lässt sich wieder auf den Fußboden sacken. »Süß. Wenn Sie sie aufspüren, sagen Sie ihnen bitte, wo sie mich finden können. Übrigens war es am Donnerstag.«

»Was war am Donnerstag?«, frage ich leicht verwirrt.

Sie wedelt mit ihrem dürren Arm durch die Luft. »Am Donnerstag habe ich Crystal das letzte Mal gesehen.« Sie deutet auf ihren Freund. »Erinnerst du dich, Tommy?«

»Nein«, schnaubt Tommy. »Woher soll ich denn wissen, welcher Tag das war?«

»Ein Typ ist hergekommen und hat sie abgeholt. Anschließend sind wir zu Cumberland Farms gefahren, um Lotto zu spielen. Lotto spielen wir immer donnerstags. Wir haben Crystal und den Typen gebeten, uns mitzunehmen, aber er hat Nein gesagt.«

»Fällt Ihnen der Name des Mannes ein?«, will ich wissen.

»Oh, warten Sie … ja.« Tommy klatscht sich die Handfläche gegen die Stirn. »Ich erinnere mich tatsächlich an den Scheißkerl. Dieser dämliche Akzent … Der hat alle hier behandelt, als wären sie zurückgeblieben. Hast du übrigens die riesige Protzuhr gesehen?«, wendet er sich an seine Freundin. »Ich hasse solche Scheißtypen.«

»Er hatte keinen normalen Namen …«, überlegt das Mädchen. »Eher wie eine Pflanze oder ein Tier … wie ein Vogel oder so ähnlich …«

»Ein Vogel?«, hake ich nach.

»Ja, das ist es!« Tommy schnipst mit den Fingern. »Er hieß wie ein Vogel.«

»Finch«, sage ich. »War sein Name Finch?«

»Finch wie Fink! Genau!« Tommy verzieht die Lippen zu einem breiten Grinsen, wobei er seine lückenhaften Zähne entblößt. »Deshalb hab ich ihn ›Vogelmann‹ genannt! Ich wollte ihn provozieren, aber er hat nicht darauf reagiert.«

»Das müsste am Freitag oder Samstag gewesen sein«, sage ich. »Der Donnerstag scheidet aus.«

»Es war am Donnerstag!«, beharrt das Mädchen. »Nur dann findet die Powerball-Ziehung statt. Ich hab sogar noch die verdammten Lottoscheine, obwohl wir nie etwas gewinnen.« Sie wedelt mit der Hand in Richtung ihres Freunds. »Tommy ist eben ein typischer Loser.«

ALICE

Ich kann nicht schlafen. Ich kann nicht essen. Und jeden Tag wird das Gewicht, das auf meine Brust drückt, schwerer. Meinen Freunden dagegen geht es gut. Nur vier Tage später hat es den Anschein, als wäre nie etwas gewesen.

Sie sind keine Monster, aber es ist so seltsam für mich, dabei zuzusehen, wie es ihnen gelingt, das Ganze zu verdrängen. Dabei ist das nichts, was man so einfach aus dem Gedächtnis löschen könnte. Es ist passiert. Unseretwegen. Wir sind verantwortlich.

Gestern Abend saßen wir alle in Jonathans Zimmer, bevor wir ins Mug gegangen sind. Eine kleine Party zum Vorglühen, wie in den guten alten Zeiten. Zumindest haben alle so getan, als wäre es so – haben Bier getrunken, gescherzt und gelacht. Als hätte der Junge nie existiert. Und ich fühlte mich die ganze Zeit über, als würde ich immer tiefer in ein dunkles Loch rutschen.

Ich bin nicht mit ihnen ins Mug gegangen. Stattdessen war ich noch einmal im Dutch Cabin. Ich dachte, der Barkeeper würde vielleicht wissen, wo Evan wohnte, oder wenigstens seinen Nachnamen kennen. In den Nachrichten hatte man ihn bislang nicht erwähnt. An jenem Abend hatte es auf mich so gewirkt, als wären der Barkeeper und Evan befreundet. Der Barkeeper bot mir auch gleich an, mir seinen Namen zu nennen, aber nur gegen Cash. Abgefuckt, ich weiß, aber was sollte ich tun? Also habe ich mich an Jonathan gewendet, und er hat mir die zweihundert Dollar gegeben, die der Typ wollte.

Ich habe ihm nicht gesagt, wofür ich das Geld brauchte. Und – typisch Jonathan – er hat nicht gefragt. Meinen Freunden hätte es sicher gar nicht gefallen, dass ich noch einmal ins Dutch Cabin gegangen bin und Fragen gestellt habe.

Aber das ist schon okay. Alles ist gut gegangen. Und jetzt kenne ich seinen vollen Namen: Evan Paretsky. Seine Familie kommt aus Hudson. Ich muss nur zu seiner Mom gehen und mit ihr reden, muss ihr sagen, dass ihr Sohn nichts gestohlen hat – dass er nichts Falsches getan hat, außer einzuwilligen, mich zu begleiten.

Ich kann meinen Freunden nicht sagen, dass ich nach Hudson fahren werde. Sie würden komplett ausflippen. Aber ich weiß, was ich tue. Nämlich das, was getan werden muss.

DERRICK

Samstag, 7.56 Uhr

Die Sonne war aufgegangen, das Licht an unserer Seite des Hauses ein gefiltertes Grau. Ich war vor ein paar Minuten aufgewacht, doch ich blieb noch im Bett liegen und dachte an das Gespräch, das ich gestern Abend mit Maeve geführt hatte. Ich wollte mir einreden, dass es gut gelaufen war. Dass Finch nicht allzu viel Schaden angerichtet hatte, indem er den anderen reinen Wein über meine Vergangenheit eingeschenkt hatte. Allzu überzeugt davon war ich allerdings nicht.

»Ist alles in Ordnung?«, hatte ich Maeve gefragt, nachdem das Feuer gelöscht war, und auf das Telefon in ihrer Hand gedeutet. Sie schaute andauernd aufs Display. Lieber wollte ich mich *darauf* konzentrieren, als mir den Kopf darüber zu zerbrechen, was die anderen von mir dachten, jetzt, da sie wussten, dass ich damals auf diesen Jungen losgegangen war.

»Ich habe immer noch nichts von Bates gehört«, sagte sie. »Ich bin mir sicher, dass es ihm gut geht, aber langsam fange ich an, mir Sorgen zu machen.«

Das liegt daran, dass er ein Arschloch ist. Mit mir wärst du besser dran. Ich würde dir niemals Sorgen bereiten.

Doch das sagte ich nicht. »Der Empfang ist hier so schlecht«, versuchte ich sie stattdessen zu beruhigen. »Ich bekomme und empfange auch nur sporadisch Nachrichten.«

Maeves Gesicht entspannte sich etwas. »Da hast du recht.« Sie deutete auf den gelöschten Bretterstapel. »Sollten wir angesichts dieser Umstände nicht lieber heute Abend noch nach New York zurückkehren?«

»Ja, vielleicht.« Wir gingen die Eingangsstufen hinauf.

Oben angekommen, blieb ich stehen und sah mich nach Jonathan um. Er stand im Garten und starrte auf sein rußgeschwärztes Haus. Keine Feuerwehr. Natürlich nicht. Keine Polizei. Jonathan hatte Maeve und mir bereits im Stillen anvertraut, dass wir niemanden benachrichtigen konnten, weil sein Dad noch nicht einmal wusste, dass er das Haus entgegen seinem ausdrücklichen Rat gekauft hatte. »Aber wenn wir zurückfahren, ohne Keith in die Entzugsklinik gebracht zu haben, verliert er definitiv seine Galerie!«, gab ich zu bedenken.

»Dann verliert er sie eben«, erwiderte Maeve und legte eine Hand auf meinen Unterarm – ob sie es tat, um ihre Worte zu unterstreichen, oder aus einem anderen Grund, konnte ich nicht sagen. Ich hoffte auf Letzteres. Wie auch immer, ihre Berührung setzte meine gesamte Körperhälfte in Flammen. »Wir haben doch alles getan, um ihn zu unterstützen.«

»Du hast recht.« Und sie hatte recht, daran bestand kein Zweifel.

»Ich denke, es geht hauptsächlich darum, dass wir uns so schuldig fühlen wegen der Sache mit Alice. Und ja, wegen des Unfalls auf dem Dach. Es ist fast so, als würden wir alles tun, damit nicht noch etwas Schlimmes passiert.«

»Das stimmt«, pflichtete ich ihr bei und sah in ihre irisierenden Augen.

Für eine Minute dachte ich, wir würden einen wissenden Blick austauschen. *Das Dach, die Tragödie.* Dass das, was in jener Nacht passiert war, wie ein Band wäre, nur zwischen uns beiden. Und ich wollte mit Maeve verbunden sein – das wünschte ich mir mehr als alles andere. Doch vielleicht waren manche Dinge so düster, dass sie einen nur auseinandertreiben konnten.

»Und was, wenn etwas noch viel Schrecklicheres passiert, nur weil wir uns dafür einsetzen, Keith vor dem Verlust der Galerie zu bewahren?«, gab Maeve zu bedenken. »Stell dir vor, das Feuer hätte sich ausgebreitet, einer von uns wäre verletzt worden oder zu Tode gekommen – dann wäre es ohnehin völlig gleich, was aus der Galerie wird.«

Auch damit hatte Maeve recht. Und obwohl ich aus selbstsüchtigen Gründen nicht wollte, dass unser Wochenende schon zu Ende ging, konnte ich doch die Tatsache nicht leugnen, dass wir uns in Gefahr befanden.

»Ich bin einverstanden«, sagte ich, als wir wieder im Haus waren. »Morgen früh sollten wir mit Jonathan über unsere vorzeitige Abreise reden.«

Maeve lächelte. Sie wirkte zutiefst erleichtert. »Gut«, sagte sie. »Ich bin froh, dass ich wenigstens eine Person mit gesundem Menschenverstand an meiner Seite habe.«

Ich holte Luft und beschloss, das Risiko einzugehen. »Ich bin froh, dass du mir immer noch gesunden Menschenverstand zutraust, nach dem, was Finch euch erzählt hat.«

Maeve hatte nur die Achseln gezuckt. »Wir haben alle eine Vergangenheit, Derrick. Du bist unser Freund. Nichts wird daran etwas ändern.«

Ein Geräusch vom Fußende des Betts holte mich in die Gegenwart zurück.

»Du weißt schon, dass sie gleich nebenan ist?« Finch saß auf dem Fußboden neben meiner offenen Reisetasche.

»Was machst du da?«

»Nun, ich verstaue die Verträge mit Keith in deiner Tasche – da sind sie besser aufgehoben«, sagte er und hielt einen braunen DIN-A4-Umschlag in die Höhe. »Allerdings habe ich mich dabei von denen hier ablenken lassen …«

Er blätterte durch die Fotos, die ich mitgebracht hatte. Ja, es handelte sich um Fotos von Maeve – die meisten waren während unserer gemeinsamen College-Zeit aufgenommen worden, einige später –, Geburtstagspartys in Brooklyn, meine Buchpräsentation, meine Hochzeit. Maeve allein, Maeve in der Gruppe, Maeve lachend, Maeve posierend,

Maeve mit abgewandtem Blick. Zusammen erzählten sie ihre Geschichte. Meine Geschichte von ihr. Die, an der ich festgehalten hatte, in der Hoffnung, wir könnten eine neue, gemeinsame Geschichte aufbauen.

»Hör mal, das ist echt krank, Mann! Du kannst sie doch jederzeit in natura betrachten.«

Ich spürte, wie ich rot anlief – eine Mischung aus Scham und Wut. »Leg die Fotos zurück, Finch«, sagte ich so gelassen, wie ich konnte.

Er ging die Aufnahmen demonstrativ noch einmal durch. »Wenn du mich fragst, hast du ein ernsthaftes Problem, Kumpel. Ich denke, du solltest mit ihr reden.«

Ich stand auf und ging zu ihm. Ertrug es nicht, dass er diese Bilder anfasste.

»Wenn du nicht mit ihr sprichst, muss ich das wohl tun. Diese Fixierung überschreitet definitiv eine Grenze. Ich kapiere einfach nicht, was dich an einem Mädchen fasziniert, das einen Treuhand-Idioten vögelt wie eine Edelnutte.«

Schmerz schoss durch meine Knie, als ich auf dem Boden landete. Ich lag auf Finch und bearbeitete ihn mit den Fäusten. Ich konnte sehen, wie sie durch die Luft wirbelten. Konnte hören, wie sie auf sein Fleisch prallten, aber ich spürte nichts. Ins Gesicht schlug ich ihn nur einmal – bei Gesichtern musste man zu viel erklären, das hatte ich von meinem Dad gelernt.

Finch versuchte, unter mir hervorzurollen und meine Schläge abzublocken, aber er war eine Null, wenn es darum ging, zu kämpfen. Damals schon, als wir noch Kinder gewesen waren …

Kinder. Als ich beinahe einen Jungen getötet hätte. *Bamm.* Mein Verstand schaltete sich ein. Ich kniete am Boden. Auf Finch. Ich erstarrte.

Was zum Teufel machte ich da? Wie lange hatte ich auf ihn eingeprügelt? Meine Hände brannten.

Keuchend rutschte ich zur Seite. Finch lag da, vollkommen reglos. Nach einer schier endlosen Sekunde sah ich, wie seine Brust sich hob und senkte. Er hustete.

Ich lehnte mich mit dem Rücken gegen das Bett, bemühte mich, wieder zu Atem zu kommen. Mit schmerzenden Fingern hob ich die Fotos auf, die auf dem Fußboden verstreut lagen. Ich fragte mich, ob ich mir einen Finger gebrochen hatte.

Mein Blick fiel auf die Bilder. Eins war im ersten Semester aufgenommen worden, als Maeve noch nicht so aussah wie jetzt. Ja, ich hatte sie auch damals hübsch gefunden, aber weitaus unauffälliger mit ihrem Pixiecut, der Brille und dem noch volleren Gesicht. Auch als sie Kontaktlinsen hatte und die Haare lang wachsen ließ, erschien sie mir noch erreichbar, eine heimliche Schönheit. Heutzutage dagegen war Maeve einfach unglaublich schön – und damit nicht mehr meine Kragenweite.

Und nun würde sie mich vermutlich nie wieder mit denselben Augen betrachten wie zuvor, nicht nach dem, was ich Finch soeben angetan hatte.

»Du bist ein beschissener Psycho«, stöhnte Finch und brachte sich in eine sitzende Position. Sein Mund war blutig, seine Unterlippe bereits geschwollen. »Im Ernst, das bist du wirklich.« Er zuckte zusammen, als er aufstand und mit unsicheren Schritten zur Tür wankte. »Ich hoffe, diese Scheiße sieht nicht ganz so schlimm aus, wie sie sich anfühlt.«

Ich schob die Fotos von Maeve in den Umschlag zu den Verträgen und legte sie ganz unten in meine Reisetasche, erst dann setzte ich mich aufs Bett und betrachtete meine schmerzenden Hände. Die Knöchel pochten. Bei zweien war die Haut darüber aufgeplatzt und blutete. Ich musterte Jonathans hübsche Bettwäsche, die zum Glück dunkelblau war. Auf dem Nachttisch lag ein Päckchen Taschentücher. Ich zog sie heraus und drückte sie auf die geschundenen Knöchel. Eins nach dem anderen verfärbte sich leuchtend rot. Irgendwann knüllte ich sie zusammen und warf sie in den Mülleimer.

Als Finch nicht zurückkehrte, machte ich mich auf die Suche nach ihm. Ich nahm an, dass er Maeve seine Wunden präsentierte.

Im Flur war niemand. Die Tür von Maeves und Stephanies Zimmer war geschlossen. Ich huschte hinüber und drückte das Ohr ans Türblatt. Drinnen wurde leise gesprochen. Das konnte nicht Finch sein, er war immer laut. Keith' Tür stand einen Spaltbreit offen. Die Badtür war geschlossen, ein heller Streifen über dem Boden zeigte, dass drinnen Licht brannte. Vielleicht versuchte Finch, sich das Blut abzuwaschen. Doch dann schwang die Tür plötzlich auf, und Peter kam heraus, in einer knappen Unterhose. Sein Oberkörper war nackt.

»Oh, hi«, sagte er. Seine Augen flitzten nervös hin und her. Peter war immer nervös in unserer Gegenwart. Er deutete unsicher auf die Badezimmertür, als wäre das hier mein Haus und nicht seins. »Entschuldigung, musstest du warten?«

»Nein«, sagte ich. »Ich wollte nur mal nachsehen, wer schon aufgestanden ist.«

»Keine Ahnung. Jonathan ist wach. Ach, und Maeve. Ich habe sie vor ungefähr einer Stunde gesehen, als ich aus dem Fenster geschaut habe. Sie ist wohl eine Runde laufen gegangen.«

»Oh, okay«, erwiderte ich und verspürte einen Anflug der Erleichterung. Finch konnte ihr also noch nichts erzählt haben. Aber war es eine gute Idee, allein durch die Gegend zu joggen, obwohl die Bauunternehmer so angefressen waren?

»Tut mir leid wegen des Chaos mit Ace Construction«, sagte Peter, als hätte er meine Gedanken gelesen. »Das war definitiv meine Schuld, nicht Jonathans.«

»Ja, sie sind, ähm, ziemlich wütend«, sagte ich und deutete auf die Seite des Hauses, hinter der der Bretterstapel in Flammen aufgegangen war. Ich hielt es nicht für meine Aufgabe, ihn über den Brand zu informieren, und ich hoffte inständig, dass Jonathan dies bereits getan hatte.

Peter holte tief Luft. »Ich weiß, das Feuer. Gott sei Dank wurde niemand verletzt. Allerdings bin ich mir sicher, dass …«

»Nein! Nein! Nein!«

Das Geschrei wurde immer lauter, mit jedem einzelnen Nein. Es kam aus dem Flur. Keith' Stimme. Ich rannte an Peter vorbei.

Als ich Keith' Zimmertür aufstieß, hockte er auf dem Bett über Crystal und schüttelte sie. Ihr Kopf flog von einer Seite zur anderen, ihre Glieder waren schlaff.

»Atme, verflucht noch mal, atme!«, brüllte Keith und schüttelte sie noch heftiger.

»Hör auf, Keith!«, rief ich und lief zu ihm. Ich hatte Angst, dass er sie verletzen könnte.

Aber sie war bereits eiskalt, als ich ihren Puls fühlte.

»O mein Gott, was ist passiert?« Maeve stand in ihren Joggingsachen auf der Schwelle, ihre Haut glänzte vor Schweiß.

»Ich weiß es nicht. Ich weiß es nicht. Ich weiß es nicht«, stammelte Keith immer wieder, ohne von Crystal herunterzugehen.

»Ich kenne mich mit Wiederbelebung aus«, sagte Maeve. »Lasst mich mal ran. Rutsch zur Seite, Keith.«

Keith verließ das Bett und taumelte rückwärts gegen die Wand. Maeve übernahm und begann mit einer Herz-Lungen-Reanimation. Drücken, atmen. Drücken, atmen. Immer wieder. Das machte sie ungefähr fünf Minuten, vielleicht länger. Mir kam es endlos vor. Und grauenvoll. Crystals Körper wirkte völlig leblos. Endlich hörte Maeve auf. Vorsichtig zog sie sich zurück, als hätte sie Angst, Crystal zu verletzen.

»Ich glaube nicht …« Sie sah von Keith zu mir und wieder zurück. »Ich kann das aus dem Erste-Hilfe-Kurs für die Jugendgruppe, die ich ehrenamtlich betreut habe, aber das ist schon länger her. Trotzdem … ich denke, sie ist tot.«

»O mein Gott.« Stephanie stand in der Tür. »Was ist passiert?«

»Ich habe keine Ahnung!«, rief Keith, die Augen auf Crystal geheftet. »Ich habe sie gerade so gefunden.«

»Wie meinst du das: Du hast sie gerade so gefunden?«, wollte Stephanie wissen und drückte dann eine Hand auf ihren Mund, als wäre ihr übel. »Warst du nicht mit ihr im Zimmer?«

»Ich war unten bei Jonathan«, sagte Keith. Auch er schlug jetzt die Hand vor den Mund. »Heilige Scheiße. Nachdem ich wach geworden bin, hab ich mir neben ihr eine Line reingezogen. Vielleicht hätte ich stattdessen lieber nach ihr sehen sollen … Hab ich aber nicht … Ich hab sie nicht mal angeschaut … Dabei war sie vielleicht längst tot … Heilige Scheiße!«

Wann immer sie gestorben war – mittlerweile hatte Crystals Haut einen schauderhaften Grauton angenommen. Ich lehnte mich neben Keith an die Wand und schluckte die Galle hinunter, die in meiner Kehle aufstieg.

»O mein Gott.« Jonathan erschien auf der Schwelle.

»Sie muss eine Überdosis genommen haben«, sagte Maeve und trat vom Bett zurück. »Was denkst du, Keith?«

Keith schüttelte den Kopf. »Ich denke … Ich weiß es nicht.«

»Wenn sie keine Überdosis genommen hat, was ist dann mit ihr passiert?« Jonathan machte einen Schritt auf Keith zu.

»Ich … ich hab wirklich keine Ahnung.« Keith fuhr sich mit den Fingern durch die Haare, ohne Crystal aus den Augen zu lassen. »Wir sind nach oben gegangen. Wir haben etwas genommen. Sie hat genauso viel eingeschmissen wie ich. Ich kam seit Stunden immer weiter runter, deswegen hätte ich es fast übertrieben, dabei bin ich um einiges größer und schwerer als sie. Vielleicht hat sie einfach zu viel erwischt. Anschließend hatten wir Sex … Keine Ahnung, was dann passiert ist. Wir sind eingeschlafen, nehme ich an. Einmal habe ich sie husten hören, glaube ich.«

»Ich rufe die Polizei.« Stephanie zog ihr Handy aus der Sweatshirtjacke.

»Warte, Stephanie …« Maeve wandte sich an Keith. »Du hast sie *husten* hören? Und du hast nichts unternommen?« Maeve warf Stephanie einen bedeutungsvollen Blick zu. »Ist das nicht, ähm, ein Problem? Könnte es Keith nicht …«

»Das glaube ich nicht.« Stephanies Hände zitterten.

Maeve schien fix und fertig zu sein. Ich schüttelte verständnisvoll den Kopf.

»Keith, lass uns noch einmal von vorn anfangen. Erzähl uns ganz genau, was passiert ist«, schlug ich vor.

Peter kam ins Zimmer. »Jonathan, bist du …« Er blieb wie angewurzelt stehen und schnappte nach Luft, als er Crystal sah. »O mein Gott.« Wir ignorierten ihn.

»Wir haben uns im Falls unterhalten. Crystal hat mir angeboten, die Drogen zu bezahlen, wenn ich sie kaufen würde. Anscheinend gab es irgendeinen Konflikt zwischen ihr und dem Dealer. Also habe ich den Stoff besorgt …«

»Warte, wie bitte?«, fiel Stephanie ihm ins Wort und nahm ihr Handy vom Ohr. »*Du* hast die Drogen gekauft, Keith?«

»Ja«, sagte Keith. »Von ihrem Geld. Warum?« Seine Augen schossen panisch von einem zum andern.

»Was für einen Unterschied macht das?«, fragte ich.

»Wenn Menschen an einer Überdosis Opioide sterben, wird der Drogenlieferant wegen Mordes angeklagt«, sagte Stephanie. »Das ist ein neues Kampf-den-Drogen-Gesetz.«

»Aber er ist doch gar nicht ihr Lieferant«, hielt Jonathan dagegen. »Alles, was er getan hat, war …«

»… die Drogen zu besorgen«, beendete Stephanie den

Satz für ihn. »Keith muss sie ihr nicht in Rechnung gestellt haben, Fakt ist – er hat mit ihrem Geld bezahlt. Das heißt nicht unbedingt, dass er deswegen strafrechtlich verfolgt wird, aber es ist durchaus möglich. Das liegt im Ermessen des Staatsanwalts. In New York City ist es eher unwahrscheinlich, auf Long Island dagegen handhabt man die Dinge zum Teil strenger – eine kontroverse Angelegenheit. Vor ein paar Wochen stand ein großer Artikel darüber in der *New York Times* ...«

»Ja, den habe ich auch gelesen.« Maeve nickte und kaute auf ihrer Unterlippe. »Und hier, wo die Opioidkrise außer Kontrolle gerät ... Was glaubst du, wie das hier gehandhabt wird?«, fragte sie Jonathan mit schreckgeweiteten Augen. »Du hast doch gesagt, die Leute hier in der Gegend mögen keine Wochenendgäste ...«

Jonathan schwieg für einen Moment, dann schüttelte er langsam den Kopf. »Nein, die mögen sie nicht.«

»Es ging ihr gut, als wir eingeschlafen sind.« Keith, der angefangen hatte, zwischen Bett und Fenster hin und her zu tigern, blieb stehen und sah Crystal erneut an. »Sie wollte nächste Woche zu ihren Eltern fahren und versuchen, clean zu werden.«

»Ich verstehe nicht, was es da zu diskutieren gibt«, platzte Peter heraus. »Ihr müsst die Polizei rufen!« Niemand reagierte. »Das ist *dein* Haus, Jonathan, und das sind *deine* Freunde, ich will damit nichts zu tun haben!« Er schüttelte voller Abscheu den Kopf und verschwand zur Tür hinaus.

»Sie war Läuferin an der Syracuse«, sagte Maeve und starrte die Tote auf dem Bett wie betäubt an. »Das hat sie mir gestern Abend erzählt. Ich hatte erwähnt, dass ich früh aufstehe, um laufen zu gehen. Es ist ... es ist einfach ... entsetzlich.«

»Ich sollte an ihrer Stelle sein«, sagte Keith.

»Zum Glück bist du's nicht«, hielt ich scharf dagegen.

Wir schwiegen wieder.

»Wir werden so etwas nicht noch einmal tun«, sagte Keith nach einer ganzen Weile. »Ruf die Polizei, Stephanie. Vielleicht tut es mir ja gut, ins Gefängnis zu gehen.«

»Und was, bitte schön, versprichst du dir davon?«, protestierte Maeve. Sie deutete auf Stephanie. »Sag's ihm! Bei so einer Sache kommt man nicht mit ein paar Monaten davon!«

Stephanie verschränkte die Arme. »*Möglicherweise* könnte das sehr, sehr böse ausgehen, Keith. Vor allem, wenn sich Beweise dafür finden, dass du sonst auch Drogen konsumierst – Stoff in deiner Wohnung, Leute, die du kontaktiert hast …«

»Du meinst, dass ich meinen Dealer gestern dreiundvierzig Mal angerufen habe?«

»Ja, zum Beispiel.« Stephanie nickte. »Man könnte dir unterstellen, dass du für ihn arbeitest.«

»Klar könnte man das, und vielleicht wird man das auch tun«, sagte Keith. »Aber ihr sollt doch nicht meinetwegen …«

»Lass uns das bitte selbst entscheiden«, sagte Jonathan. »Ich bin aus eigenen Gründen nicht begeistert von der Idee, die Polizei zu informieren, und ich kann mir auch nicht vorstellen, dass deine Kanzleipartner jubeln werden, wenn sie erfahren, wo du hineingeraten bist, Stephanie.«

»He, lass das mal meine Sorge sein«, entgegnete sie schnippisch.

»Was, wenn wir sie einfach nach Hause bringen?«, schlug Maeve leise vor.

»Nach New York?« Jonathan klang skeptisch.

»Nein – Maeve meint, *zu ihr* nach Hause«, meldete ich mich zu Wort. Maeve warf mir einen dankbaren Blick zu und nickte, als ich fortfuhr: »Es ist durchaus vorstellbar, dass sie dort eine Überdosis genommen hat, und nicht in Jonathans Haus. Es könnte überall passiert sein.«

»Wissen wir überhaupt, wo sie wohnt?«, fragte Jonathan.

»Sie hat diese Farm erwähnt«, sagte Keith.

»Das hört sich nicht gerade wie ein Zuhause an«, entgegnete Stephanie.

Wir schwiegen, die Augen auf Crystal geheftet.

»Sie hat eine Überdosis genommen«, stellte ich schließlich klar und schüttelte das Schuldgefühl ab, das mich zunehmend beschlich. »Was nicht unsere Schuld ist. Niemand ist daran schuld.«

»Es ist nie unsere Schuld, oder?« Stephanies Augen begegneten meinen. »Wann hören wir endlich auf, so zu tun, als würden uns rein zufällig irgendwelche schlimmen Dinge ereilen? Es bringt uns allerdings auch nicht weiter, wenn wir uns selbst zerfleischen.«

Da lag Stephanie nicht ganz falsch. Die Art und Weise, wie wir uns alle für das, was Alice zugestoßen war, verantwortlich machten, kam mir mittlerweile auf eine perverse Art selbstsüchtig vor. Als wäre die Buße eine Möglichkeit, uns aus der Affäre zu ziehen. Ich hatte mit Sicherheit nur an mich gedacht, als Alice eines Abends in meinem Zimmer erschien und mich bat, ihr mein Auto zu leihen.

»Ich erkläre es dir, wenn ich wieder da bin«, hatte sie gesagt. »Ich möchte ... Ich will mich zunächst vergewissern, ob ich richtigliege.«

Das Ganze gefiel mir nicht – dass Alice' zarter Körper bebte, als sie da vor mir stand, dass sie sich weigerte, mir Genaueres zu sagen. Seit Tagen war sie völlig außer sich gewesen wegen dem, was auf dem Dach passiert war, und plötzlich wirkte sie beinahe enthusiastisch? Doch dann wurde mir klar: Wenn Alice am Abend weg war, würden Maeve und ich uns allein den Film ansehen, nicht zu dritt, wie ursprünglich geplant. Und deshalb erwiderte ich: »Klar, du kannst meinen Wagen haben. Solange du willst.«

Am Ende musste Maeve sowieso Überstunden am Informationsschalter im Main Building machen, sodass unser intimer Kinoabend nie stattfand.

»Danke, Derrick«, hatte Alice gesagt. »Du bist der Beste.« Das waren die letzten Worte, die ich aus ihrem Mund hörte.

Ganz gleich, wie fest ich das Lenkrad umfasste, als wir zur Farm fuhren, ich konnte immer noch das Gewicht von Crystals Leichnam in meinen Händen spüren. Keith und ich hatten sie die Treppe hinuntergetragen, in Decken eingewickelt, während Jonathan meinen SUV ums Haus herum zur Hintertür lenkte. Schweigend legten wir die Strecke zu dem eingestürzten Bauernhaus zurück. Es blieb uns keine andere Wahl, als das Ganze so schnell wie möglich hinter uns zu bringen. Je eher es vorbei war, desto früher konnten wir uns dem Vergessen widmen.

Ich holperte über eine unbefestigte Straße, vorbei an der Haupteinfahrt zur Farm, und hielt hinter einem abbruchreifen Schuppen an. Hier konnte uns niemand sehen, weder vom eingestürzten Hauptgebäude aus – falls überhaupt jemand darin wohnte – noch von der baufälligen Baracke am Fuß des Hügels. Wenn wir Glück hatten, konnten wir uns der Baracke, die bei Tageslicht sogar noch bedrohlicher wirkte, unbemerkt durch ein kleines Waldstück nähern.

»Vielleicht sollten wir lieber herkommen, wenn es dunkel ist?«, schlug Jonathan vor. »Nicht, dass uns doch noch irgendwer bemerkt.«

»Beeilen wir uns und bringen wir es hinter uns«, drängte Maeve. »Wenn ihr mich fragt: Wir sitzen hier wie auf dem Präsentierteller.«

Ich schaute zu ihr hinüber. Sie kaute besorgt auf ihrer Unterlippe.

Keith stieg aus, noch bevor ich den Motor ausgestellt hatte. »Ich mache das. Wir treffen uns bei Jonathan.«

»Warte, wovon redest du?«, fragte ich und sprang ebenfalls aus dem SUV. »Du ziehst das nicht allein durch, Keith.«

Keith schickte sich an, das Deckenbündel mit Crystal aus dem Kofferraum zu zerren. Als klar wurde, dass er sich nicht von seinem Vorhaben abbringen lassen würde, lief ich um die Kühlerhaube herum zur Beifahrerseite und drückte Jonathan die Wagenschlüssel in die Hand. »Ihr dreht um und packt eure Sachen. Wir kommen zu Fuß nach. Gebt uns 'ne halbe Stunde, vielleicht 'ne ganze. Sobald wir wieder da sind, fahren wir gemeinsam zurück nach New York.«

»Bist du dir sicher, Derrick?«, fragte Maeve und starrte mich mit weit aufgerissenen Augen an.

»Klar«, sagte ich und fasste mit an.

DETECTIVE JULIA SCUTT

Sonntag, 13.09 Uhr

Ich fahre rechts ran und entdecke Dan, der vor dem Falls an der Wand lehnt, das Handy am Ohr. Er trägt ein frisches Hemd, hellblau mit langen Ärmeln, die er bis über die Ellbogen hochgekrempelt hat. Ihn dort zu sehen, wie er auf mich wartet, versetzt mir überraschenderweise einen Stich.

»Sie haben Hendrix!«, ruft Dan mir zu, als ich die Straße überquere, noch immer damit beschäftigt, das seltsame Gefühl abzuschütteln. »Sie bringen ihn ins Präsidium.«

»Gut«, sage ich, als hätte ich nie daran gezweifelt, dass wir ihn abfangen würden.

Tatsächlich hatte ich mich darauf gefasst gemacht, Seldon beibringen zu müssen, dass ich Finch Hendrix aus Kaaterskill hinaus und in den endlosen Ozean von New York City hatte segeln lassen. Wenigstens haben wir ihn gefunden, selbst wenn die rechtliche Grundlage, ihn festzuhalten, hauchdünn ist.

»Er ist stinksauer«, fährt Dan fort. »Schreit anscheinend herum wegen irgendeiner Kunstausstellung, Kosten für eine verpasste Gelegenheit, Schadensersatz, Anwälte.«

»Sorg dafür, dass er nicht mit dem Hausbesitzer und seinen Gästen zusammenkommt. Ich möchte nicht, dass sie sich absprechen.«

»Das habe ich bereits in die Wege geleitet. Cartright ist dran.«

»Cartright. Großartig.« Ich verdrehe die Augen. Dan zuckt die Achseln. Er mag Cartright. Dan mag jeden. »Ich bin übrigens Lauren Avery auf der Farm begegnet. Du erinnerst dich an sie?«

248

»Nein«, sagt Dan. »Ich kann ja nicht jeden kennen.« Er zögert. »Oder alles.«

Ich kann spüren, dass er mich ansieht. Ich erwidere seinen Blick nicht. »Sie sah … krass aus.«

»Das tut mir leid«, sagt Dan vorsichtig. Wahrscheinlich hält er unser Gespräch für eine Falle, da ich freiwillig mit ihm rede.

Das habe ich wohl verdient. Ich weiß, dass mein Benehmen dann und wann zu wünschen übrig lässt. Als sich das Schweigen zwischen uns ausdehnt, überlege ich, ob ich mich bei Dan bedanken soll, weil er mich aus dieser Sache im Baumarkt herausgeboxt hat. Das hätte ich längst tun sollen. Aber irgendwie habe ich das Gefühl, dass es dafür zu spät ist. Dass es für vieles zu spät ist.

»Hast du schon Näheres über Mike Gaffneys Aufenthaltsort in Erfahrung bringen können?«, frage ich stattdessen. »Ich hab bis jetzt noch nichts gehört.«

Dan schüttelt den Kopf. »Er wird begeistert sein, wenn wir ihn bei seiner Angeltour aufschrecken.«

»Einen Streifenwagen hinzuschicken, damit wir uns vergewissern, dass er tatsächlich beim Angeln ist, hat nichts mit Aufschrecken zu tun«, entgegne ich, obwohl ich weiß, dass Dan recht hat. »Wir haben eine Ace-Construction-Kappe am Tatort gefunden. Die Opfer schulden ihm Geld. Sein Alibi nicht abzuklopfen, wäre absolut nachlässig.«

»Das stimmt. Trotzdem wird er angefressen sein. Der Kerl ist immer angefressen.« Dan deutete über die Schulter auf das Falls. »Warum sind wir hier?«

»Wir müssen auch Luke Gaffneys Alibi bestätigen«, sage ich. »Er behauptet, er wäre den ganzen Abend über hier gewesen. Allerdings hat er ein paar hässliche Schrammen am Hals, die anderes nahelegen.«

Dan nickt. »Soll ich mit reingehen?«

»Ich komme schon klar.«

»Das beantwortet nicht meine Frage.«

Nein, will ich antworten, schon aus Reflex. Doch ausnahmsweise einmal entscheide ich mich für das Gegenteil. »Ja, klar, gern.«

Um dreizehn Uhr an einem Sonntagmittag sitzen nur drei ältere Männer einzeln an der Bar. Keiner von ihnen macht sich die Mühe, in unsere Richtung zu blicken, als wir reinkommen. Am hinteren Ende wischt der Barkeeper, ein junger, stämmiger Bursche mit wachem Blick, mit einer außergewöhnlichen Menge an Sprühreinigungsmittel und guter Laune den Tresen ab.

»Was darf ich euch bringen?«, fragt er lächelnd, als wir näher kommen, doch als ich meine Dienstmarke ziehe, versteinert sein Gesicht. »Gibt es, ähm, gibt es ein Problem, Officer?«

»Haben Sie gestern Abend gearbeitet?«

Er blickt auf den Tresen und wischt an einem unsichtbaren Fleck herum. Am liebsten hätte ich ihn verhaftet, allein aus dem Grund, dass er so verdammt schuldig dreinblickt. »Ähm, ja.«

»War dieses Mädchen hier?« Ich halte ihm mein Handy hin, ein Foto von Crystals Führerschein auf dem Display.

Er beugt sich vor. »Ach, Sie meinen Crystal?« Er wirkt erleichtert. »Sie ist immer hier, um Wochenendhausbesitzer abzuschleppen oder sich einen Drink ausgeben zu lassen. Mädchen wie sie lieben es, Jagd auf die Männer von auswärts zu machen.« Er blinzelt, als er merkt, wie ich ihn anstarre. »Zumindest behaupten das die Leute.«

Ich denke an die Fotos von Crystal als Läuferinnen-Ass, an ihr umwerfendes Lächeln und ihre gesunde, positive Ausstrahlung. *Mädchen wie sie.* Das, was sie jetzt ist, hat nichts mit ihrem eigentlichen Ich zu tun.

»Und? War sie gestern Abend ›auf der Jagd‹, wie Sie es ausdrücken?«, frage ich, ohne den Blick von ihm zu wenden.

»Ähm, am Freitag definitiv.« Er schaut zur Seite. »Gestern Abend habe ich sie aber nicht gesehen. Jetzt, wo Sie mich danach fragen, kommt mir das ein wenig seltsam vor. Normalerweise sitzt sie immer an der Bar.« Er deutet auf den Fernseher an der Decke. »Gestern Abend war der Kampf mit McGregor, deshalb war es rappelvoll. Die Leute stehen auf Mixed Martial Arts. Gut möglich, dass Crystal hier war. Vielleicht habe ich sie nur nicht gesehen.«

»Was ist mit diesem Mann?«, frage ich und rufe ein Foto von Finch auf, das ich im Internet entdeckt habe. Er sieht um einiges besser aus, wenn er nicht gerade zusammengeschlagen wurde.

»Oh, ja. Er und ein anderer Mann haben eine Runde Tequila-Shots bei mir bestellt, nur vom Feinsten. Hier trinkt keiner so ein Zeug.« Er grinst. »Kostet fünfundzwanzig Kröten pro Shot und schmeckt beschissen. Die haben sogar noch eine Runde bestellt. Ordentliches Trinkgeld. Manche von diesen reichen Wochenendgästen sind knauserige Scheißkerle, aber die nicht. Die waren allerdings auch am Freitag da, nicht gestern Abend.«

»Sind Sie sicher?«

Er verdrehte die Augen. »Ja, absolut. Da war nämlich noch halbwegs Luft zum Atmen. Es war Freitag, nicht Samstag bei dem McGregor-Kampf.«

»Hat einer dieser beiden Männer mit dem anderen den Tequila gekauft?«, frage ich und zeige ihm Fotos von Keith und Derrick.

»Ja, der da.« Er deutet auf Keith. »Definitiv. Ich habe gesehen, wie Crystal mit ihm geredet hat.«

»Mit dem?« Ich halte das Handy mit dem Bild von Keith noch etwas höher.

»Ja. Sie haben das Falls gemeinsam verlassen, zusammen mit einer großen Gruppe. Nettes Auto.« Er deutet auf ein Fenster seitlich des Tresens, das auf den Parkplatz hinausgeht. »Audi SUV. Ich kenne mich aus mit Autos.« Der Barkeeper schaut an mir vorbei und nickt jemandem zu. »Noch einen, Mann?«

Als Dan und ich uns umdrehen, sehen wir Bob Hoff hinter uns stehen. Er wirft einen Zwanzig-Dollar-Schein auf den Tisch und meidet meinen Blick. »Nein, ich hab genug«, sagt er und strebt auf den Ausgang zu.

»Mr Hoff?«, rufe ich ihm nach. »Darf ich Ihnen eine Frage stellen?«

Kurz vor der Tür bleibt er stehen und schüttelt den Kopf. Als er sich endlich umdreht, glühen seine Augen vor Zorn. »Ich kümmere mich hier bloß um meine Mom – die übrigens im Sterben liegt – und um meine eigenen Angelegenheiten«, stößt er wütend hervor. »Sie haben nicht das Recht zu versuchen, mir jedes Verbrechen anzuhängen, das in dieser Stadt passiert.«

»Das stimmt«, pflichte ich ihm bei. Ehrlichkeit ist meine einzige Chance. »Und ich versuche ganz bestimmt nicht, Ihnen etwas anzuhängen. Ich war noch ein kleines Mädchen, als meine Schwester Jane umgebracht wurde, und ich weiß immer noch nicht, was ihr zugestoßen ist. Ihre Aussage befindet sich nicht in den Akten meiner Schwester, Mr Hoff. Ich bitte Sie daher, mir zu sagen, was drinstand.« Bob Hoff schüttelt erneut den Kopf. Doch er bleibt stehen – und das ist immerhin etwas. Ich trete näher und senke die Stimme. »Sie sind mir keine Antwort schuldig, Mr Hoff. Trotzdem stelle ich mir immer wieder eine Frage: Wen oder was haben Sie gesehen, damals, als Jane ermordet wurde?«

Hoff schließt die Augen, noch immer kopfschüttelnd. »Mike Gaffney, okay?«, sagt er schließlich. »Ihn habe ich gesehen. Er kam aus dem Wald, in der Nähe der Stelle, an der die Mädchen getötet wurden. Ich saß im Auto und bin vorbeigefahren, deshalb habe ich nur einen flüchtigen Blick auf ihn geworfen. Er trug eine von diesen roten Ace-Construction-Kappen und dieses potthässliche Karohemd, mit dem er in der Woche davor zu Cumberland Farms gekommen war, um seinen Wagen vollzutanken.«

Als ich hereinkomme, sitzt Finch Hendrix zusammengesackt am Tisch in Vernehmungsraum 2. Er hält sich mit einer Hand die rechte Seite, mit der anderen stützt er seinen Kopf ab. Seine schulterlangen Haare werden von einem Haarreif zurückgehalten, was ihn sofort weitaus weniger attraktiv erscheinen lässt.

»Ihnen ist klar, dass ich Sie in Grund und Boden klagen werde?«, fragt er, aber seine Stimme klingt müde. Ich ziehe einen Stuhl unter dem Tisch hervor und setze mich ihm gegenüber. »Ich habe heute Abend eine Ausstellung. Jeder Aufschub kostet mich einen Haufen Geld.«

»Einen Menschen umzubringen, vielleicht sogar zwei, zieht möglicherweise gewisse finanzielle Einschränkungen nach sich«, sage ich. Eine Schockwirkung zu erzielen, sorgt meist für eine gute Gesprächsbasis. Außerdem hoffe ich, dass ich mich so besser auf diese Befragung konzentrieren kann. Denn ich merke, dass ich in Gedanken von Mike Gaffney und Jane abgelenkt bin – die Alibis sind widersprüchlich, und ich habe das von Mike Gaffney nie selbst überprüft. Er hatte behauptet, er sei zum fraglichen Zeitpunkt mit einem Umbau beschäftigt gewesen, aber es wäre gut, sich das noch einmal bestätigen zu lassen.

»Ich habe niemanden umgebracht«, sagt Hendrix. »Das ist Unsinn, und das wissen Sie.«

»Wo ist Crystal?«, frage ich.

»Wer?«

»Das Mädchen, das Sie am Donnerstagabend von der Farm abgeholt haben«, sage ich. »Bevor Sie in die Stadt zurückgefahren sind, um am Freitag so zu tun, als kämen Sie mit den anderen Gästen zum ersten Mal her.«

Finch schaut mich an. »Dann kannte ich also schon vorher ein Mädchen. Das ist aber kein Verbrechen.«

»Jemanden zu erstechen schon. War Crystal Ihre Komplizin?« Diese Theorie ist bestenfalls halb gar, aber wilde Verdächtigungen bringen manchmal tatsächlich die Wahrheit hervor. »Wenn Crystal involviert wäre, würde ich das aktenkundig machen. Aber noch können Sie derjenige sein, der hier die Nase vorn hat. Denn ich wette, Crystal fängt ganz schnell an zu reden, sobald wir sie geschnappt haben.«

»Wow, Sie liegen echt total daneben«, höhnt Hendrix mit einem unangenehmen Maß an Selbstvertrauen. »Das hat schon etwas Komisches.«

»Dann helfen Sie mir«, sage ich. »Klären Sie mich auf, wie es wirklich war, Mr Hendrix.«

Schweigend starrt er einen Fleck an der Wand über meinem Kopf an. »Als ich das Haus am Samstagvormittag verließ, lag Crystal mit Keith im Bett«, sagt er dann. »Er hat sie am Freitag aus der Bar abgeschleppt, weil er hoffte, mit ihr Drogen konsumieren zu können. Keine Ahnung, was anschließend mit ihr passiert ist. Genauso wenig weiß ich, was Derrick und Keith zugestoßen ist. Da war ich längst weg.«

»Wer hat Ihnen das zugefügt, Mr Hendrix?«, frage ich und deute auf seine geschwollene Lippe.

Er zögert, etliche Sekunden, blickt auf seine Hände, die auf der Tischoberfläche liegen.

»Derrick«, stößt er schließlich hervor und sieht mich an. Sein Blick ist fest. »Okay? Derrick ist ein durchgeknallter Scheißkerl, er hat mich windelweich geprügelt.«

»Und dann haben Sie ihn erstochen?«

Er schüttelt den Kopf. Er blinzelt nicht. »Sie können das behaupten, solange Sie wollen – es ist trotzdem unwahr.«

»Dann sagen Sie mir die Wahrheit. Was ist passiert? Warum hat Derrick Ihnen das angetan?«

Finch fährt mit den Handflächen über die Tischplatte, als

wollte er etwas wegwischen. »Ich habe Fotos in seiner Reisetasche entdeckt und ihn deswegen unter Druck gesetzt, was er gar nicht komisch fand.« Er deutet auf sein Gesicht. »Derrick ist jähzornig, falls Sie das noch nicht wissen.«

»Ja, das ist mir schon zu Ohren gekommen«, sage ich. Dann waren es also tatsächlich Fotos, die ich in dem Umschlag in Derricks Reisetasche hinter den eng beschriebenen Seiten gesehen hatte. »Und trotzdem sind Sie noch befreundet?«

Finch runzelt die Stirn, als wäre er selbst verwundert. »Wir haben eine gemeinsame Vergangenheit. Daran halten wir doch alle fest, oder?«

»Ich habe außerdem gehört, dass Sie seit Langem verzweifelt versuchen, sich in die Gruppe hineinzudrängen.«

Finch lacht überheblich, doch dann zuckt er zusammen und verzieht schmerzerfüllt das Gesicht. »Es gibt haufenweise Menschen, die Zeit mit mir verbringen möchten. Mein Terminkalender ist voll mit Einladungen. Warum sollte ich irgendetwas auf diese verfluchte Gruppe geben?«

»Keine Ahnung. Vielleicht, weil Sie dort nicht erwünscht sind?«

Er zieht kaum merklich die Augen schmal. Ich habe den Nagel auf den Kopf getroffen. Finch will definitiv zu dieser Gruppe gehören, gerade weil sie ihn nicht dabeihaben will. Berühmter Künstler, arrogant, möglicherweise mit soziopathischen Zügen. Mit Ablehnung kommt er augenscheinlich nicht klar. Oder er neigt zu selbstverletzendem Verhalten.

»Und Crystal?«, bohre ich weiter. »Sie wurden auf der Farm gesehen, als Sie sie abgeholt haben. Warum?«

Abermals zögert Finch lange. Er betrachtet wieder den Fleck an der Wand oberhalb meines Kopfes.

»Ich habe sie dafür bezahlt, mir einen Vorwand zu liefern, von Keith loszukommen«, antwortet er nach einer ganzen Weile. »Ich bin ein paar Tage früher angereist, um jemanden zu finden, den ich für geeignet hielt – hübsch, clever, auf Drogen. Ich habe ihr Bargeld gegeben, damit sie für ein paar Tage in einem Hotel unterkommen kann. Zu unserem Treffen im Falls, bei dem auch Keith da sein würde, sollte sie Stoff mitbringen.«

»Warum haben Sie das getan?«

»Weil ich stinkwütend war auf Keith. Seinetwegen ist meine Ausstellung in London geplatzt.« Er klopft mit einem Finger auf die Tischplatte. »Keith hat mich betrogen. Ich habe mir den Arsch aufgerissen für etwas, was nie stattfinden würde. Er hat es richtig vermasselt.«

»Dann haben Sie also eine Drogensüchtige auf ihn angesetzt, die Sex mit ihm haben sollte?«

»Nein, ich habe eine Drogensüchtige auf ihn angesetzt, die bestätigen sollte, dass er tatsächlich drogensüchtig ist. Ich hatte es vermutet, wusste es aber nicht mit Sicherheit. Außerdem will ich aus unserem Vertrag aussteigen, ohne dass irgendwelche Geldstrafen oder Schadensersatzforderungen auf mich zukommen. Das ist aber nur möglich, wenn irgendein triftiger Grund vorliegt – zum Beispiel ein Drogenproblem.« Finch lacht. »Die eigentliche Frage ist doch, aus welchem Grund ihn seine Freunde nicht davon abgehalten haben, mit einem Junkie ins Bett zu steigen. Ungeachtet dessen, was diese Clique zu denken scheint, ist es kein Akt der Ergebenheit, tatenlos zuzusehen, wie sich einer von ihnen die Kehle durchschneidet.«

»Das haben Sie also hier gemacht? Keith ein Freund sein?«

»Verdammt noch mal, nein«, knurrt Finch. »Wie ich schon sagte: Er verkauft meine Kunst, er ist nicht mein Freund.«

»Was für Fotos haben Sie in Derricks Reisetasche gefunden?«, will ich wissen und deute auf Finchs Lippe. »Die Fotos, die dazu geführt haben.«

»Fotos von Maeve«, antwortet er. »Total unheimlich.«

»Ich dachte, Derrick ist verheiratet.«

Finch schüttelt den Kopf. »Na ja.«

»Das bedeutet?«

»Das bedeutet, dass Derrick und Beth nicht sonderlich gut miteinander klarkommen.«

»Weiß Beth von Derricks Gefühlen für Maeve?« Wir haben bereits versucht, Kontakt mit der Ehefrau aufzunehmen. Es ist wichtig, dass wir den Aufenthaltsort von Beth Chism zur Tatzeit kennen und bestätigen können. Wütende Ehefrauen sollte man nicht unterschätzen.

»Ich habe keine Ahnung, was Beth weiß.«

»Sie haben ihn also mit diesen Fotos konfrontiert, und …«

»In meinen Augen ist er völlig gaga.« Finch deutet auf sein Gesicht. Er klingt irgendwie … verletzt. »Dann bin ich abgehauen. Sie können Peter fragen, Jonathans Verlobten. Ich bin auf dem Weg zur Tür mit ihm zusammengeprallt.«

»Peter ist hier?«, erkundige ich mich.

»Ja«, antwortet er.

»War er die ganze Zeit über vor Ort?«

»Nein. Gestern Abend war er noch nicht da.«

»Hm. Dann haben Sie sich also am Samstagvormittag mit inneren Blutungen zum Bahnhof geschleppt, aber bis zum nächsten Morgen um vier keinen Zug bestiegen.«

»Ich weiß nicht, was Sie von mir hören wollen – so war es. Darf ich jetzt gehen? Ich habe Ihre Fragen beantwortet, und wenn ich sofort aufbreche, schaffe ich es noch rechtzeitig zu meiner Ausstellung und muss Sie nicht in Grund und Boden klagen.«

»Nein, Mr Hendrix«, sage ich. »Sie dürfen nicht gehen. Denn nichts von dem, was Sie mir da erzählen, ergibt Sinn. Ich mag zwar im Moment nicht weiterwissen, aber ich bin nicht dumm.«

»Sie können mich nicht ewig hier festhalten.«

»Da haben Sie recht, ewig kann ich Sie nicht festhalten«, pflichte ich ihm bei. »Aber doch noch eine Weile.«

Zwanzig Minuten später steht Dan mit mir im Archiv, eine dunkle Zelle mit Neonbeleuchtung am Fuß einer Betontreppe. Ich habe ihn hergebeten, und er hat sich alle Mühe gegeben, so zu tun, als wäre das nichts Besonderes. Am Ende dauert es eine knappe halbe Stunde, bis wir den richtigen Karton gefunden haben. Janes Fallakten sind ordentlich geführt, sämtliche Zeugenbefragungen zusammen abgeheftet.

Ich lege mir einen Stapel mit Schnellheftern auf den Schoß und blättere ihn durch, während Dan sich einen eigenen Stapel vornimmt. »Ich habe hier die Aussagen von den Gaffneys und ihren Alibizeugen«, sage ich. Sie erscheinen mir einigermaßen glaubwürdig – obwohl man nie wirklich sicher sein kann, es sei denn, man hat den Zeugen persönlich befragt. »Allerdings kann ich Bob Hoffs Aussage immer noch nicht finden.«

»Hier ist sie auch nicht«, stellt Dan fest. »Aber manches geht nun mal verloren.« Ich werfe ihm einen Blick zu und sehe, wie er plötzlich innehält und auf eine Seite starrt. Seine Gesichtszüge verhärten sich. Endlich sieht er auf und streckt mir den aufgeschlagenen Schnellhefter entgegen. »Und manchmal gehen sie absichtlich verloren.«

Bei der Seite handelt es sich um eine Inventurliste des Kartons. Sämtliche Befragungs- und Vernehmungsprotokolle, die vorhanden sein sollten, sind darauf aufgeführt. Die vorhanden sein *sollten,* es sei denn, jemand hat sie später entfernt. Und da steht es, in Zeile vier: »Zeugenbefragung: Bob Hoff«.

MAEVE

Samstag, 11.29 Uhr

Stephanie, Jonathan und ich saßen im Wohnzimmer auf den unbequemen knallroten Sofas und warteten darauf, dass Derrick und Keith von der Farm zurückkehrten. Vielmehr: Jonathan und ich saßen, Stephanie schritt unruhig im Zimmer auf und ab. Ich versuchte, mich aufrecht zu halten und meine Atemzüge zu zählen. In Panik auszubrechen, hätte die Situation nicht besser gemacht.

Was Crystal zugestoßen war, war entsetzlich, keine Frage. Eine hässliche Wendung des Schicksals – wie hoch standen die Chancen, dass Keith eine Frau mitbrachte, mit ihr zusammen Drogen nahm und sie ausgerechnet dann über den Jordan ging? Ich hatte noch nie an Verwünschungen geglaubt, aber diesmal konnte ich mich des Eindrucks nicht erwehren, dass tatsächlich ein Fluch auf uns lastete.

Wir mussten die Catskills verlassen, so viel stand fest. Nichts, was wir taten, würde etwas an den schrecklichen Dingen ändern, die bereits passiert waren. Unsere beste Option – unsere einzige Option – war es, uns aus dem Staub zu machen, *bevor* die Polizei von Kaaterskill auf der Schwelle stand.

»Wir hätten sie nicht fortschaffen dürfen«, murmelte Stephanie und blieb vor dem Sofa stehen, auf dem Jonathan und ich saßen. »Wir können uns immer noch umentscheiden. Es ist noch nicht zu spät. Ja, wir haben sie von hier fortgebracht, und wir werden die Konsequenzen dafür tragen müssen. Wenn man mir die Zulassung entzieht, dann ist das eben so. Es gibt Wichtigeres als meinen Job.«

»Das ist richtig. Aber es geht hier ja nicht nur um dich«,

sagte ich. Meine Brust fühlte sich eng an. »Keith ist derjenige, der ins Gefängnis wandern wird – wegen *Mordes*. Ist das vielleicht eine angemessene Strafe für einen Drogenabhängigen?« Das war schlimm, sehr, sehr schlimm. »Es tut mir leid, aber es fühlt sich für mich einfach falsch an.«

Ich schaute zu Jonathan hinüber. Sein Gesicht war völlig ausdruckslos. Er sah aus wie ein Papp-Jonathan, der bei der leisesten Berührung umkippte. »Natürlich ist das keine angemessene Strafe für einen Drogensüchtigen«, sagte er. »Selbstverständlich nicht.«

Ich versuchte, mein rasendes Herz zu ignorieren, als ich erst Stephanie, dann wieder Jonathan ansah. »Es tut mir leid, vielleicht liegt es daran, dass ich keine richtige Familie habe, aber ich halte es für feige, einen Freund so hängen zu lassen. Ganz gleich, was uns anderen bevorsteht – für Keith wird es viel schlimmer. Wir müssen ihn beschützen.«

Stephanie öffnete den Mund, als wolle sie widersprechen, doch dann ließ sie sich auf das Sofa uns gegenüber fallen und stieß stattdessen hervor: »Scheiße, du hast recht. Selbstverständlich hast du recht.«

Für eine Weile, die mir vorkam wie eine Ewigkeit, sagte keiner von uns ein Wort. Mein Adrenalinspiegel sank. Ehrlich gesagt, war ich mir nicht sicher, wie lange ich das noch aushielt. Ich hatte es satt.

»Wo ist eigentlich Finch?«, fragte Jonathan plötzlich.

Das war eine gute Frage. Es war wichtig, dass wir diesen Vorfall geheim hielten, und Finch konnte man nicht trauen.

»Er ist heute Morgen fortgegangen«, antwortete Stephanie. Jonathan und ich tauschten einen Blick aus und warteten darauf, dass sie fortfuhr. »Bevor Keith … bevor Crystal … Aber er war noch hier, als Keith zu schreien anfing.« Finch und Stephanie? »Nachdem ich in Keith' Zimmer gerannt bin, hab ich ihn nicht mehr gesehen. Möglicherweise weiß er, dass Crystal an einer Überdosis gestorben ist, aber mehr auch nicht. Er war sauer auf Keith, wegen irgendeiner Ausstellung in London.«

»Und was ist mit Peter?«, fragte ich Jonathan. »Wo ist er?«

»Ich habe keinen blassen Schimmer. Er hat mir eine Textnachricht geschickt, in der steht, er wolle alles wiedergutmachen. Wahrscheinlich bedeutet das, dass er einkaufen gefahren ist, um für uns zu kochen, denn das macht er normalerweise, wenn wir uns gestritten haben.«

Wir hörten, wie die Haustür aufging.

»Gott sei Dank, sie sind wieder da.« Jonathan schnappte nach Luft.

Doch als wir zum Eingang liefen, stand lediglich Peter dort, durchgefroren und mit finsterem Blick.

»Was ist los, Peter?«, fragte Jonathan besorgt.

Peter starrte kopfschüttelnd auf seine teuren Designer-Turnschuhe. »Es tut mir wirklich leid, Jonathan.«

»Was tut dir leid?« Ich machte einen Schritt auf ihn zu.

»Das mit den Bauunternehmern.« Peter deutete auf die Haustür, als hätte sich dahinter gerade Gott weiß was abgespielt.

»Waren sie wieder hier?«, fragte Jonathan.

»Nein, nein«, sagte Peter. »Ich habe sie angerufen und ihnen erklärt, dass es meine Schuld war. Dass ich die Rechnung nicht beglichen habe und dass du nichts davon wusstest. Sie haben mich um ein Treffen gebeten, und ich hatte nicht den Eindruck, mir bliebe eine Wahl.«

»Ist alles in Ordnung mit dir?« Jonathan musterte Peter von oben bis unten.

»Ja – ich meine, ich bin ein bisschen ausgeflippt.«

Jetzt machte auch Stephanie einen Schritt auf ihn zu. »Warte, was genau ist passiert?«

Peter schwieg lange, dann sagte er: »Sie wissen es.«

Mein Magen verknotete sich. »Was wissen sie?«

Plötzlich wirkte er unsicher.

»Warte, warte, setz dich erst einmal.« Jonathan führte Peter ins Wohnzimmer. »Und jetzt erzähl uns alles, von Anfang an.«

Jonathan und Peter saßen Seite an Seite auf einem der roten Sofas. Jonathan hatte die Hand überfürsorglich auf Peters Rücken gelegt. Ich schluckte meine Verärgerung hinunter.

»Also«, fing Peter an. »Ich habe sie angerufen und ihnen gesagt, ich wolle mich bei ihnen entschuldigen und ihnen alles erklären …«

»Ja, den Teil haben wir verstanden«, fiel ich ihm ins Wort. »Und anschließend hast du dich mit ihnen getroffen. Was ist dann passiert?«

»Komm schon, Maeve.« Jonathan warf mir einen beschwörenden Blick zu. »Gib ihm eine Chance.«

»Ich will euch bloß daran erinnern, dass wir Derrick und Keith gesagt haben, wir würden unsere Sachen packen«, sagte ich, sanfter diesmal, fast flehentlich. »Ich denke, wir sollten langsam damit anfangen.«

»Sie haben mir keine Wahl gelassen – ich musste mich mit ihnen treffen.« Peter sah mich mit seinen großen, traurigen Augen an – anscheinend wusste er, dass das bei den meisten Menschen funktionierte. »Wenn ich mich nicht mit ihnen bei der Bank treffen würde, wollten sie herkommen und ›richtigen Schaden‹ anrichten. Ich wollte nur helfen. Ich meine, ich habe uns in diesen Schlamassel hineinmanövriert, da ist es mir wichtig, dass ich uns auch wieder heraushole!«

»Das ist nett von dir«, sagte Jonathan beschwichtigend. Seine Hand lag noch immer auf Peters Rücken. »Du hast sie also bei der Bank getroffen …«

»Ich habe ihnen gesagt, dass ich keinen Zugriff auf eine solche Summe habe, weil das Geld dir gehört.« Er sah Jonathan an. »Das ist mir durchaus bewusst, ich schwöre es, Jonathan. Du bist so großzügig. Das ist eine deiner herausragendsten Eigenschaften.«

Stephanie winkte ungeduldig ab. »Nichts für ungut, Peter, aber Maeve hat recht. Wir müssen hier weg. Kannst du uns bitte einfach kurz sagen, was passiert ist?«

»Na ja, ich hab ihnen alles Geld von meinem Konto gegeben«, sagte Peter, »allerdings waren nur sechshundert Dollar drauf. Sie haben gesagt, ich solle mich an dich wenden, denn sie wollen auch den Rest. Und deshalb hab ich angerufen und angerufen ...«

Jonathan zog sein Handy aus der Tasche und warf einen Blick aufs Display. »Tut mir leid, Peter, wir waren beschäftigt.«

»Schon gut«, wehrte Peter ab. »Ich weiß ja, dass das alles meine Schuld ist.«

Natürlich ist das deine Schuld!

»Als ich dich nicht erreichen konnte, wurden sie noch wütender. Ich dachte, sie würden auf mich losgehen, drei gegen einen. Da hab ich Panik bekommen.« Er wand sich verlegen. »Es ist mir einfach so rausgerutscht. Es tut mir so leid.«

Nein, dachte ich. War es wirklich möglich, dass er ...

»*Was* ist dir rausgerutscht?«, wollte Stephanie wissen.

»Das mit dem Mädchen«, sagte Peter leise.

»Was?«, fragte ich. Meine Kehle war so trocken, dass ich das Wort kaum herausbrachte.

»Ich habe ihnen gesagt, dass ein Mädchen eine Überdosis genommen hat, in diesem Haus. Ich musste ihnen erklären, warum ich dich nicht erreichen kann, musste ihnen einen Grund nennen, verstehst du das, Jonathan?«

»Du hast den Bauunternehmern erzählt, dass wir zu beschäftigt waren, ans Telefon zu gehen, *weil wir eine Leiche beseitigen mussten?*« Stephanies Stimme zitterte. »Willst du mich verarschen?«

»Nein, nein, ich habe ihnen nur gesagt, dass sie gestorben

ist. Mehr nicht. Und dass es ein Unfall war.« Peter sah Jonathan an. »Du hättest dabei sein müssen, Jonathan. Ich konnte nicht klar denken …«

»Ganz offensichtlich nicht!«, brüllte Stephanie. »Es ist übrigens völlig egal, ob du ihnen erzählt hast, dass wir sie weggeschafft haben oder nicht. Alles, was zählt, ist, dass sie tot ist und wir niemanden informiert haben. Glaubst du wirklich, das ist kein Problem?«

»Hör auf, Stephanie«, blaffte Jonathan. »Es ist egal, wie es dazu gekommen ist. Tatsache ist, wir stecken in der Patsche, da hilft kein Gebrüll.«

»Jetzt wollen sie noch mehr Geld«, fuhr Peter mit bebender Stimme fort. »Zwanzigtausend Dollar. Zusätzlich zu den elftausend.«

Ich ließ mich gegen die Rückenlehne der Couch sacken. Geschah das alles wirklich? Wie konnte die Situation derartig eskalieren?

»Sie wollen also einunddreißigtausend Dollar?«, vergewisserte sich Jonathan. Endlich, *endlich* nahm er die Hand von Peters Rücken.

Peter nickte. »Ja, aber sie haben mir versprochen, dass sie niemandem etwas wegen des Mädchens verraten.«

»Oh, prima, sie geben uns ihr Wort!« Stephanie schlug sich mit der Hand gegen die Stirn. »Na, das war's dann wohl.«

Heilige Scheiße. Stephanie hatte recht, und genau das hätte ich auch gesagt, wäre mein Mund nicht wie zugefroren gewesen. »Alles wird gut. Alles wird wieder gut«, sagte Jonathan vor sich hin, aber es klang nicht so, als wäre er davon überzeugt. »Ich kann zumindest einen großen Batzen davon bezahlen, wenn ich heute noch zur Bank gehe – oder vielleicht zu mehreren. Alles kriege ich wahrscheinlich nicht zusammen, zumal die Banken selten so große Summen an Bargeld vorrätig haben. Den Rest könnte ich per Bankanweisung auf ihr Konto transferieren lassen. Sie wollen nur Geld – glücklicherweise ist das kein Problem.«

»Und wenn sie keine Bankanweisung auf ihr Konto akzeptieren?«, gab ich zu bedenken. »Immerhin *erpressen* sie uns.«

»Wenn sie das Geld haben wollen, werden sie auch eine Bankanweisung akzeptieren«, sagte Jonathan. Er wandte sich wieder an Peter. »Wie sollen wir Kontakt mit ihnen aufnehmen? Rufen sie dich an?«

»Luke, der wohl der Drahtzieher ist, hat gesagt, er würde mir den Übergabeort aufs Handy schicken.«

»Okay, dann lasst uns das Geld auftreiben«, sagte Stephanie, die jetzt voll und ganz bei der Sache war. »Es ist jetzt … wie viel Uhr?« Sie warf einen Blick auf ihr Smartphone. »Die Banken schließen am Wochenende früher.« Genauso war sie damals auf dem Dach gewesen, nachdem sie sich endlich damit einverstanden erklärt hatte, die Polizei außen vor zu lassen: bereit, die Sache ohne Rücksicht auf Verluste durchzuziehen. Es war beeindruckend.

Ich blieb sitzen, als die anderen aufstanden und zur Tür gingen. »Vielleicht sollte ich lieber hier warten? Irgendwer muss Keith und Derrick erklären, was los ist, wenn sie zurückkommen.«

»Gute Idee«, sagte Stephanie und klatschte im Vorbeigehen meine Hand ab. »So viel zum Thema ›den Kopf aus der Schlinge ziehen‹, stimmt's?«

Ich saß auf einem der Stühle an der Wand im Wohnzimmer und wartete auf Keith und Derrick. Ich wartete und wartete. Und die ganze Zeit über gab ich mir alle Mühe, das Fünkchen Hoffnung in mir am Leben zu halten. Diejenige zu sein, die immer das Licht am Ende des Horizonts entdeckte. Selbst wenn es gar nicht existierte. Wie im Augenblick, denn diese Situation entwickelte sich ausschließlich in eine Richtung: Es ging immer weiter bergab.

Endlich hörte ich, wie die Haustür aufgesperrt wurde, kurz darauf betraten Keith und Derrick das Wohnzimmer. »Alles okay bei euch?«, fragte ich und sprang auf.

»Das wird schon«, versicherte Derrick mir.

Keith legte die Hände in den Nacken. »Es ist alles so weit in Ordnung, wie es bei zwei Menschen sein kann, die gerade die Leiche eines absolut liebenswerten Mädchens in eine ekelhafte Baracke verfrachtet haben.«

»Das klingt … traumatisierend.«

»Es war schrecklich. Am besten, wir reden nicht darüber.« Derrick nahm meine Hand und drückte sie. Ich brachte ein schiefes Lächeln zustande. »Wo sind die anderen?«, fragte er.

»Ähm, ja, es gab ein Problem – durch Peter«, antwortete ich zögernd.

»Ein Problem? Was meinst du damit?«, wollte Keith wissen.

»Anscheinend hat er den Bauunternehmern gesteckt, was mit Crystal passiert ist.« Ich räusperte mich. »Und jetzt wollen sie mehr Geld, sonst gehen sie zur Polizei.«

»Wie bitte?« Derrick sah mich fassungslos an.

»Ja«, bestätigte ich. »Er hat ihnen nur gesagt, dass sie an einer Überdosis gestorben ist, nicht, dass wir sie weggeschafft haben. Trotzdem ist das nicht gerade toll. Wir geben ihnen die Summe und hoffen auf das Beste.«

Keith schüttelte den Kopf. »Verdammte Scheiße.«

»Ist es verrückt, wenn wir drei jetzt abhauen?«, fragte ich. »Wir sollten wirklich dringend nach New York zurück, und es gibt unter diesen Umständen keinen Grund für uns, noch länger zu bleiben.« Ich warf Derrick einen bedeutungsvollen Blick zu und wies auf Keith. »Wir könnten unterwegs einen Stopp einlegen.«

Derrick, der meine Anspielung auf das Bright Horizons offenbar verstanden hatte, nickte, trotz der Tatsache, dass dieser Abstecher einen Umweg von mehreren Stunden bedeutete und die Chancen, an einem Samstag einzuchecken, eher gering waren. »Das ist ein guter Vorschlag.«

»Moment, woher ist das?« Keith zeigte auf den Kaminsims, ging hin und nahm einen leeren Bilderrahmen zur Hand.

»Keine Ahnung«, erwiderte ich. »Er ist mir vorher gar nicht aufgefallen.«

Keith betrachtete den Rahmen schweigend, dann lief er damit zur Treppe. »Ich gehe mal schnell, ähm, unter die Dusche.«

»Du willst jetzt duschen?«, fragte ich perplex. »Keith, wir müssen abhauen!«

Keith schüttelte den Kopf. »Nein«, sagte er. »Nein, das geht nicht. Noch nicht.«

»Klar geht das«, widersprach Derrick. »Jonathan hat mir erzählt, dass du einverstanden bist, einen Entzug zu machen. Wir bringen dich ins Bright Horizons. Alles wird gut!«

Keith nickte. »Ja, vielleicht«, murmelte er. »Ich muss bloß noch etwas erledigen – es dauert nur eine Minute.«

»Eine Minute?«, fragte Derrick.

Keith nickte. Er starrte noch immer auf den leeren Bilderrahmen in seiner Hand, dann setzte er sich in Bewegung und stieg die Treppenstufen hinauf. »Ich mache, was ihr wollt, ganz egal, was, aber gebt mir noch diese eine Minute, okay? Ich muss nachdenken.«

»Nein, das ist nicht okay, Keith!«, rief Derrick ihm nach. »Du musst einen Entzug machen. Da gibt es nichts zu überlegen!«

»Darum geht es doch gar nicht.« Keith blieb stehen und sah uns an. »Ich muss zuerst mit Finch reden. Das ist alles. Anscheinend gibt es ein Missverständnis. Ich muss das mit ihm klären, bevor ich irgendwohin gehe. Ich will nicht, dass er mir den Vertrag kündigt, während ich weg bin.«

»Geht es wirklich nur darum?«, fragte ich. Er wirkte einfach zu bestürzt, beinahe verängstigt.

»Ja.« Keith nickte. »Das ist alles. Ganz sicher.«

Und damit verschwand er die Treppe hinauf, den leeren Bilderrahmen fest umschlossen.

»Vielleicht ist das ja ganz gut«, sagte Derrick, als er weg war.

»Was soll daran gut sein?«

Derrick zuckte die Achseln. »Als wir auf der Farm waren, hatte es definitiv den Anschein, als wäre Keith am absoluten Tiefpunkt angekommen.«

»Großartig«, sagte ich. »Solange er uns nicht mit hinunterzieht …«

Es war mir unmöglich, nicht an Alice zu denken. In den Tagen nach dem Vorfall auf dem Dach war sie völlig manisch gewesen, besessen von dem Vorhaben, herauszufinden, wer der junge Mann gewesen war. Sie wollte unbedingt seine Familie ausfindig machen, um ihr mitzuteilen, dass er kein Dieb war. Sie wollte Buße tun. Doch manche Dinge ließen sich nun mal nicht wieder geradebiegen. Manchmal war eine Entschuldigung bedeutungslos. Manchmal konnte man einfach nur versuchen, mit dem Schrecklichen leben zu lernen. Ich hatte mir Mühe gegeben, Alice das klarzumachen, aber sie weigerte sich, mir zuzuhören.

»Ich möchte seiner Familie nur versichern, dass er nichts gestohlen hat«, hatte sie gesagt. Sie saß auf meinem Bett, während ich mit dem Rücken an der Wand lehnte. Sie sah aus, als hätte sie seit Tagen nicht mehr geschlafen.

»Ach, Alice«, hatte ich mit meiner vernünftigsten Stimme entgegnet, »wie willst du seinen Eltern das mitteilen, ohne zuzugeben, dass du mit ihm auf dem Dach warst? Dass wir alle da oben waren?«

Sie ließ sich nicht davon abbringen. »Ich werde eine Möglichkeit finden. Zunächst einmal will ich nach Hudson fahren und seine Familie ausfindig machen. Anschließend kann ich vielleicht eine anonyme Nachricht hinterlassen. Ich werde schon nichts machen, was euch in Gefahr bringt. Das ist etwas, was ich für mich selbst tun muss.«

Es galt, vorsichtig zu sein. Alice kam nicht gut mit Druck zurecht. Wenn sie sich in die Enge getrieben fühlte, würde sie sich zurückziehen und einfach das tun, was sie ohnehin vorhatte.

»Hör mal, ich verstehe, warum du das machen möchtest«, sagte ich, um eine ruhige Stimme bemüht. »Wir alle bereuen, dass wir nicht die Polizei gerufen haben. Aber du darfst nicht allein nach Hudson fahren. Das könnte gefährlich sein.«

Ich schaute Alice an und fragte mich, wie labil sie wirklich war. Sie hatte ihre Medikamente mindestens eine Woche vor dem tödlichen Unfall auf dem Dach abgesetzt – das wussten wir alle. Es war offensichtlich.

»Kommst du mit?« In ihren Augen glänzten Tränen. Natürlich hatte ich das nicht damit sagen wollen.

»Vielleicht.« Ich würde auf keinen Fall mit ihr nach Hudson fahren. »Aber nur, wenn du wieder deine Medikamente nimmst.«

Sie schüttelte den Kopf. »Nein, nein, damit bin ich durch.«

»Alice«, sagte ich. »Du kannst nicht klar denken. Und in einer Situation wie dieser brauchst du definitiv einen freien Kopf.«

Sie starrte mich sekundenlang an, dann ließ sie den Kopf sinken. »Okay.« Sie stand auf, ging zu ihrem Schreibtisch und öffnete die oberste Schublade, um ein Fläschchen mit Tabletten herauszunehmen. Sie schüttelte es. Es waren noch jede Menge Tabletten darin. Ich sah zu, wie sie eine davon einnahm. »Bist du jetzt glücklich?«

Aber ich war nicht glücklich, natürlich nicht. Nicht damals. Nicht heute.

»Mach dir keine Sorgen«, sagte Derrick jetzt, legte mir

eine Hand auf die Schulter und führte mich wieder ins Wohnzimmer. Zurück in den Schlamassel, in dem wir steckten. »Ganz gleich, was mit Keith passiert – ich verspreche dir, dass er dich nicht mit hineinreißen wird.«

Das war nett von ihm, natürlich. Trotzdem nervte es mich. Er musste mich nicht beschützen. Ich brauchte nur seinen Wagen, um damit in die Stadt zurückkehren zu können. Jetzt sofort. Auf der Stelle.

»Danke.« Ich zwang mich zu einem Lächeln.

Derrick starrte mich immer noch an. Auf diese ganz bestimmte Weise. *Mist.* Er würde doch nicht etwa jetzt davon anfangen, oder?

»Maeve, es gibt etwas, was ich dir sagen muss«, fing er an, obwohl ich ihn insgeheim anflehte, es nicht zu tun. »Etwas, was ich dir schon seit einer ganzen Weile sagen möchte.«

»Bist du sicher, dass jetzt der richtige Zeitpunkt dafür ist? Bei all dem, was hier passiert ist …«

»Ich *weiß* es, Maeve«, sagte Derrick bedeutungsvoll. »Und ich habe es schon die ganze Zeit über gewusst.«

»Was hast du gewusst?« Mein Herz hämmerte.

»Ich weiß, was auf dem Dach passiert ist.«

Vor meinem inneren Auge blitzte eine anonyme E-Mail auf. *Ich weiß, was du getan hast.* Hatte Derrick sie geschickt?

»Ich weiß aber auch, dass es nicht deine Schuld war«, fuhr er fort. »Das ist alles, was ich sagen wollte. Ich hoffe, *du* weißt das auch.«

Ich starrte ihn fassungslos an. Sein Tonfall und seine Worte klangen freundlich, aber im Zusammenhang mit dieser unheimlichen E-Mail? Anscheinend wollte er mir drohen. Das wurde mir jetzt klar. Wie, glaubte er, sollte das gehen? Dachte er ernsthaft, ich würde mich in ihn verlieben, weil er etwas gegen mich in der Hand hatte?

»Ich verstehe nicht, Derrick.« Ich musste verärgert gewirkt haben, denn Derricks Gesichtsausdruck wurde panisch.

»Ich würde niemals etwas sagen, Maeve. Niemals. Das habe ich nicht gemeint. Wir sind doch Freunde«, fügte er eilig und mit Nachdruck hinzu. »Ich würde alles tun, um dich zu schützen. Genau wie ich es die ganze Zeit über getan habe. Ich wollte nur, dass du das weißt.«

Ja. Klar. Ich sah zu ihm auf und lächelte. »Ich habe keine Ahnung, was du von mir willst.« Und das war die absolute Wahrheit.

»Du musst nichts sagen«, erwiderte er. »Aber bitte hör auf, mich so anzusehen.«

»Wie denn?«, fragte ich und versuchte, das Schwindelgefühl zu ignorieren, das von mir Besitz ergriff.

»Als hätte ich dich verraten«, antwortete Derrick. Er klang traurig, nahezu untröstlich. »Denn das würde ich niemals tun, Ehrenwort.«

Ich nickte. »Gut zu wissen.«

»Ich möchte dir aber noch etwas sagen: Du hast Besseres verdient«, fügte er eilig hinzu, als falle es ihm schwer, die Worte auszusprechen.

»Wie meinst du das?«

»Dein Handy … Du wirkst jedes Mal so enttäuscht, wenn du darauf geschaut hast. Es geht mich nichts an, und ich weiß nicht, was los ist. Ich weiß nur, dass du es nicht verdient hast, dich schlecht zu fühlen.«

»Ich bin nicht enttäuscht.« Meine Wangen glühten.

Ich hatte endlich eine Textnachricht von Bates erhalten: Tut mir leid, hatte zu viel zu tun. Bis bald. Kein »Alles Liebe« oder sonst was. Dennoch war ich zuversichtlich, dass wir die Zweifel überwinden konnten, die er offenbar an der Beziehung mit mir hegte. Möglicherweise sollte ich mich ihm mehr öffnen. Bestimmt würde mir das gelingen. Endlich.

»Na schön.« Derrick machte eine hilflose Handbewegung. »Nun, dann sollte ich vielleicht auch mal unter die Dusche springen.« Er drehte sich um in Richtung Treppe. Ich sah ihm nach. Er kam mir irgendwie anders vor, größer, aufrechter, nachdem er sich endlich seiner Last entledigt hatte.

»Derrick!«, rief ich ihm nach, denn ich konnte ihn unmöglich so gehen lassen. »Ähm, danke.«

»Wofür?«, fragte er. Sein Gesicht hellte sich ein wenig auf.

»Dafür, dass du ein guter Freund bist«, antwortete ich. »Ich ... ich weiß deine Ehrlichkeit zu schätzen. Es ist nicht leicht, aber ... du hast mir einiges zum Nachdenken gegeben.«

Derrick nickte. Auf seine Lippen stahl sich ein zögerndes, hoffnungsvolles Lächeln. »Gut.«

ZWEI WOCHEN (UND FÜNF TAGE) ZUVOR

Jonathan nähert sich der Gramercy Tavern. Er sieht gut aus in seinem maßgeschneiderten Anzug. Natürlich telefoniert er, als er die Straße überquert – gefährlich abgelenkt, wie immer, gestresst von irgendeinem Geschäftsanruf oder seiner Familie. Ganz gleich, was die Leute denken: Jonathans Leben ist nicht einfach. Geld löst nicht alle Probleme – und ganz gewiss mindert es nicht den Druck, den Jonathans Dad ihm auferlegt. Sogar diese Verabredung zum Lunch – Vater und Sohn, jeden Freitag um dreizehn Uhr, immer im selben Lokal, Ausnahmen oder Entschuldigungen ausgeschlossen – ist wie eine Prüfung. Man empfindet unweigerlich Mitleid mit Jonathan, der sein Leben dem Wunsch unterordnet, jemandem zu gefallen, der doch nie zufriedenzustellen ist.

Das ist mit Sicherheit der Grund dafür, warum er sich seinen Freunden gegenüber in jeder Hinsicht stets übertrieben großzügig verhält, ganz gleich, ob es um Jobs, Geld, Liebschaften geht. Schon damals am Vassar College warf er mit alldem förmlich um sich, als wäre es nichts. In gewisser Hinsicht ist es das auch für Jonathan – nichts –, denn er hat so viel von allem. Dennoch hat genau das zu Problemen geführt. Mitunter passiert Schlimmes, wenn man erwartet, dass die Menschen die eigene Großzügigkeit erwidern. Und es *ist* Schlimmes passiert. Man hat seine Großzügigkeit ausgenutzt, und vielleicht kennt sogar Jonathan seine Grenze.

Trotzdem ist es *sehr* schwer, sich vorzustellen, dass ausgerechnet er derjenige ist. Irgendwie habe ich das Gefühl, ich müsste das doch wissen.

Vor der Tür des Restaurants bleibt Jonathan stehen. Er telefoniert noch immer, nicht mit seinem Vater, sicher nicht, denn der sitzt drinnen, ganz in der Nähe. Er telefoniert mit jemand anderem – Keith? Er ist definitiv zu nachsichtig mit Keith – ein weiteres Beispiel dafür, wie die allerbesten Absichten schlimmsten Schaden anrichten können. Bei Keith wirkt Jonathans Großzügigkeit wie ein Wolkenbruch nach Tagen der Dürre – alles, was es noch wert ist, gerettet zu werden, wird von einer einzigen Sturzflut weggespült.

Der Anruf, der Jonathan so vereinnahmt, könnte aber auch genauso gut etwas mit seinem Verlobten Peter zu tun haben. Soweit ich es beurteilen kann, führt Peter etwas im Schilde. Etwas, was für Jonathan sehr übel ausgehen wird. Ein Teil von mir will ihn warnen, doch der größere Teil weiß, dass sich die Leute an die Lügen klammern, die sie sich selbst auftischen. Das Letzte, was sie wollen, ist jemanden, der an dem Schorf auf ihren Wunden knibbelt – selbst wenn es zu ihrem Besten wäre. Und ich weiß aus eigener Erfahrung, dass alte Wunden oftmals stärker bluten, wenn man sie wieder aufreißt.

DETECTIVE JULIA SCUTT

Sonntag, 14.24 Uhr

Ich betrete den Vernehmungsraum allein; Dan sitzt noch unten im Archiv und geht die Ordner ein weiteres Mal durch, um Hoffs Aussage zu finden. Jonathan lehnt sich mit geschlossenen Augen auf seinem Stuhl zurück. Maeve hat den Kopf auf die Tischplatte gelegt, auf ihre verschränkten Hände. Stephanie geht rastlos auf und ab und kaut an einem Fingernagel.

Jane – mittlerweile muss ich bei allem an sie denken.

Jane hasste Nägelkauen. Sie schimpfte ständig mit Bethany, wenn die an ihren Nägeln knabberte, was sie fast die ganze Zeit über tat. Sogar Mike Gaffney hatte einmal gesagt: »Du wirst es eh schwer haben, einen Jungen abzubekommen, da musst du nicht noch deine Finger zu Stumpen kauen.« Bethany war kein attraktives Mädchen – sie hatte Übergewicht, schlechte Haut, stumpfe Haare und trug eine Brille, daran erinnere ich mich genau. Andererseits war es für jeden schwer, neben der strahlenden Jane zu bestehen.

Und hatte Jane Mike Gaffney nicht gesagt, er solle die Klappe halten? Sie hat Bethany immer in Schutz genommen, die in jeder Hinsicht so viel weniger besaß als Jane. Alle fanden, dass sie ein seltsames Paar abgaben. Alle, außer Jane, die niemals ihre Gefühle für die Menschen hinterfragte, die sie liebte.

Jetzt geht mir durch den Kopf, ob es womöglich etwas so Albernes und Simples gewesen war – Jane, die Mike Gaffney auffordert, er solle die Klappe halten –, was zu ihrem und Bethanys Tod geführt hatte.

»Oh, Sie sind zurück – *endlich*«, sagt Stephanie, ohne sich Mühe zu geben, ihren Unmut zu verbergen. »Hören Sie, Detective, wir möchten Ihnen helfen, aber wir wissen beide, dass Sie uns nicht unbegrenzt festhalten können, solange gegen uns kein Tatverdacht besteht. Wir sind müde, und dieser Raum ist eine Zumutung. Wir möchten gehen. Sofort.«

»Sie und Ihre Freunde sind zu Ihrer eigenen Sicherheit hier. Und damit Sie uns dabei unterstützen können, Ihre Freunde zu finden«, stelle ich richtig. »Ich gehe davon aus, dass das in Ihrem Sinne ist.«

Aber sie hat recht. Wir können sie nicht ewig hierbehalten. Und sobald Finchs Anwalt auftaucht, werde ich wohl auch ihn laufen lassen müssen. Ich weiß, dass sie alle lügen, aber bislang habe ich keinen Beweis dafür, kann nicht herausfinden, was sie verbergen.

»Selbstverständlich ist das in unserem Sinne.« Maeve hebt den Kopf und blinzelt mich erschöpft an.

»Wussten Sie eigentlich, dass Derrick Mr Hendrix zusammengeschlagen hat? Deshalb hat er das Haus verlassen.«

Den Blicken nach zu urteilen, die Jonathan und Maeve einander zuwerfen, wussten sie es nicht. »Sind Sie sicher?«, fragt Jonathan. »Warum sollte Derrick das tun?«

»Schwer zu sagen«, lüge ich. »Aber anscheinend hat er es getan.«

»Ich wusste es«, schaltet sich Stephanie ein.

»Du wusstest es?« Jonathans Überraschung klingt echt.

Stephanie nickt. »Ich habe Finch gesehen, unmittelbar bevor er gegangen ist. Seine Lippe war geschwollen. Er behauptete, Derrick habe ihn geschlagen, aber ich wollte keine Details hören. Finch ist ein … Was auch immer passiert ist, ich bin mir sicher, er hatte es verdient.«

»Aha«, sage ich. »Ich hätte gern die Details erfahren, denn Mr Hendrix hat die Gegend nie verlassen. Um genau zu sein, sitzt er in einem Vernehmungsraum am Ende des Flurs. Und er kann nicht belegen, was er zu dem Zeitpunkt von Mr Lazards und Mr Chisms Verschwinden getan oder wo er sich aufgehalten hat.«

»Warten Sie, Sie denken, Finch steckt dahinter?«, fragt Maeve. Sie sieht mit einem Blick von Jonathan zu Stephanie, als würde sie einzelne Puzzleteile zusammensetzen, dann legt sie die Hand vor den Mund. »O mein Gott.«

»Das ist eine Möglichkeit«, sage ich. »Mr Chisms Schläge waren brutal genug, um Mr Hendrix ins Krankenhaus zu befördern.«

»Wirklich?« Jetzt ist Stephanie diejenige, die überrascht wirkt.

Ich nicke. »Es könnte schließlich sein, dass Finch Rache genommen hat.«

»Er hatte doch auch diese Waffe dabei«, platzt Maeve mit weit aufgerissenen Augen heraus. »Wir alle wissen, dass er nicht nur schwierig ist – er kann durchaus gefährlich sein!«

»Moment mal, welche Waffe?« Ich hole tief Luft, um mich so weit zu beruhigen, dass ich ihnen nicht allen der Reihe nach eine Ohrfeige verpasse. Eine Waffe? Und sie erzählen mir erst jetzt davon? Das kann doch nicht ihr Ernst sein!

»Die Waffe ist weg«, sagt Jonathan. »Derrick hat sie in den Fluss geworfen.«

»Finch hat sich einen Spaß daraus gemacht, uns damit zu erschrecken«, fügt Maeve hinzu.

»Es ist nicht ausgeschlossen, dass Finch verantwortlich ist für das, was auch immer passiert ist«, sagt Stephanie nach einigem Zögern. Ihr Ton klingt seltsam gepresst. Als falle es ihr schwer, dies zuzugeben. »Maeve hat recht. Womöglich ist er zu weitaus Schlimmerem fähig, als wir ihm zutrauen.«

Da stimme ich ihr zu. Auch ich halte ihn zu Schlimmerem fähig, denn er verhält sich aggressiv, und er weicht mir aus.

Außerdem würde Seldon einen Verdächtigen wie Finch lieben – jemanden von außerhalb. Trotzdem bin ich nicht ganz überzeugt, dass Finch der Mann ist, den wir suchen.

»Anscheinend haben Sie alle sehr viel darangesetzt, *nicht* mit ihm befreundet zu sein.«

»Sie haben mit Finch geredet«, sagt Jonathan. »Also: Wollen Sie uns das zum Vorwurf machen? Die ganze Zeit soll sich alles nur um ihn drehen. Das ist der Grund, warum er keine richtigen Freunde hat.«

»Entschuldigen Sie, gibt es vielleicht einen anderen Ort, an dem Sie uns unterbringen könnten?«, fragt Maeve, höflich, aber bestimmt. Sie reibt sich mit den Händen über die Arme, obwohl mir der Raum warm vorkommt, nicht kalt. »Wir sind die ganze Nacht auf den Beinen gewesen, und hier drinnen ist es nicht gerade angenehm. Es ist wirklich eine Zumutung, da hat Stephanie recht.«

»Ich werde mich so bald wie möglich darum kümmern, und ich habe auch nur noch wenige weitere Fragen.«

Jonathan zieht seine dämliche Mütze tiefer. Ich habe das Hämatom nicht vergessen, für das er mir immer noch eine Erklärung schuldet. »Was für weitere Fragen?«

»Nun, fangen wir mit dem Führerschein an, den wir gefunden haben. Er gehört einer gewissen Crystal Finnegan – Sie sagten, Sie wüssten nicht, wer sie ist. Ist das korrekt?«

»Hm«, sagt Jonathan mit zusammengepressten Lippen und wischt sich nickend eine Handfläche am Oberschenkel ab.

»Entschuldigung, bedeutet das ja oder nein, Mr Cheung?«

»Moment, das verstehe ich nicht. Ich möchte nicht selbstsüchtig wirken, aber ein Freund von uns wird vermisst, ist womöglich verletzt«, schaltet sich Stephanie ein. »Sollten wir uns nicht eigentlich darauf konzentrieren?«

Ihre unaufgeregte Zwischenfrage ist beeindruckend in Anbetracht dessen, was ich bereits weiß.

»Crystal scheint ebenfalls verschwunden zu sein, was mit dem zusammenhängen könnte, was Ihren Freunden zugestoßen ist.« Ich halte ihrem Blick gelassen stand. »Vielleicht würden wir effizientere Fortschritte machen, wenn Sie meine Zeit nicht damit verschwendeten, mir Lügen zu erzählen.«

»Lügen?« Maeves Augenlider flattern. »Wieso sollten wir Sie belügen?«

»Sie alle wissen genau, wer Crystal Finnegan ist. Sie wussten es schon, als ich ihren Führerschein gefunden habe. Sie hat in Derricks Wagen gesessen, mit Ihnen allen, weil Keith sie nach Ihrem Abstecher ins Falls in Jonathans Haus eingeladen hat.«

Alle drei starren für einen langen Moment auf den Fußboden.

Endlich sieht Maeve zu mir auf. »Die Sache mit Crystal ist ...«

»... kompliziert«, springt Stephanie ihr bei. »Wir waren nicht glücklich darüber, dass Keith dieses Mädchen mitgebracht hat, das er gar nicht kannte. Er nahm Drogen. Sie nahm Drogen. Es war ein einziges Fiasko.«

Jonathan beugt sich nervös zu Stephanie vor. »Ich denke, wir sollten nicht ...«

»Was? Die Wahrheit über Keith sagen? Wir können nicht immer wieder versuchen, ihn zu schützen, Jonathan«, entgegnet Stephanie schnippisch. Dann wendet sie sich an mich. Ihr Blick ist entschlossen. »Ich gehe davon aus, dass Keith Crystal aus dem Falls mitgenommen hat, weil sie Drogen bei sich hatte und er hoffte, etwas davon abzubekommen. Ich weiß, dass ihn das nicht sonderlich gut dastehen lässt, aber es ist nun mal die Wahrheit.«

»Er ist draußen mit ihr aufgekreuzt«, übernimmt Jonathan. »Wir anderen saßen schon im Wagen.« Er spricht schnell, als könne er sich jetzt nicht mehr bremsen. »Wir hatten ihn drinnen aus den Augen verloren. Alle drängten sich um die Bar, weil irgendetwas im Fernsehen lief, irgendein Boxkampf. Wir waren völlig überrascht, als er plötzlich eine Frau bei sich hatte.«

Der Kampf hatte nicht am Freitagabend stattgefunden, sondern am Samstag, und es war auch kein Boxkampf gewesen, sondern ein Mixed-Martial-Arts-Kampf mit Conor McGregor. Genau zu der Zeit, in der die ganze Gruppe angeblich in Jonathans Haus Penne arrabiata gegessen hatte.

»Nur um mich zu vergewissern: Gestern Abend, also am Samstag, waren Sie die ganze Zeit über zu Hause, ist das korrekt?«

»Ja«, antwortet Jonathan entschieden, während Stephanies Gesicht plötzlich äußerst angespannt wirkt.

»Keith ist gestern Abend vermutlich losgezogen, um Drogen zu kaufen«, sagt Maeve. »Ich nehme an, er hat Derrick überredet, ihm dabei behilflich zu sein, anstatt zu Cumberland Farms zu fahren. Er ist stark abhängig, braucht immer mehr.«

»Wir wollten doch bloß … Keith ist unser Freund«, erklärt Jonathan. »Ich weiß, dass wir Ihnen von Crystal hätten erzählen sollen, aber die Situation ist so kompliziert, mit meiner Familie und Keith und dem Geld. Er hat wirklich große Probleme. Wir wollten nicht, dass er noch mehr Ärger bekommt.«

»Informationen zurückzuhalten kann die Ermittlungen auf unvorhersehbare Art und Weise beeinträchtigen, da Sie nicht über alle relevanten Fakten verfügen. Crystal Finnegan hat zum Beispiel auch eine Beziehung mit Luke Gaffney von Ace Construction«, sage ich, in der Hoffnung, dass sie sich entgegenkommender zeigen, wenn ich an ihre Vernunft appelliere. »Gut möglich, dass er sauer auf Crystal und Keith war und deshalb für die Ereignisse im Wagen verantwortlich ist. Die Tatsachen, die Sie mir vorenthalten, mögen Ihnen wie nebensächliche Details erscheinen, aber sie können in unerwartete Richtungen deuten, die unter Umständen ausschlaggebend für die Aufklärung des Falles sind.«

»Ich kann mir nicht vorstellen, dass Luke Gaffney mit Crystal zusammen ist«, gibt Stephanie zu bedenken.

»Ich auch nicht ...« Jonathan schüttelt mit Nachdruck den Kopf.

Mir ist nicht klar, warum sie diese Möglichkeit so schnell ausschließen. »Wie kommen Sie darauf?«, möchte ich daher wissen.

»Wir wissen es natürlich nicht«, hält Maeve dagegen und wirft Jonathan und Stephanie einen Blick zu. »Könnte doch sein, oder nicht?«

»Eins würde ich noch gern wissen, wenn wir jetzt schon so offen zueinander sind – haben Sie mittlerweile die vollständige Summe bezahlt, die Sie Ace Construction schulden?«

Jonathan rutscht auf seinem Stuhl herum und reibt sich erneut eine Handfläche am Oberschenkel ab. »Wir haben ihnen viel Geld bezahlt, aber nicht ganz so viel, wie sie verlangt haben«, gibt er zu. »Sie haben den Preis erhöht.«

»Als Sie mir zuvor mitteilten, es sei alles geklärt ...«

»Es war so weit geklärt, wie es unsere Möglichkeiten zu jenem Zeitpunkt zuließen«, teilt Stephanie mir in juristischer Haarspalterei-Manier mit.

»Man kann pro Tag nur eine bestimmte Summe Bargeld abheben. Ich habe ihnen alles gegeben, was ich bekommen konnte, und ihnen gesagt, dass ich den Rest per Bankanweisung begleiche«, sagt Jonathan.

»Wann ist Peter, Ihr Verlobter, eingetroffen?«, erkundige ich mich wie nebenbei, doch es ist als Warnung gemeint: *Ich weiß sehr viel mehr, als ihr denkt.*

Jonathan begegnet meinem Blick. »Es tut mir leid, dass ich das nicht erwähnt habe. Aber ich war – ich *bin* wütend auf ihn. Es war Peters Schuld, dass wir die Rechnung der Bauunternehmer nicht beglichen haben. Wir hatten deswegen einen Streit, und er ist gegangen. Aber Peter hat nichts mit dem zu tun, was Keith und Derrick zugestoßen ist.«

»Aber das *wissen* wir nicht, richtig?«, wirft Maeve vorsichtig ein.

Jonathan dreht den Kopf in ihre Richtung. »Doch, das wissen wir.«

»Und woher wissen wir das, wenn wir nicht mal ansatzweise eine Ahnung haben, was passiert ist?«

Jonathan presst die Kiefer aufeinander und schüttelt unwirsch den Kopf. »Glaub mir, Maeve, ich weiß es.«

»Okay, ich denke, wir sollten an dieser Stelle eine kurze Pause einlegen«, schlage ich vor. Diese neue Spannung zwischen ihnen könnte nützlich sein. Als vereinte Front war nicht an sie heranzukommen. Ich habe das Gefühl, die einzige Möglichkeit, die Wahrheit ans Licht zu bringen, besteht darin, die Lücken in dieser Front aufzuspüren. »Sie benötigen offenbar dringend ein bisschen frische Luft.«

»Dürfen wir gehen?«, fragt Maeve.

»Nein, das ist leider noch nicht möglich.« Ich werde Cartright anfordern. Er soll sie trennen. Ein bisschen für Aufregung sorgen. Mein Handy summt. Eine Nachricht von Dan. Ich stehe auf und halte es hoch. »Wenn Sie mich bitte für eine Sekunde entschuldigen würden, ich muss kurz etwas klären. Bin gleich wieder da.«

Ich verlasse den Vernehmungsraum, bevor sie irgendwelche Einwände erheben können. Auf dem Gang lese ich Dans Nachricht. Kann nirgendwo die Aussage von Hoff finden. Habe Mike Gaffneys Alibi überprüft. Die Frau hasst ihn, aber sie schwört immer noch, dass er zum fraglichen Zeitpunkt an ihrer Küche gearbeitet hat.

»Scutt!«, bellt eine Stimme. Ich drehe mich um und sehe, dass Seldon mit wutverzerrtem Gesicht auf mich zukommt.

»Sie haben einen Streifenwagen zu Mike Gaffneys Fischerhütte geschickt? Haben Sie Ihren gottverdammten Verstand
verloren?«

Seldon mag mich nicht, aber für gewöhnlich schreit er
nicht so herum. Im Augenblick sieht er so aus, als würde ihm
jede Sekunde eine Arterie platzen.

»Wir haben eine Ace-Construction-Kappe in der Nähe
der Unfallstelle gefunden«, sage ich und versuche, mich nicht
von seinem Zorn einschüchtern zu lassen. »Es gab einen Disput zwischen den Opfern und den Gaffneys wegen einer un-
bezahlten Rechnung. Der Officer war nur wenige Minuten
dort, um zu bestätigen, dass Mike Gaffney sich an dem von
ihm angegebenen Ort aufhält, sodass wir ihn nun als Tatverdächtigen ausschließen können.«

»Mike Gaffney muss nicht *als Tatverdächtiger ausgeschlossen werden!*«

»Ähm, warum nicht?«, will ich wissen. Die Frage war ein
Fehler, wie mir schlagartig bewusst wird.

»Weil er ein aufrechter Unternehmer ist!«, brüllt er. »Ein
Stützpfeiler dieser Gemeinde, und kein verfluchter Krimi-
neller!«

Mike Gaffney ist zweifelsohne ein erfolgreicher lokaler
Unternehmer, aber »Stützpfeiler dieser Gemeinde« erscheint
mir doch etwas weit hergeholt. Trotzdem sollte ich diese
Auseinandersetzung nicht führen.

»Ich versuche lediglich, die Untersuchung methodisch voranzutreiben, Sir«, erkläre ich mit fester Stimme, denn sein
Benehmen ist lächerlich. »Mike Gaffney auszuschließen,
gibt uns die Möglichkeit, uns auf die vielversprechenderen
Hinweise zu konzentrieren.«

Seldon verschränkt die Arme vor der Brust. »Was für Hinweise?«

»Da ist zum Beispiel die Person, die die Gruppe vorzeitig
verlassen hat. Sie sitzt in Vernehmungsraum 2. Der Mann

wurde Opfer eines körperlichen Übergriffs, ausgeführt von einem der Wageninsassen, möglicherweise dem Verstorbenen. Sein Alibi ist nicht glaubhaft.«

Seldon starrt mich mit zusammengekniffenen Augen an und knirscht mit den Zähnen.

»Na schön. Zurück an die Arbeit. Aber bleiben Sie fokussiert, Scutt.« Seine Nasenflügel beben. »Diese Ermittlungen sind für Sie entscheidend.«

STEPHANIE

Samstag, 16.52 Uhr

»Danke, Stephanie«, sagte Jonathan, als wir den oberen Treppenabsatz erreichten. Endlich waren wir wieder in seinem Haus, um fast siebzehn Uhr. »Ohne dich hätte ich das alles nicht durchgestanden.«

»Kein Problem«, winkte ich ab, als wäre das keine große Sache gewesen, auch wenn ich mir ziemlich sicher war, dass Jonathan es ohne mich tatsächlich nicht geschafft hätte. Ich hatte hämmernde Kopfschmerzen von den Diskussionen mit zahllosen Bankangestellten.

Wir hatten die ganze Strecke nach Albany und zurück fahren müssen – fünfundvierzig Minuten die einfache Strecke – und waren bei vier verschiedenen Geldinstituten vorstellig geworden, bis wir die zwanzigtausend Dollar zusammenhatten, die Jonathan nun in zwei Umschlägen bei sich trug. Er hatte außerdem dafür gesorgt, dass die restlichen elftausend Dollar am Montag auf das Konto von Ace Construction transferiert wurden. Jetzt brauchten wir nur noch die entsprechenden Daten. Peter schien sich Sorgen zu machen, dass sich die Bauunternehmer damit nicht zufriedengeben würden – anscheinend wollten sie nur Cash –, was uns jedoch nichts nützte, denn es gab keine Alternative. Aber so war Peter nun einmal: vollkommen unnütz.

»Ich meine es ernst, Stephanie.« Jonathan drehte sich zu Peter um, der uns in einiger Entfernung folgte. »Also, fürs Protokoll: Ich weiß, dass diese Situation nicht unbedingt ...« Seine Stimme brach. Er räusperte sich. »Peter ist ein guter Mensch, er ist bloß ... unreif.«

»Du schuldest mir keine Erklärung«, sagte ich. »Das ist

der Sinn einer langjährigen Freundschaft: Entschuldigungen sind überflüssig.«

»Ich weiß«, sagte Jonathan. »Dennoch ist es schrecklich, dass all das in deiner Gegenwart passiert. Ich schäme mich so.«

»Ich möchte nicht, dass dir das peinlich ist, wirklich nicht.«

»Nein, nein, du hast mir nie das Gefühl gegeben, mich schämen zu müssen, selbst dann nicht, wenn ich bei meinen Entscheidungen völlig danebengegriffen habe.« Er überlegte einen Moment lang. »Aber irgendwie hast du auch nie so getan, als wären sie in Ordnung. Dafür war ich dir dankbar, selbst wenn ich es nicht immer zugegeben habe. Ich liebe Maeve und Derrick und Keith – aber sie sind mir etwas zu perfekt darin, anderen etwas vorzumachen.«

Ich wollte eine spöttische Bemerkung machen, einen Scherz, um vom Thema abzulenken, doch stattdessen legte ich eine Hand auf Jonathans Rücken. »Keine Ursache«, sagte ich. »Außerdem bist du nicht der Einzige, der in letzter Zeit in romantischen Dingen ordentlich danebengegriffen hat.«

»Ach.« Jonathan tat gespielt schockiert. »*Du* hattest eine Romanze?«

»Haha.« Ich lachte verhalten. »Klar, und wenn ich schon etwas vermassele, dann auf spektakuläre Art und Weise.«

»Das erscheint mir nur gerecht.«

Ich hielt seinem Blick stand. »Eins musst du mir versprechen, okay?«

»Alles, was du willst.«

»Klär das mit Peter, *bevor* ihr heiratet, und klär es richtig. Ich bin mir sicher, was er angerichtet hat, tut ihm leid, aber das allein macht es nicht wieder gut.«

»Das weiß ich. Ich brauche einfach nur etwas Zeit, um alles zu verarbeiten.«

Ich seufzte. »Als deine Freundin bin ich verpflichtet, dich daran zu erinnern, dass nicht jeder Verarbeitungsprozess mit Vergebung enden muss.«

Im Haus war es unheimlich still.

»Wo sind denn alle?«, fragte Peter.

»Hallo?«, rief Jonathan.

»Hier!«, rief Maeve aus dem Wohnzimmer zurück.

»Ich ziehe mich dann mal zurück, damit ihr eine Weile allein sein könnt«, flüsterte Peter laut und wandte sich zur Treppe, wobei er liebevoll Jonathans Arm drückte.

Als wir eintraten, sahen wir Maeve allein mitten auf einem der roten Sofas sitzen. Sie schien ziemlich fertig zu sein. »Habt ihr das Geld abgehoben?«, fragte sie mit einem gezwungenen Lächeln.

Jonathan nickte. »Zwanzigtausend. Der Rest wird am Montag per Bankanweisung bezahlt.«

»Großartig, dann können wir jetzt also hier weg?« Maeve stand auf.

»Wir müssen ihnen erst noch das Geld bringen«, wandte Jonathan ein. »Ich hoffe, sie rufen Peter bald an.«

»Oh.« Maeve schlug eine manikürte Hand vor die Lippen. »Verstehe.«

»Was ist los, Maeve?«, fragte ich. »Wo sind Derrick und Keith?«

Jonathan sah sich um. »Sie sind doch wieder da, oder nicht?«

Maeve nickte und kaute auf ihrer Unterlippe. »Ja, sie sind wieder da.«

»Komm schon, Maeve«, drängte ich. »Du siehst aus, als würdest du jeden Moment ausflippen.«

»Keith versucht, sich vor dem Entzug zu drücken.«

Jonathan winkte ab. »Nein, nein, wir haben das besprochen. Er wird in eine Klinik einchecken, nur nicht ins Bright Horizons.«

Maeve schüttelte den Kopf. »Ich glaube nicht. Ich war gerade oben, um mit ihm zu reden, und er sagt, er muss unbedingt zu Finch.«

»Ist Finch wieder hier?«, fragte ich.

»Keith hat ihm eine Textnachricht geschickt. Er ist wohl noch in Kaaterskill.«

Mein morgendliches Gespräch mit Finch war gar nicht gut gelaufen, deshalb bereiteten mir die möglichen Erklärungen für sein Bleiben ernste Sorgen. Er war, ohne anzuklopfen, in mein Zimmer geplatzt. Zum Glück war ich bereits aufgestanden und angezogen und wollte gerade das Bett machen. Maeve war schon zum Laufen fort gewesen.

»Was ist passiert?«, hatte ich gefragt und auf seine geschwollene Lippe gezeigt. Doch bevor er antworten konnte, bedeutete ich ihm, leise zu sprechen. Das Letzte, was ich jetzt brauchte, war, dass irgendwer uns bei einem privaten Gespräch ertappte.

»Derrick. Ich habe dir doch gesagt, dass er ein Psycho ist«, wisperte Finch. Er deutete mit dem Telefon in der Hand auf die Tür. »Egal. Ich haue auf jeden Fall ab. Lass uns gehen.«

Er sagte das ganz sachlich und wandte sich schon wieder zur Tür, als wäre es eine beschlossene Sache.

»Wovon redest du?«, fragte ich.

»Pack dein Zeug ein und komm.«

»Bist du verrückt geworden? Ganz bestimmt nicht. Warum sollte ich?«

Als Finch sich wieder zu mir umdrehte, entdeckte ich den altbekannten boshaften Ausdruck in seinen Augen. »Komm mit mir, oder ich kündige den Vertrag mit Keith.«

»Du erpresst mich?«

Er zwinkerte. »Nennen wir es ›aggressives Werben‹.«

»Raus, Finch.« Ich lachte verärgert auf. »Ich meine es ernst. Raus aus meinem Zimmer, sofort.«

»Klar.« Finchs Augen wurden kalt. »Aber Keith wird dafür büßen. Ich mache keine Witze.«

»Ach was, du hast ihm den Vertrag doch längst gekündigt«, entgegnete ich. »Das weiß ich. Ich habe den neuen Vertrag gesehen. Was immer du vorhast – vergiss es.«

Es schien ihn nicht zu überraschen, dass ich Bescheid wusste – als hätte er damit bereits gerechnet. »Ja, ich habe mich von Keith getrennt, weil er ein verfluchter Junkie ist. Wegen seiner Geldprobleme ist meine Ausstellung in der Serpentine Gallery in London geplatzt. Weißt du, was so eine Ausstellung für mich bedeutet?« Er schüttelte empört den Kopf. »Ich frage mich allerdings, was Keith dazu sagt, wenn er erfährt, dass du die ganze Zeit über Bescheid wusstest und kein Wort hast verlauten lassen.«

»Scher dich zum Teufel, Finch.«

»Wie du meinst.« Er ging zur Tür. »Aber behaupte hinterher ja nicht, ich hätte dich nicht gewarnt. Manchmal können Entscheidungen weitreichende Folgen haben.«

Eine Minute später hatte ich gehört, wie die Haustür hinter ihm zuschlug.

Jetzt schaute ich zur Decke und dachte an Keith, der da oben saß und immer noch verzweifelt versuchte, Finch zufriedenzustellen. Ich hatte es so viel schlimmer gemacht, indem ich Keith nicht sofort von Finch und mir erzählt hatte – und wie es zwischen Finch und ihm wirklich stand. Aber ich konnte schließlich jetzt reinen Tisch machen.

»Es ist sinnlos, dass Keith auf Finch wartet«, sagte ich und ging zur Treppe. »Ich werde mit ihm reden.«

»Okay, aber wenn es dir nicht gelingt, Keith zum Aufbruch zu bewegen …«, Maeve zögerte, »… dann sollten wir vielleicht ohne ihn los.«

»Wie bitte?« Jonathan sah sie verdutzt an. »Du willst Keith hierlassen?«

»Das kommt nicht infrage«, sagte ich mit scharfer Stimme. Was sollte das? Wollte Maeve so dringend zu Bates zurückkehren? Was würde Mr Wonderful eigentlich sagen, wenn er von dem Schlamassel erfuhr? Ich fragte mich, ob Alice vor all den Jahren mit ihrer Einschätzung, Maeve betreffend, richtiggelegen hatte. »Ihr unterschätzt Maeve«, hatte sie zu mir gesagt, kurz vor der Nacht auf dem Dach. »Glaub mir, sie weiß genau, wie sie bekommt, was sie will.« Aber Alice hatte damals versucht, mir weiszumachen, Maeve wäre eine Kleptomanin, was dermaßen paranoid und lächerlich war, dass ich unser Gespräch als typisches Alice-Drama abgetan hatte.

»Hör mal, Maeve, mir ist bewusst, dass du nach New York zurückwillst, zu Bates …«

»Bates? Was hat Bates damit zu tun?«, fragte Maeve. Ihre Augen füllten sich mit Tränen. Vielleicht war das gemein gewesen. Ich konnte sehen, dass sie außer sich war. »Ich mache mir einfach Sorgen. Um uns alle. Mehr nicht.«

»Trotzdem müssen wir zunächst die Bauunternehmer bezahlen«, wandte Jonathan erschöpft, aber mit sachlich nüchterner Stimme ein. »Solange wir das nicht erledigt haben, können wir nirgendwohin fahren.«

»Wir sind alle gestresst«, sagte ich beschwichtigend. »Lasst mich zuerst mal mit Keith reden.«

Als ich oben ankam, sah ich, dass Keith' Zimmertür offen stand. Er saß auf dem Bett, die Augen aufs Handy geheftet. Neben ihm lag ein leerer Bilderrahmen. Er schaute auf, als ich hereinkam, dann senkte er den Blick wieder aufs Telefon. Ich durchquerte den Raum und setzte mich neben ihn. Nahm den Bilderrahmen zur Hand.

»Was ist das?«, fragte ich.

»Ein Bilderrahmen«, antwortete er teilnahmslos.

»Ja, danke, das sehe ich«, erwiderte ich. »Woher hast du ihn?«

»Er ist aus meiner Wohnung«, sagte er. Sein Ton ließ mich aufhorchen – eine Mischung aus Traurigkeit und Resignation. »Darin war ein Foto von uns allen. Vom College. Alice hat es mir in unserem zweiten Studienjahr geschenkt.«

»Mir hat Alice nie ein Foto geschenkt«, sagte ich und betrachtete den leeren Bilderrahmen.

»Sie hat mich eben mehr geliebt«, behauptete er.

War es süß, dass Keith den Rahmen mitgenommen hatte? Vielleicht, wäre unser Bild noch darin gewesen. Oder hätte ihm nicht ausgerechnet Alice das Foto geschenkt. Egal. Der leere Rahmen war auf alle Fälle beunruhigend. Hatte Keith das Bild weggeworfen? Handelte es sich um ein Suizid-Warnsignal? Die Drogen hatte ich immer als Keith' Methode betrachtet, sich im Zeitlupentempo umzubringen; vielleicht hatte er endlich beschlossen, kurzen Prozess zu machen?

»Ich schwieg noch für eine Weile, bevor ich sagte: »Was soll dieser Unsinn, du willst nicht in die Entzugsklinik?«

»Oh doch, ich mache einen Entzug«, hielt er wenig überzeugend dagegen, »ich muss nur erst mit Finch reden. Er hat mir eine Nachricht geschickt, weil er etwas wegen der Ausstellung in London klären will. Als sein Galerist habe ich die Pflicht, die Sache in Ordnung zu bringen, bevor er mich nicht mehr erreichen kann. Aber anschließend fange ich an mit dem Entzug. Das schwöre ich.«

»Nein«, sagte ich. »Das glaube ich nicht.«

»Wie meinst du das?«

»Ich glaube nicht, dass es darum geht. Vielleicht hat Finch dir eine Nachricht geschickt, aber darin ging es nicht um London. Und wenn doch, dann verarscht er dich.«

»Wovon redest du?«

»Finch weiß, dass die Ausstellung in London gecancelt ist.«

Keith zuckte zusammen. Und ich fühlte mich schrecklich. »Er *weiß* es?«

»Er hat es mir heute Morgen erzählt«, sagte ich. »Er ist zu mir gekommen, als Maeve beim Laufen war. Vor der Sache mit Crystal. Unmittelbar bevor er abgehauen ist.«

»In euer Zimmer?« Keith wirkte noch verwirrter. »Warum sollte er dir davon erzählen und nicht mir sagen, dass er es längst weiß?«

»Finch hat vor einem Monat einen Vertrag mit der Gray-gon Gallery unterschrieben.«

»Ich habe nicht den Hauch einer Ahnung, wovon du redest.«

Ich nickte. »Ich weiß. Weil ich es dir nicht gesagt habe. Ich habe Finchs Vertrag mit der neuen Galerie gesehen, fertig unterschrieben.«

Zwischen Keith' Augenbrauen bildete sich eine steile Falte. »Wieso hast du einen von Finchs Verträgen gesehen?«

»Weil ich in der Nacht der Cipriani-Party mit ihm Sex hatte. Der Vertrag lag in seiner Wohnung.«

»Was?« Keith wirkte völlig perplex. Ich wandte mich ab.

»Hör zu«, sagte ich, außerstande, ihn anzusehen, »dafür gibt es keine Entschuldigung. Es ist nun mal passiert, und es tut mir leid – mir ist klar, dass er dein wichtigster Künstler ist. Ich habe es die ganze Zeit über gewusst.«

»Warte, der Empfang war vor über einem Monat! So lange wusstest du schon von dem Vertrag?«

»Ich hatte keine Ahnung, wie ich es dir beibringen sollte! Das Ganze war mir schrecklich peinlich. Es tut mir leid, Keith«, sagte ich. »Ehrlich.«

Eine scheinbare Ewigkeit sagte er kein Wort. Endlich holte er tief Luft. »Ich weiß, dass ich dir geraten habe, dein Leben und deine Gefühle zu leben, aber nur fürs Protokoll: Finch hatte ich dabei nicht im Sinn.« Er berührte mich an der Schulter, um mich dazu zu bringen, ihn anzusehen. Als ich mich zu ihm umdrehte, bedachte er mich mit einem verhaltenen, aber verzeihenden Lächeln. Erleichterung überwältigte mich.

Plötzlich klingelte sein Handy. Wir zuckten beide zusammen. Er meldete sich. »Hi, einen Moment, bitte«, sagte er dann, legte die Hand auf das Mikrofon und sah mich entschuldigend an. »Tut mir leid, das ist wichtig. Privat.«

»Ist es Finch?«, wollte ich wissen. Notfalls würde ich ihm

das Handy aus der Hand reißen. Finch konnte Keith von mir aus den Laufpass geben, aber er würde nicht noch nachtreten, wenn Keith schon am Boden lag. Ich würde nicht zulassen, dass er so mit Keith umsprang.

»Nein, es ist nicht Finch«, sagte er. »Es ist jemand, der tatsächlich noch wütender auf mich ist als Finch, ob du es glaubst oder nicht. Ich muss mit ihm reden – und versuchen, die Konsequenzen zu tragen.«

In Keith' Stimme schwang echte Furcht mit. Und er ließ sich wahrhaftig nicht leicht einschüchtern. Genau das war das Problem. »Worum geht es? Brauchst du Hilfe?«

Er schüttelte den Kopf. »Nein«, lehnte er mit einem angestrengten Lächeln ab. »Ich schaffe das allein. Du hast mir schon genug geholfen.« Er deutete auf die Tür. »Und jetzt geh. Bitte.«

»Okay«, sagte ich mit zunehmendem Unbehagen und durchquerte das Zimmer.

»He, Stephanie!«, rief er mir nach. »Danke. Du bist eine gute Freundin. Abgesehen davon, dass du mit meinem wichtigsten Künstler schläfst, versteht sich.«

Ich drohte ihm mit dem Zeigefinger, ein gespielt verschmitztes Grinsen auf dem Gesicht. »*Ehemaligem* Künstler. Das ist ein gewaltiger Unterschied.«

DETECTIVE JULIA SCUTT

Sonntag, 17.09 Uhr

Das Falls ist voller, als ich zurückkehre. An den Tischen sitzen ungefähr zwanzig Personen, die Barhocker sind größtenteils belegt. Diesmal dauert es eine Minute, bis mir der Barkeeper seine Aufmerksamkeit schenkt. Er wirkt nicht glücklich, mich zu sehen.

»Ich muss wissen, ob diese Leute am Samstagabend hier waren«, sage ich und ziehe mein Handy aus der Tasche.

»Hatten wir das nicht schon?«, fragt er und verschränkt abwehrend die Arme.

»Andere Leute.« Ich halte mein Telefon so, dass er aufs Display schauen kann, und zeige ihm Fotos von Maeve, Jonathan und Stephanie. »Haben Sie einen von denen – oder alle – am Samstagabend hier gesehen? Ich weiß, dass sie am Freitag da waren, an dem Abend, als sie Crystal im SUV mitgenommen haben. Aber waren sie gestern auch da? Während des McGregor-Kampfs?«

Der Barkeeper schüttelt bereits den Kopf. »Die Blonde nicht. Ich meine, gut möglich, dass sie hier war, aber ich habe sie nicht gesehen. Die anderen beiden ...« Er streicht sich mit der Hand übers Gesicht und sieht sich um, ob uns jemand zuhört, dann deutet er auf einen leeren Tisch hinten im Lokal. »Sie haben da drüben mit Luke Gaffney gesessen und sich wegen irgendwas in die Haare gekriegt.« Der Barkeeper schüttelt den Kopf. »Keine Ahnung, was los war. Kurz darauf sind sie verschwunden.«

Draußen wartet Dan neben meinem Wagen auf mich. Als ich näher komme, sehe ich, dass seine Mundwinkel nach unten zeigen. Anscheinend hat er schlechte Nachrichten. Ich frage mich, ob Seldon mich bereits von dem Fall abgezogen hat.

»Ich nehme an, du bist nicht hier, um mir mitzuteilen, dass wir Glück hatten bei den Fingerabdrücken von Derrick Chism? Dass sie zu denen aus Arkansas passen?«

Dan schüttelt den Kopf. »Ich an deiner Stelle würde nicht allzu große Hoffnung darauf setzen. Ich hatte nicht den Eindruck, dass die dort sonderlich gut besetzt oder motiviert sind. Das NYPD schickt Officer los, die DNA in den Wohnungen der Wochenendgäste sicherstellen sollen. Allerdings wird das einige Zeit dauern, wie du weißt.« Er wirft einen Blick über meine Schulter auf das Falls. »Was hast du da drinnen herausgefunden?«

»Der Barkeeper erinnert sich an Stephanie und Jonathan«, sage ich. »Sie waren *gestern* Abend da.«

»Sie verstehen sich nicht sonderlich gut aufs Lügen, stimmt's?«

»Ja.« Ich nicke. »Langsam sieht es so aus, als wollten sie vertuschen, was mit Keith und Derrick passiert ist. Wochenendausflügler gegen Wochenendausflügler. Seldon wird begeistert sein.«

Ich ebenfalls, um ehrlich zu sein.

»Es sei denn ...« Dan hält mir eine Beweismitteltüte aus Papier hin. Etwas Handflächengroßes, T-Förmiges steckt darin.

»Was ist das?« Ich beuge mich vor, um einen Blick in die Tüte werfen zu können.

»Ich wollte es gerade ins Präsidium bringen, als ich deinen Wagen gesehen habe. Es handelt sich um einen Korkenzieher«, sagt er. »Die Hunde haben Witterung aufgenommen und sind auf dieses Ding gestoßen. Oder besser gesagt: Sie haben angeschlagen, und dann haben wir es gefunden. Es lag auf einem Felsvorsprung unterhalb der Abbruchkante des Steilhangs. Sah aus, als hätte es jemand in der Dunkelheit hinuntergeschleudert, ohne zu bemerken, dass es gut sichtbar in knapp zweieinhalb Metern Entfernung liegen blieb, anstatt zwölf Meter tiefer im Fluss zu landen.«

»Ein Korkenzieher?« Jetzt kann ich sehen, dass das Ding schlammverschmiert ist – und da ist noch etwas, nahe beim Griff. Blut?

»Ich habe in der Gerichtsmedizin nachgefragt – die ungleichmäßige Form und Tiefe der Verletzungen des Toten könnten passen. Keine Spuren übrigens, und der Gerichtsmediziner hat bestätigt, dass die Gesichtsverletzungen post mortem zugefügt wurden.«

Genau wie bei Jane. *Verdammt.*

»Auf dem Korkenzieher ist etwas, eine Art Gravur«, sagt Dan und leuchtet mit seiner Handytaschenlampe in die Tüte.

Jetzt sehe ich die Inschrift auf dem Griff: LG.

»Luke Gaffney?«, frage ich. *Mist.* »Kann das sein?«

Dan zuckt die Achseln.

»Hast du in Janes Fall auch Lukes Alibi überprüft?«

»Vor einer Minute, ja«, sagt Dan. »Anscheinend wurde der Lehrer, der damals geschworen hatte, Gaffney habe nachsitzen müssen, zwei Jahre später gefeuert, weil er mit ein paar Schülern Marihuana geraucht hat. Was nicht zwingend bedeutet, dass er gelogen hat, was das Nachsitzen betrifft, trotzdem …«

»Es ist nicht völlig ausgeschlossen.«

Dan nickt. »Wusstest du, dass Luke Gaffney versucht hat, Jane zu daten? Das hat jemand bei diesem Podcast erwähnt. Sie wollte nicht. Könnte doch sein, dass er das nicht so gut aufgenommen hat.«

Das hatte ich nicht gewusst. Luke war gerade erst fünfzehn gewesen, als Jane und Bethany starben, aber vermutlich groß und kräftig genug, um die Mädchen zu töten. Vielleicht hatte Bob Hoff gesehen, wie Mike Gaffney die Spuren seines Sohnes verwischen wollte. Konnte Luke seine Wut womöglich nicht im Zaum halten, damals auf Jane, jetzt auf die Wochenendausflügler?

»Scheiße«, sagte ich leise.

»Ich habe schon Einheiten losgeschickt, die Luke Gaffneys Haus im Auge behalten. Sie sind sich ziemlich sicher, dass er da ist.«

Luke öffnet uns nicht die Tür, sondern ein junger, gut aussehender blonder Mann.

Er macht einen Schritt zurück, als ich ihm meine Marke zeige. »Ist Luke da?«

»Ich glaube, er telefoniert.« Er deutet vage über die Schulter.

»Dürfen wir reinkommen, und Sie geben ihm Bescheid, dass wir hier sind?«, frage ich und betrete das Haus, ohne auf eine Einladung zu warten. »Wir haben ein paar Fragen.«

»Ähm«, sagt der junge Mann unsicher, macht ein paar Schritte zurück und schaut sich um, als hoffe er auf Rettung. »Ja, ich nehme an, das geht klar.«

»Und Sie sind …?«, frage ich, bemüht, ihn abzulenken. Es ist besser, wenn er Luke nicht mitteilt, dass wir uns an ihm vorbei ins Haus gemogelt haben. Aber er dreht sich bereits um.

»Ich hole dann mal schnell …«

Dan versperrt ihm den Weg, indem er sich an ihm vorbeidrückt und gegen die Wand lehnt, lässig und gleichzeitig eindrucksvoll. Als der junge Mann beinahe mit Dan zusammenprallt, wirkt er leicht panisch.

»Schon gut. Wir können warten«, sage ich ungezwungen. »Ich bin mir sicher, dass Luke sich zeigen wird, sobald er zu Ende telefoniert hat. Entschuldigung, wie war noch gleich Ihr Name?«

»Oh, ähm …« Er blinzelt. »Ich bin, ähm, Lukes Cousin. Ich bin nur, ähm, zu Besuch.«

»Woher kommen Sie denn?«, will Dan wissen.

»Wie bitte?«

»Woher Sie kommen, hab ich gefragt. Sie sagten doch gerade, Sie seien nur zu Besuch hier.«

»Oh, ähm, ich komme aus Florida.«

»Was zur Hölle wollen Sie von mir?«, flucht Luke, während er in den Eingangsbereich stürmt. Bevor ich es verhindern kann, sehe ich vor mir, wie er sich über Jane beugt, eine rostige Zeltstange in der Hand. »Ich habe Ihnen doch schon gesagt, dass ich keine weiteren Fragen beantworte. Und jetzt verlassen Sie auf der Stelle mein Haus!«

Meine Hand zuckt zu meiner Waffe. *Atmen.* Ich muss einfach nur atmen. Ich versuche, den Zorn hinunterzuschlucken, der mir die Kehle zuschnürt. »Sie haben mich belogen«, stoße ich hervor.

»Sie belogen?« Luke schnaubt. »Unsinn. Und jetzt verschwinden Sie.«

»Mir ist zu Ohren gekommen, dass Sie gestern Abend mit Jonathan Cheung und seiner Freundin im Falls waren. Sie haben aber behauptet, Sie hätten da keinen von den Wochenendgästen gesehen.«

»Wovon reden Sie?« Doch sein Ton klingt schon nicht mehr ganz so aggressiv.

»Es gab einen Streit. Wahrscheinlich waren Sie wütend wegen des Geldes, das man Ihnen schuldet«, fahre ich fort. »Oder Sie waren wütend, weil Crystal mit Keith Lazard geschlafen hat.«

Luke schüttelt den Kopf. »Warum sollte es mich interessieren, was Crystal treibt?«

»Sie haben mir gesagt, dass Sie mit ihr schlafen.«

»Nein.« Er lacht. »Ich dachte, wenn ich das behaupte, mache ich diese Angeberclique verdächtig. Ich wollte ihnen nur eins auswischen.«

»Crystal Finnegan ist verschwunden, Mr Gaffney.« Ich

bemühe mich, meine Stimme ruhig klingen zu lassen. Es fällt mir nicht leicht. »Ich schlage vor, Sie hören auf, Spielchen zu spielen.«

»Haben Sie denn schon diese verfluchten Wochenendausflügler gefragt, was mit ihr passiert ist?«

»Ich frage Sie.«

Luke Gaffney schüttelt angewidert den Kopf. »Lassen Sie mich raten: Es waren nicht mal diese Scheißtypen, die Ihnen unseren angeblichen Streit gesteckt haben?«

»Wir haben einen Zeugen.«

»Einen Zeugen, wofür? Diese Leute kommen am Wochenende hierher und denken, ihnen gehört unsere Stadt.« Er schaut den Blonden an. »Denken, ihnen gehört alles und jeder. Wollen Sie wissen, was wirklich passiert ist?«

»Ja, Mr Gaffney, und zwar liebend gern.«

»Luke …«, sagt der Blonde nervös. Nervös, weil er sich zu Wort meldet, nervös, weil er nicht weiß, was Luke sagen wird. Vielleicht beides.

Als Luke ihn anfunkelt, verstummt er.

»Crystal ist tot«, sagt Luke. »Diese Arschlöcher haben ihre Leiche auf der Farm abgeladen, als wäre sie Abfall.«

Der Truthahngeier, das verschmierte Blut am Türrahmen – verdammt. Wenigstens hatte ich recht damit, dass Jonathan und seine Freunde etwas verbergen.

»Was ist ihr zugestoßen?«

»Woher zum Teufel soll ich das wissen?«, fragt Luke. »Ich weiß nur, dass sie bereit sind, höllisch viel Kohle zu bezahlen, damit ich den Mund halte.«

Hm. Nichts davon erklärt den mit Lukes Initialen versehenen Korkenzieher, genauso wenig, wie es beweist, dass Luke nicht für das verantwortlich ist, was in Derrick Chisms Wagen passiert ist. Oder dass er vor zwanzig Jahren kein verprellter Teenager mit einer Mordswut im Bauch war und einem Vater mit ausgezeichneten Beziehungen, der bereitwillig alles tat, um ihn zu beschützen. Schon wieder verspüre ich den Drang, die Hand auf meine Waffe zu legen. Mein Herz hämmert.

»Warum teilen Sie uns nicht einfach mit, wo Sie in der letzten Nacht zwischen dreiundzwanzig Uhr abends und vier Uhr morgens waren, Mr Gaffney?«, fragt Dan, als ich nichts erwidere.

»Weil Sie das verdammt noch mal nichts angeht.«

»Nun, wir haben eine Mordwaffe mit Ihren Initialen darauf, die etwas anderes nahelegt.«

»Meine Initialen?« Luke schnaubt erneut. »Wovon um alles in der Welt reden Sie?«

»Von einem Korkenzieher mit Monogramm«, sagt Dan.

»Ein Korkenzieher?« Lukes Gesicht verfinstert sich. »Wer lässt denn einen Korkenzieher mit einem Monogramm versehen?«

»Wenn er Ihnen nicht gehört, haben Sie sicher nichts dagegen, die Officer, die draußen warten, hereinzubitten, damit wir uns vergewissern können, dass sich im Haus keine weiteren Gegenstände dieser Art befinden«, sage ich.

»Ich denke, darauf werde ich verzichten.« Luke lächelt und öffnet selbstbewusst die Tür, um uns hinauszubefördern. »Sie dürfen jetzt gehen.«

»Mr Gaffney, ich fürchte, wir sind noch nicht …«

»War Ihr Boss nicht schon sauer genug, als Sie meinen Dad in seiner Fischerhütte belästigt haben?« Er lächelt mich drohend an.

»Mein Boss?«, frage ich.

»Oh, Sie wissen sehr wohl, was ich meine. Chief Seldon war an diesem Wochenende mit meinem Vater zum Angeln verabredet. Und glauben Sie mir: Den beiden gefällt es gar nicht, wenn man sie stört. Haben Sie eigentlich eine Vorstellung davon, wie angepisst Seldon sein wird, wenn er erfährt, dass Sie uns immer noch schikanieren?«

In diesem Augenblick erscheint einer der Officer an der offenen Haustür und streckt uns ein zusammengefaltetes Blatt Papier entgegen. Ich werfe einen Blick darauf – Gott sei Dank, der Durchsuchungsbeschluss. Erleichtert zeige ich ihn Luke.

»Wissen Sie was, Mr Gaffney? Ich denke, ich werde mein Glück versuchen.«

Wir lassen die uniformierten Kollegen die Hausdurchsuchung vornehmen. Dan bietet mir an, persönlich ins Labor zu fahren, um herauszufinden, ob man einen manuellen Abgleich von den auf dem Korkenzieher sichergestellten Fingerabdrücken und dem von Luke Gaffney für uns machen kann. Von Luke Gaffney liegt uns eine Fingerabdruckkarte vor, weil er im vergangenen Jahr betrunken Auto gefahren ist. Die Verbindungen zu Janes Fall vervielfachen sich rapide – die Ähnlichkeiten bei der Mordwaffe; die post mortem entstellten Gesichter; Luke Gaffneys Alibis, die sich offenbar in Luft auflösen; sein Motiv. Als Nächstes werde ich die Zeltstange auf seine Fingerabdrücke untersuchen lassen. Der Gedanke ruft Übelkeit bei mir hervor: War Janes Mörder die ganze Zeit über in unserer unmittelbaren Nähe?

Während Dan im Labor ist, fahre ich eilig zurück ins Präsidium, fest entschlossen, herauszufinden, was mit Crystal geschehen ist. Ich habe bereits mehrere Officer zur Farm geschickt, die nach ihrer Leiche suchen sollen. Bald werden wir wissen, womit wir es zu tun haben.

»He, warte!«, ruft Cartright hinter mir her, als ich an ihm vorbei in den Vernehmungsraum haste, in dem Jonathan sitzt. Hoffentlich gelingt es mir, ihn zu knacken, wenn er allein ist. »Hendrix will eine Aussage machen. Fragt immer wieder, wo du bleibst.«

»Was genau hat er gesagt?«, frage ich skeptisch.

Cartright mustert mich stumm. »Nur dass er eine Aussage machen will«, sagt er schließlich.

Mittlerweile habe ich einen Zeugen, der Hendrix' Alibi offiziell durchlöchern wird: Ein Streifenpolizist hat einen jungen Mann ausfindig gemacht, der am Zeitungsstand am Bahnhof arbeitet. Er hat gesehen, wie Finch Hendrix am Samstag gegen Mittag in das Hotel auf der gegenüberliegenden Straßenseite gegangen ist. So viel zu seiner Behauptung, er habe die ganze Nacht am Bahnhof verbracht. Aber nichts davon ist von Bedeutung, wenn wir Luke Gaffneys Fingerabdrücke auf dem Korkenzieher finden – es sei denn, Finch ist verantwortlich für das, was Crystal zugestoßen ist. Das kann ich nicht ausschließen. Noch nicht.

»Ist sein Anwalt hier aufgetaucht?«

Cartright schüttelt den Kopf. »Ich hab keinen gesehen.«

Ein Anwalt hätte längst aus New York hier sein können, so viel Zeit ist mittlerweile verstrichen. Was bedeutet, dass Finch beschlossen hat, auf juristischen Beistand zu verzichten. Grund genug, herauszufinden, was es mit dieser Aussage, die er machen will, auf sich hat.

Als ich hereinkomme, hat er den Kopf auf den Tisch gelegt. Seine Augen sind geschlossen. Für eine Sekunde befürchte ich, er könnte innerlich verblutet sein, doch er regt sich, als ich die Tür schließe.

»Herrgott«, murmelt er, das Gesicht weiterhin gesenkt. »Das hat verflucht lange gedauert.«

»Ich habe gehört, Sie möchten mir etwas mitteilen?«, frage ich und nehme ihm gegenüber Platz.

Er hebt den Kopf. »Sie wissen, dass ich eine Ausstellung habe? Das haben Sie mitbekommen, oder?« Er blickt mit theatralischem Gehabe auf die Uhr. »Morgen, in der Stadt. Ich muss noch alles vorbereiten.«

»Ich dachte, die Ausstellung ginge heute Abend los?«

»Heute, morgen – ich muss so oder so los.«

»Glauben Sie nicht, es wäre besser, die Ausstellung zu verschieben in Anbetracht dessen, dass Ihr Agent entweder verschwunden oder tot ist?«

»Kunsthändler«, stellt er klar. »Mein *ehemaliger* Galerist und Kunsthändler.« Er setzt sich aufrecht und lehnt sich zurück. Wieder zuckt er zusammen. »Sogar Keith würde wollen, dass die Ausstellung läuft. Und nur zur Erinnerung: Wenn das Ganze an Ihnen scheitert, werde ich Sie in Grund und Boden klagen.«

»Das sagten Sie bereits.«

»Ich möchte Ihnen nur bewusst machen, wie viel meine Kunst wert ist – wie viel Sie mich kosten könnten und wie viel Sie das kosten könnte.«

»Und ich möchte Ihnen nur bewusst machen, dass Justizbehinderung ein Straftatbestand ist.«

»Justizbehinderung. Unsinn.« Finch lacht. »Wie soll ich denn die Justiz behindern?«

»Indem Sie bei Ihren Aussagen zum Beispiel gewisse Dinge auslassen. Und dann ist da noch die Schusswaffe, die Sie mitgebracht haben. In New York State ist sie nicht auf Ihren Namen zugelassen.«

»Welche Schusswaffe?« Finch hebt grinsend die Hände.

»Wir werden sie finden, Mr Hendrix. Und ich bin mir sicher, dass Ihre Fingerabdrücke darauf sind. Außerdem haben Sie nicht vierzehn Stunden lang bewusstlos am Bahnhof gelegen. Es gibt einen Zeugen, der Sie in das Hotel auf der gegenüberliegenden Straßenseite gehen sehen hat. Momentan bereitet mir jedoch hauptsächlich Kopfzerbrechen, wie Crystal ums Leben gekommen ist.«

»Sie ist tot?« Seine Augen weiten sich.

»Allem Anschein nach ja, Mr Hendrix«, bestätige ich. »Vielleicht wissen Sie etwas Genaueres? Möglicherweise war sie mit Ihnen in Ihrem Hotelzimmer, als es passiert ist.«

»Ich habe in dem Raum gearbeitet, das ist alles. Ich benutze ihn als temporäres Atelier. Meine Arbeit ist eine Kombination aus Video, Skulpturen und Gemälden, neu erschaffen aus der Erinnerung – Konzeptkunst«, sagt er, jetzt in geschliffenem, geübtem Ton, als würde er für ein Magazin interviewt. Extrem nervend. »Deshalb das Hotel. Ich muss jetzt unbedingt hin und anfangen, solange ich die Szenen noch frisch im Kopf habe. Allerdings kann ich nicht zu sehr ins Detail gehen, weil die Erwartungshaltung stets …«

»Mr Hendrix, Sie und Ihre Kunst interessieren mich einen Scheiß.« Ich stehe auf. »Ich versuche herauszufinden, was Derrick Chism, Keith Lazard und Crystal Finnegan zugestoßen ist. Wenn Sie nichts Nützliches zur Aufklärung beitragen können …«

»Okay, okay. Ihre Freundin vom Vassar College, Alice, hat sich umgebracht. Deshalb ist die komplette Gruppe so daneben.«

»Ja, die andern haben ihre Freundin Alice erwähnt. Ich verstehe allerdings nicht, inwiefern das relevant ist, Mr Hendrix.«

»Es geht um den Grund, *warum* sie sich umgebracht hat.« Er streicht sich nachdenklich mit der Hand übers Gesicht. »Ich kann auch hierbei nicht ins Detail gehen, und nur wenn Sie mir *versprechen,* mit niemandem über mein aktuelles Projekt zu reden …«

»Mr Hendrix!«

Er hebt beschwichtigend die Hände. »Schon gut, schon gut. Es gibt da ein Tagebuch. Eine Frau, die ich gedatet habe, Rachel, hat einen Podcast über einen anderen Mord produziert – einen Doppelmord, um genau zu sein –, und sie bringt in einer der Folgen etwas über Alice' Suizid. Ziemlich zusammenhanglos, wenn Sie mich fragen, aber beides ist in der Nähe des Hudson River passiert. Wie dem auch sei – die Mutter des Mädchens ist gestorben, und ihre Haushälterin war ein Fan des Podcasts. Sie hat das Tagebuch an Rachel und Rochelle geschickt ...«

»Moment, Rachel und Rochelle?«

Der Fluss. Die Folge mit dem Mädchen vom Vassar. Es ging darin um Alice?

»Ja, die beiden haben den Podcast gemacht. Rachel hat mir von dem Tagebuch berichtet, und sie hat einen Keith und das Vassar College erwähnt. Ich wusste von Keith und Alice, weil er mir davon erzählt hat. Also habe ich darum gebeten, einen Blick in das Tagebuch werfen zu dürfen. Sobald ich es gelesen hatte, wusste ich, dass ich mein nächstes Projekt gefunden hatte. Nun, nicht sofort. Zuerst hat Keith mich verarscht, dann hat Stephanie ... nun, sagen wir, sie hat mich enttäuscht.«

»Und deshalb planen Sie nun ein großes Kunstprojekt über diese Personen, von denen eine gerade ums Leben gekommen ist?«

Hendrix zuckt die Achseln. »Ich will nicht behaupten, dass das ein Zufall ist. Das Projekt verlangt, dass ich die richtigen Knöpfe bei ihnen drücke, den Einsatz erhöhe. Deshalb bin ich hergekommen. Vor ein paar Wochen habe ich zufällig eine Nachricht an Keith über Jonathans Junggesellenabschied gelesen. Das hat die Sache ins Rollen gebracht. Manches wusste ich bereits, zum Beispiel das über Derrick und seine Vergangenheit und dass Stephanie früher ein paar Entscheidungen getroffen hat, die sie heute bereut. Dem Tagebuch entnahm ich auch, dass Maeve offenbar eine Kleptomanin ist. Andere Dinge habe ich aus erster Hand miterlebt, zum Beispiel die Geldforderung der Bauunternehmer. Es gab aber auch Dinge, die ich zuvor inszeniert hatte – so habe ich zum Beispiel einige anonyme E-Mails verschickt. ›Ich weiß, was du getan hast‹ – nur um die Spannung zu erhöhen.« Er seufzt theatralisch. »Ich habe in dem Topf mit ihren vielen üblen Geheimnissen gerührt und den aufsteigenden

Dampf gefilmt. Das Material ist verblüffend. Bei meinem Projekt geht es um den Preis blinder Loyalität und die Gefahr, Menschen auf Gedeih und Verderb zu akzeptieren, wie sie sind. Es geht um *diese* spezielle Gruppe – denn wenn es je ein Beispiel für die dunkle Seite von Freundschaft gab …«

»Keiner aus der Gruppe hat je Ihr kleines Projekt erwähnt. Kein Einziger.«

»Sie haben auch alle nicht den Hauch einer Ahnung. Noch nicht. Sie wissen nicht, dass ich alles gefilmt habe. Sie müssen bei Ihrem Handy nur auf Aufnahme drücken und dafür sorgen, dass das Display schwarz bleibt. Heutzutage interessiert es keinen, wenn jemand die ganze Zeit über ein Handy in der Hand hält.« Er macht eine kurze Pause, dann fährt er fort: »Ich hätte die ganze Sache vermutlich abgeblasen, wenn nur einer von ihnen aus der Reihe getanzt wäre und mich überrascht hätte. Aber diese Menschen ändern sich nie.«

»Ich verstehe immer noch nicht, was Ihr Projekt oder dieses Tagebuch mit Crystal oder dem Toten in Derrick Chisms Wagen zu tun hat. Denn das ist alles, was mich interessiert, Mr Hendrix.«

»Um ehrlich zu sein, hatte ich ein wenig Sorge, Sie würden behaupten, ich sei nicht befugt, Alice' Tagebuch für meine Installation zu verwenden, weil es sich um Beweismaterial für irgendwas handelt.«

»Beweismaterial, wofür?«

»Sie haben schon einmal jemanden umgebracht. Vielleicht haben sie es wieder getan.«

»Wovon reden Sie?«

»Das können Sie alles selbst nachlesen. Ich habe die entsprechenden Seiten aus dem Tagebuch in Jonathans Haus vergessen. Angeblich war es ein Unfall. Ein Typ ist vom Dach gefallen. Aber dann haben sie ihn einfach liegen und sterben lassen, ohne Hilfe zu holen. Alice war darüber so außer sich, dass sie sich das Leben genommen hat. Ich sage

Ihnen, so was machen solche Menschen – sie stellen eine üble Sache nach der anderen an, bis andere dabei zu Tode kommen. Ich werde die Tagebuchseiten als Teil der Installation auf Plakatgröße bringen lassen.« Er beugte sich zu mir, als wollte er mir ein kostbares Geheimnis anvertrauen. »Möchten Sie wissen, wie das Kunstwerk heißt?«

»Ich habe das Gefühl, Sie werden es mir ohnehin mitteilen.«

»*Freunde. Für immer.*« Diesmal lächelt Finch, ein breites, selbstzufriedenes Grinsen. »Clever, nicht wahr?«

KEITH

Samstag, 17.14 Uhr

»Ja«, sagte ich ins Handy, nachdem Stephanie endlich weg war.

Als es klingelte, hatte ich einen Anflug von Panik verspürt, vor allem, weil Stephanie direkt neben mir saß. Aber ich hatte einen Plan, einen Plan, der die Sicherheit der anderen garantierte, denn das war alles, was zählte.

»Hast du das Geschenk erhalten?« Dieselbe Stimme wie am Abend zuvor, tief und ausdruckslos.

»Ja, danke«, erwiderte ich. »Ausgesprochen kreativ. Bekomme ich das Foto zurück?«

»Sicher. Hast du unser Geld?«

»Ja, hab ich.« Die Lüge ging mir leicht über die Lippen.

»Die ganzen achtzigtausend Dollar?« Vernünftige Skepsis.

»Nein. Zwanzigtausend.«

Ich hatte Peter mit den Bauunternehmern telefonieren – zumindest nahm ich an, dass sie es waren – und sagen hören, dass er zwanzigtausend Dollar in bar auftreiben konnte. Mir gefiel der Gedanke, dass so viel Geld im wahrsten Sinne des Wortes zum Greifen nah war. Das machte es mir leichter, zu lügen. Außerdem war ich bis jetzt ein solcher Versager gewesen, dass es glaubhafter war, wenn ich ihnen bloß einen Teil der Schulden zurückbezahlen konnte. Und es war wichtig, dass sie mir glaubten. Es war die beste Möglichkeit, sie dazu zu bringen, auf mich loszugehen, und nicht auf meine Freunde.

»Zwanzigtausend? Machst du Witze? Was ist mit den achtzigtausend, die du uns schuldest?«

»Zwanzigtausend ist alles, was ich im Augenblick habe«,

sagte ich. »Den Rest besorge ich auch noch. Wenn Sie mich umbringen, bekommen Sie gar nichts. Betrachten Sie die zwanzigtausend als Zeichen meines guten Willens.«

»Wir treffen uns draußen«, sagte er. »In zehn Minuten am Ende der Einfahrt.«

»Nein«, sagte ich. »Das geht nicht.«

»Ach nein?«, fragte er amüsiert. Bestimmt malte er sich genussvoll aus, wie er mich langsam zu Tode quälen würde.

»Nein«, bekräftigte ich. »Ich muss das Geld meinem Freund abnehmen. Wenn ich in der Nähe des Hauses bleibe, wird er die Polizei rufen. Wir treffen uns in der Innenstadt.«

»Denkst du, du kannst hier irgendwelche Ansagen machen?«

»Ich denke, Frank wird sauer sein, wenn Sie mit leeren Händen zurückkommen. Wenn Sie Ihr Geld haben möchten, muss es so laufen.«

»Na dann. Heute Abend um acht in der Innenstadt«, lenkte er ein. »Wir schicken dir eine Nachricht mit einer Adresse.«

Nachdem ich aufgelegt hatte, wartete ich darauf, dass eine Sturzflut der Reue über mich hinwegschwappte. Dass die Angst zurückkam. Aber nichts geschah. Meine Freunde zu beschützen, war das Richtige. Nach all dem, was sie über die Jahre hinweg für mich getan hatten, was sie immer noch taten, musste ich einen Schlussstrich ziehen, um sie nicht alle mit mir ins Verderben zu ziehen. Denn genau das würde ich tun, das wusste ich.

Das Schlimmste war, sie die Schuld für Alice' Tod mittragen zu lassen. Dabei war alles meine Schuld, nicht ihre. Ich hatte unsere labile, gebrochene Freundin, ein Mädchen, das ich liebte, in den Abgrund gestoßen – und ich hatte es nie zugegeben.

Eine Woche vor dem Vorfall auf dem Dach hatte Alice ihre Medikamente abgesetzt. Ich merkte das immer sofort, und ich hatte sie gebeten, sie wieder zu nehmen – so wie ich es immer tat: mit Gelaber, ohne sie wirklich zu unterstützen. Ich rief nicht ihre Mom an, brachte sie nicht zum Arzt. Ich erzählte niemandem davon, denn tief im Innern hatte ich viel zu viel Angst, die anderen würden behaupten, ich sei der Grund dafür, dass sie die Medikamente überhaupt brauchte. War ich wirklich so verdammt selbstsüchtig gewesen?

Dann folgte der Unfall auf dem Dach, und Alice' Zustand verschlechterte sich zusehends. Ich wusste, dass ich ihr nicht zur Seite stehen konnte, nicht zur Seite stehen *durfte*. Alice brauchte eine zuverlässige Person, die gefestigt genug war, die richtigen Entscheidungen zu treffen und ihr tatsächlich eine Hilfe zu sein.

Auch Alice sah es kommen. Als ich unangekündigt nach ihrem Tanzunterricht auf sie wartete, wirkte sie abwehrend und zupfte an einem ihrer langen, rotblonden Zöpfe, stark und zerbrechlich zugleich in ihrem bauchfreien Kapuzen-shirt und den engen Leggins. Es war nur fünf Tage nach dem Dach. Fünf Tage, in denen ich begriffen hatte, dass ich nicht das Zeug dazu hatte, Alice zu helfen, sich selbst wieder in den Griff zu bekommen. Wir mussten uns endgültig trennen.

»Was ist los?«, fragte sie, sofort von defensiv auf verletzt umschaltend.

Ich schaute in ihr süßes, sommersprossiges Gesicht und wollte schon wieder einknicken. Das Ganze vergessen. Doch welchen Schaden würde ich anrichten, wenn Alice und ich zusammenblieben? Panik stieg in mir auf, als ich spürte, wie ich ins Wanken geriet und all die Worte, die ich mir so sorg-fältig zurechtgelegt hatte, in meiner Kehle stecken blieben. Also entschied ich mich stattdessen für das Schnellste, Ein-fachste und so unfassbar Grausame.

»Ich liebe eine andere.«

»Wie bitte?« Alice lachte, überzeugt davon, dass ich scherzte.

»Nein, es stimmt«, log ich. »Das ist ... das ist der Grund, warum ich nicht einfühlsamer mit dir umgehen kann. Weil ich eine andere liebe.«

Tränen fluteten ihre haselnussbraunen Augen. »Natürlich«, sagte sie nach einer ganzen Weile. »Das ergibt Sinn.«

»Ich bin ohnehin nicht gut für dich«, fügte ich mit kraftloser Stimme hinzu. Und Alice war auch nicht gut für mich – das stimmte doch, oder etwa nicht?

»Richtig.« Alice drückte die Tanztasche gegen ihren durchtrainierten, zierlichen Körper und blinzelte gegen die Tränen an. Ihr Gesicht war wie versteinert. »Wer ist ... Ach, weißt du was? Ich will gar nicht wissen, wer sie ist.«

»Wir sollten sowieso nicht zusammenbleiben, Alice«, fügte ich hinzu, da ich immer noch fürchtete, ich könnte später versuchen, alles rückgängig zu machen. Denn ich liebte Alice. Ja, das tat ich.

»Okay, schön«, sagte sie mit einem wütenden, übertriebenen Achselzucken. »Wie du möchtest, Keith. Mir soll's gleich sein.«

Damit drehte sie sich um und ging davon. Sechs Stunden später war sie tot. Meinetwegen. Und all die Jahre später ließ ich meine Freunde immer noch glauben, dass sie genauso schuld daran waren wie ich.

Erst um neunzehn Uhr dreißig verließ ich mein Zimmer in Jonathans Haus. Ich hatte so getan, als würde ich schlafen, als mehrfach die Tür aufging und wieder geschlossen wurde. In der Nachttischschublade hatte ich einen Notizblock und einen Kugelschreiber gefunden (typisch Jonathan) und eine kurze Nachricht verfasst: »Du hast einen besseren Mann verdient als Peter. Keith.« Ich überlegte, Jonathan noch mehr zu schreiben, denn es gab vieles, wofür ich ihm hätte danken oder mich entschuldigen oder ihm eine Erklärung liefern können. Aber das erschien mir zu viel und doch nicht genug.

Dass er mehr wert war als Peter, war der Teil, den Jonathan im Gedächtnis behalten sollte.

Ich ging zu seinem und Peters Schlafzimmer, in der Hoffnung, die Nachricht irgendwo hinterlegen zu können, wo Jonathan sie später finden würde. Doch gerade als ich davorstand, schwang die Tür auf, und Peter erschien, in Jeans und wie immer ohne Oberteil.

»Was willst du?«, fragte er – aggressiv, laut. Peter war immer so zu mir, wenn Jonathan außer Hörweite war. Als wäre ich ein kleiner Junge, mit dem er umspringen konnte, wie er wollte, weil mir ja doch niemand glauben würde. Mit dieser Einschätzung lag er nicht daneben – es war verständlicherweise lange her, dass mir irgendwer geglaubt hatte. »Oh, warte, lass mich raten: Du bist wegen unseres Geldes hier? Für zwanzigtausend Dollar bekommt man bestimmt viele Drogen.«

»Meinst du Jonathans Geld?«, fragte ich. Ich konnte einfach nicht anders.

Peter lächelte verächtlich, kehrte ins Schlafzimmer zurück und knallte mir die Tür vor der Nase zu. So viel zu meiner Nachricht. Ich zerknüllte sie in der Hand und schob sie in meine Hosentasche.

»Was sollte das denn?«, fragte Derrick, der hinter mir im Flur aufgetaucht war.

»Nichts«, sagte ich und drehte mich zu ihm um. »Ich bin froh, dass du da bist. Ich wollte sowieso gerade zu dir.«

Derrick streckte mir seine Handflächen entgegen wie ein Verkehrspolizist. »Nein. Die Antwort ist nein, Keith.«

»Du weißt doch gar nicht, was ich fragen will.«

»Muss ich auch nicht. Die Antwort ist nein, egal, worum es geht.«

»Finch hat angerufen, aus dem Stadtzentrum. Er …«

»Aus dem Stadtzentrum?«, fiel er mir ins Wort. »Ich dachte, Finch wäre abgereist!«

»Anscheinend nicht. Wie auch immer, er hat behauptet, er müsse mir dringend etwas mitteilen.«

»Was denn?«, fragte Derrick, mittlerweile nervös. Möglicherweise, weil er in meinem Fadenkreuz stand.

»Ich habe keine Ahnung«, sagte ich. »Deswegen muss ich ja mit ihm reden. Ich habe gerade erfahren, dass er einen neuen Kunsthändler hat – vielleicht geht es darum.«

»Oh, richtig«, erwiderte Derrick in einem Ton, als wüsste er längst darüber Bescheid.

»Moment mal – wusstest du das etwa auch schon?« Ich klang sauer, und das war ich auch, wenigstens ein bisschen. »Hat Finch dir gesagt, dass er die Galerie wechselt?«

»Ja, ähm, ich schätze schon. Gleich nachdem wir hier angekommen sind«, stammelte Derrick. »Ich fand, es ist nicht meine Aufgabe, mich einzumischen.«

Ich konnte Derrick keinen Vorwurf machen. Trotzdem, sein Schuldgefühl war meine einzige Handhabe.

»Du wolltest dich nicht *einmischen*?«, blaffte ich. »Du bist einer meiner besten Freunde. Du mischst doch sowieso *überall* mit!«

»Natürlich. Es tut mir leid.« Derrick schüttelte den Kopf. »Ich war schon lange der Ansicht, Finch und du sollten getrennte Wege gehen, weil das besser für dich wäre.«

»Trotzdem hättest du es mir sagen müssen. Hier geht es nicht darum, Schluss zu machen wie mit einem Mädchen, mit dem man ein paar Wochen zusammen war. Finch und ich – das ist, als würde man eine Ehe scheiden. Vermögenswerte und anderer Kram müssen aufgeteilt, Vereinbarungen unterzeichnet werden. Und genau aus diesem Grund muss ich jetzt mit ihm sprechen. Es gibt einiges zu klären.« Das klang ziemlich überzeugend, sogar in meinen Ohren. »Fahr mich in die Innenstadt und setz mich irgendwo ab. Komm schon, das bist du mir schuldig. Wenn du mich nicht fährst, dann werde ich eben zu Fuß gehen – unbeleuchtete Straßen, betrunkene Autofahrer … Denk nur daran, wie schuldig du dich fühlen wirst, sollte mir irgendetwas zustoßen.«

Derrick starrte mich erbost an, doch schließlich nickte er. »Okay«, lenkte er ein. »Aber ich bleibe, und anschließend fahren wir direkt hierher zurück.«

Ich nickte und log, was mir so unglaublich leichtfiel. »Abgemacht.«

Derrick war nicht glücklich, als ich ihm mitteilte, dass wir Finch im Falls treffen würden. Nicht dass ich eine Ahnung hatte, wohin ich tatsächlich kommen sollte, aber das Falls befand sich immerhin im Zentrum von Kaaterskill, das war doch ein Anfang.

»Finch war den ganzen Tag über hier? In dieser Bar?«, fragte Derrick, als wir aus dem Wagen stiegen.

»Vielleicht bin ich nicht der Einzige mit einem Suchtproblem.«

»Aber warum ist er nicht nach Hause gefahren, um in einer Bar in Brooklyn abzuhängen?« Derrick klang jetzt argwöhnisch – Finch betreffend, nicht mich. »Seit heute Morgen sind doch bestimmt ein halbes Dutzend Züge nach New York gefahren.«

»Sehe ich aus wie die gottverdammte Zugauskunft? Scheiße, Derrick, wen interessiert's, aus welchem Grund Finch geblieben ist?«

Es war jetzt neunzehn Uhr dreiundfünfzig. Nur sieben Minuten, um reinzugehen und Derrick dann abzuschütteln. Ich durfte nicht riskieren, dass er mir folgte. Dass er versuchte, mich aufzuhalten. Versuchte, mich vor mir selbst zu retten. Das würde nicht passieren, diesmal nicht.

»Du hast fünfzehn Minuten«, sagte Derrick, als er die Tür zur Bar aufzog. Seine strenge Großer-Bruder-Stimme ließ meine Brust eng werden. Ich hätte auch Derrick eine Nachricht hinterlassen sollen. »Danke«, hätte ich schreiben sollen,

»danke dafür, dass du so loyal bist.« Denn Derrick war immer loyal, und zwar durch und durch.

Ich salutierte. »Aye, aye, Kapitän.«

Drinnen war es noch voller als gestern, aus den Lautsprechern wummerte ein Song von Aerosmith, überall drängten sich schwitzende Menschen, vor allem in der Nähe der Bar. Anscheinend lief etwas Interessantes in dem Fernseher, der oben an der Wand angebracht war. Trotz all der Leute begegnete mein Blick beinahe sofort dem des Bauunternehmers, der am Tresen saß. Er nickte sogar mit dem Kinn in meine Richtung. Ich fragte mich, ob er dachte, Jonathan und Peter seien bei mir, um ihm sein Geld zu bringen. Vielleicht waren die zwei tatsächlich schon unterwegs. *Mist.* Ein weiterer Grund, alles zu beschleunigen.

Endlich vibrierte das Handy in meiner Hosentasche. Das musste die Nachricht mit dem Ort für die Geldübergabe sein. Für eine Sekunde überlegte ich, ob irgendeine Möglichkeit bestand, das Ganze ein anderes Ende nehmen zu lassen. Aber mir fiel keine ein. Ich hatte kein Geld, und diese Leute würden mir nicht noch eine Chance geben, zumal sie mir schon mehr als einen Aufschub gewährt hatten. Ich würde niemals genügend Geld zusammenbringen, um mich aus dieser Misere zu befreien. Ein Entzug war auch keine wirkliche Lösung – das wusste ich bereits. Es wäre lediglich ein kräftezehrender Boxenstopp auf einer nicht enden wollenden Talfahrt.

»Holst du mir ein Bier?«, fragte ich Derrick. »Ich muss mal pinkeln.«

»Ein Bier? Willst du mich auf den Arm nehmen? Wir bringen dich morgen in die Entzugsklinik!«

»Na schön, dann hol mir bitte eine Cola.« Ich klopfte ihm auf die Schulter. »Und halte die Augen auf nach Finch. Er muss hier irgendwo sein. Je eher wir ihn finden, desto eher können wir auch wieder abhauen. Das dürfte doch ganz in deinem Sinne sein, oder?«

Derrick schaute sich um. Er wirkte immer noch nervös. »Ja, klar, in *meinem* Sinne. Sag mal, geht's noch? Du bist ein Arsch, Keith«, knurrte er gutmütig und wandte sich zur Bar. Bevor er bestellte, schaute er sich noch einmal zu mir um und bedachte mich mit dem bedauernden, liebevollen Gesichtsausdruck, den er immer aufsetzte, wenn er mich betrachtete, sogar jetzt noch. Er war ein besserer Mensch als ich. Genau wie meine anderen Freunde.

Sobald er sich wieder zur Bar wandte, tauchte ich in der Menge unter und machte mich auf den Weg in Richtung Toiletten. Dort nahm ich den Hinterausgang und verschwand in der dunklen, stillen Nacht. Allein.

1225 Main Street. Ecke Main und Spencer. Mehr stand nicht in der Nachricht. Ich befand mich bereits auf der Main Street und versuchte, mit dem Handy die richtige Richtung zu bestimmen. Neun Blocks von der Bar entfernt, weg von Lichtern und Lärm. Natürlich nicht zufällig. Ab Block sechs gab es keine Straßenlaternen mehr, das einzige Licht stammte vom Halbmond, dessen Schein durch die Bäume fiel.

Nummer 1225 war ein einsturzgefährdetes, verlassenes Haus mit Brettern vor den Fenstern und wuchernden Hecken, die den Großteil des Eingangs verdeckten. Dort warteten sie auf mich.

Und ich würde nicht davonlaufen. Würde meine Meinung nicht ändern. Einmal in meinem Leben wollte ich mutig sein, mutig für meine Freunde, die so lange versucht hatten, mich zu retten. Ich würde mich endlich dem Menschen stellen, zu dem ich geworden war. Dieser Situation, in die ich, nur ich allein, mich hineinmanövriert hatte.

JONATHAN

Samstag, 20.26 Uhr

»Das ist doch Wahnsinn!«, schimpfte Stephanie, als sie aus dem Wagen stieg. Sie hatte die ganze Zeit über gemeckert, seit Peter die Nachricht von den Bauunternehmern bekommen hatte: Treffen uns um halb neun im Falls. »Willst du ernsthaft in die Bar gehen und diesen Leuten zwanzigtausend Dollar übergeben? *Cash?* Hast du jemals gehört, dass Erpressungen ein gutes Ende nehmen?«

»Stephanie!«, zischte ich, als wir die Straße überquerten. »Schluss damit. Lass uns die Sache hinter uns bringen.«

Natürlich machte sie sich Sorgen, das wusste ich. Wir machten uns alle Sorgen. Und dann waren auch noch Keith und Derrick verschwunden, spurlos, als hätten sie sich in Luft aufgelöst – keine Erklärung, keine Nachricht, nichts. Bestimmt hatte Keith Derrick zu irgendetwas überredet, und gewiss zu nichts Gutem. Wahrscheinlich war Derrick wieder einmal auf Keith' Vorwände hereingefallen, und sie waren unterwegs, um Drogen zu kaufen. Obwohl das selbst für Derrick ziemlich naiv gewesen wäre. Stephanie war nicht überzeugt von dieser simplen Erklärung.

»Keith hat einen Anruf bekommen, als ich bei ihm im Zimmer war«, hatte sie behauptet. »Angeblich von irgendwem, der stinksauer auf ihn war. Er schien Angst zu haben, und ihr kennt Keith: Sonst ist er doch immer so …«

»… gleichgültig«, brachte ich ihren Gedanken zu Ende. Das entsprach der Wahrheit. Keith hatte eine ziemlich hohe Angstschwelle.

Und nun gingen weder Derrick noch Keith an ihre Handys – und ja, der Empfang war schlecht in dieser Gegend.

Trotzdem war es kein gutes Zeichen. Maeve hatte sich einverstanden erklärt, im Haus auf sie zu warten, während Stephanie darauf bestand, Peter und mich zu begleiten, damit sie im Falls nach den beiden Ausschau halten konnte. Sie hatte bereits angekündigt, zur Farm zu fahren, falls wir Derrick und Keith im Stadtzentrum nicht finden würden. Ich dagegen wollte nicht dorthin zurückkehren, auf gar keinen Fall.

Stephanie verschwand in der Menge in Richtung Tresen, auf der Suche nach Derrick und Keith, während Peter und ich Ausschau nach unserem guten Freund Luke, dem Bauunternehmer, hielten. Schon gestern war hier viel los gewesen, aber heute lief irgendein Kampf im Fernsehen, und wir mussten uns durch ein ganzes Meer schwitzender Leiber drängen.

»Hier sind sie offenbar nicht mehr«, sagte Stephanie, als sie zu uns zurückkehrte. »Der Barkeeper meint, er habe sie vor einer Weile gesehen.« Sie wirkte genervt. »Ich bin mir allerdings nicht mal sicher, ob er sich wirklich ihre Fotos angeschaut hat. Vielleicht hat er einfach nur versucht, mich abzuwimmeln.«

»Du hast selbst gesagt, dass wir Keith ab einem bestimmten Punkt nicht länger vor sich selbst schützen können. Vielleicht sind wir jetzt an diesem Punkt angekommen ...«

Ich war mir nicht sicher, ob ich das tatsächlich glaubte. Stephanies Augen schossen noch immer hin und her, ihre Lippen waren zu einer schmalen Linie zusammengepresst. Sie hörte nicht einmal zu.

»Was hast du gesagt?«, fragte sie.

»Das hast du doch gemeint: dass Keith sich den Konsequenzen für sein Handeln stellen müsse.«

»Scheiß auf das, was ich gesagt habe.« Stephanie drehte sich um und sah mich an. »Aber eins versichere ich dir, Jonathan: Ich habe ein ganz, ganz schlechtes Gefühl. Keith' Stimme klang so merkwürdig. Außerdem hat er sich bei mir für meine Freundschaft bedankt. Es klang fast wie ein Abschied.«

»Wie ein Abschied?« Das hörte sich gar nicht gut an.

»Stephanie, hast du Luke gesehen, als du an der Bar warst?«, fragte Peter. »Denn seinetwegen sind wir eigentlich hier.«

»Wer ist jetzt noch mal Luke?«, fragte sie.

»Der Bauunternehmer«, antwortete ich.

»Oh, ja.« Sie deutete auf den hinteren Teil des Lokals. »Er sitzt da drüben an einem Tisch in der Ecke.«

Sofort steuerte Peter in die entsprechende Richtung. Er bahnte sich so energisch seinen Weg durch die Menge, dass ich Mühe hatte, mit ihm Schritt zu halten. Es war süß von ihm, dass er die Führung übernahm. Obwohl ich fürchtete, dass er sich überschätzte, was Luke betraf. Peter war jung und fantastisch in Form – doch nicht etwa durch harte, körperliche Arbeit, sondern durch seinen Personal Trainer bei Equinox, seinem geliebten Luxus-Gym.

Ich drehte mich um und stellte fest, dass Stephanie uns in einiger Entfernung folgte. Jetzt blieb sie stehen, blickte auf ihr Handy und tippte eine Nachricht ein. Peter bedeutete mir kaum merklich, mich zu beeilen – schließlich war ich derjenige, der das Geld bei sich hatte.

»Jetzt gib ihm doch … du weißt schon …« Peter nickte in Lukes Richtung, als ich mich neben ihn an den Tisch stellte. »Dann können wir gleich wieder gehen.«

»Okay, kein Problem«, sagte ich und griff in meine Jacke, wobei ich so tat, als wäre mir die ganze Angelegenheit ausgesprochen lästig. Angriff als beste Verteidigung anzusehen, war womöglich riskant, aber genauso riskant war es, einfach den Kopf in den Sand zu stecken und sich tot zu stellen.

Doch Luke schüttelte bereits den Kopf höhnte: »Nein, so läuft das nicht, du verdammter Schwachkopf. Jetzt setzt du dich zuerst einmal hin.«

Luke und sein Freund – ein großer Kerl mit weißblondem

Haar und dicken, rosa Wangen – rutschten eins weiter, sodass neben ihnen zwei freie Plätze waren. Der Große deutete auf den Stuhl neben seinem.

»Bitte sehr«, sagte er. »Hier ist jede Menge Platz.«

»Ist schon okay«, lehnte Peter ab. »Wir können stehen.«

Luke richtete den Blick auf Peter.

»Setz dich hin, verflucht noch mal«, wies er ihn zähneknirschend an. »Ich will nicht, dass die Übergabe zu sehen ist. Nur für den Fall, dass ihr auf die Überwachungskamera der Bar hofft.«

»Das tun wir nicht«, entgegnete ich und stellte verlegen fest, dass meine Stimme zitterte.

Luke stieß den Stuhl neben ihm mit dem Fuß in meine Richtung. »Dann setz dich.«

Ich nahm Platz, wobei ich Luke unter dem Tisch schnell die Umschläge zusteckte. Er riss sie mir aus der Hand und blätterte durch die Geldscheine.

»Das sind zwanzigtausend. Wo sind die anderen elf?«

»Sie wissen, wie Banken arbeiten, oder?«, fragte Peter in herablassendem Ton. »Es gibt Obergrenzen für Barauszahlungen. Wir haben einen Kontotransfer des Restbetrags für Montag veranlasst.«

»Danke für die Belehrung.« Luke musterte Peter mit schmal gezogenen Augen, dann wandte er sich wieder an mich. »Nur um das klarzustellen: Ich weiß, dass Sie damit etwas gegen mich in der Hand hätten, so blöd bin ich nun auch wieder nicht. Ich will Bargeld, sonst nichts.«

»Das ist uns durchaus bewusst«, versicherte ich ihm eilig, bevor Peter weiteren Schaden anrichten konnte. »Wenn es Ihnen lieber ist, hebe ich am Montag die restlichen elftausend ab.«

Luke starrte mich nach wie vor an. Meine Handflächen fingen an zu schwitzen. »Bargeld«, sagte er. »Montag. Sobald die Banken öffnen.«

»Abgemacht«, erwiderte ich. »Kein Problem.«

»Eines sollten Sie außerdem wissen«, fuhr er fort, ohne den Blick von mir zu wenden, »die hiesige Polizei und meine Familie kennen sich seit Langem. Seit sehr, sehr Langem. Ich würde mir zweimal überlegen, ob ich irgendwas hiervon zur Anzeige bringe. Am Ende könnte es blöd laufen für euch oder euren drogensüchtigen Kumpel.«

Stephanie trat an den Tisch, die Augen aufs Handy geheftet. Als sie aufschaute, kreuzte ihr Blick den von Lukes Freund mit den fleischigen Wangen.

»He, sieh mal einer an, wer da ist«, sagte er mit einem lüsternen Grinsen.

»Oh, fabelhaft.« Sie wandte sich mir zu. »Du sitzt mit denen am Tisch, Jonathan? Bringen wir hinter uns, weshalb wir hergekommen sind, und dann lasst uns verschwinden!«

»Wozu die Eile?«, fragte der Freund und deutete auf seinen Schoß. »Ich habe dir einen Platz reserviert.«

»Igitt.« Stephanie verdrehte angewidert stöhnend die Augen. »Bitte, Jonathan, können wir los?«

Peter sah von Stephanie zu mir. »Tut mir so leid«, formte er gequält mit den Lippen.

Ohne nachzudenken, reckte ich den Arm über den Tisch und drückte Peters Hand. Er lächelte, genau so, wie er an dem Abend gelächelt hatte, an dem wir uns zum ersten Mal begegnet waren – schüchtern und süß. Ein Lächeln wie dieses, und ich war hin und weg.

»Das ist doch nicht euer verdammter Ernst?«, schnauzte Luke Peter an.

Ich zog die Hand weg, als hätte ich mich verbrannt, dann schämte ich mich für meine Reaktion. Peter dagegen presste trotzig die Lippen zusammen und starrte Luke herausfordernd an. »Vielleicht würde es dir weniger ausmachen, dass wir miteinander vögeln, wenn du nicht ein verkappter Schwuler wärst.«

321

»Das ist lustig!« Lukes Freund lachte. »Er hat dich gerade eine Schwuchtel genannt.«

Ich zuckte zusammen, dann beobachtete ich ungläubig, wie Peter Luke anlächelte – ein provozierendes Fick-dich-Lächeln.

»Du hältst dich wohl für komisch«, knurrte Luke.

Ach du lieber Himmel, Peter, dachte ich. Er wird dich umbringen.

Peter nickte, immer noch lächelnd.

»Jonathan«, hörte ich Stephanie sagen. Sie klang nervös. »Wir sollten wirklich gehen.«

»Weißt du, was noch komisch ist?«, fragte Luke.

Ich hörte zuerst das Geräusch, dann spürte ich die Bewegung. Spürte erst, wie mein Kopf auf die Tischplatte knallte, dann den Schmerz. Spürte erst den Schmerz, dann die Hand in meinem Nacken. Lukes Hand. Ich sah schwarz vor Augen. Die Tischplatte.

»Jonathan!«, kreischte Stephanie. »Lass ihn los, du Scheißkerl!«

Mein Schädel brannte, Rasierklingen ritzten mein Rückgrat. Luke drückte fester und fester. Mir wurde schwindelig. Ich spürte, dass ich mich jeden Moment übergeben musste, wenn ich nicht zuvor das Bewusstsein verlor. Ich bekam kaum noch Luft.

»Hör auf, verflucht noch mal!«, schrie Stephanie, diesmal noch lauter. »Lass ihn los, du verdammtes Arschloch!«

Ich vernahm Kampfgeräusche – Peter versuchte wohl, mir zu helfen. Die Hand in meinem Nacken schüttelte meinen Kopf, vor und zurück, vor und zurück.

»Aufhören!« Stephanie. Ich konnte ihre Füße sehen. Direkt neben meinen.

»Autsch! Dämliches Miststück!«, brüllte Luke plötzlich. »Mein Hals!«

Dann war ich frei. Stephanie zog mich hoch und schob

mich durch die Menge. »Nun mach schon!«, rief sie und stieß die Leute aus dem Weg.

»Wo ist Peter?«, fragte ich, als wir uns der Tür näherten, und versuchte, den Kopf zu drehen, doch der Schmerz war unerträglich.

»Mit ihm ist alles okay. Raus jetzt und schnell zum Wagen.« Stephanie drängte mich zur Tür hinaus. »Gib mir die Schlüssel. Ich fahre.«

Stephanie schob mich auf den Beifahrersitz, rutschte hinters Lenkrad und verriegelte von innen die Türen, dann steckte sie den Schlüssel ins Zündschloss.

»Warte. Wir müssen erst ...« Das Pochen in meinem Kopf wurde mit jedem Wort schlimmer. »Wir können Peter nicht da drinnen lassen!«

»Doch, können wir«, entgegnete Stephanie.

»Luke wird ihn umbringen!«

»Ich bin diejenige, die die Fingernägel in seinen Hals gegraben hat. Wenn er jemanden umbringen wird, dann mich.«

»Aber Peter ...«

»Es geht ihm gut, Jonathan!«, schnauzte Stephanie. Sie setzte zurück, dann raste sie los. »Schick Maeve eine Nachricht. Sie ist allein im Haus. Schreib ihr, sie soll die Türen verschließen, falls die Typen schneller sind als wir und bei ihr auftauchen, um nach uns zu suchen.«

Ich sah ihr an, dass sie richtig Angst hatte. Mein Nacken schmerzte höllisch, genau wie mein Schädel. Sei vorsichtig, tippte ich die Nachricht an Maeve ein. Die Bauunternehmer könnten auf dem Weg zum Haus sein. Sperr alles ab.

Maeve antwortete sofort. Alles okay bei euch?

Ja, sind bald bei dir. »Ich habe ihr geschrieben, dass wir unterwegs sind.«

»Schreib ihr, es könnte noch eine Weile dauern.«

»Warum?«

»Hast du Peter erzählt, wo Keith und Derrick Crystal abgeladen haben?«

»Also ehrlich, Stephanie, Peter mag vielleicht ein Feigling sein, aber er würde doch niemals verraten …«

»Er steckt mit drin, Jonathan.«

»Worin?«

»Peter steckt mit den Bauunternehmern unter einer Decke.« Stephanies Stimme klang angespannt.

»Wie bitte?«

»Ich meine das wörtlich, Jonathan. Ich denke, sie könnten zusammen sein – Luke und Peter. Wie sie sich angesehen haben …« Sie schauderte. »Luke hätte dir beinahe das Genick gebrochen, und sie …«

»Nein«, sagte ich leise. Nein, wie in *Nein, du irrst dich.* Aber ich spürte bereits, wie Entsetzen in mir aufstieg. Entsetzen darüber, dass sie recht haben könnte.

»Als Luke dich gepackt hat, wirkte Peter weder überrascht noch aufgebracht.« Sie drückte meinen Unterarm. »Er wirkte … geschmeichelt, das schwöre ich bei Gott. Luke war eifersüchtig, und Peter hat sich darüber gefreut.«

Ich schwieg eine ganze Weile und starrte aus dem Beifahrerfenster auf die vorbeiziehenden Bäume. In der unendlichen Leere, die sich in mir ausbreitete, spürte ich nur, wie langsam meine Brust zerquetscht wurde. Stephanie hatte recht. Das wusste ich unwillkürlich.

»Ich hab echt ein Händchen dafür, mir die Richtigen auszusuchen, stimmt's?«, brachte ich schließlich hervor. Meine Stimme klang tonlos und verzagt. »Ich bin ein solcher Idiot.«

»Wieso? Weil du Gefühle für jemanden empfunden hast? Deshalb bist du noch lange kein Idiot.« Stephanies Stimme klang außergewöhnlich weich. »Du bist nur ein Idiot, wenn du dir die Schuld für Peters Fehlverhalten gibst.«

»Du musst das nicht beschönigen.«

»Unterstell mir nicht, ich würde etwas schönreden.«
Stephanie schwieg, dann fuhr sie fort: »He, möchtest du etwas hören, wonach es dir wieder besser geht?«

»Klar«, sagte ich zögernd.

»Ich hatte einen One-Night-Stand mit Finch.«

»Nein.« Jetzt gelang es mir doch, den Hals zu drehen. Ich starrte sie an. Sie nickte. »Igitt.«

»Vor einem Monat«, gab sie achselzuckend zu. »Wie dem auch sei – ich will damit sagen, dass wir alle falsche Entscheidungen treffen, und das Einzige, was wir anschließend tun können, ist zu versuchen, es beim nächsten Mal anders zu machen.«

»Tja, nur leider scheint mir das nicht zu gelingen«, hielt ich dagegen. Wir schwiegen wieder. »Danke, dass du eingeschritten bist. Ich glaube, er hätte mir tatsächlich das Genick gebrochen«, sagte ich dann.

»Gern geschehen.«

»Hast du etwas von Derrick oder Keith gehört?«

Stephanie nickte. »Von Derrick. Keith hat ihn überredet, ins Falls zu fahren, um Finch aufzuspüren, dann hat er ihn abgehängt. Derrick glaubt nicht, dass Finch überhaupt dort war. Jetzt fährt er durch die Gegend auf der Suche nach Keith.« Sie blickte auf den grauen Asphalt vor uns und fragte: »Hast du Maeve geschrieben, dass es noch etwas dauert, bis wir am Haus sind?«

Ich schüttelte den Kopf und fing an zu tippen. »Wenn wir nicht zu mir fahren, was machen wir dann?«, wollte ich wissen.

»Ich denke, wir müssen sie woandershin schaffen.«

»Wen?« Ich hatte tatsächlich keine Ahnung, wovon sie sprach.

»Crystal.«

»Das ist nicht dein Ernst!«

»Hast du nicht gehört, was Luke gesagt hat? Seine Familie

ist seit Ewigkeiten eng mit den Cops befreundet.« Stephanie warf mir einen vielsagenden Seitenblick zu. »Wir stecken mittlerweile so tief in der …«

»Okay«, fiel ich ihr ins Wort und starrte aus dem Fenster in die Dunkelheit. »Ich hab's kapiert. Es gibt kein Zurück mehr. Unsere Spezialität.«

DETECTIVE JULIA SCUTT

Sonntag, 20.12 Uhr

Als ich zu Jonathan Cheungs Anwesen zurückkehre, ist es dunkel. Ich halte neben dem Streifenwagen, der am Ende der Zufahrt parkt, und lasse das Fenster herunter. Die beiden Polizisten, die zur Überwachung abgestellt sind, versichern mir, dass »alles ruhig« ist. Mir ist allerdings sofort klar, dass sie eher ihre Handydisplays im Auge behalten als das Haus.

Ich stelle den Wagen ab, steige aus und schließe mit dem Schlüssel, der laut Finch unter der Fußmatte lag, die Haustür auf. Drinnen ist es still. Ich schalte ein paar Lichter an und vergewissere mich, dass das Erdgeschoss sauber ist – es schadet nie, vorsichtig zu sein, und der Fahrer des Unfallwagens wird schließlich immer noch vermisst. Dann gehe ich nach oben, um Alice' Tagebuch zu suchen. Da Finch meine Quelle ist, bin ich eher skeptisch wegen dieses Jungen, den die Clique angeblich während ihrer College-Zeit getötet hat. Möglich, dass damals tatsächlich etwas vorgefallen ist, aber eher unwahrscheinlich, dass es etwas mit den Vorfällen in dem Wagen zu tun hat. Andererseits führt ein Übel nicht selten zum nächsten.

Bis das Labor anruft und uns die Ergebnisse bezüglich der Fingerabdrücke auf dem Korkenzieher mitteilt, müssen wir uns ohnehin in Geduld üben. Immerhin gibt es einen verwendbaren Abdruck auf dem Griff, was in Anbetracht der Form und des Schlamms, in dem das Ding lag, reines Glück ist. Wenn der Abdruck tatsächlich zu Luke Gaffney passt, werde ich die verrostete Zeltstange aus der Asservatenkammer holen und ebenfalls untersuchen lassen. Ich habe versucht, mich mental darauf vorzubereiten, wie es sich wohl anfühlen mag, wenn herauskommt, dass ich den Mörder meiner Schwester all die Jahre über unbehelligt durch die Gegend spazieren lassen habe. Doch jedes Mal, wenn ich darüber nachdenke, habe ich nur ein einziges Bild vor Augen: Ich sehe mich selbst, wie ich Luke Gaffney in den Kopf schieße.

Noch haben wir Crystals Leiche nicht gefunden, aber es deutet einiges darauf hin, dass in einem der runtergekommenen Nebengebäude der Farm etwas vorgefallen ist. Die Kollegen haben in einem der Schuppen Fußabdrücke und Schleifspuren entdeckt – aber keine Crystal. Irgendwann werden wir auf sie stoßen, vorher gebe ich nicht auf. Die Officer halten Luke Gaffney in seinem Haus fest, bis die Suche beendet ist. Bislang haben sie nicht viel gefunden außer etwas Pot und einem Kombipräparat aus Oxycodon und Paracetamol, das nicht Luke verschrieben wurde. Genug, um ihn vorübergehend aus dem Verkehr zu ziehen, wenn auch nicht für lange.

Oben in dem Gästezimmer, in dem Jonathan Derrick und Finch untergebracht hatte, steht die Reisetasche noch genau so auf dem Fußboden, wie ich sie zurückgelassen hatte. Darin befindet sich der DIN-A4-Umschlag mit den Tagebuchseiten. Diesmal fällt mir eines der Fotos entgegen, als ich die Seiten herausziehe – die Clique bei Derricks Hochzeit. Maeve und er halten einander bei den Händen und lachen. Ich nehme die restlichen Aufnahmen aus dem Umschlag. Die Fotos, wegen denen Derrick ausgerastet ist, als Finch ihn damit kompromittierte. Die Vorstellung, dass er sie mit sich herumgetragen hat, ist seltsam. Ich empfinde ein bisschen Mitleid mit Derrick, als ich sie zurückschiebe und mich zur Treppe wende, den Umschlag in der Hand.

Unten durchquere ich auf dem Weg zur Haustür das Wohnzimmer und stelle fest, wie still und friedlich es in diesem schönen, leeren Haus ist – keine Verdächtigen oder Zeugen, die herumkrakeelen, man müsse sie endlich gehen lassen. Vielleicht sollte ich nicht ins Präsidium zurückkehren, sondern einfach hierbleiben, bis ich die Ergebnisse des Fingerabdruckabgleichs habe. Bis dahin kann ich ohnehin nichts tun, außer Jonathan, Maeve und Stephanie hinzuhalten. Und Luke.

Ich lasse mich auf eines der roten Ledersofas fallen, das tatsächlich genauso kalt und unbequem ist, wie es aussieht, und vertiefe mich in Alice' Tagebuchseiten. Und da steht es, gleich am Anfang: eine Party auf einem Dach, ein Sturz, ein toter junger Mann und ein ganzer Haufen Lügen. Alice quälte sich mit dem Tod des Jungen, und noch mehr setzte ihr zu, dass ihre Freunde beschlossen, die Umstände seines Todes zu verheimlichen. Es scheint eine ziemlich eindeutige Verbindung zwischen jenem Vorfall und ihrem Suizid zu bestehen. Alice war fest davon überzeugt, die Sache nicht für sich behalten zu können, und laut ihren Aufzeichnungen hatte sie ihren Freunden genau das mitgeteilt – man konnte also durchaus behaupten, dass sie gewarnt waren. Sie hätten der Sache ein Ende bereiten und es jemandem erzählen können. Wer weiß, vielleicht hätten sie dann sogar Alice vor sich selbst retten können. Kein Wunder, dass sie alle so daneben sind.

Etwas tiefer Reichendes, Komplizierteres geht aus den ersten Einträgen nicht hervor. Dass die Clique niemanden zu Hilfe gerufen hatte, war kaltschnäuzig, um nicht zu sagen kriminell, aber kein glatter Mord, wie Finch es mich glauben lassen wollte. Ich verstehe nicht, wie dieser Vorfall mit der aktuellen Situation verknüpft sein soll – er beweist nur, dass es sich nicht gerade um die nettesten Menschen handelt.

Mein Handy summt. Ich schaue aufs Display und stelle fest, dass eine Nachricht vom Labor eingegangen ist. **Abdrücke auf dem Korkenzieher passen NICHT zu Luke Gaffney.**

Seid ihr sicher?, schreibe ich zurück, obwohl ich die Antwort längst kenne. Das Labor ist absolut zuverlässig bei manuellen Abgleichen.

100 %. Inkonsistentes Schleifenmuster.

Das darf doch nicht wahr sein! Danke. Lasst die Abdrücke auch durch SABIS und die Datenbanken angrenzender Zuständigkeitsbereiche laufen, so lange, bis ihr irgendetwas findet.

Es wäre nicht das erste Mal, dass eine Suche im Statewide Automated Biometric Identification System Erfolg hat. Ich zucke zusammen, als ich höre, wie sich die Haustür öffnet. Eilig springe ich auf, stecke das Handy weg und lege die Hand auf die Waffe, nur für alle Fälle. Die beiden Schwachköpfe draußen haben offenbar jemanden übersehen, der nun schnurstracks ins Haus spaziert.

Dan tritt ein und hält die Hände hoch, als er sieht, dass ich dabei bin, die Waffe zu ziehen. »Entschuldigung, ich hätte dir eine Nachricht schicken sollen.«

Ich lasse mich wieder aufs Sofa fallen. »Die Fingerabdrücke auf dem Korkenzieher sind nicht von Gaffney.«

»Ach?« Dan reibt sich das Kinn. »Wer ist denn dann LG?«

Ich lege den Kopf schief und denke angestrengt nach. »Ich habe keinen blassen Schimmer«, muss ich schließlich zugeben. »Ich war fest davon überzeugt, dass es sich um Luke Gaffney handelt.«

»Ich auch«, sagt Dan. »Vor allem, weil Hoffs Aussage verschwunden ist.«

Ich sehe ihn besorgt an. »Danke übrigens, dass du die Akten durchgesehen und die Alibis überprüft hast. Ich hätte dir schon viel früher danken sollen.«

Dan zuckt die Achseln und wirft mir einen verstohlenen Blick aus dem Augenwinkel zu. »Wozu sind Freunde sonst da?«

»Nur fürs Protokoll: Du hast auch mit Jane recht«, füge ich hinzu. Mehr kann ich dazu nicht sagen – noch nicht.

Dan sieht mir in die Augen, aber nur für eine Sekunde.

Dann senkt er den Kopf und nickt. »Also, wie geht es hier weiter?« Er deutet mit einer umfassenden Geste durchs Wohnzimmer.

»Nun, ich halte im Präsidium vier Personen fest, die allesamt mordverdächtig sind. Wenn wir versuchen, ihre Fingerabdrücke zu bekommen, werden sie uns mit Sicherheit ihre Anwälte auf den Hals hetzen. Es wäre daher hilfreich, die Identifikation der Leiche voranzutreiben. Dann wüsste ich wenigstens, wen sie möglicherweise umgebracht haben.«

»Das wissen wir bereits.« Dan setzt sich neben mich auf die Couch. »Deshalb bin ich ja hergekommen.«

»Was sagst du da?«

»Bei dem Toten im Wagen handelt es sich um Derrick Chism.«

»Hast du die Fingerabdrücke?«

Er schüttelt den Kopf. »Wir haben Keith Lazard in der Stadt aufgegriffen. Er hatte seinen Ausweis bei sich.«

»Heilige Scheiße!« Ich setze mich auf. »Habt ihr ihn in Gewahrsam?«

»Sozusagen«, erwidert Dan. »Er wurde mit einem Einschussloch im Hinterkopf unter dem Vordach eines der verlassenen Häuser an der Main Street gefunden. Ich nehme an, er wollte Drogen kaufen. Ein Passant hat ihn entdeckt.«

»Verdammt«, sage ich. »Dann werden wir wohl nie herausfinden, was genau sich im Wagen abgespielt hat.«

»Nicht unbedingt«, hält Dan dagegen. »Wie durch ein Wunder ist die Kugel so verlaufen, dass Keith Lazard noch am Leben ist. Auch wenn sein Leben am seidenen Faden hängt. Wir werden ihn also kaum morgen befragen können ...«

»Leider bin ich mir ziemlich sicher, dass die vier angefressenen Tatverdächtigen nicht bereit sein werden, sich so lange zu gedulden, bis er sich halbwegs erholt hat.«

»Ich denke, du solltest zumindest Hendrix laufen lassen«, schlägt Dan vor. »Mithilfe der Schlüsselkarte lässt sich bestätigen, dass er die ganze Nacht über in seinem Hotelzimmer war, und die Bänder der Überwachungskameras sagen das Gleiche. Der Raum wurde für die ganze Woche gebucht. Es sieht darin aus wie im Saustall – Künstlerbedarf, Gips, Malutensilien … Gemälde und etwas, was an Skulpturen erinnert –, ziemlich bizarr, wenn du mich fragst, aber ich verstehe ja auch nichts von Kunst. Es passt alles zu der Story, die er dir aufgetischt hat – er hat da drinnen an irgendetwas gearbeitet.«

»Wenn sich herausstellt, dass es sich um einen aus dem Ruder gelaufenen Drogendeal handelt, raste ich echt aus.«

»Seldon wird es genauso gehen«, sagt Dan. »Andererseits bringen ihn mehrere tote Wochenendgäste vielleicht dazu, dass er endlich seinen Job macht und die Farm säubert.«

»Ja, gleich nachdem er mich gefeuert hat.«

Dan steckt sich ein Kaugummi in den Mund. »Nein. Ich habe ein bisschen tiefer gegraben. Rate mal, wer der Letzte war, der sich den Karton mit den Akten über deine Schwester hat geben lassen, bevor du bei der Truppe angefangen hast. Ich gebe dir einen Hinweis: weiß, nicht allzu groß, breites Lächeln, viel zu attraktive Ehefrau.«

»Seldon?«

»Ja. Er hat Hoffs Aussage vermutlich verbrannt, weil sie auf Gaffney hinweist. Es scheint einen guten Grund dafür zu geben, warum Seldon die Freundschaft mit Gaffney senior nicht an die große Glocke hängt. Offenbar sind jedes Wochenende Mädchen in Gaffneys Fischerhütte – junge Mädchen. Das wurde dem Officer, der sein Alibi überprüft hat, von mehreren Quellen zugetragen. Es wäre überhaupt sinnvoll, sich das Ganze mal genauer anzusehen, sobald diese Sache hier vorbei ist.« Dan deutet auf die Blätter in meiner Hand. »Was ist das?«

»Seiten aus dem Tagebuch einer College-Freundin der Wochenendgäste«, antworte ich. »Sie hat sich umgebracht, weil sie sich schuldig fühlte wegen eines Jungen, der am Vassar vom Dach gestürzt ist. Offenbar war er betrunken. Ein Unfall, aber diese Clique … Nun ja, die sind einfach abgehauen, ohne irgendwen zu informieren. Unwahrscheinlich, dass der Junge überlebt hätte, wahrscheinlich hatte er einen Genickbruch, aber man kann ja nie wissen.«

»Warte, er ist vom Dach des Vassar College gefallen?« Dan sieht mich mit zusammengekniffenen Augen an. »Wann war das?«

»Keine Ahnung, vielleicht vor zehn Jahren?«

Etwas hinter Dan erregt meine Aufmerksamkeit. Die Türen des Wohnzimmerschranks sind halb geöffnet. Ich sehe ordentlich aufgereihte Flaschen, Gläser auf einem Silbertablett, einen Eiskübel, Zangen.

Dan schnipst mit den Fingern. »Ist das etwa *der* Junge? Der aus Hudson, von dem ich dir erzählt habe?«

»Welcher Junge?« Ich stehe auf, um die Bar näher ins Auge zu fassen. Der Eiskübel hat eine goldene Gravur, die ich vom Sofa aus nicht erkennen kann.

»Die Dame in dem rosa Trainingsanzug. Ich bin mir ziemlich sicher, dass das *ihr* Kind war. Sie war damals unentwegt in den Nachrichten, wo sie um ihren geliebten Sohn geweint hat. Aber irgendwann hat sich herausgestellt, dass sie es nur toll fand, im Fernsehen zu sein. Die Frau wohnte gleich hinter Bethany. Evan Paretsky, ja, so hieß der Junge. Er arbeitete zu jener Zeit auf dem Bau in Poughkeepsie.«

»Warum habe ich davon nichts gehört?«, frage ich, dann fällt mir ein, dass ich damals in Kalifornien an der Uni war.

»Es war ganz groß in den Nachrichten«, erzählt Dan weiter. »Aber nur für ein paar Tage. Nachdem die College-Verwaltung behauptete, er sei vor seinem Sturz in die Wohnheimzimmer eingebrochen, verloren die Leute das Interesse.«

»Im Tagebuch klingt es aber nicht so, als wäre er irgendwo eingebrochen. Die Clique hat ihn in einer Bar in der Nähe des Campus kennengelernt und zu einer Dachparty eingeladen. Er war betrunken, ist zu dicht an die Kante gekommen und abgerutscht. Und diese dämlichen Kids haben keine Hilfe geholt und dadurch alles nur noch schlimmer gemacht.«

»Er war auf keinen Fall betrunken«, entgegnete Dan. »Nicht Paretsky. Er hatte irgendein Stoffwechselproblem oder eine Unverträglichkeit oder Allergie – etwas in der Art. Daran erinnere ich mich noch ganz genau. Er war ein paar Jahrgangsstufen über mir auf der Hudson High. Ein einziger Drink, und es ging ihm richtig schlecht. Musste sich übergeben und so. Deshalb endete er schließlich als Fahrer für alle. Was für ein beschissenes Schicksal: erst das, und dann das Dach. Das war das Erste, was mir in den Sinn kam, als ich von seinem Tod erfuhr.«

Dan redet weiter, aber ich höre ihm nicht mehr zu. Ich stehe vor der Bar, betrachte den Kübel und nehme die Eiszangen zur Hand. Alles ist mit einer Gravur versehen: zwei geschwungene Buchstaben, genau wie auf dem Korkenzieher.

»LG«, sage ich laut.

Und dann entdecke ich es, eine Bronzetafel über der Bar mit der Inschrift LOCUST GROVE, 1883.

ALICE

Ich habe endlich Evan Paretskys Adresse! Und vom Vassar in Poughkeepsie ist es nur eine Stunde mit dem Auto bis nach Hudson.

Ich bin mir noch immer nicht ganz sicher, was ich tun werde, wenn ich dort bin. Vielleicht hinterlasse ich einfach eine anonyme Nachricht im Briefkasten, wie ich es mit Maeve besprochen habe. Seine Mutter scheint irrsinnig wütend zu sein – ich habe sie in den Nachrichten gesehen. Nicht nur, weil Evan tot ist, sondern weil man ihn noch dazu fälschlicherweise des Diebstahls bezichtigt. Schwer zu sagen, wie sie reagiert, wenn ich zugebe, dass ich an dem schrecklichen Unglück beteiligt war.

Und ja, ich weiß, dass ich einfach eine E-Mail schicken könnte, aber ich muss sie sehen, wenn sie meine Worte liest. Ich muss sichergehen, dass sie sie bekommt.

Maeve hat vorgeschlagen, ich solle die Nachricht per Einschreiben versenden – und das meinte sie nicht im Scherz. Sie hat aber auch gesagt, dass ich meine Medikamente nehmen soll, sonst würde sie gar nicht daran denken, mir zu helfen. Also habe ich sie genommen. Es war ohnehin gut, denn ich glaube, meine Mom hat vor, mir einen »Kurzbesuch« abzustatten – ihr Code für einen Medikamentencheck. Ich weiß, dass es mir nicht besser geht, wenn ich sie nicht nehme, aber jetzt habe ich sie genommen, und ich spüre sofort, dass ich etwas ausgeglichener werde. Vielleicht zu ausgeglichen, vielleicht dämpfen mich die Tabletten zu sehr. Genau das war immer das Problem – mein Gehirn bewegt sich so träge, als würde es im Schlamm feststecken. Doch im Augenblick befinde ich mich auf einem guten Mittelweg.

Ich werde Derrick um seinen Wagen bitten. Ich weiß, dass

er Ja sagt. Er sagt immer Ja. Und Maeve wird mitkommen, das konnte ich ihren Augen ansehen – sie steht auf meiner Seite. Ihr ist klar, dass ich das tun muss. Außerdem ist sie es mir schuldig. Ich habe sie das T-Shirt behalten lassen, das sie mir geklaut hat, ohne die Sache auch nur mit einer einzigen Silbe zu erwähnen.

DERRICK

Samstag, 20.42 Uhr

Ich war erleichtert, als ich Maeve in Leggins und Sweatshirt am Ende von Jonathans dunkler Zufahrt stehen sah, in den Armen die Jacken, die sie uns mitgebracht hatte. Mein Gott, ich war so verliebt in sie! Und nein, unser Gespräch zuvor war nicht so weit gegangen, wie ich es mir gewünscht hatte, aber irgendetwas hatte sich zwischen uns verändert. Das spürte ich.

Maeve öffnete den Kofferraum und warf die Jacken hinein, bevor sie auf der Beifahrerseite einstieg.

»Alles okay?«, fragte sie.

Ich nickte und schloss die Finger, so fest ich konnte, ums Lenkrad, um meinem Verlangen, sie zu berühren, entgegenzuwirken. »Ich komme mir vor wie ein Volltrottel, aber sonst geht es mir gut.«

»Keith ist der Volltrottel, nicht du. Du hast nur versucht, ein guter Freund zu sein. Wo hast du denn bislang nach ihm Ausschau gehalten?«

Ich hatte ihn überall gesucht, war inzwischen seit fast einer Stunde unterwegs. Und ich hatte Keith mindestens fünfzehn Textnachrichten geschickt, bevor ich mich ins Auto gesetzt hatte und kreuz und quer durch die Stadt gefahren war. Wenn er nicht gefunden werden wollte, hatte ich keine Chance, so viel war mir klar. Ich hatte das Risiko gekannt, hatte gewusst, dass Keith möglicherweise log, als er behauptete, er wolle sich mit Finch aussprechen, dass alles nur ein Vorwand war, mich zu benutzen, damit er in der Stadt Drogen kaufen konnte. Dass er mir vielleicht entwischen und zum Bahnhof flüchten würde, um nicht in die Entzugsklinik zu müssen. Ich hatte nicht nachgedacht. Ich war außer mir gewesen vor Sorge, dass Keith sich mit Finch treffen und Finch ihm erzählen würde, was ich heute Morgen getan hatte. Vielleicht würde er sogar die Fotos von Maeve in meiner Reisetasche erwähnen! Was, wenn sie davon erfuhr?

Nachdem ich das Falls verlassen hatte, hatte ich dreimal mit immer größer werdendem Radius das Stadtzentrum umkreist und sämtliche Straßen abgeklappert, doch von Keith entdeckte ich weit und breit keine Spur. Es war ohnehin kaum jemand unterwegs. Jonathan und Stephanie hatten mir geschrieben, dass sie im Falls waren, doch auch sie sah ich nicht, obwohl ich mehrfach daran vorbeifuhr.

Stephanie hatte mir erzählt, dass Keith ihrer Meinung nach vor irgendwem oder irgendetwas Angst hatte, zumindest hatte er diesen Eindruck bei ihrem letzten Gespräch erweckt. Vor wem oder was, wusste sie nicht, weshalb mich diese Information nur noch zusätzlich unter Druck setzte. Es war offensichtlich, dass das, was immer hier vorging, absolut nichts mit Finch zu tun hatte.

Nachdem ich drei Mal an sämtlichen längst geschlossenen Läden und an den großen, alten, verfallenen und mit Brettern vernagelten viktorianischen Häusern am Rand des Stadtzentrums vorbeigefahren war, akzeptierte ich es endlich: Ich hatte Keith verloren. Am dunklen, toten Ende der Main Street mit ihren einst so schönen Häusern fuhr ich rechts ran und schrieb Maeve – um mich zu vergewissern, dass Keith nicht zu Jonathans Haus zurückgekehrt war, und weil ich mit ihr reden wollte.

Keith ist weg.

Ihre Antwort kam sofort: Was?

Ich weiß, ich bin ein Idiot. Er ist abgehauen.

Es folgte eine lange Pause. Ich stellte mir vor, wie Maeve im Wohnzimmer saß und überlegte, was sie mir schreiben sollte. Natürlich war sie sauer. Sie würden alle sauer auf mich sein. Sie dachte wahrscheinlich nur darüber nach, ob sie mich ungeschoren davonkommen lassen sollte oder nicht. Vielleicht tat ich ihr sogar leid, wegen meiner Gefühle für sie. Aber ich wollte nicht Maeves Mitleid. Ich wollte Maeve.

Komm her und hol mich ab. Ich helfe dir. Zusammen finden wir ihn. Es ist nicht deine Schuld, Derrick.

Maeve hatte Verständnis, denn sie war ein guter Mensch, ein hoffnungsvoller Mensch. Sie sah stets das Beste in den anderen. Und genau deshalb war ich in sie verliebt. Und ja, insgeheim hoffte ich, dass ihr Angebot, mich zu begleiten, ein Zeichen war, dass sie mich ebenfalls liebte.

»Ich habe die ganze Stadt abgesucht. Keith ist definitiv nicht da«, sagte ich jetzt zu ihr, als wir losfuhren.

»Und was ist mit der Farm?«

Das war natürlich möglich. Wenn Keith vorhatte, Drogen zu kaufen, würde er dorthin gehen. Vielleicht war dort jemand, vor dem er Angst hatte, wie Stephanie befürchtete. Ich hätte es Keith durchaus zugetraut, dass er in Kaaterskill bereits Schulden bei den falschen Leuten gemacht hatte.

Ich nickte. »Sehen wir nach.«

Wir parkten auf derselben menschenleeren, unbefestigten Straße hinter dem dunklen Schuppen wie zuvor. Ich dachte an Crystals Beine, wie schwer sie gewesen waren, als wir sie getragen hatten, an ihre unangenehm nachgiebige Haut. Alles war sehr viel schlimmer gewesen, als ich es mir vorgestellt hatte, und doch so leicht zu vergessen.

»Bleib hier«, sagte Maeve und tastete nach dem Türgriff.

»Bist du verrückt?«, fragte ich. »Das ist gefährlich.« Ich biss mir auf die Zunge, um nicht hinzuzufügen: *für eine Frau.* Aber ich dachte es. Maeve war zierlich.

»Gefährlich ist, dass du riskierst, erneut hier gesehen zu werden. Ich beeile mich, und ich bin vorsichtig. Wenn mich jemand sieht, laufe ich weg. Ich bin schneller, als man mir zutraut.«

Ich hob resignierend die Hände. »Okay. Aber pass auf dich auf. Bitte.«

»Wende einfach schon mal, damit wir schnell von hier wegkommen. Ich bin gleich wieder da.«

Ein paar Minuten später kehrte Maeve zurück, unversehrt, mit großen Schritten und einem grimmigen Ausdruck im Gesicht.

»Ich nehme an, du hattest keinen Erfolg?«, fragte ich, als sie in den Wagen stieg.

Sie nickte. »Ich habe Stimmen in einem der Gebäude gehört. Es waren vielleicht zehn, fünfzehn Leute, wie bei einer Party. Tut mir leid, ich war diejenige, die nachsehen wollte, und dann hab ich mich doch nicht reingetraut. Aber sollte Keith tatsächlich auf dieser Party sein, ist es ohnehin keine gute Idee, wenn einer von uns beiden da reinplatzt. Die anderen wären hoffnungslos in der Überzahl. Vielleicht morgen früh?«

Sie hatte recht. Wir konnten nicht einfach bei einer Party mit Drogensüchtigen auftauchen – ganz gleich, ob Keith da war oder nicht – und auf das Beste hoffen. Wir hatten keine Ahnung, wozu diese Leute fähig waren. Man musste sich ja nur vor Augen führen, wozu *wir* fähig waren.

»Ja, morgen früh ist gut«, sagte ich, zog mein Handy hervor und fing an, eine Nachricht an Stephanie zu tippen, bevor ich den Wagen anließ.

»Wem schreibst du?«, fragte sie.

»Jonathan und Stephanie. Wir sollten ihnen Bescheid geben, wo wir sind.«

»Oh, das habe ich gerade schon getan. Sie haben geantwortet, dass sie noch mit den Bauunternehmern beschäftigt sind. Kann wohl noch eine Weile dauern.«

Freute ich mich ein bisschen über die Extrazeit, die ich mit Maeve allein verbringen konnte? Ja. Definitiv.

»Danke noch einmal, dass du mitgekommen bist«, sagte ich, noch immer, ohne den Motor anzulassen, und legte meine Hand auf Maeves, um meine Worte zu unterstreichen. Doch dann ließ ich sie nicht mehr los. Schaffte es einfach nicht. Maeve schaute stumm auf unsere aufeinanderliegenden Hände. Sie nahm ihre nicht weg. Nach einer Weile drehte sie sich zum Seitenfenster. »Derrick, was hast du vorhin gemeint, als du sagtest, du hättest gesehen, was auf dem Dach passiert ist?«

Ich hatte sie aufgewühlt, dabei hatte ich das genaue Gegenteil erreichen wollen. »Ich habe gesehen, dass der Kerl dich gepackt hat. Das habe ich gemeint. Er war schon den ganzen Abend auf dich fixiert. Das ist uns allen aufgefallen. Ich habe nicht gehört, was ihr geredet habt, aber ich hab gesehen, wie er dich angefasst hat, und du – du hast bloß reagiert. Das würde jeder tun. Es war ein Unfall. Ich wollte nur sichergehen, dass du dir ... ach, ich weiß nicht ... dass du dir nicht die Schuld für das gibst, was in jener Nacht passiert ist.«

Maeve nickte, doch sie schaute weiterhin aus dem Fenster. »Hast du mir deshalb diese E-Mail geschickt?«

»Welche E-Mail?«, fragte ich.

»Die über das Dach«, sagte sie. »›Ich weiß, was du getan hast.‹«

»Die ist nicht von mir. Ich denke, die ist von Alice' Mom, oder nicht?«, erwiderte ich perplex. »Ich wollte schon die anderen fragen, ob sie auch eine bekommen haben, aber dann dachte ich, wir wären stillschweigend übereingekommen, nicht darüber zu reden – wegen Keith.«

»Oh, richtig«, sagte Maeve leise, ohne den Blick von der Scheibe zu wenden. Sie klang nicht so, als würde sie mir glauben.

»Maeve, ich hätte dir doch niemals eine E-Mail wegen jener Nacht geschickt! *Niemals.* Darum geht es mir doch gerade. Ich würde nie irgendwem etwas erzählen. Ich nehme unser Geheimnis mit ins Grab.«

Als sie sich endlich zu mir wandte, lächelte sie. »Danke. Das weiß ich zu schätzen.« Ich hoffte, sie würde mir jetzt glauben, aber ich war mir nicht sicher. »Also, wir sollten noch ein bisschen weiterfahren und nach Keith suchen, bevor wir kehrtmachen.« Sie deutete in die Dunkelheit. »Vielleicht hat er die falsche Richtung eingeschlagen und irrt orientierungslos durch die Nacht.«

»Das ist eine gute Idee«, pflichtete ich ihr bei. Genau damit hatte Keith gedroht – zu Fuß auf den unbeleuchteten Straßen durch die Nacht zu laufen. Ich konnte mir lebhaft vorstellen, wie er von einem vorbeifahrenden Auto erfasst wurde.

Ich ließ den Motor an und steuerte den SUV auf die unbefestigte Straße hinter der Farm. Etwa zehn Minuten fuhren wir weiter und starrten angestrengt in den dunklen Wald, doch es war unmöglich, außer den Bäumen etwas zu erkennen.

»Warte, halt mal an«, sagte Maeve plötzlich und legte ihre Hand auf meinen Oberarm. »Ich glaube, ich hab was gesehen. Da war jemand, dahinten, im Wald. Ich schwöre bei Gott, das war Keith, und es war jemand hinter ihm, mit einer Kappe. Einer roten Kappe, wie die von den Bauunternehmern.«

Ich lenkte den Wagen an den Rand der Fahrbahn und bremste ab. »Wo?«

Mit zusammengekniffenen Augen starrte ich in die Richtung, in die Maeve gezeigt hatte, ließ sogar das Seitenfenster hinunter, um besser sehen oder irgendwelche Geräusche hören zu können. Doch die Nacht war totenstill. Ich sah und hörte niemanden. Nichts. Nirgendwo.

»Wo denn?«, flüsterte ich.

»Ich weiß es nicht – dabei war ich mir ganz sicher. Es ist so schrecklich dunkel. Vielleicht möchte ich Keith so dringend finden, dass ich mir schon Dinge einbilde.« Diesmal legte sie die Hand kopfschüttelnd auf mein Knie. »Es tut mir leid, Derrick.«

»Schon okay. Kein Problem. Aber es ist unmöglich, etwas zu sehen.«

»Nein, ich meine: Es tut mir leid, dass ich nicht ganz ehrlich zu dir war.« Sie senkte den Blick.

»Inwiefern?« Mein Herzschlag beschleunigte sich.

»Ich, ähm, ich habe auch Gefühle für dich. Ich glaube, das ist mir erst an diesem Wochenende klar geworden. Und es ist … kompliziert.«

Bleib ganz ruhig, Derrick. Bleib ganz ruhig.

»Wegen Bates?«, fragte ich und bemühte mich, nicht übereifrig zu klingen.

»Ich weiß es nicht. Dabei hatte ich gedacht, ich wüsste genau, was ich will.« Als sie mich endlich ansah, waren ihre Augen sanft, fragend. »Momentan bin ich mir bei gar nichts mehr sicher.«

Maeve streckte den anderen Arm aus und legte ihre Hand an meine Wange. Eine Sekunde später küssten wir uns, ihre Finger gruben sich in mein Haar. Sie rutschte zu mir auf den Fahrersitz und drückte ihre weichen Lippen auf meine. Als sie noch näher kommen wollte, war das Lenkrad im Weg, dabei wünschte ich mir nichts sehnlicher, als sie auf mir zu spüren. Wir bewegten uns unbeholfen, Körper auf Körper. Dann saß sie mit gespreizten Schenkeln auf mir auf dem Fahrersitz, meine Hände strichen über die Rundung ihrer Taille, während sie meinen Hals küsste.

Alles, woran ich denken konnte, war die Zeit, die wir verschwendet hatten, indem wir so taten, als wären wir bloß Freun…

Plötzlich spürte ich einen stechenden Schmerz im Hals. Hörte einen Knall. Dann schoss ein noch sehr viel schlimmerer Schmerz durch meinen Arm. War ich angeschossen worden? Meine Ohren rauschten. Maeve war vornübergesackt und hatte aufgehört, mich zu küssen. Hatte man auch auf sie geschossen? Finch und die Pistole. Keith. Vor wem hatte er Angst …

Ich versuchte zu blinzeln, mich zu konzentrieren, mich zu bewegen. Doch ich war unter Wasser, und ich ging unter. Ertrank. Ich streckte die Hand nach der Tür aus, brauchte Luft, um schreien zu können, mich an die Oberfläche zu kämpfen. Aber es gab nicht genügend Sauerst…

DREI WOCHEN ZUVOR

Ich bin auf dem Weg, um mich mit Bates in der Minetta Tavern zu treffen, als ich die E-Mail bekomme. Auf halber Strecke durch den Washington Square Park bleibe ich stehen, um sie zu lesen.

ICH WEISS, WAS DU GETAN HAST.

Ich vermute, dass Alice' Mom dahintersteckt. Zumindest ist das mein erster Gedanke. Sie schickt uns seit Jahren anonyme E-Mails, in denen sie uns jedes Mal in leicht abgeänderten Worten vorwirft, egozentrische, eigensüchtige, grausame Monster zu sein. Wir waren verantwortlich für Alice' Tod wegen all dem, was wir *nicht* getan haben: *Ihr solltet auf sie aufpassen. Ihr solltet sie beschützen. Ihr solltet ihr gute Freunde sein.*

Ich habe immer damit gerechnet, dass Alice' Mom mir eine Extraportion Schuld zuweisen würde – *ausgerechnet du, Maeve, die Zimmergenossin.* Damals am Vassar hatte sie einmal versucht, mir die Verantwortung dafür aufzubürden, dass Alice ihre Medikamente nimmt. Wie kann man das von jemandem verlangen, der so jung ist? Und ich war schließlich keine Psychotherapeutin. Hatte keinerlei Erfahrung im Umgang mit labilen Personen.

Doch zum Glück hat Alice' Mom mich auch all die Jahre später nicht persönlich angegriffen. Sie hat auch nie das Dach erwähnt. Alice behauptete damals, sie habe ihrer Mutter nicht erzählt, was passiert war, und das entsprach offenbar der Wahrheit. Ihre Mutter hätte sonst sicher etwas dazu geschrieben. Ihre Nachrichten waren nie besonders knapp gehalten.

Das unterscheidet diese E-Mail von den vorherigen – nur ein einziger Satz? »Ich weiß, was du getan hast«? Das klingt so, als ginge es um das Dach. Sogar die E-Mail-Adresse – *freundefürimmer212* – ist anders als die, die Alice' Mom zuvor benutzt hat. Manche ihrer Mails kamen von kryptischen Adressen, aber meistens enthielten sie Alice' Namen. Mittlerweile bin ich mir nicht mehr sicher, dass diese neue E-Mail von Alice' Mom stammt.

Ich bin nur einen Block vom Restaurant entfernt, als ich Alice' Mutter googele. Sofort erscheint ihr Nachruf – Todesursache: Bauchspeicheldrüsenkrebs. Sie ist vor ein paar Wochen gestorben, und jetzt taucht diese E-Mail auf?

Und da ist auch noch dieser Podcast, *Der Fluss*. Eine Kollegin bei der Stiftung hat die Folge mit Alice erwähnt, allerdings wusste sie nicht, dass wir uns kannten. Anscheinend hat keiner meiner Freunde davon gehört. Heutzutage gibt es Dutzende True-Crime-Podcasts. Vielleicht lässt sich diese E-Mail darauf zurückführen?

Es gibt aber auch noch eine andere Möglichkeit. Die naheliegendste, an die ich partout nicht denken möchte, als ich endlich die Tür zur Minetta Tavern öffne. Ich trete ein und nehme den eleganten Pariser Charme in mich auf. Hatte mir einer meiner Freunde diese E-Mail geschickt? Hatte einer von ihnen gesehen, was in jener Nacht wirklich auf dem Dach passiert war, und setzte mich jetzt – nach über einem Jahrzehnt des Schweigens – damit unter Druck?

Mir bleibt nichts anderes übrig, als abzuwarten und in Erfahrung zu bringen, ob sonst noch jemand die E-Mail bekommen hat. Nur so weiß ich, ob sie speziell an mich gerichtet war oder nicht.

Endlich entdecke ich Bates an der Bar. Der Hocker neben

ihm ist frei, reserviert, nur für mich. Selbst in lässiger Jeans und sportlicher Jacke sieht Bates umwerfend aus, denn er *ist* umwerfend und noch dazu charmant und süß. Manchmal mache ich mir Sorgen, dass er in einer anderen Liga spielt als ich, obwohl ich mittlerweile sehr viel besser aussehe als je zuvor – ich bin in Bestform, mein Körper und meine Haare sind endlich so, wie ich sie schon immer haben wollte. Sogar meine Gesichtszüge sind um einiges definierter als früher, vor allem meine Wangenknochen. Manchmal muss sogar ich schwören, dass ich nicht habe nachhelfen lassen, aber nein: So einfach ist das nicht. Ich habe hart daran gearbeitet, die Person zu werden, die ich bin, die Vergangenheit hinter mir zu lassen und nach vorn zu blicken. Mich nicht von negativen Gedanken oder Schuldgefühlen herunterziehen zu lassen. Das erfordert echte Kraft. Bewundernswert. Wert für Bates – selbst wenn ich mitunter befürchte, dass er nicht zu hundert Prozent von mir überzeugt ist. Noch nicht.

Natürlich ist es unmöglich, jemand anderem ins Herz zu schauen. Das Beste ist, weiterhin die beste Maeve zu sein, die ich sein kann. Und darauf zu vertrauen, dass Bates sich eine Zukunft mit mir vorzustellen vermag. Ich werde alles Nötige tun, um mir das zu bewahren.

DETECTIVE JULIA SCUTT

Sonntag, 22.59 Uhr

»Du kannst Hendrix laufen lassen«, sage ich zu Cartright, als wir endlich wieder im Präsidium sind. Er sitzt hinter dem Empfang und kaut angestrengt.

»Das ist gut«, erwidert er mit vollem Mund und wirft sein Sandwich zurück in die Verpackung. »Der Typ ist eine echte Nervensäge. Man kann sein Gejammere im ganzen Flur hören.«

Ich gehe in Richtung des anderen Vernehmungsraums und vergewissere mich, dass ich alles bei mir habe, was ich brauche – die Tagebuchseiten, den vollständigen Fingerabdruckbericht, die Fotos, die ich mir noch einmal genauer angesehen habe. Es hat ein paar Stunden gedauert, aber jetzt habe ich endlich sämtliche Puzzleteile zusammengesetzt. Etwas länger habe ich gebraucht, das vollständige Bild auszuwerten, nachdem die Teile an Ort und Stelle gerückt waren.

»Bist du bereit?«, fragt Dan, dann fügt er eilig hinzu: »Also, ich weiß, dass du bereit bist. Ich meinte nur …«

»Ich weiß, was du meintest«, sage ich. Und das entspricht der Wahrheit. Er meint es gut. Das ist alles, was zählt.

Ich blicke durch das kleine Fenster in den Vernehmungsraum und taste unter meinem Shirt nach Janes Ring, dann ziehe ich ihn hervor, sodass ihn jeder sehen kann. Maeve tigert auf und ab, mit dem Rücken zu mir, eine Hand zur Faust geballt, gegen den Mund gedrückt, die andere in die Taille gelegt. Ich verstehe es nicht. Das ist das Seltsame – sogar jetzt verstehe ich es nicht. Nicht einmal ansatzweise.

Endlich strecke ich die Hand nach dem Türgriff aus. »Legen wir los.«

Maeve dreht sich um, als wir eintreten. Sofort schießen ihr die Tränen in die Augen, ihre Unterlippe zittert. Ich unterdrücke einen Anflug von Zorn.

»Sie müssen doch mittlerweile etwas wissen«, sagt sie mit flehender Stimme. »Ich verstehe ja, dass Sie nur Ihren Job machen und die Ermittlungen nicht gefährden wollen, aber können Sie mir nicht irgendetwas sagen?«

»Doch, das kann ich. Und ich habe gute Nachrichten für Sie«, erwidere ich. »Er ist am Leben.«

»Am Leben?«, fragt Maeve. »Wer ist am Leben?«

Enthusiastisch, aber argwöhnisch. Nicht zu viel, nicht zu wenig.

»Keith«, antworte ich. »Wir haben ihn gefunden. Er war in einem …«

»Moment, wenn Sie Keith gefunden haben, muss der Mann im Auto …«

»Ja, der Mann im Wagen war Derrick. Es tut mir leid.« Ich räuspere mich, dann fahre ich fort: »Möchten Sie wissen, was mit Keith passiert ist?«

»O Gott, ja, bitte.« Sie blinzelt mit ihren blauen, untertassengroßen Augen, die immer noch vor Tränen glänzen. »Was ist ihm zugestoßen?«

»Jemand hat ihm in den Kopf geschossen«, antworte ich. »Doch er hat großes Glück gehabt und überlebt. Aufgrund der Unterschiede bei Tatort und Methode gehen wir davon aus, dass es sich tatsächlich um zwei voneinander unabhängige Verbrechen handelt.«

»Oh, Gott sei Dank … Auch wenn es bedeutet, dass Derrick …«

»Ja«, bestätige ich. »Derrick Chism ist definitiv tot. Er wurde ermordet.« Ihre Schultern sacken nach unten, als sie sich langsam auf den Stuhl am Vernehmungstisch setzt. »Aber Maeve, das wussten Sie doch bereits.«

Sie sieht zu mir auf. In ihrem Blick liegt nur leichte Bestürzung – keine Abwehrhaltung, keine Anteilnahme. Keine Furcht. Kein Entsetzen. Perfekt beherrscht. Das macht mich wütend. Ich beiße die Zähne zusammen. Ich muss mich zusammenreißen. Ich will das hier selbst durchziehen. Ich *muss* das selbst durchziehen. Das bin ich Jane schuldig.

»Ich verstehe nicht, wovon Sie reden«, sagt sie.

Natürlich, das ist ihre einzige Option: alles leugnen. Sie will mich dazu bringen, dass ich zuerst die Karten auf den Tisch lege. Nur so findet sie heraus, wie sie mich austricksen kann. Das ist in Ordnung. Es steht ihr zu, es zu versuchen. Und ich habe jede Menge Karten.

»Sie haben die ganze Zeit über gewusst, dass Mr Chism tot ist und dass Keith Lazard nicht mit ihm im Wagen saß.«

Sie zieht die professionell gezupften Augenbrauen zusammen. In dieser Sekunde sehe ich es. Ein rasches Aufflackern, das sofort wieder verschwindet.

»Und woher soll ich das wissen?«

»Weil Sie Derrick umgebracht haben.«

Wieder schießen Tränen in ihre Augen. »Das ist doch krank«, sagt sie in verletztem, aber leicht herausforderndem Ton, der mich erneut anstichelt. »Ich weiß, es ist Ihr Job, an Informationen zu gelangen, indem Sie solche schrecklichen Dinge behaupten. Aber es gibt eine Grenze, und die überschreiten Sie gerade.« Sie lehnt sich auf ihrem Stuhl zurück und reckt das Kinn vor. »Ich werde Ihnen keine weiteren Fragen beantworten.«

Zum Glück hat sie sich die magischen Worte *Nicht ohne meinen Anwalt* verkniffen. Ich habe Stephanie, Maeve und Jonathan ihre Rechte vorgelesen, als sie im Präsidium eintrafen – und sie darüber informiert, dass dies vor jeder Befragung üblich ist, auch bei Zeugenbefragungen. Das entspricht nicht ganz der Wahrheit, kommt ihr aber ziemlich nahe. Es ist natürlich von Vorteil, wenn Zeugen auf einen Anwalt verzichten, und genau das tut Maeve bislang. Noch.

Ich lege die Tagebuchseiten auf den Tisch und drehe sie so, dass Maeve sie lesen kann. Das hält mich davon ab, sie mit bloßen Händen zu erwürgen.

»Derricks Recherchen?«, will sie wissen, und ich frage mich, ob sie tatsächlich keine Ahnung hat. Hätte sie gewusst, dass es sich um Auszüge aus Alice' Tagebuch handelt, hätte sie sicher einen Weg gefunden, diese zu vernichten.

Ich schüttele den Kopf. »Es handelt sich um Seiten aus einem Tagebuch«, sage ich. »Alice' Tagebuch.«

»Was hat Alice mit alldem zu tun?«, fragt sie mit scharfer Stimme. »Wovon reden Sie?«

Ich nicke. »Anscheinend hat Finch das Tagebuch in die Finger bekommen. Sie haben recht: Er ist wirklich ein Arschloch. Und er hasst Sie – jeden Einzelnen von Ihnen. Er verwendet einzelne Seiten übrigens für irgendein Kunstprojekt. Auf Ihre Kosten, fürchte ich.«

»Was für ein Kunstprojekt?«

»Sie müssen ihn persönlich nach den Details fragen«, sage ich. »Ich interessiere mich mehr dafür, was in jener Nacht auf dem Dach passiert ist.«

»Auf welchem Dach?« Die Verwirrung ist nicht gut gespielt. Ihre Maske läuft Gefahr, zu verrutschen.

»Ich habe die Seiten gelesen, Maeve«, sage ich. »Alice war außer sich. Sie hat alles aufgeschrieben, was passiert ist.«

Als Maeve unbehaglich auf dem Stuhl hin und her rutscht, werde ich noch zorniger. »Der Kerl war betrunken, und er ist vom Dach gestürzt«, stößt sie schließlich hervor. »Wir haben niemanden benachrichtigt, das ist wahr. Aber wir waren überzeugt davon, dass er ... Es sah so aus, als hätte er sich das Genick gebrochen.« Sie schaudert theatralisch. »Natürlich hätten wir Hilfe holen müssen. Dass wir es nicht getan haben, war sehr, sehr dumm von uns.«

»Evan Paretsky«, sage ich.

»Wie bitte?«

»Der junge Mann, der ums Leben gekommen ist – er hatte einen Namen. Er hieß Evan Paretsky.«

»Oh, ja, natürlich.« Maeve senkt den Blick. »Natürlich hatte er einen Namen. Ich versuche nicht, ihn zu entmenschlichen.«

»Wissen Sie, was ich denke?«

Sie schüttelt den Kopf.

»Ich denke, er hat Sie erkannt.«

»Er hat mich erkannt?« Sie schaut auf, beinahe gleichgültig. Ihre Maske sitzt wieder perfekt. »Wovon reden Sie?«

»Das Haus der Familie Paretsky stand genau hinter Ihrem«, sage ich. »Ich denke, Evan hat Sie in jener Nacht gesehen, und er hat Sie erkannt. Ich denke, er wusste, wer Sie sind, und hat gedroht, es den anderen zu erzählen. Also haben Sie ihn vom Dach gestoßen.«

»Ich soll ihn *gestoßen* haben? Er hat *hinter mir gewohnt*? Ich habe nicht die leiseste Ahnung, was Sie mir sagen wollen.« Sie lacht auf und wirft einen Blick auf Dan, der die ganze Zeit über stumm neben der Tür gestanden hat. Er hat die Augenbrauen hochgezogen und die Hand vor den Mund geschlagen – er wirkt absolut fassungslos. Ich glaube, auch er hat sie inzwischen erkannt.

»Der junge Mann ist vom Dach gefallen. Es war ein Unfall. Sie können alle fragen, die da waren.«

Ich nicke, die Stirn skeptisch in Falten gelegt. »Sie haben Alice begleitet, als sie zu Evans Familie nach Hudson fahren wollte. Und Sie wollten dafür sorgen, dass sie dort nicht ankommt, denn Sie hatten Sorge, sie würde mit Evan Paretskys Mom sprechen, und irgendwie würde man auch auf Sie kommen – was mehr als unwahrscheinlich war, wenn Sie mich fragen. Ich denke, Sie hätten Alice einfach fahren lassen sollen. Niemand hätte je etwas erfahren.«

»Was erfahren?«, fragt Maeve mit einer Art amüsierter Verzweiflung, nur dass jetzt auch in ihren Augen Zorn aufblitzt.

»Dass Sie nicht die sind, für die Sie sich ausgeben«, sage ich. »Dass Sie gar nicht tot, sondern die ganze Zeit über am Leben waren. Nicht wahr, Bethany?«

Ihr Gesicht ist wie versteinert, dann blinzelt sie. Einmal. »Wer ist Bethany?«

Ich schiebe ihr eins der Fotos zu, die ich in dem Umschlag mit den Tagebuchseiten gefunden habe. Eine ungestellte Aufnahme von der ganzen Clique – Maeve, Stephanie, Jonathan, Derrick, Keith und ein zierliches Mädchen mit rotblonden Zöpfen, das Alice gewesen sein muss. Sie wirken ausgelassen, und sie sehen alle so jung und glücklich und lebendig aus. Sehr viel besser als heutzutage. Alle, außer Maeve. Maeve sieht sehr viel besser aus, als Bethany es je getan hat, manche würden sicher behaupten, sie sei schön. Sie sieht auch besser aus als auf dem Foto, das vermutlich im ersten Studienjahr aufgenommen wurde. Darauf ist Maeves Gesicht runder und weicher, ihr Körper eher formlos, das stumpfe braune Haar unvorteilhaft kurz. Der Pulli, den sie trägt – der grasgrüne, bauchfreie mit Zopfmuster und Wasserfallkragen, den Jane gestrickt hat –, steht ihr gar nicht. Und he, ich weiß, wovon ich spreche: Meiner hat mir auch nie gestanden.

Maeve starrt stumm auf das Foto.

»Das ist der Pulli von meiner Schwester Jane«, sage ich und beuge mich vor. »Sie hat ihn an dem Tag getragen, an dem du sie umgebracht hast.«

»Wer ist Jane?«, fragt Maeve, die Finger so fest auf die Tischplatte gedrückt, dass die Spitzen weiß werden. In diesem Moment bemerke ich es: Sie hat ihre Acrylnägel abgerissen und die Nägel abgekaut, manche bis hinunter zur nässenden Nagelhaut. »Ich sehe ein College-Foto von unserer

Clique, aber ich verstehe nicht, was Sie mir damit sagen wollen.«

Ich deute auf ihr Konterfei. »Ich sage, dass das Jane Scutts Pulli ist. Ich sage, dass du ihn meiner Schwester Jane ausgezogen haben musst, bevor du mehr als zwanzig Mal mit einer verrosteten Zeltstange auf sie eingestochen hast. Du warst ihre beste Freundin, Bethany.«

Maeve beäugt mich neugierig. Verschränkt die Arme. *Du darfst sie nicht ohrfeigen!* »Ich kenne keine Bethany.«

Ich öffne den Ordner mit den Fingerabdruckgutachten aus Connecticut und New Jersey. Die verschiedenen Zuständigkeitsbereiche haben den Identifikationsprozess erschwert. »Kennst du eine Jezebel Sloane oder Jessie Jenkins oder Jackie Jones?« Ich schiebe ihr den Ausdruck hin, dann die Fahndungsfotos. Alle drei schauen eher aus wie Bethany als wie die Frau, die vor mir sitzt. Doch die Ähnlichkeit lässt sich nicht leugnen – zweifelsohne handelt es sich um ein und dieselbe Person. »Du siehst heutzutage großartig aus, Bethany, das muss ich dir lassen. Umwerfend und jung, obwohl du – wie alt bist? Drei, vier Jahre älter als deine Freunde vom Vassar? Du hast großartige Arbeit geleistet, dein Äußeres betreffend. Als Kriminelle warst du dagegen eher nachlässig. Anfangs wurdest du häufig verhaftet – Diebstahl geringwertiger Sachen, schwerer Diebstahl, Bestechung, Prostitution. Alles in den sechs Jahren, nachdem du Jane getötet und bevor du dich als Maeve Travis am Vassar College eingeschrieben hast. Es war für dich ein Riesenglück, dass es so geschüttet hat, nachdem du Jane erstochen hattest. Die ganzen Beweise wurden damals einfach weggespült.« Ich schiebe eine weitere Seite über den Tisch zu ihr. »Allerdings denke ich, dass dich das Glück verlassen hat. Wir haben Fingerabdrücke auf dem Korkenzieher gefunden, mit dem Derrick getötet wurde. Sie passen zu denen der drei Frauen hier.« Ich deute auf die Fahndungsfotos. Außerdem habe ich soeben

die Zeltstange, mit der Jane erstochen wurde, ins Labor geschickt. Um was wetten wir, dass wir ebenfalls einen Treffer
landen?«

Bethany sieht mich an, ohne zu blinzeln. »Ich will einen
Anwalt.«

»Gute Idee.« Ich schließe den Ordner und stehe auf. »Ich
bin mir sicher, du wirst einen brauchen.«

SECHS MONATE SPÄTER

BETHANY

Es waren Unfälle. Wirklich. Derrick, nun ja … Aber er hat mich zu dieser Entscheidung gezwungen. Er und Finch, um genau zu sein – mittlerweile weiß ich, dass Finch diese dämliche E-Mail verschickt hat. Doch woher sollte ich wissen, dass alle dieselbe Mail bekommen haben – zumal niemand auch nur ein Wort darüber verloren hat? Eine unglückselige Verknüpfung der Umstände, auch, dass Jonathan ausgerechnet hier ein Haus kaufen wollte. Sobald ich davon erfuhr, setzte ich alles daran, ihm diese Idee auszureden. Natürlich saß Peter schlussendlich am längeren Hebel, und er hatte seine eigenen Gründe, sich auf Kaaterskill zu fixieren. Luke und er hatten sich auf dem College kennengelernt, genau wie wir, am Buffalo State, das wie das Vassar College zur State University of New York gehört.

Ich wusste, dass es ein Risiko wäre, nach Kaaterskill zurückzukehren, auch wenn meine Familie schon lange nicht mehr da war. Aber wie hätte ich erklären sollen, dass ich nicht mitkommen wollte, wenn wir uns zusammentaten, um Keith in die Entzugsklinik zu verfrachten? Er brauchte seine Freunde. Jeden Einzelnen von uns. Oder hatte ich mir etwas beweisen wollen? Dass dieses Kapitel meines Lebens tatsächlich abgeschlossen war und dass meiner Zukunft mit Bates somit nichts mehr im Wege stand? Möglich. Ich hatte meine Entscheidung definitiv bereut, als sich herausstellte, dass Janes kleine Schwester Julia als Detective bei der Polizei von Kaaterskill arbeitete. Zum Glück schien sie mich nicht wiederzuerkennen – sie war damals noch so jung gewesen, und ich sah jetzt völlig anders aus.

Wäre ich doch nur vorsichtiger gewesen, weniger entschlossen, bis zum Äußersten zu gehen – vielleicht hätte alles ein anderes Ende genommen. Genau das macht mich traurig, denn ich habe Derrick geliebt, als Freund, auf meine eigene Art und Weise. Aber Liebe und Happy Ends schließen sich meist gegenseitig aus, auch wenn die Leute gern das Gegenteil denken.

Außerdem war alles sehr viel komplizierter, als es den Anschein hatte. Ich nehme an, deshalb habe ich mich einverstanden erklärt, mit dir, Rachel und Rochelle zu reden – trotz der Bedenken meines Anwalts. Ich möchte mich vergewissern, dass die Menschen die Wahrheit erfahren. Mein Anwalt sagt, es macht nichts, dass wir einen Deal mit der Staatsanwaltschaft geschlossen haben und das Strafmaß bereits verkündet wurde. Er meint, es besteht trotzdem die Möglichkeit, dass dein Kunstwerk gegen mich verwendet wird, zum Beispiel bei einer Bewährungsanhörung. Aber darüber mache ich mir keine Gedanken. Die Leute werden es verstehen. Ich bin sympathisch und glaubwürdig, das war schon immer so, und es wird immer so bleiben. Du hast recht, meine Perspektive zählt. Und ich pflichte dir bei, dass es gut für mich wäre, endlich meine Version der Geschichte zu erzählen.

Ich weiß, dass Menschen sich verändern. Und dass eine Geschichte, die man sich für sich selbst zurechtgelegt hat, irgendwann zur Wahrheit werden kann – wenn man nur fest genug daran glaubt. Ich bin jetzt Maeve. Das ist das Entscheidende. Und ich bin schon sehr lange sie.

Aber das, was zuvor war, habe ich nicht vergessen. Ich erinnere mich genau, wie es war, Bethany zu sein. Wie elend ich mich gefühlt habe. Und wie traurig.

Ich erinnere mich auch an Jane. Ich habe sie übrigens geliebt. Sehr. Sie war meine allerbeste Freundin. Jane war lustig und albern, und sie hat mir immer den Rücken gestärkt. Ich weiß, was die Leute damals gedacht haben: Was für ein seltsames Gespann, Bethany und Jane. Warum gab sich die perfekte, beliebte, strahlende Jane mit jemandem wie mir ab?

Deshalb hat mich dieser Tag am Fluss so fertiggemacht – als Jane mir auf ihre einfühlsame, freundliche, wohlmeinende Art und Weise zu verstehen gab, es wäre gut, wenn ich ein bisschen an mir arbeite. Sie würde sich freuen, mich dabei zu unterstützen. Ich sei schön, behauptete sie, vor allem im Innern. Aber es gäbe Dinge, die wir tun könnten, um meine innere Schönheit zum Strahlen zu bringen. Sie hielt meine Hände, als sie das sagte, und sah mich mit ihrem umwerfenden Lächeln an. Ich spürte ihre Liebe. Doch diese Liebe war begrenzt, durch ihre Schönheit – ihre haselnussbraunen Augen, die in der Sonne glitzerten, ihre blonden Haare, die glänzten wie helles Gold. Ich hatte immer gewusst, dass es nur eine Frage der Zeit war, bis Jane zu Verstand kam und mich genauso sah wie der Rest der Welt.

Und dort, am Fluss, war dieser Zeitpunkt gekommen. Endlich gab sie es zu. Jane mag mich geliebt haben, doch tief im Innern fand sie mich hässlich, genau wie alle anderen.

Mir war gar nicht bewusst, was passierte – erst als es vorbei war und ich, den Felsbrocken in der Hand, Jane wie einen leblosen Haufen am Boden liegen sah. Nun, es war noch nicht ganz vorbei. Jane war in jenem Moment nur bewusstlos. Den Rest erledigte ich anschließend. Mir blieb keine Wahl. Ich musste dafür sorgen, dass man irgendeinen Psycho dafür verantwortlich machte. Deshalb war es wichtig, dass man zumindest mein blutiges T-Shirt fand und davon ausging, dass auch ich tot war. Hätten sie ihre Arbeit gründlich verrichtet, wäre ihnen aufgefallen, dass mein T-Shirt mit Janes Blut verschmiert war, nicht mit meinem. Dass es in den folgenden Tagen nahezu sintflutartig regnete, erschien mir wie ein Zeichen des Universums – ich hatte einen Neuanfang verdient.

Es war ein Risiko, mich am Vassar College einzuschreiben, nicht weit entfernt von Kaaterskill. Dessen war ich mir schon damals bewusst gewesen. Doch als der verheiratete Restaurantgast, mit dem ich zu jener Zeit ins Bett ging, damit prahlte, wie viel Macht ihm die Arbeit in der Zulassungsstelle des Vassar über das Leben so vieler junger Menschen verlieh, witterte ich eine Gelegenheit, die ich mir nicht entgehen lassen durfte. Ich hatte den Kellnerinnenjob in Yonkers schon lange satt. Es war schockierend einfach, ihn zu erpressen, mir einen Studienplatz zu verschaffen. In gewisser Hinsicht ehrte ich Janes Andenken, indem ich ans Vassar College ging. Es war immer ihr Traum gewesen, dort zu studieren. Ich gebe es zu: Ein gewisses Risiko erhöht den Reiz nur noch mehr.

Die Sache mit Alice hatte ich ebenfalls nicht geplant. Ja, es war meine Idee gewesen, auf der Fahrt von Poughkeepsie nach Hudson am Vanderbilt Mansion anzuhalten, aber ich schwöre: Als wir aus dem Wagen stiegen, um uns in dem verlassenen Park für eine Weile an den Fluss zu setzen, war ich immer noch überzeugt, ich könnte Alice ausreden, zum Haus von Evans Familie zu fahren. Dieser Idiot. Alice war impulsiv. Selbst wenn sie sich fest vorgenommen hatte, lediglich eine anonyme Nachricht zu hinterlassen, war es doch möglich, dass Evans Mutter die Tür öffnete und sie mit einem Gesichtsausdruck ansah, der ihr unter die Haut ging. Ich konnte mir gut vorstellen, wie sie daraufhin alle Vorsicht in den Wind schlug und der Frau reinen Wein einschenkte. Alice war einfach beschäftigt damit, etwas wiedergutzumachen, was *definitiv* nicht ihre Schuld war.

Sie durfte unter keinen Umständen persönlich mit Evans Mutter reden, schon gar nicht im Haus. Womöglich hing ein Foto von mir in ihrer Küche – ein gerahmter Zeitungsausschnitt über das tote Nachbarmädchen. Denn das hatte Evan in jener Nacht auf dem Dach zu mir gesagt: »Seit zehn Jahren muss ich mir beim Abendbrot dieses Scheiß-Foto von dir angucken. Dein Gesicht war damals voller, ja, aber erzähl mir bloß nicht, das wärst nicht du.«

Ich hatte ihn von allein nicht erkannt. Seine Mom war anscheinend von den Morden besessen, weil eines der beiden Mädchen direkt hinter ihnen gewohnt hatte, und sie liebte True-Crime-Storys. Das gerahmte Foto blieb an der Wand hängen als Mahnung daran, das Leben wertzuschätzen, behauptete sie, was ich ausgesprochen unheimlich fand. Evan übrigens auch. Das Schlimmste war, dass ich das Bild, von dem Evan sprach, kannte. Ich trug darauf einen Haarreif, der mein Gesicht noch aufgedunsener erscheinen ließ. Trotzdem war es eines der Fotos, die auf mein zukünftiges Erblühen schließen ließen, wenn man nur genau genug hinsah.

Alice flippte komplett aus, als ich vorschlug, zum Campus zurückzukehren, anstatt die Fahrt nach Hudson fortzusetzen. Sie fing an, mich anzuschreien, versuchte sogar, mich im Vanderbilt-Mansion-Park zurückzulassen, indem sie mit den Schlüsseln zum Auto rannte. Obwohl … Das war, nachdem ich ihr eine Ohrfeige verpasst hatte – gerade kräftig genug, um sie zur Vernunft zu bringen. Alice war fest entschlossen, nach Hudson zu fahren, ganz gleich, was ich sagte. Ganz gleich, was ich tat. Außer ich sorgte dafür, dass Alice nie wieder irgendwohin fahren konnte.

Sie war zierlich, aber sie war stark – das hatte ich vergessen –, und es wurde ziemlich hässlich. Ich musste sie jagen. Ich denke, sie hat sogar jemanden angerufen, in der Hoffnung auf Rettung. Als es vorbei war, blieb mir keine andere Wahl, als den Wagen an einer Stelle stehen zu lassen, die an einen Selbstmord denken ließ. Die Kingston-Rhinecliff Bridge war das Naheliegendste – andauernd sprang irgendwer von dieser Brücke. Um ehrlich zu sein, war ich genauso erstaunt wie alle anderen, dass Alice' Leiche niemals gefunden wurde. Ihre Eltern waren erzürnt und warfen den Behörden grobe Inkompetenz vor, doch in Anbetracht der

kräftigen Strömung und des starken kommerziellen Schiffs-
verkehrs auf dem riesigen Hudson River war die Polizei
nicht sonderlich überrascht. Vielleicht hätte man sie entdeckt, hätte man zwanzig Meilen flussabwärts mit der Suche
begonnen, anstatt so viel Zeit an der Brücke zu verschwen-
den – ein Ort, an dem Alice nie gewesen war.

Am schlimmsten aber war es bei Derrick. Das war das Al-
lerschrecklichste, denn er hat mich wirklich geliebt, um mei-
netwillen. Und trotzdem ließ er mir am Ende keine Wahl.
Wie er mich mit seinen blicklosen Augen anstarrte, vorwurfsvoll – genau wie damals Jane. Ich konnte es kaum ertragen.

Aber zählt das, was man getan hat, auch dann, wenn einem
keine Alternative gewährt wird?

Und mal ehrlich: Was für ein Freund ist das, der dem anderen jeden Ausweg verstellt?

EIN JAHR SPÄTER

DETECTIVE JULIA SCUTT

Ich muss das nicht tun, alles noch einmal durchgehen, aber es ist vermutlich meine letzte Chance. Bald werden Janes Fallakten ins externe Archiv gebracht, wo die Akten sämtlicher abgeschlossenen Fälle lagern.

Auch die eingetüteten Beweismittel sehe ich mir ein letztes Mal an – die blutverschmierte Kleidung, die eingetrockneten Überreste von Janes Lieblings-Lipgloss und die verrostete Zeltstange. Ich wiege jedes einzelne Stück in meinen Händen. Anschließend lese ich wieder die alten Zeugenaussagen und überfliege zum allerletzten Mal das Gutachten des Gerichtsmediziners. Es fällt mir nicht leicht, aber das bin ich Jane schuldig. Um ihren Verlust zu bezeugen. Um mir nach all dieser Zeit endlich zu gestatten, diesen Verlust zu spüren. Zu spüren, dass in der Trauer ein gewisser Trost liegt. Trost – und vielleicht Freiheit.

Es ist bedauerlich, dass Bethany nicht in einem Gerichtssaal vor den Geschworenen und Zuschauern sitzen musste, um für den Mord an Jane zur Rechenschaft gezogen zu werden. Nur so hätte alle Welt erfahren, was für ein Monster sie in Wirklichkeit ist. Aber Bethany hätte sich womöglich noch nicht einmal schlecht gefühlt. Vielleicht hätte sie die Aufmerksamkeit sogar genossen. Und da meine Eltern tot sind, wäre ich die einzige Anwesende mit aufrichtigem Interesse gewesen. Ich wusste natürlich von dem Deal mit dem Staatsanwalt. Der Staatsanwalt ist ein guter Kerl. Ich kenne ihn schon lange. Also habe ich ihm vertraut, als er mir davon abriet, ein Gerichtsverfahren zu riskieren, vor allem in Anbetracht dessen, dass Bethany eine exzellente Schauspielerin ist.

Die Geschworenen lassen sich in der Regel leicht vom äußeren Eindruck einer Angeklagten beeinflussen. Und Maeve ist fraglos eine beeindruckende Erscheinung. Es ist ihr Inneres – Bethanys Inneres –, das bis ins Mark verdorben ist.

Am Ende bekannte sich Bethany schuldig für die vier Morde – Jane, Evan, Alice und Derrick –, wofür sie im Gegenzug eine mildere Strafe erhielt: dreißig Jahre mit der Chance auf Bewährung. Damit kann ich fürs Erste leben. Weil sie nicht mehr rauskommen wird, denn ich werde bei jeder einzelnen Bewährungsanhörung zugegen sein, um das zu verhindern.

Stephanie, Jonathan und Keith bekannten sich ebenfalls schuldig, um eine Strafminderung zu erreichen. Stephanie und Jonathan teilten uns mit, wo wir Crystal finden konnten. Sie hatten sie in einem entlegenen Waldstück etwa zwanzig Minuten von der Farm entfernt unter ein paar Bäumen versteckt. Keith lag zu jener Zeit noch im Krankenhaus. Inzwischen habe ich gehört, dass er wohl einen dauerhaften körperlichen Schaden davongetragen hat, aber keine bleibende Beeinträchtigung des Gehirns. Das Gute daran ist, dass ihm der lange Krankenhausaufenthalt beim Entzug geholfen hat. Straftatbestand war am Ende die unsachgemäße Entsorgung einer Leiche – grobes Fehlverhalten, auf das jedoch keine Gefängnisstrafe steht. Es heißt, Stephanie habe die Kanzlei verlassen, für die sie als Anwältin tätig war, und Jonathans Verteidigungsanwälte seien nicht von seinen Eltern bezahlt worden – die Sache hatte also noch andere Konsequenzen. Wegen Evan Paretskys Tod wurde niemand angeklagt außer Maeve. Angeblich waren die anderen rein rechtlich nicht dazu verpflichtet gewesen, Hilfe zu rufen, ob man es glaubt oder nicht. Ob sie moralisch dazu verpflichtet gewesen waren, steht auf einem anderen Blatt. Sie müssen einen Weg finden, bis zum Ende ihres Lebens damit klarzukommen.

Die Tür wird so schwungvoll aufgestoßen, dass ich zu-
sammenzucke. »Oh, tut mir leid, Lieutenant, ich wusste
nicht, dass Sie noch da sind«, sagt Cartright. »Der Mann
vom Archiv will die Akten abholen. Soll ich ihn vertrösten?«

Allmählich wächst mir Cartright ans Herz. Zumindest
gibt er sich alle Mühe, es mir recht zu machen. Nicht dass
ihm eine Wahl bliebe, denn ich bin jetzt sein Boss. Der Ober-
boss, um genau zu sein, so lange, bis Seldons Nachfolger ein-
trifft. Es hat eine Weile gedauert, ein minderjähriges Mädchen aufzutreiben, das bereit war, gegen Seldon und Gaffney
auszusagen, was die widerlichen Freizeitaktivitäten bei den
vermeintlichen Angelwochenenden der beiden Herren betraf. Irgendwann ist es mir schließlich gelungen. Ich bin
hartnäckig. Ich weiß, wie ich meine Zähne so tief in etwas
vergraben kann, bis sie auf Knochen treffen.

Dan erscheint neben Cartright auf der Schwelle. »Du bist
ja noch da«, sagt er. Seine Augen wandern zu den Akten.
»Lass dir Zeit. Wir treffen uns zu Hause.«

Er versteht es, natürlich tut er das. Dan war die ganze Zeit
über das, was ich brauchte – lieb und geduldig, aber auch
ehrlich –, und stets im richtigen Moment am richtigen Ort.
Ein wirklich guter Freund. Und, wie sich herausgestellt hat,
so viel mehr.

»Nein, nein, ist schon okay. Ich komme«, sage ich und stehe langsam auf. »Ich bin bereit.«

DANK

Unendlichen Dank schulde ich meiner überaus talentierten Lektorin Jennifer Barth, die sich so tapfer und unermüdlich für dieses Buch eingesetzt hat – noch bevor es ein Buch war. Ich bin dankbar für deine Weisheit, Kreativität und deine Einfühlsamkeit, genau wie für dein unerschütterliches Vermögen, hinauszublicken über das, was ist, auf das, was sein könnte.

Ein großes Dankeschön an Jonathan Burnham und Doug Jones für eure nicht nachlassende Leidenschaft und euer gewaltiges Engagement. Allen anderen bei Harper in den Abteilungen Marketing, Presse, Vertrieb – danke für eure harte Arbeit und euren Einsatz. Mein besonderer Dank gilt Leah Wasielewski, Tina Andreadis und Amelia Beckerman. Leslie Cohen und Katie O'Callaghan – ich vergöttere euch beide. Danke dafür, dass ihr so begabt seid in dem, was ihr tut, und dafür, dass ihr so entzückende Menschen seid. Danke auch der äußerst fähigen Sarah Ried, den Redakteurinnen Lydia Weaver und Miranda Ottewell und dem Rest des Harper-Redaktionsteams, das sich stets so sehr um meine Arbeit bemüht hat. Vielen Dank an die unglaublich begabte Designerin Jaya Micelli für das wunderschöne Cover und an Robin Bilardello, der den Prozess so geduldig begleitet hat. Ich danke auch Kyle O'Brien für die ansprechende Innengestaltung.

An Dorian Karchmar, den weltbesten Literaturagenten: Es ist ein Geschenk, dich in meinem Team und in meinem Leben zu haben. Ich bin dankbar, von deinen immensen kreativen Fähigkeiten, deinem scharfen Urteilsvermögen und vor allem von deiner grenzenlosen Begeisterung profitieren zu können. Mein aufrichtiger Dank gilt der liebenswerten und hingebungsvollen Anna DeRoy für all deine harte Arbeit und deinen Glauben an mich. Mein Dank gilt außerdem Matilda Forbes Watson, James Munro, Alex Kane, Jessica Spitz, Christina Lee, Megan Pelson und allen anderen bei der WME. Danke für eure Bemühungen.

Ich danke dir, geliebte Anwältin und Jurakommilitonin Victoria Cook – es ist ein solches Geschenk, dich auf meiner Seite zu wissen. Danke auch dem großartigen Mark Merriman. An Katherine Faw, meine ganz persönliche Retterin: Ich habe absolut keine Ahnung, was ich ohne dich anfangen sollte – also fürchte ich, dass ich dich niemals gehen lassen werde. Danke auch an Claudia Herr, Darren Carter, Deena Warner, Brendan Kennedy und Harris Davis.

An meine besten Freundinnen und wundervollen Beta-Leserinnen Megan Crane, Cara Cragan, Elena Evangelo, Heather Frattone, Tania Garcia, Nicole Kear und Motoko Rich: Danke, dass ihr immer alles stehen und liegen lasst, um zu lesen, und anschließend eine Möglichkeit findet, mir freundliches, aber gleichzeitig aufrichtiges Feedback zu geben. Ich bin so glücklich, dass ich euch alle in meinem Leben habe. Ein Extradank geht an Tara Pometti und Jon Reinish, die mich nicht nur in ihrer Funktion als frühe Leser unterstützt, sondern auch Experten für mich aufgetrieben haben. Ein riesiges Dankeschön an Parky Lee, die meinen völlig überraschenden Anruf entgegengenommen und mich so freundlich und großzügig unterstützt hat. Außerdem danke ich Joe Daniels, Teresa Maloney, David Fischer, D. Ann Williams und Zhui Ning Chang. Und denkt daran: Nur die guten Absätze in diesem Buch handeln von meiner Freundschaft mit euch allen!

An meine großartigen Experten, ohne die ich hoffnungslos verloren wäre: Danke dafür, dass ihr so geduldig meine endlosen Fragen beantwortet habt, wie man Kunst verkauft, wie man eine Waffe abfeuert, wie viele Plastikhandschuhe man an einem Tatort tatsächlich verwendet und ob man sich tatsächlich einen Infusionsschlauch aus dem Arm ziehen kann. Danke, Stanley Dohm, Dr. Ora Pearlstein, Jim Reinish und Professor Linda C. Rourke. Ein besonderes Dankeschön an Peter Frederick, Detective im Ruhestand, der sich die Mühe gemacht hat, das Manuskript nach möglichen Fehlern durchzusehen. Danke, dass du immer da warst, selbst um die unmöglichsten Fragen zu beantworten, und dass du so freundlich warst, mich zum Lachen zu bringen, nachdem du mir gerade gesagt hattest, dass ich die Dinge völlig falsch dargestellt habe.

Wie immer gilt mein Dank dem wundervollen Nike Arowolo, einfach für alles, ganz herzlichen Dank auch Martin und Clare Prentice für ihre so zuverlässige Unterstützung.

Danke, Tony, Harper und Emerson, dass ihr mir in dieser verrückten Lockdown-Welt den Raum zum Schreiben gegeben habt – gerade dann, als Raum ein knappes Gut war. Ich kann mir nur vage vorstellen, wie schwer das gewesen sein muss. Und dafür werde ich euch für immer dankbar sein.